Das Buch

John Lock, ehemaliger CIA-Agent, trifft auf dem Geburtstagsfest seiner Schwester viele, die in Washington Rang und Namen haben. Doch der vergnügliche Abend endet mit einem unsanften Erwachen am nächsten Morgen: Sein Schwager, ein erfolgreicher Industriemagnat, und seine Schwester wurden ermordet. Für die Polizei gehört Lock zu den Hauptverdächtigen. Um sich von dem Verdacht reinzuwaschen, nimmt er eigene Nachforschungen auf. Zunächst ermittelt er unter den Gästen der Feier vom Vorabend der Tat, doch bald führen ihn erste Erkenntnisse in eine ganz andere Richtung.

Zur gleichen Zeit wird im fernen Sibirien der leitende Angestellte einer amerikanischen Firma ermordet aufgefunden. Und schon bald muß Lock feststellen, daß dieser Tod nicht ohne Zusammenhang mit dem Tod seiner eigenen Verwandten zu sein scheint. Sein Schwager hatte – neben anderen lukrativen Geschäften – auch Joint-Ventures mit russischen Firmen. Und zumindest einige seiner Angestellten waren dabei in unsaubere Geschäfte verwickelt. Lock gerät in ein ganzes Netz internationaler Verstrickungen.

Der Autor

Craig Thomas wurde in Wales geboren und besuchte das University College in Cardiff. Heute lebt er mit seiner Frau im englischen Lichfield. Er hat eine ganze Reihe äußerst erfolgreicher Thriller gechrieben, darunter *Schlangenspiel* (01/9899) und *Die Krähe* (01/10083).

CRAIG THOMAS

DAS GESETZ DER RACHE

Roman

Aus dem Amerikanischen
von Michael Windgassen

Deutsche Erstausgabe

WILHELM HEYNE VERLAG
MÜNCHEN

HEYNE ALLGEMEINE REIHE
Nr. 01/10481

Titel der Originalausgabe
A WILD JUSTICE

Umwelthinweis:
Das Buch wurde auf
chlor- und säurefreiem Papier gedruckt.

3. Auflage

Printed in Germany 1997
Umschlagillustration: Bavaria Bildagentur/Fritz Lang
Umschlaggestaltung: Atelier Ingrid Schütz, München
Satz: Pinkuin Satz- und Datentechnik, Berlin
Druck und Bindung: Elsnerdruck, Berlin

ISBN 3-453-13063-4

Für Terry und Angela.
In Liebe und Dankbarkeit
für 25 Jahre freundschaftlicher
Verbundenheit.

Die herausragende Besonderheit unserer-Epoche ist ihr Übergangscharakter … denn fast jede Nation Europas hat eine neue Regierungsform angenommen oder ist dabei, dies zu tun … Die Menschen werden sich nicht länger von überkommenen Regeln oder alten Richtwerten beeinflussen lassen.

– J. S. Mill, *The Spirit of the Age*

Auftakt

Es muß jedem, der darüber nachdenkt, klar werden, daß diese Länder zu weit entfernt sind, als daß sie sich von einem der bestehenden Staaten regieren ließen.

– Thomas Paine, *Public Good*

»Schöner Mantel … ich frage mich, wieso sein Mörder den zurückgelassen hat«, murmelte Alexei Vorontsyev. Um sich vor dem kalten Wind zu schützen, hatte er die Kapuze seiner Parka tief über die Stirn gezogen.

Hinter ihm stampfte GRU-Oberst Bakunin von einem Bein aufs andere. Auch er war durch einen anonymen Anruf an den Tatort gerufen worden. Der Rauch seiner Zigarette wehte an Vorontsyev vorbei.

»Der Anzug, den er trägt, gefällt mir auch«, fuhr Vorontsyev fort und warf einen Blick über die Schulter auf Bakunin, der nur eins im Sinn zu haben schien, nämlich möglichst schnell ins Warme zurückzukehren. »Bei allem, was recht ist, der Kerl müßte doch nackt ausgezogen sein.«

Er wälzte die Leiche in ihrem Bett aus steifgefrorenem Gras zur Seite und machte sich daran zu schaffen, als versuchte er, mit ihr eine Bauchredner-Nummer aufzuführen. Der Meldung nach war der Tote zufällig entdeckt worden. Vorontsyev hatte die Taschen bereits durchsucht; sie waren geleert worden, vom Mörder selbst oder von dem, der die Leiche gefunden hatte.

»Amerikanischer Schneider … aus Washington.« Er ließ den Kopf der Leiche hin- und herrollen. »Ein Einschuß. In der Schädelbasis …« Seine Worte wurden von Inspektor Dmitri Gorov wiederholt und in einen kleinen japanischen Recorder gesprochen. »Offenbar von hinten erschossen. Diagonal durch den Kopf.« Der Pathologe würde wahrscheinlich auch nicht viel mehr sagen und allenfalls noch den ungefähren Zeitpunkt des Todes bestimmen können. Zweimal flammte das Blitzlicht einer Kamera auf. »Wer macht so was, und das so früh am Tage?« grummelte er und ließ die Leiche zurückfallen, wie es vor Stunden der Mörder getan hatte.

Alles deutete auf die Tat eines Profis hin. In jüngster

Zeit kam es immer wieder zu solchen Verbrechen, begangen im Zuge von Auseinandersetzungen zwischen mafiosen Banden, die um Territorien und Marktanteile stritten. Hier war ein Fremder auf einen anderen Fremden gestoßen, und der hatte nicht lange gefackelt. Der schneidend kalte Wind fuhr durch die Parka. Und da war nichts in den Taschen, außer …

»Wissen Sie, was das ist, Oberst?« fragte Vorontsyev. Er hielt eine Plastikkarte in die Höhe und fügte grinsend hinzu: »Hat Ihre womöglich dieselbe Farbe?«

Bakunin schnappte ihm das Ding aus der Hand. Die Etiketten in Anzug und Mantel und diese Kreditkarte waren wohl als eine Art Statement zu verstehen.

»Ob die ihm auch tatsächlich gehörte?« fragte Bakunin mit verrauchter, heiserer Stimme.

»Wenn ja, wird er mit einer dieser amerikanischen Gesellschaften in Verbindung gestanden haben. Öl oder Gas oder irgendein Zulieferer.« Vorontsyev musterte die Schuhe des Toten, die anscheinend kaum getragen waren und aus teurem Leder bestanden. Wer die Leiche zufällig gefunden hätte, wäre mit deren Sachen sicherlich stiftengegangen. Es mußte also der Killer selbst gewesen sein, der das Revier angerufen – und Bakunin alarmiert hatte. Der Mord sollte Aufsehen erregen.

Bakunin reichte die Karte zurück. Sie hatte in der Gesäßtasche des Toten gesteckt, als wäre sie auf die Schnelle übersehen worden. Eine American Express Gold Card, ausgestellt auf den Namen *Alan Rowls*. Es gab neuerdings auch etliche Russen, die eine solche Karte besaßen und angeberisch damit auftrumpften. Gold Cards hatten heute die gleiche Wirkung wie früher die Mitgliedsausweise des KGB.

Der Tote hatte ein jugendliches Gesicht. Er schien Anfang Dreißig zu sein, an die zehn Jahre jünger als Vorontsyev. Kaltgemacht.

Vorontsyev richtete sich auf, stöhnend, so sehr schmerzten ihn die durchgefrorenen Knochen. Bakunin hielt die Arme vor der Brust verschränkt; er sah aus wie eine unerschütterliche Maschine oder wie die leibhaftige Behauptung dessen, daß sich nichts, rein gar nichts verändert hatte. Der militärische Abschirmdienst, dessen Vertreter er war, funktionierte wie eh und je, und egal, was in der Welt passierte, für ihn thronte nach wie vor Lenin über allem. Hinter Bakunin stand Dmitri Gorov; sein rundes Gesicht war frostig bleich. Die uniformierten Männer ringsum machten den Anschein, als wohnten sie einer Beerdigung bei. Ihre Fahrzeuge und der Krankenwagen der Polizei parkten abseits wie im Stich gelassenes Spielzeug.

Zahllose Reifenspuren im Schnee zweigten von der Straße ab, die an einem kleinen Wäldchen aus verkrüppelten Fichten entlangführte. Vorontsyev rieb sich dürre Nadeln von den Handschuhen. Blutrot verfärbte sich der Morgenhimmel. Rauhreif glitzerte im Licht der Scheinwerfer, und von den rotierenden Alarmleuchten fiel abwechselnd rotes und blaues Licht auf den Schnee. Spätherbst in Novyj Urengoj, Sibirien.

Über den flachen Horizont der verschneiten Tundra dröhnte der erste jener Hubschrauber, die die Arbeiter der Tagesschicht hinausflogen zu den Erdgasfeldern. In der Ferne ragten die Stahltürme auf und Schlote, aus denen Gas abgefackelt wurde. Schwarzer Rauch hing über der Landschaft. Vorontsyev zitterte.

»Nun, Genosse Major, was halten Sie davon?« wollte Bakunin wissen. Vorontsyev fragte sich, warum der oder die Mörder von Rawls den GRU auf den Plan gerufen hatten. Die Sicherheit war nicht betroffen; es handelte sich hier um ein einfaches Verbrechen, das in seinen, den polizeilichen Zuständigkeitsbereich fiel.

»Wenn Sie eine Diagnose haben wollen, fragen Sie den Arzt.«

»Ich frage Sie. Warum sind wir beide hier, um einen Toten zu inspizieren? Der geht doch, wie es scheint, auf die Kappe Ihrer Kundschaft. Oder?«

»Sieht so aus.« Was aber womöglich doch nicht der Fall war.

Im Vergleich zu Bakunin, der als Offizier des militärischen Abschirmdienstes seine Befehle aus dem fernen Moskau erhielt, war Vorontsyevs Rolle als Hauptkommissar der örtlichen Kriminalpolizei untergeordnet, obwohl auch das Militär längst nicht mehr die Macht besaß wie früher einmal. Das Sagen hatten inzwischen vor allem ausländische Investoren, Gangster und Glücksritter, und Leute wie Bakunin konnten ihn kaum mehr einschüchtern. Der war bloß einer von Hunderten, denen er nach Möglichkeit aus dem Weg zu gehen versuchte.

Die Lichter der Stadt schimmerten herüber, weit verstreut und erbärmlich. Novyj Urengoj liegt am Rand der Tundra, da, wo die Wälder im Süden allmählich ausdünnen und einer öden Sumpflandschaft Platz machen, die sich bis zur Kara-See erstreckt. Das war sein Verantwortungsbereich; nur tat es hier die Polizei jenen drei Affen gleich, die nichts hörten, nichts sahen und auch kein Wort verloren über das, was im argen lag. Die hohen Tiere vor Ort wie auch sein eigener Chef sorgten für eine effektive Kastration der Polizeikräfte. Niemand sollte sich einmischen in die heilige Mission der hiesigen Gas- und Erdölgewinnung.

»Man will uns mit der Nase darauf stoßen, daß hier Profis am Werk waren«, murmelte er, mehr an Dmitri denn an Bakunin gewandt. Gorov nickte zustimmend.

»Und?« blaffte Bakunin. Nach wie vor schien es, als sei die Kälte das einzige, was Eindruck auf ihn machte.

»Und dann wäre da eine vom Täter vermeintlich übersehene Kreditkarte, die, sauber, wie sie ist, in einer Brieftasche gesteckt haben muß und uns verrät, wie das Opfer heißt.«

»Aber warum bin ausgerechnet ich hierherbestellt worden?« ärgerte sich Bakunin. Daß seine grobschlächtigen Gesichtszüge einen so brutalen Ausdruck annahmen, war nicht etwa, wie man hätte denken können, auf Alkoholmißbrauch oder Schlafmangel zurückzuführen. Dieser Mann war von Natur aus brutal; seine geröteten Augen blickten wildwütig und verächtlich drein.

»Keine Ahnung, Oberst Bakunin«, entgegnete Vorontsyev. »Aber offenbar legt jemand Wert auf Ihre Gegenwart. Und wir hätten Sie ohnehin informieren müssen, oder? Immerhin ist hier ein Amerikaner umgebracht worden. Wer weiß, vielleicht wollte uns der mysteriöse Anrufer Zeit sparen helfen.«

Ein zweiter Hubschrauber flog über sie hinweg in Richtung Bohrtürme. Er wartete darauf, daß der Motorenlärm abklingen würde und schaute hinüber auf die tristen Wohnsilos und Bürogebäude der Stadt, als wunderte er sich über seine Umgebung. Der hereinbrechende Tag setzte sich durch gegen das Licht der Straßenlaternen. Aus der Entfernung schien es, als seien Bauklötze wahllos auf flachen Boden hingeworfen worden.

»Können Sie mit dem Namen was anfangen, Oberst Bakunin? Vielleicht haben Sie schon mal von ihm gehört. Sie verkehren doch in vornehmen Kreisen«, sagte Vorontsyev und sah, wie Dmitri grinsend zu Boden blickte.

»Nein. Aber wer er ist, wird sich schnell feststellen lassen.«

»Werden Sie die Ermittlungen an sich nehmen?«

Bakunin schüttelte den Kopf. »Das ist Ihre Aufgabe. Wir haben es hier doch allem Anschein nach mit einem gewöhnlichen Verbrechen zu tun. Womöglich hat sich jemand an dem Opfer zu bereichern versucht.«

»In diesen Schuhen wird er wohl kaum zu Fuß hier herausgekommen sein. Und wenn er hergebracht wurde, hat er seinen Mörder wahrscheinlich gekannt – zumindest seinen Chauffeur oder die Person, mit der er hier verabredet war.«

Bakunin nickte und steckte sich eine zweite Zigarette an, indem er die Hand schützend um sein goldenes Feuerzeug wölbte. »Was glauben Sie, wie lange er schon tot ist?«

»Grob geschätzt drei Stunden. Ich bezweifle, daß die Pathologie zu einer exakteren Auskunft in der Lage sein wird.«

»Ich bin vor zwei Stunden benachrichtigt worden. Und Sie? Um dieselbe Zeit?«

Vorontsyev nickte. »Es scheint, der Anrufer hatte es eilig, uns zu informieren. Er wollte wohl nicht riskieren, daß jemand anders die Leiche findet und sich mit den Kleidern und der AmEx-Karte dünnmacht.«

Er blickte zur Stadt hinüber, in der nach und nach die

Lichter ausgingen. Rawls hatte sich wahrscheinlich in einem der neugebauten Hotels einquartiert, womöglich im ›Gogol‹, dem besten am Platz. Hyatt war Anteilseigner. Es hatte die größte Lobby und die besten Huren. Japaner, Deutsche, Amerikaner – sie alle hatten in Novyj Urengoj investiert, Wohnungen, Hotels und Bürogebäude hochgezogen. In den vergangenen vier Jahren hatte sich die Größe der Stadt verdreifacht. Es gab Dutzende von Unternehmen in Sachen Leasing, Immobilien, Forschung und Gasgewinnung, manche in russischer Partnerschaft, andere ohne. Rawls mußte mit einer dieser Firmen zu tun gehabt haben.

»Ich verstehe das nicht«, sagte er.

»Was?« fragte Bakunin.

»Leute wie der sind doch normalerweise unantastbar. Erinnern Sie sich … ach nein, davon werden Sie wohl nichts gehört haben. Die Sache war nicht wichtig genug. Im letzten Sommer wurde ein Manager einer ausländischen Erdölgesellschaft vor seinem Hotel überfallen und ausgeraubt. Dem Täter hatten die örtlichen Mafiosi anschließend eine bitterböse Lektion erteilt und die Kniescheiben aufgebohrt, denn es konnte nicht angehen, daß er sich ungestraft an der Heiligkeit der Goldenen Kuh vergreift. Warum also ist dieser Rawls ermordet, gleichsam exekutiert worden, was sonst nur unter Gangstern und Drogendealern vorkommt?«

»Halten Sie ihn selbst für einen Gangster? Die berüchtigsten Vertreter dieser Sorte stammen ja wohl auch aus Amerika, nicht wahr?« höhnte Bakunin.

»Was weiß ich?« Und mit Blick auf die Leiche setzte er hinzu: »Wer sind Sie, Mr. Rawls? Weshalb hat man's drauf angelegt, daß wir von Ihnen Kenntnis nehmen?«

Bakunin stampfte mit dem Fuß auf, als wollte er eine königliche Audienz beenden. Er wandte sich ab, winkte mit der behandschuhten Hand und rief: »Sehen Sie zu, daß Sie mit dem Fall klarkommen, Vorontsyev! Sie sind der Polizist.«

Dmitri Gorov blickte ihm grinsend nach, als er auf wackligen Beinen und über rutschigen Schnee seiner Limousine entgegentaperte. Der Fahrer warf seine Zigarette weg und öffnete ihm die Tür zum Fond.

Vorontsyev wandte sich wieder dem Toten zu, als Bakunins ZiL auf die Straße zurückrollte und ein vorbeikommendes Autos auf die Gegenspur abdrängte. Das Hupen brach, kaum daß es eingesetzt hatte, wieder ab; es schien, als habe der schikanierte Fahrer die Militärinsignien an der Limousine plötzlich erkannt.

Rawls Hände waren, obwohl bläulich angelaufen, auffällig weich und gut gepflegt. Zu Lebzeiten hatte der Mann wahrscheinlich nach Parfüm und Geld gerochen. Der Wind ließ kahle Birkenzweigen aneinanderklappern und rauschte in den Fichten der nahen Schonung. Novyj Urengoj wirkte fremder als noch vor einer Minute, und die Landschaft mit all ihrer Häßlichkeit schien weiter zu sein denn je.

Jemand hatte diese Leiche abgeliefert und Wert darauf gelegt, daß die Tat einem professionellem Killerkommando zugeordnet wurde. Ob womöglich der Geheimdienst dahintersteckte? Vorontsyev blickte zur Straße hinüber, doch Bakunins Wagen war schon verschwunden.

Man wollte uns aufmerksam machen …

… aber wem galt die Warnung?

ERSTER TEIL

Volkswohlstand

Ihr Markt ist nicht auf die Länder in der Nachbarschaft des Bergwerks begrenzt, sondern erstreckt sich über die ganze Welt.

– ADAM SMITH,
Über Natur und Ursachen des Volkswohlstands

1

Familienporträt

Die Sonne war schon untergegangen, als John Lock das Mayflower Hotel betrat. Die geheizte Luft in der Lobby schlug ihm unangenehm entgegen nach dem erfrischenden Spaziergang vom Außenministerium durch herbstliche Kühle und im frühen Anbruch der Dunkelheit. Er hatte die Positionslichter blinken sehen und gehört, wie Flugzeuge über ihn hinwegdonnerten, was ihn heiter stimmte; wie froh er war, fürs erste nicht mehr verreisen zu müssen. Zu gut hatte er sich in Washington eingelebt, so auch an seinem Arbeitsplatz im Außenministerium.

Der Barkeeper grüßte, indem er seine dichten Brauen flüchtig hob, und servierte ihm unaufgefordert seinen Lieblingsdrink. Wie ein kleines Vogelei in klares Öl tropfte die Olive in den Martini. Lock prostete sich selbst zu, warf einen Blick auf die Uhr und schmunzelte. Für zwei Drinks blieb noch Zeit; dann galt es, in die Wohnung zurückzukehren und sich umzuziehen. Leider würde er nicht mehr dazu kommen, in die CDs reinzuhören, die er sich gekauft hatte: eine neue Einspielung der *Hochzeit des Figaro*, ein Konzert von Händel und eine Beethoven-Besonderheit – vielversprechende Aufnahmen. Sei's drum, Beth hatte Geburtstag, und für seine Musik, seine Romane und seine eigenen schriftstellerischen Versuche würde in Zukunft genügend Zeit bleiben. Oder auch nicht. Das Ministerium hatte ihn ins Osteuropa-Büro gesteckt und mit Arbeit eingedeckt. Aber immerhin brauchte er demnächst nicht mehr so oft zu verreisen.

Selbst der Anrufbeantworter zu Hause entwickelte einen ganz unerwarteten Charme und wartete allabendlich mit netten Überraschungen auf: Fred hatte Karten für ein Basketballspiel; oder es meldete sich die adrette, ernste Sekretärin des Ensembles für alte Musik, in dem er gelegentlich als Bariton mitwirkte und für das er nun eine unbekannte Oper aus dem siebzehnten Jahrhundert bearbeiten sollte; oder die Reinigung ließ wissen, daß er seine Kleider abholen könne. Solche Nachrichten versicherten ihn der erfreulichen Tatsache, daß er endlich ein festes Zuhause hatte.

Aus der Tasche des Mantels, den er über die Knie gelegt hatte, tönte trillernd das Handy und kappte den launigen Gedankenfaden. Der Barkeeper brachte den mit Eis gefüllten Cocktailshaker wie eine Rumbarassel in Bewegung. Lock ließ das Mundstück hervorklappen.

»John Lock.«

»John-Boy!« Es war Billy, sein Schwager.

»Hallo, Billy. Ich habe die Geburtstagsparty nicht vergessen, wenn es das ist, was du …«

»Das würde dir deine Schwester auch nicht verzeihen.«

»Ich bin auf dem Sprung.«

»Verstehe. Sag mal, bist du noch beim zweiten oder schon beim dritten Martini?«

Lock grinste. »Dir läßt sich wohl nichts vormachen, oder? Es ist mein erster.«

»Sei dir gegönnt. Aber hör zu, wir, Beth und ich, hätten es gern, wenn du so bald wie möglich zu uns kommst. Keine Panik. Es ist nur so, daß wir ein bißchen was von dir haben wollen, bevor die anderen Gäste aufkreuzen. Also, trink deinen Martini und spute dich. Das ist ein Befehl von Beth.«

»Okay. Bis gleich, Billy.«

Er steckte das Handy in die Tasche zurück, als sich zaghaft eine Hand auf seine Schulter legte. »John Lock! Ist das hier immer noch deine Stammtränke?« Der Mann war größer als Lock, untersetzt und wirkte ungepflegt. Er nahm auf dem Hocker neben Lock Platz.

»Bob. Schön, dich zu sehen.« Die Hotelbar füllte sich mit Gästen. Bob Kauffman gehörte zur Firma – in einer anderen Kategorie. »Wie geht's?«

»Wie immer«, antwortete er und zuckte mit den Schultern. Bob Kauffman war Agent im Außendienst, und das schon seit etlichen Jahren. Spitzenpolitiker und Staatsoberhäupter hatten ein sehr viel kürzeres Verfallsdatum als er und seinesgleichen. »Mann, ich wünschte, man würde auch mir mal einen anständigen Job im Ministerium anbieten. Du bist wirklich zu beneiden.« Das sagte er ohne Mißgunst. »Langsam habe ich es nämlich satt. Nicht nur, daß sich unsereins mit unangenehmen Typen rumärgern muß, die einen immer nur hinhalten; in letzter Zeit steigt uns auch noch die Regierung permanent aufs Dach von wegen *political correctness*.« Er schnippte mit den Fingern, worauf wundersamerweise ein Bourbon on the Rocks vor ihm auftauchte. »Nein, das macht keinen Spaß mehr ...« Er kippte seinen Drink auf ex.

Schmunzelnd sagte Lock: »Ständig nur am Schreibtisch rumzuhängen ist auch nicht das Gelbe vom Ei. Dazu bin ich jetzt verdonnert. Aber ich will nicht klagen. Woran arbeitest du zur Zeit?«

»Wenn ich mich nicht gerade in Sitzungen und Ausschüssen zu Tode langweile, muß ich auf eine Horde von College-Knaben aufpassen, die mit unseren Computern rumspielen. Ansonsten sind vor allem der Nahe und Mittlere Osten angesagt, Ayatollahs und all die anderen Banditen. Die ewig gleichen Geschichten. Ich komme mir schon langsam vor wie ein Fossil aus der Steinzeit. Und was treibst du so?«

Lock musterte sein und Bobs Abbild in der verspiegelten Rückwand des Flaschenregals. Kauffman sah aus wie ein lästiger Trunkenbold, der sein Leid klagt, fehl am Platz und unzeitgemäß, wie er sich selbst beschrieb. Dagegen wirkte er, Lock, ausgesprochen jugendlich, schlank, braungebrannt, wie ein dynamischer Manager, der die Welt aus wachen blauen Augen betrachtet.

»Ich beschäftige mich vor allem mit Außenhandel und Investmentfragen.«

»Aber dabei hast du doch noch mit derselben alten Klientel zu tun, oder?« Für Kauffman schien der Kalte Krieg im nachhinein so etwas wie eine bunte Veranstaltung unter Burschenschaftler zu sein, an die er sich mit Wehmut erinnerte. »Von dem, was wir früher so getrieben haben, bekomme ich nur noch dann einen kleinen Nachgeschmack, wenn meine College Boys rausfinden, daß unsere alten Freunde Panzer oder Raketen an irgendwelche Ayatollahs verhökert haben. Oder einen Wissenschaftler ...«, fügte er grinsend hinzu und bestellte eine zweite Runde. Für sich einen Bourbon, einen Martini für Lock.

»Verhökern?« hakte Lock nach, um Kauffman bei Laune zu halten. Daß unterbezahlte Forscher aus der ehemaligen Sowjetunion im Ausland Geld zu machen versuchten, war allenthalben bekannt. Aber Lock hatte noch nicht davon gehört, daß mit ihnen Handel getrieben wurde wie mit Büchern oder Maschinenteilen.

»Eine verrückte Geschichte, die uns unsere College Boys da auftischen. Sie behaupten tatsächlich, daß sich unsere alten Freunde darauf verlegt haben, ihre Superhirne an Kaufinteressierte abzutreten. All die überflüssig gewordenen Typen aus der Kernforschung oder den Labors für biologische und chemische Kampfstoffe. Himmel, du kannst mir wohl nachfühlen, daß ich ganz nostalgisch werde, wenn ich an früher denke.« Sein Glas war wieder leer. »Komm, laß dir noch einen ausgeben.«

Lock warf einen Blick auf die Uhr. Aus dem Gemurmel der Gäste im Hintergrund schnappte er ein paar Wörter auf, denen zu entnehmen war, daß es in den meisten Gesprächen wie immer um das stets aktuelle und faszinierende Thema der Macht ging; oder um ein neues Abendkleid von Hillary, um ein knauseriges Arbeitsessen bei Clinton, um dessen sinkendes Ansehen in der Öffentlichkeit, um die vertrackte Situation in Bosnien und um die bescheuerten Europäer. Die Politik der Macht und die Macht der Politik. Es wäre nicht nett, wenn er Bob Kauffmans Einladung ausschlüge. Bob war wie ein Kind, das seine Nase an der Schaufensterscheibe eines Spielzeuggeschäfts plattdrückte. Ihn darauf aufmerksam zu machen, wie weit er außen vor stand, wäre arrogant.

»Danke, Bob. Aber ich darf mich nicht mehr allzu lange aufhalten.«

Kauffman bestellte die Drinks.

»Ich glaube, deine College Boys übertreiben. Kann ja

sein, daß der eine oder andere Wissenschaftler plötzlich von der Bildoberfläche verschwindet. Aber die Russen werden mit Sicherheit darum bemüht sein, daß ihre Spitzenkräfte zu Hause bleiben und da auch zufrieden sind.« Lock schmunzelte. »Übrigens, Bob, auch im Ministerium hat sich einiges verändert. Es werden ganz neue Anforderungen gestellt. Ich zum Beispiel muß mich jetzt in die russische Volkswirtschaf reinknien.«

»Gibt es die überhaupt?«

Sie lachten.

»Was hat man aus dir gemacht? Einen Kaufmann oder Versicherungsmakler?«

»Sowohl als auch.«

»Schöne neue Weltordnung, nicht wahr? Für die bosnischen Moslems sieht's allerdings düster aus. Soweit hätte es der alte Sack von Tito niemals kommen lassen. Prost.«

Ihr Gespräch wurde immer sprunghafter und zusammenhangloser, glich bald einer Parodie auf das politische Geschwätz ringsum. Ab und zu winkte Lock mit der Hand, um einen Bekannten aus dem Ministerium oder aus einer anderen Regierungsbehörde zu grüßen. Kauffman hoffte offenbar auf Hilfe, auf Informationen oder auch darauf, daß Lock ihn mit einem seiner Vorgesetzten bekannt machen würde. Aber das Außenministerium hatte kein Interesse an überflüssigen CIA-Agenten.

Im weiteren Verlauf ihrer Unterhaltung flogen große Namen und Erinnerungen wie Papierflugzeuge hin und her. Kauffman drückte immer stärker auf die Tränendrüsen und beklagte sich über den vermeintlichen Niedergang seiner Firma. Früher habe man überall auf der Welt zu hören bekommen: ›Yankee go home‹; heute hieße es im eigenen Land: ›Hiergeblieben!‹ Denn die USA sei nach dem Willen ihres Präsidenten nicht länger Feuerwehr, die ausrückte, sobald es irgendwo auf der Welt brannte. Der CIA werde allmählich abgewickelt, weil er als Firma nicht auf der Höhe der Zeit sei und Leistungen anbiete, die nicht mehr gefragt wären.

Lock hatte keine Lust, länger hinzuhören. Er freute sich

auf Beths Geburtstagsparty, zumal er endlich wieder daran teilnehmen konnte nach all den Jahren der Trennung. Und seine Erinnerungen an früher waren alles andere als rosig. Damals hatte er gerade an Geburtstagen immer das heulende Elend gekriegt, im ungeheizten Schlafsaal gehockt und durchs Fenster auf die weißen Felder vor der teuren Privatschule gestarrt, sich in Sport und Musik vor der Gleichgültigkeit der Mitschüler geflüchtet.

Lächelnd dachte er an Beths Briefe und ihre Schilderungen einsamer, trauriger Geburtstage, die, wie er stets vermutet hatte, frei erfunden waren, um ihn wissen zu lassen, daß sie sich in seine Lage hineinversetzen konnte. Es war ihr immer schon gelungen, ein starkes magnetisches Feld um sich herum aufzubauen, das andere Personen anzog und sie in ihren Freundeskreis einreihte. Sie hatte niemals einen ihrer Geburtstage allein feiern müssen.

Es drängte ihn, sein Glas leerzutrinken. »Meine Schwester hat Geburtstag, Bob. Ich möchte nicht zu spät kommen und muß noch das Geschenk für sie einpacken. War schön, dich zu sehen ...«

Er war bereits aufgestanden und warf sich den Mantel über. Kauffman stierte ihn aus wässrigen Augen an, wütend, wie es schien, doch dann zeigte er eine etwas freundlichere Miene, als Lock zum Abschied die Hand hob.

Auf dem Weg nach draußen schüttelte Lock das anstekkende Selbstmitleid des Alten von sich ab. Eigentlich waren sie nie wirklich miteinander befreundet gewesen. Sie hatten sich in den 80er Jahren in Afghanistan kennengelernt, waren aber seitdem nur selten zusammengetroffen. Als Veteran, der für die Firma in Vietnam im Einsatz gewesen war, bewegte Kauffman sich immer noch durch eine Scheinwelt aus inferioren Völkern und Ideologien.

Befreit atmete Lock auf, als die Türen aufglitten und ihm kalte Luft entgegenwehte. Er trat hinaus ins Licht der Straßenlaternen und schlug den Mantelkragen hoch. Wie dünnes Blech rasselten die welken Blätter im Rinnstein. Der Geruch von Kerosin hing in der Luft. Er beeilte sich, in kindlicher Vorfreude schmunzelnd.

Alexei Vorontsyev legte den Hörer auf und sagte: »Es kommt jemand rüber ins Krankenhaus zur Identifizierung der Leiche. Der Schock über die Nachricht klang echt, und die Beschreibung trifft durchaus zu auf Rawls.«

Dmitri hatte über den zweiten Anschluß telefoniert und ebenfalls gerade den Hörer aufgelegt. »Ich habe da eine Meldung, die dir bestimmt gefallen wird«, sagte er und nickte grinsend mit dem Kopf in Richtung Apparat.

»Was denn?«

»Als dein Freund Lensky von der Gerichtsmedizin ins Leichenschauhaus gekommen ist, fehlten unserem Toten bereits die Schuhe. Er muß wohl schon soweit aufgetaut gewesen sein, daß ihm die hübschen Treter ...«

»Vorsätzlich?« fauchte Volontsyev.

»Wie bitte?« Dmitri kaute an einem Stück Fladen, der einer Pizza ähnlich sah. Zum Frühstück. Volontsyev mochte kaum hinschauen. »Ach so, ich verstehe. Nein, es scheint nur, als habe einer unserer Kollegen nicht widerstehen können.«

Im Büro hatte sich ein unangenehm aufdringlicher Geruch von verbrannten Kräutern, Sardellen und Tomaten breitgemacht. Und von feuchtem Leder. Ihre nassen Stiefel standen vor dem einzigen Radiator, um zu trocknen. Draußen hatte es zu schneien angefangen. Dichte Flockenwirbel verhüllten – dankenswerterweise – den Fensterausblick auf die Stadt. Fünf Stockwerke tiefer war zu hören, wie ein Lastwagen ins Rutschen geriet und gegen irgendeinen festen Widerstand krachte.

»Also gut, gehen wir davon aus, daß es sich tatsächlich um diesen Rawls handelt. Wer könnte ein Interesse daran haben, ihn aus dem Weg zu schaffen?«

Dmitri zog die Schultern ein und wischte sich mit einem großen, grauen Taschentuch über den Mund. Er mußte sich selbst um seine Wäsche kümmern und wußte nicht so recht wie. Auch in seiner Wohnung sah es verheerend aus, seit seine Frau, verrückt geworden, in die psychiatrische Abteilung des Stiftungskrankenhauses hatte umziehen müssen. Dort besuchte er sie oft, obwohl sie ihn gar nicht mehr zur

Kenntnis nahm. Sie nahm nichts und niemanden mehr zur Kenntnis.

»Glaubst du, daß er sich mit unseren schweren Jungs eingelassen haben könnte?« Dmitri Gorov ließ durchblicken, daß ihm eine solche Verbindung durchaus in den Kram passen würde. Er war fixiert auf die örtliche Mafia-Szene.

Vorontsyev schüttelte den Kopf und massierte mit beiden Händen die unrasierten Wangen, als steckte in ihnen immer noch die Kälte, die am Tatort geherrscht hatte.

»Rawls war in leitender Position bei Grainger Technologies tätig. Daß der sich an Koks oder Heroin die Finger drekkig macht, kann ich mir nicht vorstellen. Du etwa? Außerdem hatte er nicht einmal was zu tun mit dem Joint-venture zwischen Grainger und Turgenev.«

Dmitri krauste enttäuscht die Stirn und fuhr mit der Hand durchs schüttere, strähnige Haar. »Hast recht. Aber hör mal, Alexei, wegen dieser Sache wird doch jetzt hoffentlich nicht die geplante Razzia auf Eis gelegt, oder?« Seine Stimme klang fast flehentlich.

Vorontsyev schüttelte den Kopf. »Mich wundert, daß sich Bakunin den Fall nicht gleich unter den Nagel gerissen hat. Aber ich bin sicher, er wird noch darauf anspringen. Damit lassen sich schließlich Lorbeeren ernten; immerhin ist ein Ami das Opfer. Wart's ab, bis Bakunin erst einmal gefrühstückt und sich in bessere Stimmung masturbiert hat ...« Dmitri kicherte. »Keine Sorge, wir konzentrieren uns auf Drogen. Wie gehabt.«

Dmitri zeigte sich zufrieden. Er reichte seinem Kollegen eine Notiz über den Schreibtisch und erklärte: »Die Aeroflot-Maschine aus Islamabad wird heute abend gegen acht mit Hussain an Bord hier ankommen. Es hat sich nichts geändert.«

»Sind unsere Leute auf ihren Posten?«

»Ja. Im Moment tut sich noch nicht viel, aber das ist normal.«

»Heute abend also. Hoffentlich hat er den Stoff dabei.«

»Klar doch. Hussain ist der Kurier, zumindest für die Pakistan-Connection.«

»Was dann aber auch so ziemlich alles wäre, was wir zuverlässig wissen.« Vorontsyev merkte, daß er sich im Ton vergriffen hatte. »Na ja, immerhin kennen wir ja jetzt eine Flugnummer und einen Namen. Wenn ich an all die Holzwege denke, die wir eingeschlagen haben ... Verflucht, ich will nicht wissen, wie viele Kilos an uns vorbeigeschleppt worden sind.« Er schlug mit der Faust auf den Tisch. »Aber das verspreche ich – jetzt schnappen wir sie. Wir werden uns diesen Hussain zur Brust nehmen und ihm gütlich zureden, damit er uns an die Verteilerstellen heranführt ...« Zu seinem eigenen Bedauern wurde ihm plötzlich bewußt, daß er Dmitris Obsession fütterte. Rachegelüste. Himmel, wenn Rache berechtigt war, dann bei ihm. »Jedesmal wenn die Flugzeuge mit Urlaubern zurückkommen, trifft auch eine Ladung Heroin ein. So einfach ist das ... wenn man weiß, wie's läuft.«

Er musterte Dmitris Gesicht und war zufrieden mit dem, was er sah. Die Miene des Kollegen hatte sich wieder entspannt. Vor zwei Jahren war dessen einzige und abgöttisch geliebte Tochter an einer Überdosis Heroin gestorben, das nicht ausreichend gestreckt worden war. Seine Frau hatte den Verstand darüber verloren und vegetierte nun im Hospital vor sich hin. Rache würde den doppelten Verlust niemals wettmachen, aber vielleicht helfen. Vor zwei Jahren waren die Dealer vor Ort noch nicht gewitzt genug gewesen, den Stoff so zu strecken, daß mehr daran zu verdienen war und die Abnehmerschaft überlebte. Jetzt wußten sie Bescheid.

Die Drogen waren den Deutschen, den Amis und Japanern auf den hiesigen Markt gefolgt, und die Gangster vor Ort hatten sich an den Westlern und deren Art von Geschäftemacherei ein Beispiel genommen. Mag sein, daß die schlechten alten Zeiten wirklich schlecht gewesen waren, aber heute ...? Vorontsyev rieb sich das Gesicht. Ja, die schlechten alten Zeiten waren in der Tat schlecht gewesen. Das durfte nicht vergessen werden, aber gleichzeitig galt es, den Blick nach vorn zu richten, die aktuellen Probleme in den Griff zu bekommen ... trotz einer korrupten Polizei, trotz der alten Bonzen und Seilschaften, der Ewiggestrigen aus KGB und GRU, trotz der allmächtigen Spekulanten und Erdgasgesellschaften. Denen wollte Vorontsyev nicht kampflos das Feld überlassen.

Jetzt durfte kein Fehler gemacht werden. Sie hatten solange auf eine solche Gelegenheit gewartet und einen Erfolg bitter nötig: die Festnahme Hussains und derjenigen, die in der observierten Wohnung auftauchten, wo Angehörige von Hussain lebten. Würde eine ganze Lieferung pakistanischen Heroins von den Straßen verschwinden, wären die Quellen vorübergehend trockengelegt. Zeit, um mit den Ermittlungen weiterzukommen, um mehr über Transportwege und Verteilerorganisation zu erfahren. Um nach den eigentlichen Drahtziehern zu fahnden.

»Du bleibst hier und beaufsichtigst die Observation«, sagte er. »Ich fahre mit Marfa ins Gogol und durchsuche Rawls Suite. Bakunin soll den Eindruck haben, daß wir unser Bestes tun, bevor er sich der Sache selbst annimmt.« Er grinste. »Wer weiß? Vielleicht liegt ja die Lösung des Falls auf dem Nachttischchen parat.«

Er stieg in seine Stiefel und warf sich den Mantel über, wickelte den Schal um den Hals, setzte die Pelzkappe auf und öffnete die Tür zur Einsatzzentrale. Dort ging es zu wie in einer Schulklasse. Die Beamten starrten allesamt aufgeschreckt in seine Richtung, als fürchteten sie, daß er ihnen unangenehme Fragen stellen könnte, zum Beispiel nach ihren Nebeneinkünften, oder daß er Resultate zu hören verlangte, was ihnen noch peinlicher sein würde als der Tadel, besoffen im Dienst erschienen zu sein. Die Luft war verqualmt, doch es stank hier nicht mehr nach den alten schwarzen Papirossi; jetzt wurden nur noch amerikanische Zigaretten geraucht. Zum vertrauten Genrebild gehörten nur ein armes Würstchen, das einen Fix brauchte, aber kein Geld dafür hatte, eine verheulte alte Frau in Schwarz, deren Gesicht wie Felsgestein erodiert war, und eine schlampige junge Frau mit blauem Auge und aufgeplatzter Lippe. Mit der unterhielt sich gerade Marfa.

Alle anderen, die hier in dieser scheunenartigen, rauchverhangenen und verwahrlosten Halle verhört wurden oder Anzeigen erstatteten, waren gut gekleidet und wirkten entspannt oder großkotzig. Einer trug unter seinem dicken Hals eine schillernde Seidenkrawatte, und der schwarze Mantel war mit einem Astrachan-Kragen besetzt. Er roch nach Zigarrenrauch, wie Vorontsyev auffiel.

Er warf einen Blick auf die mißhandelte junge Frau, deren Hände wie zwei Fremde umeinander kreisten, die sich nicht über den Weg trauen. Marfa Tostyeva war sichtlich angerührt von der Geschichte dieser Frau und beugte sich über den Schreibtisch zu ihr hin, um sie zu trösten. Marfas Wangen waren bleich, ihre Augen glitzerten. Vorontsyev tippte ihr auf die Schulter, worauf sie zusammenzuckte, als hätte er sie aus dem Schlaf geweckt.

»Überlaß das einem anderen«, sagte er. »Ich brauche dich.« Sie holte Luft, um zu protestieren, beruhigte sich aber gleich wieder. Von den Kollegen würde sich wohl niemand ernstlich um dieses Opfer häuslicher Gewalt kümmern. Aber es half alles nichts. Vorontsyev schien es sich zur Aufgabe gemacht zu haben, Marfa von ihrer fast zwanghaften Beschäftigung mit hoffnungslosen Fälle abzubringen, zumindest hin und wieder mal, damit sie sich erholen konnte; und wenn er das tat, dann mit Nachdruck.

Marfa tätschelte die flatternden Hände der Frau und flüsterte ihr ein paar Worte ins Ohr. Dann forderte sie einen jüngeren Kollegen auf, sich weiter um die Klientin zu kümmern, bevor sie ihrem Chef nach draußen in den kalten Korridor folgte. Der Linoleumbelag war durchgetreten, und es roch streng nach Desinfektionsmitteln.

Auf dem Weg zum Fahrstuhl mußte Marfa mehrfach niesen.

»Erkältet?« fragte er und grinste unwillkürlich. Marfa Tostyeva war alles andere als hypochondrisch, reagierte aber jedesmal verwundert und ungehalten, wenn sie von einer kleineren Malaise befallen wurde. Mit ihren sechsundzwanzig Jahren hielt sie sich wahrscheinlich immer noch für unsterblich.

»Grippe, wie's scheint. Ich werde dich noch anstecken.«

»Besten Dank, Marfa.« Er fühlte sich verpflichtet zu fragen: »Diese Frau, ist sie vom eigenen Mann zusammengeschlagen worden?«

»Na klar. Arbeitet im Gaswerk – wenn er nüchtern ist. Jetzt hat er gerade für zwei Wochen Urlaub gekriegt und war wohl nicht ganz ausgelastet. Dieses Schwein.« Das sagte sie ganz ohne Bosheit und Zynismus. Marfa glaubte nach wie vor an den Wert sittlicher Imperative und Verhaltensregeln. Sie war das engagierteste und temperamentvollste Mitglied der Abteilung. Und darum vertraute er ihr.

Erneut wurde sie von einem Niesreiz geschüttelt. Ihre blauen Augen wirkten wäßriger als sonst. Sie würde gegen die Erkältung oder Grippe oder was auch immer ebenso entschieden angehen wie gegen Mißhandlung, Diebstahl, Drogenkriminalität und Tierquälerei. Eine veritable Johanna von Orleans. Vorontsyev hoffte, daß er sie wegen dieser Grippe nicht nach Hause und ins Bett würde schicken müssen.

»Was steht an?« fragte sie, als sie den Fahrstuhl verließen.

Wie gewöhnlich war das Foyer voller Menschen, die vor der Kälte Zuflucht suchten, auf den Bänken hingen oder vor den gekachelten Wänden hockten, in Schach gehalten von gehässigen Vertretern der Miliz. Putzfrauen fegten um sie herum.

»Es geht um den Toten von heute morgen. Als er noch lebte, hat er im Gogol logiert. Wollen doch mal sehen, wie er sich dort so eingerichtet hat, bevor er das Zeitliche segnen mußte.«

Marfa bedachte ihn mit kritischem Blick. Die Welt der Reichen interessierte sie nicht. Für sie war das Hotel Gogol ein anderer Planet, den eine unerträgliche Atmosphäre umgab.

»Na schön«, sagte sie.

Sein Wagen tauchte unter den Bäumen auf, die zu beiden Seiten der steil ansteigenden Auffahrt standen; das Scheinwerferlicht fiel auf eine stattliche Fassade im georgianischen Stil. Ein schönes Anwesen, dachte er, aber viel zu abgelegen auf dieser Anhöhe mit Blick auf den Potomac und die malerische Wasserlandschaft der Great Falls. Umgeben von zwanzig Hektar Parkanlage. Es war, als könnte man hier das Rascheln von Banknoten hören. Gegen Ende des 18. Jahrhunderts erbaut, hatten in diesem Haus verschiedene Landraffer gewohnt, ein General und Bürgerkriegsveteran, dann ein Stahlbaron, und jetzt lebte hier zunächst einmal Billy Grainger. Womit John Lock mehr als einverstanden war, denn seine Schwester fühlte sich hier überaus wohl.

Billys schwarzer Porsche, die Firmenlimousine und ein Geländewagen parkten neben dem Haus. Flutlichter strahlten auf eine pedantisch gepflegte Rasenfläche, auf der, vom Gärtner übersehen, ein paar braune Blätter wie Altersflekken auf einer Greisenhand lagen. Hinter Billys Fuhrpark sah Lock noch zwei weitere schwarze Limousinen. Anscheinend war Billy mit Geschäftspartnern eingeflogen. Lock schloß die Tür seines kleinen Nissan und ging auf den Portikus zu, getragen von vier weißen Säulen – nach dem Vorbild des Weißen Hauses. Der Fahnenmast ragte in den Sternenhimmel auf; die Fahne war eingerollt. Über dem Eingang leuchtete eine riesige Lampe. Durch die Fenster schimmerte Licht, beruhigend und einladend.

Und er mußte sich nicht länger fragen, was er im Inneren des Hauses vorfinden würde, so wie in all den Monaten, als die Fassade nur als trügerischer Schein hatte herhalten müssen.

Er zog nicht mehr unwillkürlich die Schultern ein wie früher, immer dann, wenn er auf das Haus zugegangen war, beklommen und voller Angst vor dem, was ihn erwarten würde. Beths Drogen- und Alkoholmißbrauch, ihr Nervenzusammenbruch – infolge von Billys Seitensprüngen. Doch all das war nun überwunden, die Schwester geheilt. Lock konnte sich wieder darauf freuen, sie zu sehen. Er hatte mittlerweile sogar Verständnis für Billy, der lange Zeit nicht damit fertiggeworden war, mit einer Frau verheiratet zu sein, die klüger und ihm in allen Belangen überlegen war.

Da trat sie nun auf die Stufen hinaus, als feierte sie nicht den einundvierzigsten, sondern den zwölften oder dreizehnten Geburtstag, freudestrahlend und in einem silbernen, enganliegenden Kleid, das eine ihrer schmalen weißen Schultern freiließ.

»Hallo, Schwester …« Sie umarmte ihn, wie ein Kind so stürmisch; kein Gedanke mehr daran, wie verzweifelt sie vordem gewesen war. Er hielt das verpackte Geschenk hinter dem Rücken versteckt und spürte, wie sie mit den Händen danach suchte. Ihr Mund hauchte kichernd warme Luft an seine Wange.

»Johnny!« rief sie in gekünstelter Enttäuschung, ungeduldig und schmollend. Er ließ sich erweichen und reichte ihr das Geschenk, das sie an ihre mädchenhafte Brust preßte. Dann nahm sie ihn bei der Hand und zerrte ihn in die große, hohe Empfangshalle.

»Aufgeregt?« fragte er.

»Ich hab' die Vierzig geschafft, jetzt freue ich mich, einundvierzig zu sein.« Eine Bedienstete bot ihm Champagner an. Stillman, der Butler, stand abseits und krauste die Stirn; er wunderte sich wohl über die Ausgelassenheit von Madam. Beth schleifte Lock in den Salon.

Im offenen Kamin brannte ein Feuer. Warmes Licht schimmerte auf der marmornen Umfassung und der vergoldeten Uhr auf dem Sims, reflektierte vom polierten Mobiliar. Ausnahmslos amerikanisches und englisches. Französische Möbel fand Beth zu protzig, geradezu vulgär, worin ihr die meisten Damen der Washingtoner Gesellschaft heftig widersprachen. Wie die Möbel waren auch die Vorhänge und Teppiche nach dem eigenen Geschmack ausgesucht und nicht nach dem Diktat teurer Designer. An den Wänden hingen lediglich zwei Gemälde: eines von Sisley, eins von Cézanne. Die restliche Stellfläche war Regalen voller Bücher vorbehalten.

Darunter befanden sich etliche Werke ihres Vaters, der auch noch dreißig Jahre nach seinem Tod als der bedeutendste Historiker des Bürgerkriegs Ansehen genoß; Werke von Beth, von der Doktorarbeit bis hin zu ihrem jüngsten

Bestseller; Bücher zur Geschichte, Musik, bildenden Kunst. Viele Exemplare aus der Bibliothek des Vaters hatten hier ihren neuen Platz gefunden. Einen Regalboden hielt Beth frei – als Herausforderung für ihren Bruder, reserviert für die Bücher, die sie ihn zu schreiben drängte.

Beth ließ ihm Zeit, damit er sich in aller Ruhe umschauen konnte wie in einem Museum oder dem alten Kinderzimmer, das die Mutter seit Jahren unverändert gelassen hatte. Nach einer Weile stieß sie ihn plötzlich in einen Sessel und musterte ihn mit strahlenden Augen. Da war keine Spur mehr von Alkohol, Kokain oder aufgesetzter Fröhlichkeit. Sie war sichtlich glücklich.

»Was macht Rußland, Johnny? Geht's endlich voran?« Sie fragte, als sorgte sie sich um nahe Verwandte, die dort wohnten. So war sie: voller Anteilnahme am Schicksal anderer. Sie engagierte sich, organisierte Spendensammlungen, wollte am liebsten immer vor Ort Hilfe leisten. Eigentlich seltsam, daß sie nie ihren Mann auf seinen Reisen begleitete. Aber der hatte anderes im Sinn, und ihr war es wichtig, daß sie ihre Wahrnehmungen mit jemand teilen konnte. »Erzähl! Wie steht's?« drängte sie, als reizte sie sein Schweigen.

»Nicht gut. Aber immerhin ist mir ein ehrlicher Bulle begegnet«, antwortete er grinsend.

»Bist du festgenommen worden?«

»Nein. Er wollte eine Aussage von mir. Wegen einer Rauferei in der Hotelbar. Im Grunde war's bloß eine kleine Meinungsverschiedenheit«, fügte er eilig hinzu, als er sah, wie sich ihre Miene verfinsterte. »Nicht weiter tragisch. Ich glaube, der Beamte hatte gehörig Gamaschen vor mir als Vertreter des Außenministeriums. Ein netter Kerl, obwohl reichlich zynisch. Wie dem auch sei, Billys Investition ist gut angelegt, unabhängig davon, was die russische Regierung ...«

»Pete Turgenev ist hier mit Billy. Sie sind heute aus Phoenix eingeflogen.«

»Und Vaughn? Ist er nicht mitgekommen?«

»Nein. Er läßt sich entschuldigen, sagt, daß er zu müde sei.«

»Er ist doch nicht etwa krank?«

»Nein, es geht ihm gut. Vermutlich fühlt er sich ein bißchen erschöpft nach der Aktionärsversammlung. Du weißt ja, er ist nicht sehr belastbar, genausowenig wie Sohnemann Billy.« Sie schmunzelte.

»Wie war dein Ausflug nach New York? Ich kehre aus Rußland zurück und muß feststellen, daß meine Schwester nicht in der Stadt ist.«

»Tja, wie soll's gewesen sein? Da wurde vor reichen Studenten vom Hungerelend in der Dritten Welt berichtet. Was bedeutet denen das schon?« Sie spreizte ihre langen Finger. Diamanten funkelten an den Ohren, im Dekolleté. Er kommentierte die Ironie nicht. »Na ja, wer weiß? Vielleicht hat's ja doch was gebracht.«

Lock erinnerte sich an ihre radikalen Jahre. Auf allen Demos immer vorneweg. Unwillkürlich suchte er in ihrem Gesicht den Ausdruck zornigen Aufbegehrens als Zeichen dafür, daß sie wirklich wieder die alte war.

»So, du bist also jetzt Dozentin für Betroffenheit und wohlmeinende Appelle«, spottete er.

»Dazu fehlt mir die *political correctness*.«

»Dann bist du nicht *in*.« Er grinste. Beth hatte ihre akademische Laufbahn wiederaufgenommen und hielt an der Universität von Georgetown den Lehrstuhl für geopolitische Studien besetzt, den Billy als Sponsor eingerichtet hatte. Ihre Habilitationsschrift über die Volkswirtschaften Osteuropas war in die Bestsellerliste der Sachbücher aufgerückt und mit überschwenglichen Kritiken bedacht worden.

Er hoffte, daß sie ihn heute abend nicht schon wieder auf sein Buchprojekt ansprechen würde, auf das Vorhaben, das ihn seit Jahren wie ein treuer, aber vernachlässigter Hund begleitete. Im Ministerium hieß es, daß jeder gute Mitarbeiter ein Hobby brauche; also widmeten sich die hellsten Köpfe der Schreiberei, verfaßten Monographien oder Artikel für Zeitungen (wenn erlaubt), besonders gern Kunstkritiken, worin sich auch Lock schon häufiger geübt hatte. Aber ein Buch zu schreiben sei, wie er Beth gegenüber immer wieder betonte, verdammt harte Arbeit; doch sooft er das sagte, winkte sie überheblich ab und tat so, als gäbe es nichts Einfacheres.

»Nein, *in* bin ich wirklich nicht, aber was heißt das schon?« Sie seufzte und reckte sich wohlig. Auf Beifall war sie nicht aus. Es reichte ihr, nicht abgelehnt zu werden. Doch Billys Affären hatten sie vor den Kopf gestoßen. »Mit wem hast du dich getroffen?«

»Nur mit einem der Stellvertreter des Premierministers. Noch ist er uns wohlgesinnt, aber es kann durchaus sein, daß er nächste Woche schon anders denkt. Jelzin mischt seine Leute wie Karten durcheinander, immer darauf bedacht, die Hardliner bei Laune zu halten, aber nicht übermütig werden zu lassen.«

»Ist zu fürchten, daß die ganze Chose den Bach runterläuft?«

»Wer weiß?«

»Billy meint, daß es wirtschaftlich bergauf geht.«

»Was soll er sonst sagen? Versteh mich nicht falsch, er ist schwer in Ordnung, aber ein bißchen einfältig, wenn er glaubt, daß jetzt alle in die Hände spucken, nur weil er gekommen ist.« Er hob die Arme, um ihrem Einwand zu begegnen. Sie würde Billy verteidigen wie eine Löwin ihr Junges, jetzt, da sie ihn wieder liebgewonnen hatte und nicht länger um den Bestand ihrer Ehe bangen mußte.

Sie lächelte. »Grainger-Turgenev ist aber doch ein Gewinn, oder?«

»Für manche durchaus. Man sieht mittlerweile ein paar Porsche durch Novyj Urengoj fahren. Das heißt ja schon was. Wie geht's dir und Billy?«

»Gut«, antwortete sie, ohne zu zögern. »Wir haben die alten Geschichten abgehakt und kommen besser denn je miteinander zurecht.«

»Freut mich.«

Der Champagner in seinem Glas war inzwischen lauwarm geworden. Er nippte daran und entspannte sich im Feuerschein, der ihre Schatten über die Wand tanzen ließ. »Mach's endlich auf«, sagte er und zeigte auf das Geschenk, das auf der Armlehne ihres Sessels lag.

Hastig riß sie das Papier ab, und dann weiteten sich ihre Augen angesichts der kleinen, goldgerahmten Ikone mit dem Bildnis der Heiligen Jungfrau, flächig und nach Locks banausenhafter Einschätzung fast cartoonhaft gemalt, umgeben von einem Glorienschein aus Sternen.

»Wunderschön.« Sie gab ihm einen Kuß und setzte sich zu ihm auf die Armlehne, damit sie das Bild gemeinsam betrachten konnten.

»Schwarzmarkt in Moskau. Von einer alten Frau. Sie muß es wohl seit Jahrzehnten unter ihrer Matratze versteckt haben. Hat aber einen anständigen Preis dafür bekommen«, fügte er hinzu, weil Beth die Stirn runzelte. »In Dollars.«

Es klopfte an der Tür. Stillman erschien und salbaderte: »Madam, gestatten Sie, daß ich Ihnen die Ankunft der Gäste zur Kenntnis bringe.« Lock mußte an sich halten, um nicht laut loszulachen.

»Danke, Stillman. Ich bin gleich da.« Die Tür schloß sich hinter dem Butler. Beth stand auf und strich ihr Kleid glatt. »Komm doch morgen zum Lunch. Ich würde gern mehr Zeit mit dir verbringen.« Sie lächelte und berührte mit den Fingerspitzen seine Hand. »Nur so zum Plausch. Dazu kommen wir heute nicht mehr. Ich will meine Party genießen.«

Er folgte ihr nach draußen in die Empfangshalle, die nun vom tief herabhängenden Lüster hell erleuchtet war wie eine Bühne. Zusätzlich eingestelltes Personal half den Herrschaften aus den Mänteln, unter denen exklusive Roben zum Vorschein kamen. Juwelen glitzerten, Seide rauschte. Beth drückte seine Hand und eilte dann freudestrahlend auf die Gäste zu.

Von einem vorbeischwebenden Tablett nahm Lock ein kühles Glas Champagner. Er fühlte sich prächtig, überwältigt von diesem Ambiente aus Macht, Vermögen und Lebensart.

Der Reisekoffer ruhte geöffnet auf dem Bett. Ein trostloser Anblick, wenn man wie Vorontsyev wußte, daß sein Besitzer jetzt nackt in der Pathologie des Krankenhauses der

Grainger-Stiftung lag. Er setzte sich in dem großen Hotelzimmer auf einen der Stühle und starrte auf den Koffer. An die zehn Minuten lang. Marfa schniefte im Hintergrund, und der Radiator der Zentralheizung gab gurgelnde Geräusche von sich. Vorontsyev sah schließlich seine Ahnung bestätigt: Der gepackte Koffer war, nachdem Rawls das Zimmer verlassen hatte, um seinem Mörder zu begegnen, durchsucht worden, diskret und fachmännisch.

Eine Brieftasche war nicht zu finden, auch kein Aktenkoffer. Im Wandschrank befand sich noch ein Anzug, dazu ein Paar Schuhe, Unterwäsche und ein leeres Necessaire; dessen Inhalt lag vor dem Spiegel im Badezimmer. Nichts von alledem gab Aufschluß über den Besitzer. Keine Papiere, kein Paß, kein Scheckheft. Nichts dergleichen.

Es war dunkel im Zimmer. Draußen hatten sich die Schneewolken noch dichter zusammengezogen. Er griff zum Telefon und verlangte, den Empfangschef zu sprechen.

»Ich möchte wissen, ob Mr. Rawls irgend etwas in Ihrem Safe deponiert hat ... ja, der Tote. Ja, Kriminalpolizei.« Der Hinweis auf sein Amt brachte nicht die gewünschte Wirkung. Es hatte eine Revolution gegeben; niemand ließ sich mehr einschüchtern von KGB oder Polizei. Jetzt dienerte man vor Leuten, die teure Anzüge trugen, schnelle Autos hatten und eine Gold Card von American Express. Er war nur ein Polizist und zählte nicht, zumindest nicht hier in diesem Hotel, das er sich als Gast nie würde leisten können.

»Nein, Mr. Rawls hat nichts deponiert.« Die Antwort hatte auf sich warten lassen.

Er legte den Hörer auf. Marfa kam aus dem Badezimmer.

»Hast du irgendwelche Pillen gefunden, die deiner Familie nützlich sein könnten?«

Sie krauste die Stirn und nickte dann mit dem Kopf. »Er konnte offenbar schlecht einschlafen. Die Tabletten stammen aus unserem Krankenhaus.« Sie klapperte mit der Dose und steckte sie in die Tasche. Für ihre Schwägerin, die unter Schlafstörungen litt. Die Unfallversicherung der Erdgasgesellschaft und die Behindertenrente ihres Bruders reichten bei den neuen Marktpreisen kaum aus, um über die Runden zu kommen. Marfas Bruder hatte bei einer Gasexplosion einen Arm verloren. Sie würden bald woanders hinziehen müssen, wo die Lebenshaltungskosten weniger hoch waren.

»Hier könnte ich auch nicht schlafen«, murmelte er.

»Sonst hast du keine Probleme?« Sie ließ sich in einen Sessel fallen, richtete den Oberkörper aber sogleich wieder auf, um keinen allzu erschöpften Eindruck zu machen. Ihr schwarzer Wollschal, der ihren Hals umringte wie eine Python, reichte fast bis auf den pastellfarbenen Teppich herab. Das schmale, hübsche Gesicht sah schon ziemlich verschnupft aus.

»Ich will, daß du dir ein paar Tage freinimmst.« Er ließ sie nicht zu Wort kommen. »Dich hat's erwischt, und eine Kollegin, die im falschen Moment zu niesen anfängt, kann ich nicht gebrauchen.« Sie zeigte sich frustriert und verärgert wie ein Kind. »Auch wenn's schwerfällt, du mußt hinnehmen, daß wir zur Not auch ohne dich auskommen.« Er grinste.

Sie schien mit sich zu ringen, gab dann aber klein bei. »Na gut, aber wehe, ihr verbockt die Sache.« Er erwartete noch einen Sermon über das Elend derer, die den Drogen zum Opfer fallen, doch den ersparte sie sich. Vorontsyev hätte ihre Mithilfe bei der bevorstehenden Razzia gut gebrauchen können. Wie vielen seiner Leute durfte er wirklich vertrauen? Durchaus möglich wäre, daß der eine oder andere einen Schuß abfeuerte oder die Autohupe betätigte, um die Dealer zu warnen und sich dann damit rausreden würde, daß ihm die Nerven durchgegangen seien. »Und was ist jetzt hiermit?« fragte sie und deutete auf das Zimmer.

Vorontsyev fuhr sich durch das graumelierte Haar. »Ich weiß nicht. Fest steht, daß sich seine Mörder hier gründlich umgesehen und alles mitgenommen haben, was von Interesse sein könnte. Oder siehst du was?«

»Augenblick.« Sie stand auf, nahm den Telefonapparat vom Nachttisch und kehrte in den Sessel zurück, worauf sie einen Blick in ihr Notizbuch warf und eine Nummer wählte. Es war so still im Zimmer, daß er sie ungeduldig atmen hörte.

»Antipov?« fragte sie. »Polizei, ja … ich bin's. Sie sind der Nachtportier im Gogol. Tut mir leid, wenn ich Sie geweckt habe. Ich muß Ihnen ein paar Fragen stellen.« Sie stockte, hörte zu. »Gut. Es geht um einen amerikanischen Gast, Mr. Rawls, mittelgroß, dunkle Haare, schlank, dunkler Mantel … Er hat gegen zwei oder drei Uhr letzte Nacht das Hotel verlassen. Haben Sie ihm ein Taxi gerufen?« Sie mußte niesen. »'Tschuldigung. Hören Sie zu, wir wissen, daß Sie den Hotelkuppler spielen. Wollen Sie, daß ich vorbeikomme und Sie zu Ihren Nebeneinkünften befrage? Also gut. Sie erinnern sich …? Ja. Taxi. Sie kennen den Fahrer …? Wie? Noskov. Adresse? Taxinummer?« Sie kritzelte etwas in ihr Notizbuch, das auf den Knien lag. »Was …? Ja, verstehe. Bleiben Sie zu Hause; wir schicken jemanden vorbei, der Ihre Aussage zu Protokoll nimmt.«

Marfa ließ den Hörer auf die Gabel fallen, hob den Kopf in Richtung Decke und stieß einen Schwall Luft aus.

»Und?«

»Sobald ich mir ein paar Aspirin reingeworfen und ein Stündchen geschlafen habe, werde ich den Taxifahrer aufsuchen.«

»War noch was?«

»Antipov erinnert sich, gesehen zu haben, daß ein schwarzer Mercedes vorm Eingang geparkt hat, über eine halbe Stunde lang, und dann dem Taxi und Rawls nachgefahren ist.«

2

Eine amerikanische Tragödie

»Und wissen Sie, wo der Hase im Pfeffer liegt? Nehmen Sie's nicht persönlich, aber ich finde, Sie und die Herren vom Ministerium sollten sich da raushalten und Leuten wie mir und Billy Grainger freie Hand lassen.« Von dem Vorstandsmitglied der Erdölgesellschaft in eine Ecke des großen Speisezimmers gedrängt, spürte Lock die Holzvertäfelung im Rücken; er mußte den Kopf einziehen, um nicht an das Bild von Jackson Pollock zu stoßen. »Seien wir doch ehrlich, Ihre Rahmenrichtlinien und Appelle bringen's doch nicht; sie nützen weder uns noch den verfluchten Russen.«

Die blonde, aufgedonnerte Frau an seiner Seite wirkte gelangweilt und hing an seinem Arm wie eine Muleta, die den Zweck hat, alle Bullen dieser Welt zur Raserei zu bringen. Lock lächelte ihr zu, doch sie zeigte keinerlei Reaktion.

»Ich weiß, was Sie meinen, Sam«, antwortete er. »Aber so einfach ist das nicht ...«

»Ja, leider, weil Sie es so kompliziert machen«, entgegnete der andere. »Wenn man uns freie Hand ließe ...«

»Ich erinnere mich an ein ganzes Rudel indischer Agenten, die mit demselben Argument hausieren gingen«, rutschte es Lock heraus.

Die Frau klimperte mit den Augen und zeigte sich für einen kurzen Moment amüsiert. Bevor ihr Mann antworten konnte, sagte Lock freundlich lächelnd: »Tut mir leid, Sam, vielleicht haben wir später noch Gelegenheit, unser Gespräch fortzusetzen. Aber jetzt muß ich zu meinem Schwager. Ich glaube, er braucht mich.«

Sam wandte sich abrupt ab. Lock hörte noch, wie er seine Frau anraunzte: »Mit dem zu reden lohnt sich ohnehin nicht«, dann waren die beiden verschwunden, und Lock konnte erleichtert aufatmen. Eine Party in Washington war wie ein Badevergnügen im offenen Meer, wobei man stets darauf gefaßt sein mußte, von Haien, Quallen und Kraken belästigt zu werden. Doch Lock hatte sich daran gewöhnt, und es fiel ihm nicht ein, den wilden Feten von früher nachzutrauern, auch wenn er durchaus gern daran zurückdachte. Der Rückblick auf die Partys in der Vergangenheit machte seine Entwicklung sinnfällig. Während er vor Jahren im Schmuddellook und zur Musik von Zappa oder den Greatful Dead seine Joints geraucht hatte, besuchte er heute nur noch diese vornehmen Galas unter hohen Decken und umgeben von Pomp und teuren Wandgemälden. An den Problemen der Welt hatte sich kaum etwas geändert.

Die Stimmen im Speisezimmer, das Geklappere von Besteck und die klingenden Kristallgläser sorgten für eine vertraute Geräuschkulisse. Washingtoner Partys waren sich alle gleich; da traf sich der Klüngel aus Macht und Geld; Lobbyisten und Industrielle schlenderten vorbei, hin und wieder auch ein Senator oder Kongreßabgeordneter. Lock reihte sich in die Schlange vorm Büfett ein; er blickte auf pralle, bloße Schultern, roch teures Parfüm und Zigarrenrauch. Schließlich wurden ihm auf einem Tablett Kaviar, Krabben, Salat, Quiche, Lachs und ein Glas Rotwein gereicht. Unwillkürlich schaute er sich nach Beth um und sah ihre schmalen Hände, die ihm über die Köpfe der anderen hinweg zuwinkten. Ihr Vergnügen war echt – weder von Alkohol oder Koks inspiriert noch durch einen Therapeuten verordnet.

»John-Boy!« rief Billy.

Als er sich seinem Schwager zuwandte, senkte der den Blick. Billy wirkte in Locks Nähe immer noch befangen seit jener Nacht, als die beiden heftig aneinandergeraten waren, während man Beth im Krankenhaus den Magen ausgepumpt hatte. Lock hatte ihm schwere Vorwürfe gemacht und ihm das Elend seiner Schwester zur Last gelegt; obwohl dieser Streit inzwischen beigelegt war, blieb ein Rest von Verlegenheit zurück, der sich bemerkbar machte, sooft sie zusammenkamen.

Vom Kristallüster unter der Kuppel aus bemaltem Glas schien Licht zu tropfen.

»Billy ... Pjotr.«

»Ja, da bin ich«, antwortete Turgenev mit einem Lächeln.

»Auf Pete hört er mittlerweile auch«, bemerkte Billy, als Lock dem Russen die Hand schüttelte.

»Ihr wart in Phoenix?«

»Allerdings. Unsere Hauptaktionäre wollten wissen, wie's mit dem Joint-venture vorangeht. Ich glaube, wir konnten sie zufriedenstellen.« Billy hatte schon ein paar Gläser geleert; er war in jovialer Stimmung und tätschelte Lock die Schulter.

»Wie geht's Vaughn?«

»Ach, Dad ist nur ein bißchen müde. Das hat dir Beth doch schon erzählt, oder? Kein Grund zur Sorge, Billy-Boy. Er überlebt uns noch beide.«

Haie und kleinere Fische näherten sich von allen Seiten, um Anschluß zu finden an die Gruppe um Billy und Pjotr. Turgenev, der Geschäftsführer von Grainger-Turgenev in Novyj Urengoj, hatte drei oder vier russische Freunde bei sich, die Lock nur flüchtig kannte. Billy war flankiert von zwei Mitarbeitern seines Unternehmens; daneben stand eine junge Frau in einem aufregend knappen, paillettenbesetzten Kleid. Das Hauptaugenmerk aller Gäste galt weniger dem Geburtstagskind Beth als vielmehr ihrem erfolgreichen Mann, der etliche Abgeordnete, ja sogar einige Senatoren in der Tasche hatte und dem die Regierungszuschüsse zu den Ohren herauskamen.

Turgenev war größer als Billy und weniger stämmig. Die beiden hätten sich auch gut als ungleiche Filmpartner gemacht – Billy, das Schlitzohr: kurz, dunkel, gedrungen; Pjotr, der Schlaks: lang, blaß und mit hellen Augen.

»Und wie geht es dir so, John? Schade, daß wir uns verpaßt haben, als du in Novyj Urengoj warst. Aber weil's in Phoenix sehr viel wärmer ist, habe ich es vorgezogen, mich dort aufzuhalten.«

Von anderen, die hinzukamen, bedrängt, rückte die Gruppe weiter weg. Lock versuchte, sich auszuklinken, als er sah, wie sich Turgenevs Miene wandelte. Es war, als hätte er seine Freundlichkeit wie eine Maske abgesetzt; er beugte sich zu Billy herab und flüsterte ihm etwas ins Ohr, und der reagierte merklich schockiert, wie wenn er über das plötzliche Ableben seines Vaters informiert worden wäre oder zu hören bekommen hätte, daß die Aktien von Grainger Technologies in den Keller gerutscht seien.

»Stimmt was nicht, Billy, Pete?« rief er.

»Nein, nein«, antwortete Billy und winkte ab. Doch sein Gesichtsausdruck strafte ihn Lügen.

Weit weniger als das, was ihm soeben von Turgenev gesteckt worden war, hatte Billy die Nachricht vom Mord an Rawls aus der Fassung gebracht. Sein Kommentar dazu war eher flapsig gewesen: *»Armer Teufel, hat all die Jahre in Washington überlebt, um sich schließlich ausgerechnet in Sibirien ausrauben und abmurksen zu lassen.«* Rawls war zu ersetzen; er gehörte nicht zur Familie.

Billy schien sich immer noch nicht so recht von dem, was ihm gesagt worden war, erholt zu haben. Doch Turgenev lachte wieder. Die Sache war offenbar nur halb so schlimm. Wie von Pilotfischen umschwärmt, zog die Gruppe weiter im Bewußtsein ihrer Attraktivität.

»Wir sehen uns noch«, sagte Turgenev mit Blick zurück auf Lock.

Er blieb für eine Weile allein und musterte den Teppich zu seinen Füßen, auf dem ein paar Essensreste festgetreten waren. Kein Problem für Beth. Sie hatte den Party-Teppich auslegen lassen. Für gewöhnlich lagen hier auf blankpoliertem Parkett große, alte Perserteppiche.

Lock ließ sich Kaviar und Lachs schmecken und trank einen Schluck Claret. Herrje, dachte er; Rotwein zu Fisch. Aber es war ein edler Tropfen, gut temperiert. Billy-Boy ließ sich nicht lumpen. Daß er seiner Frau eine so tolle Party bot, war vielleicht als Abbitte zu verstehen. Er hatte sie auch lange genug vernachlässigt.

Ein Kollege vom Ministerium schlenderte vorbei und winkte ihm zu; er wurde wie ein Gefangener in Schach gehalten von einem Anwalt und dessen Mandanten. Grinsend grüßte Lock zurück, indem er mit der Gabel wackelte. Staatsbeamte und Politiker liefen hier wie Freiwild herum.

Auf der anderen Seite des Raums unterhielten sich Billy und Turgenev mit einem demokratischen Senator, der sich Hoffnungen machte auf den Vorsitz des Senatsausschusses für osteuropäische Angelegenheiten. Turgenev gab sich leutselig, wie man ihn kannte, während Billy nach wie vor sorgenvoll dreinblickte. Lock fürchtete, als ministerialer Rußlandexperte zu diesem Gespräch hinzugezogen zu werden und dachte an Flucht: vorzugsweise in den Bannkreis einer hübschen, unterhaltsamen Frau. Doch sein Blick wanderte immer wieder zurück zu Billy und Turgenev. Der Russe zeigte sich lässig und entspannt; er machte den Eindruck, als sei er in Washingtoner Kreisen zu Hause.

In gewisser Weise war er das auch. Er hatte während der 80er Jahre als ranghoher KGB-Offizier in Afghanistan gedient. Billy und Lock waren ihm dort begegnet zu der Zeit, da sich die Russen anschickten, das Feld zu räumen. Sie hatten den Auftrag, den Rückzug der russischen Truppen und den Gefangenenaustausch zu überwachen und verstanden sich mit ihrem Kollegen von der Gegenseite auf Anhieb gut. Lock hatte einen Schnappschuß aus dieser Zeit, auf dem sie zu dritt zu sehen waren – wie drei alte Freunde während eines Jagdausflugs vor einer Kulisse aus schneebedeckten Bergen.

Billy und Turgenev waren in Kontakt zueinander geblieben, und als Turgenev dann in Sibirien geschäftlich Erfolg hatte, war es zur Kooperation mit Billy gekommen, aus der sich das Konsortium Grainger-Turgenev entwickeln sollte, das Unternehmen mit den größten Anteilen an den riesigen Erdgasvorkommen rund um Urengoj.

Gefolgt von dem Senator, verließen nun Billy und seine russischen Freunde das Speisezimmer, fluchtartig, wie es schien. Ob sie Geschäftliches miteinander zu besprechen hatten? Das würde Beth bestimmt nicht dulden. Ihre Nachsicht hatte ein Ende, wenn Anstand und Etikette verletzt wurden.

Von einem Kellner, der sich wie ein Automat durch den Raum bewegte, ließ sich Lock neu einschenken. Er wechselte hier und da ein paar Worte, so mit einem Journalisten, den er aber schnell abwimmeln konnte, zumal dieser an Rußland nur wenig interessiert war. Zur Zeit beherrschte das Thema Bosnien die Schlagzeilen der *Washington Post*. Ein Mitarbeiter aus dem Ministerium machte ihn mit seiner Freundin bekannt, einer schmalgesichtigen jungen Frau, die sich hinter riesigen Brillengläsern versteckte.

Er schaute in die Runde und musterte einzelne Gäste, als er eine Hand auf seinem Arm spürte. Seine Freude darüber, Beth zu sehen, wurde gleich wieder gedämpft, als sie mit ungehaltener Stimme zu wissen verlangte: »Was ist los mit Billy?«

»Was soll sein? Eine großartige Party ...«

»Billy hat sich mit Turgenev und den anderen Russen in sein Arbeitszimmer zurückgezogen. Geh und hol ihn da raus. Ich will, daß er sich um seine Gäste kümmert.«

»Vielleicht hat er im Moment Wichtigeres ...«

»Bitte, John, bring ihn zurück.«

Lächelnd bedankte sie sich für ein Kompliment über das ›vorzügliche Büfett‹, das ihr von einer älteren Dame mit blaugetöntem Weißhaar im Vorbeigehen gemacht wurde. Gleich darauf verdüsterte sich ihre Miene wieder.

»Also gut, ich werde ihn holen«, sagte er, weil er wußte, daß sich Beth nicht eher zufriedengeben würde.

»Danke.« Und sofort widmete sie sich wieder der jungen Studentin aus ihrem Seminar, die an ihren Lippen zu kleben schien. Sie unterhielten sich über die Opernpremiere von *Die Macht des Schicksals*. Lock entschuldigte sich, froh darüber, nicht als Musikexperte herhalten zu müssen, als den ihn seine Schwester immer gern ausgab, um dann fast zwangsläufig auf sein Buch über Monteverdi zu sprechen zu kommen, das von seiner Vollendung noch weit entfernt war und womöglich nie zum Abschluß kommen würde. Um sich zu rechtfertigen, hatte er Beth gegenüber behauptet: *»Es ist nur ein Vorwand für Reisen nach Mantua und Venedig, Schwester, weiter nichts ...«* Was ihn jetzt daran erinnerte, daß er den Anruf der Sekretärin von der Washingtoner Musica Antiqua beantworten mußte. Gleich morgen früh, dachte er. Allerdings sollte er sich vorher noch eine gute

Ausrede einfallen lassen, die erklärte, warum er mit seiner Bühnenbearbeitung der Kurzoper immer noch nicht fertig war.

Er trat durch die breite Tür des Speisezimmers in die Halle hinaus. Auf der untersten Stufe der nach oben hin geschwungenen Treppe hockte ein hoffnungsvoller junger Künstler, den Beth protegierte und der nun zwei Bankern klarzumachen versuchte, daß der Wert seiner Gemälde zunehmen werde; darin zu investieren sei nicht zuletzt in geschäftlicher Hinsicht durchaus sinnvoll. Grinsend eilte Lock nach oben.

Die Tür zu Billys Arbeitszimmer war, wie er bemerkte, abgeschlossen. Obwohl dahinter mit lauten, anscheinend aufgebrachten Stimmen gesprochen wurde, konnte er nicht ausmachen, worum es ging. Er klopfte. Billy öffnete, zuerst nur einen Spaltbreit, als fürchtete er eine unangenehme Überraschung.

»Ach, du bist es, John.« Billys Gesicht glänzte vor Schweiß, und seiner Fahne nach zu urteilen hatte er Bourbon getrunken. Er stand in Hemdsärmeln da. Die Krawatte war gelockert und baumelte vor der Brust, die heftig pumpte, als sei er gelaufen. »Beth hat dich geschickt, stimmt's?« Lock warf einen Blick ins Zimmer und sah Turgenev lässig ausgestreckt in einem Ledersessel sitzen. Er schaute zur Tür hin und grinste.

»Ja«, antwortete Lock. »Du weißt, sie legt großen Wert darauf, daß ...«

»Ich habe zu tun, John. Bitte, stör jetzt nicht und verzieh dich.« Billy rang sich ein Lächeln ab. Er machte einen strapazierten Eindruck.

»Okay, okay, wollte nur Bescheid sagen.« Lock hob die Hände wie jemand, der sich ergibt. Billy nickte, machte die Tür zu und schloß wieder ab.

Kaum hatte sich Lock ein paar Schritte entfernt, ging der Streit hinter ihm von neuem los. Er schüttelte den Kopf. Wahrscheinlich gab es wieder mal Ärger bei der Aufteilung der Profite. Immer dasselbe. Kein Grund zur Beunruhigung.

Er warf einen Blick auf die Uhr. Halb zwölf. Er würde sich in Kürze verabschieden. Für morgen früh hatte er eine Verabredung mit dem Außenminister, der sich von ihm über die Situation in Rußland informieren lassen wollte.

Am Treppenabsatz angelangt, drehte er sich noch einmal zögernd um und schaute zurück auf die Tür zum Arbeitszimmer. Ach was, dachte er und gähnte. Warum sollte er zu schlichten versuchen? Pete Turgenev war ein ausgekochter Hund. So wie Billy. Die beiden würden sich nichts schenken …

Er schaute durch den kleinen quadratischen Fensterausschnitt der Tür ins Krankenzimmer und sah Dmitri Gorov am Bett sitzen und auf die Hand starren, die, ohne sich zu rühren, in der eigenen Hand lag. Das Gesicht seiner Frau war zwischen den Kissenwülsten nicht zu erkennen. Immer dasselbe, dachte Vorontsyev; ein Bild des Jammers. Heute schien Dmitris Frau mit einem Sedativum beruhigt worden zu sein. Manchmal heulte sie ununterbrochen. Für ihren Mann war es womöglich noch schrecklicher, wenn sie bei Bewußtsein war und ihn nicht wiedererkannte.

Vorontsyev konnte nicht verstehen, warum Dmitri so häufig hierher kam. Wollte er eine Schuld abtragen, sich strafen für den Tod seiner Tochter? War es Liebe? Beschämt wandte sich Vorontsyev ab. Stiefel hallten durch den kahlen Stationskorridor.

Vom Pharmazeuten war zu erfahren gewesen, daß er Rawls, dem Amerikaner, tatsächlich Schlaftabletten verschrieben hatte – vor vier Tagen. Ein Manager von Grainger-Turgenev hatte die Leiche identifiziert. Der Autopsiebericht lag vor. Er lieferte keine neuen Erkenntnisse. Rawls war in das Wäldchen gebracht worden, vermutlich von dem Taxi, das ihn vom Hotel abgeholt hatte. Offenbar war er dort verabredet gewesen, wahrscheinlich mit jemandem, den er kannte oder zumindest nicht zu fürchten brauchte. Es gab keine Spuren, die auf einen Kampf hingewiesen hätten, und keine körperlichen Verletzungen bis auf die Schußwunde im Hinterkopf. Der Russe, der ihn identifiziert hatte, wußte sich die Tat nicht zu erklären und sagte aus, daß Rawls mit der Morgenmaschine nach Sankt Peterburg habe fliegen wollen.

»Ich kann mir nur vorstellen, daß er Opfer eines Raubüberfalls geworden ist«, hatte der Russe gesagt.

Einverstanden – aber wieso ist er in eiskalter Frühe mit Halbschuhen zur Stadt hinausgefahren?

Vorontsyev schaute auf die Uhr. Es wurde langsam Zeit. Der Fall Rawls war nebulös, wirkte irreal wie ein Drama auf abgehobener Bühne. Sehr viel konkreter war dagegen die für diese Nacht erwartete Drogenlieferung. Und darum mußte ihr Priorität eingeräumt werden. Er klopfte an die Tür und öffnete sie. Dmitri starrte ihm entgegen, nickte und legte die Hand der Frau unter die Bettdecke. Dann stand er zögernd auf, nahm seine Pelzkappe und eilte zu Vorontsyev hin.

»Tut mir leid ...«

»Macht nichts, aber es ist schon drei Uhr.«

»Hast du noch was in Erfahrung bringen können?«

»Über Rawls?« Vorontsyev schüttelte den Kopf.

»Was sollen wir nun in dieser Sache unternehmen?«

»Nichts. Was könnten wir tun? Der Kerl ist ausgeraubt worden. Jedenfalls behaupten das alle.«

»Aber daran glaubst du nicht.«

Vorontsyev zuckte mit den Schultern. Er dachte unwillkürlich zurück an ein sommerliches Grillfest bei Dmitri, erinnerte sich an die unbekümmerte Heiterkeit seiner Frau und Tochter, an die Harmonie in dieser Familie. Die Mükken in dem kleinen Garten hinterm Haus waren eine Plage gewesen, hatten aber der fröhlichen Stimmung keinen Abbruch getan.

»Wer weiß? Kann durchaus sein, daß sich die Amerikaner einschalten.«

Im Erdgeschoß durchquerten sie den Eingangsbereich, der der Ambulanz als Wartezimmer diente für Verletzte, notdürftig verbunden, an Krücken, mit Armbinden oder Augenklappen. Kinder schluchzten oder liefen schreiend umher, und wie überall, wo es halbwegs warm war, hielten sich auch hier Stadtstreicher auf.

Das Tageslicht nahm ab, und die Wolken am Horizont verfärbten sich wie Blutergüsse. Vorontsyev stieß die verschmierte Glastür auf. Kalte Luft schlug ihnen entgegen. Gefrorener Schnee knirschte unter den Sohlen, als sie auf den Parkplatz zugingen.

Das Handy piepte in Vorontsyevs Tasche. Er klappte das Mundstück auf. »Ja?«

»Die Maschine ist unterwegs und wird wohl pünktlich landen.«

»Gut.« Das Handy verschwand wieder in der Tasche.

»Und?« Dmitri hatte den Besuch bei seiner Frau vergessen.

»Sie sind im Flugzeug und kommen her. Es läuft alles nach Plan.« Dmitri zeigte sich aufgeregt wie ein Kind. Vorontsyev empfand ähnlich.

Trotz klirrender Kälte war ihm wohlig warm. Das Schloß der Wagentür ließ sich problemlos öffnen; mit dem Feuerzeug nachzuhelfen erübrigte sich. Sie stiegen ein, voller Vorfreude, als machten sie sich auf den Weg zu einer Party, als hätte es Rawls und Anna, Dmitris Frau, nie gegeben.

Erst beim zweiten Startversuch sprang der Motor an. In weniger als sechs Stunden würde das Flugzeug aus Teheran eintreffen. Sie wollten zur Stelle sein, das Entladen der Gepäckstücke und den Ausstieg der Passagiere beobachten, dem Pendelbus oder einem Taxi in die Stadt folgen und darauf warten, daß der Pakistani namens Hussain in das observierte Wohnhaus ging. Wieviel Heroin er bei sich hatte, war unerheblich; die Menge würde ausreichen, um den Zugriff zu rechtfertigen. Eine handfeste Angelegenheit, die Erfolg versprach – anders als die allzu vagen Spekulationen um den Mord an Rawls.

Das Telefon weckte ihn aus tiefem, traumlosem Schlaf. Er schaltete die Nachttischleuchte an. Vier Uhr in der Früh. Regen prasselte gegen die Fensterscheibe.

»Ja?«

Nach kurzem Zögern: »Spreche ich mit Mr. Lock?«

»Ja. Worum geht's?«

»Ich bin Lieutenant Faulkner und rufe aus dem Haus von Mr. William Grainger an ...«

»Wie bitte? Polizei?«

»Ja ... Mr. Lock. Washington Police Department.«

Die zögerliche Stimme machte ihn nervös. Lock fühlte sich benommen wie nach einer ohrenbetäubenden Detonation.

»Von welchem Kommissariat?«

»Kapitalverbrechen, Mr. Lock.«

Stille. Er hörte den Regen an der Scheibe, das Ticken des Weckers, den Atem des Mannes am anderen Ende der Leitung. Ein einzelnes Auto fuhr unten auf der Straße vorbei.

»Mr. Lock ...«

»Ja«, preßte er hervor.

»Ich möchte Sie bitten, herzukommen, Sir, uns behilflich zu sein bei der Identifizierung der ...«

»Nein!« Es war nicht die Antwort auf Faulkners Ersuchen. »Was ist passiert?«

»Mord in mehreren Fällen. Bitte, machen Sie sich gleich auf den Weg. Wir brauchen Ihre Hilfe.«

»Bei der Identifizierung ...?«

»Ja. Kennen Sie das Hauspersonal?«

Er schöpfte Hoffnung. »Da ist ein Butler und ein Hausmädchen ... Wie viele Opfer gibt es?«

»Die Sie genannt haben, Mr. Lock, und zwei weitere Personen.«

Ihm wurde schlagartig übel. Der Magen rebellierte.

»Augenblick«, würgte er und eilte ins Badezimmer.

Nachdem er sich unter Krämpfen erbrochen hatte, starrte er im Spiegel auf das Abbild eines Fremden, in ein kreideweißes, entsetztes Gesicht. Ihm schwirrte der Kopf wie nach einem Besäufnis. Er sah Beth und Billy vor sich, das Haus, den Garten, der bis an die Great Falls heranreichte, Butler Stillman und wiederum Beth und Billy ...

Es gab kein Entkommen. Er war eingesperrt in einem isolierten Raum, und der Schrei des Fremden im Spiegel blieb ungehört.

Beth war ermordet worden.

Mit einer Verspätung von zwanzig Minuten kam die Tupolew mit ihren Scheinwerfern unter den schwarzen Wolken hervor in Sicht. Vorontsyev sah sie auf das Rollfeld zufliegen, zögerlich, wie es schien, und mit wippenden Tragflächen. Dann setzte sie auf wie eine Wildente im Wasser.

Er folgte ihr mit dem Fernglas. Daß sie abbremste, war kaum zu erkennen, doch am Ende der Piste drehte sie schließlich behäbig und schwerfällig bei. An die hundert Passagiere drängten sich dort an Bord, und wie bei Aeroflot immer noch üblich, mußten manche von ihnen mit einem Stehplatz Vorlieb nehmen, insbesondere die Iraner oder Pakistani oder wer auch immer die Reise in den Winter angetreten hatte. Als der Bug der Maschine auf Vorontsyev zuschwenkte, ähnelte sie einem Haifisch, schlank und entschlossen. Nervös scharrte Dmitri mit dem Fuß. An Bord dieser Maschine befand sich Heroin, versteckt im Handgepäck, zwischen Wäschestücken, in Zahnpastatuben oder Puderdosen, der Menge nach gerade genug, um die Abnehmer von Novyj Urengoj zu versorgen, bis in vierzehn Tagen Nachschub käme.

Die Maschine blieb stehen. Vorontsyev hielt das Fernglas auf sie gerichtet.

Drogen aus dem Iran, Pakistan und Kaschmir – die hiesige Presse sprach vom moslemischen Dreieck – kamen nach Sibirien. Ein kleiner Markt am Rand der Schmuggelwege. Die Opfer dieser Seitenlinie füllten die Suchtstation des Krankenhauses, das von dem amerikanischen Konsortium gestiftet worden war und dessen Namen trug.

Die Gangway wurde herangerollt, und als sich die Luke öffnete, kam Unruhe in das Team um Vorontsyev. Auch bei ihm machte sich gespannte Erregung bemerkbar.

Die Passagiere kamen heraus. Womöglich befanden sich darunter zwei, drei oder sogar sechs Kuriere, doch Vorontsyev und seine Männer warteten lediglich auf Hussain. Und nicht nur sie; vor allem warteten diejenigen, die nach dem Stoff gierten. Seit Tagen stöhnte die Szene unter Entzug.

Die Fluggäste eilten auf das Abfertigungsgebäude zu, während ein Traktor Gepäckkarren unter die Luke des

Frachtraums rangierte. Vorontsyev schaute zu Dmitri hinüber, der an der anderen Seite des Wagens lehnte. Sein Atem kondensierte in der kalten Luft zu Wasserdampf. Gebannt starrte er auf die Menge der Passagiere.

Vorontsyev setzte wieder das Nachtglas an die Augen. All die Koffer und Taschen – in etlichen mochte Rauschgift stecken. Von den Arbeitern, die aus dem Urlaub zurückkehrten, wurde niemand aufgehalten, geschweige denn durchsucht. Was sich da abspielte, sah aus wie die Parodie eines Werbespots nach westlichem Vorbild. *Willkommen in Sibirien.*

Dmitri hatte den entscheidenen Tip bekommen – von einem Usbeken, der festgenommen worden war unter dem Vorwurf, den Sohn eines hohen städtischen Verwaltungsbeamten zur Unzucht genötigt zu haben. Als Informant war der aber gewiß nicht mit allem, was er wußte, herausgerückt. Wahrscheinlich hatte er sie nur auf die Spitze eines Eisberges aufmerksam gemacht.

Vorontsyev mußte sich eingestehen, daß er Dmitri geradezu aufgestachelt hatte, den Dealern nachzustellen, denen seine Tochter zum Opfer gefallen war. Lieber sah er ihn mit Wut im Bauch seinen Job tun, als miterleben zu müssen, wie er am Schreibtisch vor Kummer zerging.

Die Passagiere waren im Terminal verschwunden.

Das Suchtproblem in der Stadt wuchs sich aus wie Algen im Sonnenlicht. Die Politiker schlugen empört Alarm, gingen dann aber wieder ihrer Lieblingsbeschäftigung nach und umschwänzelten die mächtigen Vertreter fremder Unternehmen. Die Drogengefahr wollte im Grunde niemand wahrhaben.

Über Funk kam die Nachricht, daß Hussain zweifelsfrei erkannt worden wäre; er befinde sich im Augenblick an der Gepäckausgabe. Anschließend würde er noch die Grenzkontrolle passieren müssen. Doch die war lax und würde sich wahrscheinlich mit einem flüchtigen Blick in Paß und Gepäck begnügen. Wenn überhaupt.

»Wo ist er?« Dmitris Anspannung war spürbar wie der Geruch von Benzin, wie leicht Entflammbares.

»Am Gepäckkreisel. Er scheint ganz locker zu sein.«

»Klar. Solche Trips sind für ihn doch schon zur Routine geworden.«

Der Usbeke hatte selbst mit kleinen Mengen gedealt und ihnen die Adresse eines heruntergekommenen Wohnhauses genannt. Dort habe er seinen Stoff in Empfang genommen, der aus dem moslemischen Dreieck stamme und von einem pakistanischen Kurier namens Hussain ins Land geschafft werde. Mehr hatte er nicht verraten. Als Gegenleistung für diese Information war der Notzuchtvorwurf gegen ihn nicht zur Anklage gebracht worden – nicht zuletzt auch deshalb, weil das Nötigungsopfer, selbst drogenabhängig, anonym bleiben wollte.

Vorontsyev musterte den Kollegen, beneidete ihn fast um die lustvolle Anspannung, die ihm den Ausdruck eines lauernden Jagdhundes verlieh.

Er schüttelte sich. Die Nervosität war ansteckend, das Gebrabbel über Funk ein mißtönender Chor der Erwartung. Hussain hatte sein Gepäck in Empfang genommen – zwei Reisetaschen – und trat durch den grün gekennzeichneten Zollschalter. Keiner hielt ihn auf, aber als er die Schranke passiert hatte, machten die Beamten Meldung.

»Gibt's da sonst noch jemand?« fragte Vorontsyev leise. Dmitri horchte auf. »Nehmen Sie sich das Bordpersonal vor, die Stewardeß oder den Steward. Fragen Sie, wer neben ihm gesessen hat.«

»Wird gemacht.«

Es war mit Sicherheit mehr als ein Kurier im Spiel. Geringeres Risiko, größere Liefermenge. Und der Nachschub war überfällig. Vor dem Krankenhaus der Grainger-Stiftung standen die Süchtigen Schlange, um sich mit Ersatzstoffen versorgen zu lassen.

»Bringen Sie mir die Passagierliste, und ich will, daß bei jedem einzelnen überprüft wird, wo er arbeitet, ob für Grainger-Turgenev, RossiyGas oder SibGas. Vielleicht stoßen wir auf irgendwelche Verbindungen. Verstanden? Das ist eure Aufgabe für morgen.«

Dmitri legte seine behandschuhte Hand auf Vorontsyevs

Arm. Eine Geste der Dankbarkeit, die Vorontsyev in Verlegenheit brachte. Oft genug schon hatte er Dmitri zurückgepfiffen, weil dieser manchmal den Eindruck machte, daß er mehr Kreuzritter als Polizist wäre.

»Er nimmt ein Taxi?«

»Sind wir dran?« fragte Dmitri aufgeregt.

»Aber sicher. Nur keine Panik.«

»Auf geht's«, forderte Vorontsyev den Fahrer auf, und die beiden setzten sich auf die Rückbank des ZiL.

Der Wagen fuhr um den Terminal herum und beschleunigte in Richtung Schnellstraße. Die Räder holperten über beinhart gefrorene Schneerinnen. In der Ferne leuchtete abfackelndes Gas, und vor ihnen glühte die Stadt. Den Weg ins Zentrum säumten Wohnblocks, einer so häßlich wie der andere. Urengoy war früher Sitz der Provinzverwaltung gewesen, ein Ort mit ansehnlichen Häusern, umzäunten Gärten, Kirchen, einem Friedhof, kleinen Geschäften und engen Straßen. Dann kam Novyj Urengoj als Vorstadt dazu. Mittlerweile wohnten dort hunderttausend Menschen, nicht mitgerechnet die fünfzehn oder zwanzigtausend, die in Wohnwagen oder provisorischen Bretterhütten hausten, Arbeiter vom Ural, aus der Ukraine, dem Iran, Pakistan, Zentralasien, die an den insgesamt vierzehnhundert Gasquellen zwölf Stunden am Tag schufteten.

Sie kamen an einer Reklametafel vorbei, die darüber informierte, daß in Novyj Urengoj zwei Drittel der russischen Erdgasmenge gefördert werde, 280 Milliarden Kubikmeter jährlich. Das Wort *sowjetisch* war übermalt und durch *russisch* ersetzt worden. Der Ort, der sich vor ihnen auftat, machte einen phantasmagorischen, geradezu alptraumartigen Eindruck. Caravanparks, Parkplätze und Bretterhüttendörfer reihten sich aneinander. Dünn und erbärmlich schimmerten Lichter aus der Dunkelheit, weit entfernt wie Sterne. Es war die Unternehmensstadt. Sie erinnerte an einen riesigen Fabrikkomplex aus zaristischer Zeit, nur daß hier keiner mehr wirklich arm war; verzweifelt, aussichtslos, gierig, halbseiden – ja, aber nicht notleidend. Des Geldes wegen zog man es vor, wie Bettler und Stadtstreicher zu wohnen. Für eine Woche Arbeit gab es sieben- oder achthundert Rubel. Tausend oder zweitausend die Woche bekam, wer ein bißchen mehr konnte und Verantwortung übernahm.

Natriumdampflampen, die spillerdünn wie die Lärchen und Birken am Straßenrand standen, maskierten mit ihrem gelben Licht den trübseligen Ausblick auf Unrat und Trümmer.

»Seid ihr noch am Taxi dran?« fragte Dmitri übers Autotelefon.

Der Wagen tauchte in eine der Häuserschluchten ein. Über das Motorengeräusch hinweg war der Wind zu hören und das Knirschen der Räder auf holpriger Straße. Fußgänger eilten gebückt durch eisige Luft.

»Wir sind direkt dahinter.«

»Nicht, daß er auf euch aufmerksam wird.«

»Keine Sorge, Inspektor, wir haben alles unter Kontrolle.«

»Wo seid ihr jetzt?«

»An der Kreuzung K-Prospekt und Vierzehnte. Wir stehen beide vor der Ampel.«

»Haltet mich auf dem laufenden.« Er wandte sich Vorontsyev zu. »Er ist am Rand des Rotlichtbezirks. Fährt direkt darauf zu.«

Dmitri hielt das Mikro in der Hand wie eine Waffe oder das Ende einer Reißleine. Der Wagen bog von der Neunten auf den Prospekt ein. Sie waren fünf Blocks hinter Hussains Taxi. Linkerhand verschwand die Altstadt im Halbdunkel. Im hellen Licht aus Bars, Hotels, Striplokalen, Bordellen und Kinos lag vor ihnen die Hauptstraße. Der K-Prospekt glich einem Tunnel aus Neon.

Der Wagen geriet ins Rutschen. So früh im Winter kümmerte sich niemand um den Schnee auf den Straßen. Der Verkehr bestand hauptsächlich aus schweren Lastwagen und Bussen, die die Arbeiter zu den Fördertürmen hinausbrachten. Nur wenn die nicht mehr weiterkamen, rückte der Schneepflug an.

»Was ist denn dahinten los?« fragte Vorontsyev und

tippte dem Fahrer auf die Schulter. Ein Dutzend Leute bildete einen Pulk; über ihren Köpfen kreiste Blaulicht.

Dmitri wollte gerade protestieren …

»Wir haben Zeit«, beruhigte Vorontsyev, und an den Fahrer gewandt: »Fahren Sie mal ran. Kann sein, daß wir helfen müssen.«

Es kam häufig zu wüsten Schlägereien, wenn Milizionäre hier aufkreuzten und einen Ganoven festzunehmen versuchten. Erst vor kurzem waren zwei Kollegen von einer besoffenen Meute niedergestochen worden.

Streifen- und Krankenwagen standen vor der Mündung einer düsteren Seitengasse. Die Männer von der Miliz lehnten an ihrem Fahrzeug, wachsam, aber gelassen, wie es schien. Vorontsyev stieg aus und nickte ihnen zu.

»Was ist passiert?«

Einer der Beamten zeigte in die Seitengasse. »Ein toter Junkie, hat sich anscheinend eine Überdosis verabreicht. Der da« – er deutete auf eine Gestalt im Fond des Streifenwagens – »wollte dem Toten die Sachen ausziehen, behauptet, ein Freund von ihm gewesen zu sein.«

»Auch ein Junkie?«

»Sieht so aus. Ist ziemlich schlimm dran und braucht einen Schuß«, antwortete der Beamte grinsend.

Vorontsyev ging auf die beiden Sanitäter zu, die den Toten auf eine Trage gelegt hatten. Die Gruppe der Gaffer löste sich auf. Er hörte Gelächter; es klang nicht höhnisch, allenfalls albern und bezog sich womöglich auf etwas ganz anderes. Das Drogenopfer schien schon vergessen zu sein. Der Wind heulte durch die Gasse. Er bemerkte, daß dort noch andere Gestalten hockten, Abhängige. Sie kauerten in Pappkartons und tranken alles, was vergessen machte. Kalte Sterne funkelten im engen Ausschnitt der Mauern.

Als die Sanitäter die Trage in den Wagen hievten, trat er hinzu und warf einen Blick auf den Toten. Er war abgemagert, unrasiert und starrte aus rotgeränderten Augen vor sich hin. Achtzehn- oder zwanzigjährig. Ein Russe, wie es schien. Trotz eisiger Kälte machte sich der Gestank seiner Kleider bemerkbar.

Achselzuckend wandte sich Vorontsyev wieder den Milizbeamten zu. »Vermeiden Sie jede Provokation.« Und mit Blick auf den Festgenommenen: »Geben Sie ihm was von dem Ersatzstoff aus dem Krankenhaus.« Die Männer glotzten ihn verblüfft an.

»Ja, Chef.«

Vorontsyev war über sich selbst verwundert. Er kehrte zum Wagen zurück und musterte Dmitri, der ihn mit seiner Miene, wie schon so oft, an einen religiösen Eiferer erinnerte, versessen darauf, für das Seelenheil der Menschen von Novyj Urengoj zu kämpfen.

»Da ist ein Anruf für dich«, sagte Dmitri und formulierte mit den Lippen den Namen *Bakunin*.

Vorontsyev nahm das Handy entgegen. »Ja, Oberst. Was kann ich für Sie tun?«

»Ich habe mich entschlossen, die Ermittlungen im Fall Rawls zu übernehmen«, sagte Bakunin. »Schicken Sie mir alles rüber, was Sie dazu haben. Ist wohl nicht gerade viel, vermute ich.«

»Leider nein. Gibt es in dieser Sache Sicherheitsbedenken?«

»Ich will die Untersuchungen nur ein bißchen forcieren, um die Amerikaner zufriedenzustellen. Sie haben doch nichts dagegen, oder?«

»Natürlich nicht. Ich wünsche Ihnen viel Erfolg.«

Er brach die Verbindung ab und legte das Handy auf die Bank zwischen sich und Dmitri.

»Bakunin will Rawls für sich?«

Vorontsyev nickte. »Ist mir recht so.« Er rieb sich die Handflächen. »Konzentrieren wir uns auf unseren Fall.«

»Er hat soeben das Taxi verlassen und ist jetzt mit seinen Taschen auf dem Weg ins Haus«, wurde über Funk gemeldet.

»Na also«, seufzte Dmitri erleichtert.

Die Landschaft leuchtete in Spätherbstfarben. Am Horizont jenseits der tosenden Wassermassen der Great Falls ging strahlend die Sonne auf. Ein wunderschönes Fleckchen

Erde, hier, an der Grenze zwischen Maryland und Virginia. Lock stand auf der Terrasse des Hauses und schaute wie in Trance über den Park, der bis ans Ufer des Potomac hinabreichte. Sein Atem dampfte wie der abkühlende Kaffee im Becher, den er mit beiden Händen vor der Brust hielt. Er spürte die Kälte durch den Mantel dringen.

»Ja, das ist meine Schwester ... ja, das ist mein Schwager ... das Hausmädchen, ja, der Butler, Mr. Stillman« ... und unter einem Baum am Tor zur Einfahrt, *»ja, das ist der Leibwächter ...«*

Und mehr gab es nicht zu sagen. Lieutenant Faulkner war höflich, ernst, konzentriert und sachlich. Und feinfühlig genug, um ihn eine Weile allein zu lassen. Lock war in die Küche gegangen, wo sich Geschirr und Gläser stapelten und darauf warteten, vom Partyservice wieder abgeholt zu werden. Der Geruch von Essensresten hing in der Luft. Er hatte sich Kaffee gemacht, das Bild der toten Schwester vor Augen, ihr starres Gesicht, in dem weder Schmerz noch Entsetzen zu erkennen gewesen war.

»Schmuck, ja ...« die Schatullen und Kästchen im Schlafzimmer waren leer ... *»ja, ein Pissaro, glaube ich; ja, sehr wertvoll ...«* Leere Bilderrahmen und helle Vierecke an den Wänden der Bibliothek und des Salons *»... ich weiß nicht, was mein Schwager hier an Bargeld oder Wertpapieren aufbewahrte ...«* Der Safe in Billys Arbeitszimmer war aufgesprengt worden. Er fragte sich, was sonst noch alles geraubt sein könnte: das Tafelsilber wahrscheinlich, die kostbaren Jadestücke, weitere Gemälde, Statuetten. Überall lagen Verpackungsreste und Styroporschnipsel herum.

Da war eine gut organisierte Profigang am Werk gewesen, vielleicht im Auftrag anderer, vermutete Faulkner. *»Gehen die dafür über Leichen?«* hatte Lock gefragt. *»Zugegeben, das ist ungewöhnlich. Aber vielleicht wollten sie nicht so lange warten, bis die Bewohner verreisen.«*

Ende der Geschichte. Das Ende von Beths Leben. Kaltgemacht. *»Für dieses verdammte Zeug!«* hatte er verzweifelt geschrien.

»Das womöglich insgesamt an die zwei Million Dollar wert ist, Mr. Lock«, hatte Faulkner leise geantwortet und ihn beim

Arm genommen. *»Vielleicht noch mehr ... es tut mir leid. So was kommt vor.«*

Die Polizei habe die von Mrs. Grainger aufgestellte Gästeliste gefunden, hatte Faulkner gesagt. Damit würde er also nicht behelligt werden. *»Wann haben Sie die Party verlassen, Mr. Lock?«*

Er sah sie in Gedanken als Kind, als vier Jahre ältere Schwester, die ihm unter Tränen mitteilte, daß Vater und Mutter bei einem Verkehrsunfall ums Leben gekommen waren. Die Szene von damals drängte sich ihm unwiderstehlich auf. Sie war im Moment die einzige wirkliche Erinnerung an Beth, und das entsetzte ihn zusätzlich.

Er schlürfte den Kaffee, doch der war inzwischen kalt geworden. Impulsiv schleuderte er den Becher über die steinerne Balustrade auf den Rasen. Aufgeschreckt sprang ein Eichhörnchen in die Büsche. Der graue Kaffeeschwall spritzte weg wie der Schweif eines Kometen.

Jetzt, da sie nichts mehr zu halten hatten, fingen seine Hände zu zittern an, als drängten sie von sich aus darauf, Rache zu üben, jemandem Gewalt anzutun. Wie zum Spott strahlte die Sonne heiter und klar auf buntes Laub. Er hörte Krähen krächzen und andere Vögel rufen. Mein Gott ...

3

Unbestechlich

Dmitri spähte durch die verschmierte Windschutzscheibe. Daß sie nicht beschlug, war der voll aufgedrehten Lüftung zu verdanken; allerdings wurde es dadurch unerträglich warm im Wagen. Draußen hatte es zu schneien angefangen. Die dichten Flockenwirbel verschleierten den Blick auf das heruntergekommene Gebäude, das in einigem Abstand mehrere Stockwerke hoch vor ihnen aufragte.

Vorontsyev schaute hinüber zu den anderen Einsatzfahrzeugen, die schon halb zugeschneit waren. Die beiden Kleinbusse der mobilen Eingreiftruppe parkten außer Sichtweite; ihre Männer kauerten maskiert in Toreinfahrten und hinter Säulen.

Er hob das Funkgerät an die Lippen. »Los jetzt!« brüllte er. *»Los!«* Dmitri stieß die Tür auf.

Der eisige Wind und die frische Schneedecke auf glattem Untergrund holten ihn fast von den Beinen, als er Dmitri hinterhereilte. Er sah, wie sich die erste Abteilung der Eingreiftruppe dem Hauseingang näherte. Hinter der ramponierten Tür vermutete er einen dreckigen und mit Graffiti vollgesauten Flur. Der Fahrstuhl würde wahrscheinlich außer Betrieb sein, aber darauf waren sie gefaßt. Die observierte Wohnung lag im fünften Stock. Hinter den gardinenlosen Fenstern brannte Licht. Vorontsyev hastete über die verschneite Straße.

Dunkle Schatten huschten über die Eingangsstufen und durch die Tür. Männer in Parkas nahmen davor Aufstellung, entsicherten ihre Pistolen.

Vorontsyev und Dmitri hasteten durchs Treppenhaus, den schwarz vermummten Gestalten hinterher. Eine hatte vor dem Fahrstuhl Posten bezogen. In der Tür daneben stand schreckensstarr eine alte Frau. Vielleicht die Concierge, dachte Vorontsyev.

»Fahrstuhl?« rief Vorontsyev. Der Beamte davor schüttelte den Kopf. »Treppe hoch«, sagte er zu Dmitri.

Zwei jüngere Kollegen schlossen sich ihnen an. Die Spezialisten in den schwarzen Overalls waren schon ein paar Treppenabsätze weiter oben. Bloß keine Schießerei, dachte Vorontsyev. Er wollte Hussain lebend. Darauf hatte er bei der Einsatzbesprechung größten Wert gelegt, denn er wußte, daß es manchem aus der Eingreiftruppe im Zeigefinger juckte. Die fackelten nicht lange.

Zweiter Stock. Dmitri japste wie ein Hund und nahm den wackligen Handlauf zu Hilfe, um schneller voranzukommen. Aus dem Funkgerät krächzte es: *»Wir sind jetzt ganz oben, fünfte Etage. Hier rührt sich nichts.«* Vorontsyev hörte, wie Pistolen durchgeladen wurden. Dritter Stock. Eine Wohnungstür ging auf. Dahinter kam ein kleiner Junge im Unterhemd zum Vorschein. Er starrte ihnen verschreckt aus großen schwarzen Augen entgegen.

Vierter Stock. Der Kollege vor Vorontsyev trat im Dunklen vor eine Mülltüte und fluchte, als sie sich, aufgeplatzt, über seinen Fuß entleerte.

»Leise!« zischte er ihm zu. Gummisohlen quietschten auf Linoleum. *»Es tut sich immer noch nichts. Chef«*, schnarrte es über Funk. Ein Kind heulte los, worauf eine tiefe Männerstimme zu raunzen anfing. Dann war ein Klatschen zu hören, und eine Tür fiel ins Schloß.

»Was …?«

»Chef, da ist jemand im Korridor. Ein älterer Mann …«

»Er soll sich verziehen. Aber leise.«

Fünfter Stock. Er prallte mit den beiden Kollegen zusammen, die ihm vorausgeeilt waren. Auf dem durchgetretenen Bodenbelag lag Müll verstreut, sogar ein Hundehaufen. Zwei Männer von der Eingreiftruppe stießen einen alten Mann im Schlafanzug vor sich her, einen Perser, wie es schien. Einer der beiden hielt ihm mit der Hand den Mund zu. Der entsetzte Blick des Alten war auf Vorontsyev gerichtet.

Vorontsyev nickte ihm beruhigend zu und sagte einem seiner jüngeren Kollegen: »Kümmre dich um ihn und sieh zu, daß er uns nicht in die Quere kommt.«

Andere drängten von hinten nach, drei in schwarzen Overalls, ein Fahnder in Zivil. Arabische Musik drang durch eine dünne Tür, von der die Farbe abblätterte. Was außerdem zu hören war: Stimmen im Streit oder einfach nur laut. Der Gestank von feuchtem Abfall, von Schimmel und Moder mischte sich mit dem Duft exotischer Gewürze. Das Kondenswasser an den Wänden war vereist.

»Also, jeder weiß, was er zu tun hat ... Wartet auf mein Kommando«, flüsterte er und schnappte zwischendurch nach Luft. »Und daß mir keiner drauflos ballert. Wir brauchen diesen Hussain lebend.«

Die Mitglieder der Eingreiftruppe huschten nach Art einer seltsam anmutenden Stafette mit kurzen, zackigen Bewegungen über den Flur, so daß schließlich jeweils zwei Männer zu beiden Seiten der Tür Stellung bezogen hatten. Sie wandten Vorontsyev ihre Gesichter zu und warteten auf sein Zeichen. Der Moment war gekommen.

Er nickte mit dem Kopf. Der größte der schwarzvermummten Männer richtete sich auf, hob den Fuß und trat mit Wucht gegen das dünne Türblatt. Das Schließblech brach aus dem Rahmen, was nicht mehr Lärm verursachte als das Knacken eines Zweiges. Ein kleines Geräusch ...

... übertönt von dröhnendem Fauchen. Der Mann von der Eingreiftruppe hatte kaum das Gleichgewicht zurückgefunden, als ihm ein Feuerschwall entgegenzuckte. Zwei seiner Kollegen sprangen schreiend zurück. Eine Sekunde später war die Stichflamme wieder erloschen. Der Mann lag am Boden; sein Overall schwelte. Vorontsyev glaubte ihn schreien zu hören. Doch die Schreie kamen aus der Wohnung. Der Mann am Boden rührte sich nicht mehr.

Vorontsyev setzte zögernd ein Bein vors andere. Er fürchtete, in den Knien wegzuknicken. Hinter ihm stammelte jemand »*nein, nein, nein ...*« Dmitri war fassungslos.

Er stellte sich die letzten Sekunden ihres Lebens vor. Beth würde sich gewehrt und geschrien haben. Lock versuchte den schrecklichen Gedanken zu verscheuchen. Seine Hand hielt das Kristallglas fest umklammert, das fast bis über die Hälfte mit Whiskey gefüllt war. Doch anstatt zu trinken, stierte er bloß auf die schwappende goldene Flüssigkeit.

Dann warf er einen ängstlichen Blick auf den Anrufbeantworter, als fürchtete er, daß eine Bedrohung von ihm ausginge. Das Band war voller Beileidsbekundungen. Er hatte alle gehört, aber auf keine geantwortet. Die Sekretärin des Musikensembles beklagte sich darüber, daß er sich noch nicht gemeldet hatte. Von dem Verbrechen würde sie erfahren haben; die Schlagzeilen waren nicht zu übersehen. Aber sie ahnte wohl nicht, daß Beth seine Schwester war. Und Fred versicherte ihm mit stockender Stimme sein tiefempfundenes Mitgefühl und fragte, ob er denn trotzdem mit zum Basketballspiel gehen wolle. Mittels einer herben Frauenstimme ließ die Kongreßbibliothek anfragen, wann er denn von den Büchern Gebrauch zu machen gedenke, die er vor seiner letzten Rußlandreise bestellt hatte. Und jede Menge weiterer Beileidsadressen, Gutgemeintes nach dem Motto ›Kopf hoch‹ und dergleichen. Er stöpselte den Apparat aus. Die Stimmen würden nun nicht mehr bis in seine Wohnung vordringen.

Billy hatte keine Zeit mehr gehabt, nach einer der Pistolen zu greifen, die an verschiedenen Stellen im Haus versteckt waren. Er war im Badezimmer erschossen und über dem Waschbecken hängend aufgefunden worden, wie auf einem Schafott, den Kopf zur Seite gedreht; aus einer Wunde unterhalb der Schläfe war Blut über Wange und Kinn ins Becken getropft. Beth hatte schon im Bett gelegen und sich darin kaum gerührt – was ihn ein wenig tröstete. Auf ihr Herz waren zwei Schüsse abgefeuert worden.

Lock starrte durch das Fenster seines Wohnzimmers. Das helle Mittagslicht zersprühte vor seinen tränenden Augen. Der Brechreiz dauerte an.

Er war voller Wut und Verbitterung, sann auf Rache, und es überraschte ihn selbst, daß er sich *betrogen* fühlte, als sei Beth eine von ihm geschaffene Porzellanfigur, die von fremden Eindringlingen zerschlagen worden war. Er stürzte den Whiskey in sich hinein, würgte daran und rannte ins Badezimmer, um sich zu übergeben.

Als er ins Wohnzimmer zurückkehrte, klingelte das Telefon. Spontan hob er den Hörer ab, bevor er sich klarmachen konnte, daß er den Anruf lieber ignoriert hätte.

»Ja?« krächzte er.

»John?« Eine Männerstimme mit ausländischem Akzent.

»Ja, hier spricht John Lock. Worum geht's?«

»John, ich bin's, Pete. Pjotr Turgenev ... Ich rufe an, um dir zu sagen, wie leid es mir tut, wie entsetzt ich bin und wütend ...«

Locks Hals war so trocken, daß er kaum schlucken konnte, die Zunge gallig und pelzig vom Trinken. Ihm wurde bewußt, daß er noch keinen Bissen zu sich genommen und nicht nur ins Glas gestarrt hatte.

»Ich kann jetzt nicht reden«, jammerte er und schüttelte sich.

»Das verstehe ich, John«, antwortete Turgenev. »Ich kann mir vorstellen, was du durchmachst. Mir geht es ähnlich.«

»Danke, Pete«, sagte er gerührt und geradezu erleichtert darüber, daß ihm jemand wirklich nachzufühlen vermochte.

Ganz anders die *Washington Post*, die aufgeschlagen auf dem kleinen Tisch neben dem Telefon lag und unter der Überschrift *Mord an Grainger* in gewohnt sachlicher Form Mitteilung machte. *Zu den Opfern zählt auch seine Frau, die Kunstmäzenin*; und schließlich hieß es: *Mit einen Kursrückgang der Aktien von Grainger Technologies ist zu rechnen*. Das war's, auf eine griffige Formel gebracht, die, wenn auch nichts anderes, so doch den Marktwert von Billy und Beth respektierte.

»Bist du noch dran?« fragte Turgenev mit geradezu insistierender Anteilnahme.

»Ja. Bitte verzeih, ich kann jetzt nicht ...«

»Dafür habe ich Verständnis, und das wollte ich dir nur sagen.«

»Danke.«

»War es ein Raubüberfall?«

»O ja«, stöhnte er. »Ein gutes Dutzend Gemälde sind weg, Beths Schmuck und so weiter.« Ihm fiel auf, daß er Faulkner fast wörtlich zitierte, als sei er Pressesprecher der Polizei mit dem Auftrag, ein festgelegtes Quantum an Informationen an die Öffentlichkeit zu tragen. Der Magen fing wieder zu rumoren an, und er blinzelte ins helle Licht, das durch die Gardinen brannte, die von Beth gekauft und aufgehängt worden waren.

»Schrecklich ...«

»Ja.«

»John, wenn ich dir irgendwie helfen kann, sag bitte Bescheid. Ist Vaughn eigentlich schon verständigt? Vielleicht könnte ich das übernehmen.«

»Nicht mehr nötig. Er ist auf dem Flug hierher.«

»Es wird ihn schwer getroffen haben.«

»Ja. Ist sonst noch etwas?«

»Nein. Ich denke an dich, John.«

»Danke, Pete.«

»Wir alle haben deine Schwester sehr verehrt, John ...«

»Ja.«

Er legte den Hörer auf, behutsam, als handele es sich um ein kleines, verwundetes Tier. Pete Turgenev, Himmel ... wer hätte gedacht, daß ein KGBler soviel Mitgefühl aufbringen konnte ...? Der kleine Scherz blieb ohne aufbauende Wirkung. Der Anruf hatte ihn noch weiter runtergezogen. Vaughn Grainger würde am Nachmittag eintreffen, und Lock hatte Angst davor, ihm zu begegnen.

Er trat ans Fenster und starrte nach draußen. Seine Wohnung nahm die Hälfte der zweiten Etage eines alten Studentenwohnheims der Universität von Georgetown ein, das seit einiger Zeit vor allem als Unterkunft für Regierungsbeamte diente, die sich kein Haus am Stadtrand leisten konnten. Und wo sich Regierungsbeamte aufhielten, waren Lobbyisten nicht fern. Unter ihm zum Beispiel wohnte ein junges Paar, das sich für die Interessen der Getränkeindustrie stark machte. Seine Etage teilte sich Lock mit einem Schriftsteller, der keine Zeile mehr geschrieben hatte, nachdem ihm der National Book Award zuerkannt worden war.

Nur selten war eine Frau über Nacht geblieben, und nur einmal hatte sich eine für längere Zeit bei ihm einzurichten versucht und Platz in Kleiderschrank und Bett beansprucht, ja, sogar die Vorhänge und das Eau de Cologne im Badezimmer ausgetauscht. Johanna war ihm für eine Weile zumindest in räumlicher Hinsicht sehr nahe gewesen, und er hatte schwer daran zu knacken gehabt, daß sie schließlich auszog, weil es ihr zu eng geworden war. Danach hatte sich die Wohnung allmählich wieder in den ursprünglichen Zustand zurückverwandelt. Wie eine Wunde, die sich schließt. *»Der Himmel weiß, ich habe mich um dich bemüht, aber im Grunde willst du niemanden wirklich an dich heranlassen«*, hatte Johanna eine Woche vor ihrem Auszug gesagt. Vielleicht hatte sie recht. Er war auf Unabhängigkeit bedacht. Es gab nur einen Menschen, dem er sich auf besondere Weise verbunden fühlte und vorbehaltlos anvertrauen konnte – Beth, und die war nun tot.

Hätte er sich jemals in therapeutische Behandlung begeben, wäre sein Gemütszustand wahrscheinlich auf jene mit Glatteis überzogene Waldstraße in Vermont zurückgeführt worden, von der das Auto seiner Eltern abgekommen und gegen eine Fichte geprallt war. Doch das war ihm ohnehin bewußt.

Die Blätter der Alleebäume schimmerten rot und golden. Den Whiskey, den er gedankenlos in sich hineinstürzte, trank er ohne Eis. Zwei Kinder wühlten in einem Haufen aus zusammengekehrtem Laub …

Auch diese Szene barg Erinnerungen, die ihn schmerzlich ankamen und ihm vor Augen führten, wie er als Kind zu Hause in Neuengland von der älteren Schwester mit buntem Laub beworfen und anschließend abgeklopft worden war, damit die Mutter nicht schimpfte.

Er wandte sich vom Fenster ab, konnte aber nicht lange widerstehen und schaute auf die Straße zurück. Zufällig streifte sein Blick ein schwarzes Auto, in das in diesem Moment ein gedrungener Mann mit Mantel und Hut einstieg;

gleichzeitig schob sich ein größerer Mann in ähnlicher Kleidung auf den Gehweg hinaus. Wachablösung. Lock merkte auf, sah das Auto mit qualmendem Auspuff davonfahren. Der Mann, der ausgestiegen war, verschwand hinter einem Baumstamm. Die tollenden Kinder nahmen keine Notiz davon.

Lock mußte erkennen, daß er unter Beobachtung stand. Durch wen? Warum? Diese Fragen stellten sich nicht vermittels Überlegung, sondern spontan, aus dem Instinkt heraus, der ihm durch langjähriges Training anerzogen worden war.

Und noch etwas wurde ihm klar. Es sträubten sich ihm die Nackenhaare. Vor Kummer hatte er nicht darauf geachtet, als er mit Turgenev und zuvor mit Vaughn Grainger telefoniert hatte – auf den dünnen, kaum merklichen Widerhall, der zustande kommt, wenn von anderer Stelle aus mitgehört wird.

Die schwarzen, mit Reißverschluß zugezogenen Plastiksäkke zu sehen war kaum weniger schockierend als der unverhüllte Blick auf die Leichen. Sie lagen nebeneinander auf dem Boden des Korridors. Wenn Vorontsyev den Kopf zur Seite drehte und aus den Augenwinkel plierte, kamen sie ihm wie schwarze Schneehaufen vor.

Er war außer sich vor Wut und Frustration. In der verwüsteten Wohnung hatten sie kein einziges Gramm Heroin gefunden, geschweige denn die erwartete Lieferung. Allenfalls würde die Spurensicherung irgendwelche monatealten Reste aus einer Ecke des Raumes heraussaugen. Die zwei Fernsehapparate, die originalverpackt im Schlafzimmer lagerten und offenbar Diebesgut waren, konnten den Einsatz weiß Gott nicht rechtfertigen. Vier Menschen hatten dran glauben müssen: die beiden Mieter, Hussain und der Kollege von der Eingreiftruppe, dessen Gesicht bis zur Unkenntlichkeit zerstört war.

Hussain hatte nichts mitgebracht. Irgend jemand mußte ihn gewarnt haben. Dmitri wußte keine andere Erklärung. Aber wie war er das Zeug auf die Schnelle losgeworden? Er hatte es bestimmt nicht im Taxi liegenlassen. Und er war von dem Augenblick an, da er das Flugzeug verlassen hatte, bis zum Betreten dieses Hauses ununterbrochen beobachtet worden. Konnte es sein, daß er sein Gepäck mit jemand ausgetauscht hatte? Oder war der Hinweis auf ihn womöglich von Anfang an eine Fehlanzeige gewesen?

Vorontsyev stampfte mit den Beinen auf, um die gefrorenen Zehen in den nassen Stiefeln wiederzubeleben. Der violette Teppich, die Wände und die Leichen waren voller Bratfett und Paraffin. Alles deutete darauf hin, daß der alte Ofen in die Luft geflogen war. Sie hatten sich wohl davor versammelt, um Wärme zu tanken.

Aber kein Heroin. Darauf kam Vorontsyev immer wieder zurück wie einer, der selbst süchtig war. Und Dmitri beteuerte, daß an der Information des Usbeken nicht zu zweifeln sei. Hussain sollte den Stoff bringen; er mußte ihn bei sich gehabt haben.

Wie auch immer, ob Falschmeldung oder Gepäcktausch – er und Dmitri waren ausgetrickst worden. Man hatte sie ins Bockshorn gejagt, ihnen was vorgespielt. Und wahrscheinlich war da ein Kollege im Amt, der mitkassierte und den Leuten um Hussain heiße Tips zukommen ließ.

Vorontsyev blickte durch die aufgerissene Türöffnung in den Korridor. Der Leichensack, in dem der Beamte steckte, lag abgesondert von den anderen. Ihm würde ein besseres Begräbnis vergönnt sein, eine Fahne auf einem billigen Sarg. Es stank in der Wohnung nach Paraffin, versengten Haaren und …

Er sehnte sich zurück an die frische Luft.

»Wir sind angeschmiert worden«, jammerte Dmitri. »Und diese armen Schweine hier hat man über die Klinge springen lassen, um alle Spuren zu verwischen.«

Tja, so schien es. Weil die Polizei ihm auf die Schliche gekommen war, hatte Hussain als Kurier ausgedient.

»Vielleicht war's auch nur ein dummer Zufall, daß der Ofen hochgegangen ist«, meinte Vorontsyev und stellte damit nicht nur Dmitris Behauptung, sondern auch seine eigenen Überlegungen in Frage.

»So zufällig wie der Umstand, daß hier kein Stoff zu finden ist?«

Sie standen mitten im Zimmer, da, wo der dünne Teppich am stärksten verschmurgelt war. Die Männer von der Spurensicherung machten sich daran, ihre Sachen einzupacken.

»Ja, damit müssen wir uns wohl abfinden.«

»Lubin«, rief Dmitri, »komm doch mal her und zeig unserem Hauptkommissar, was ihr gefunden habt!«

Ein noch junger Kerl mit verfrorenem Gesicht trat auf die beiden zu und präsentierte grinsend eine Plastiktüte. »Was sagst du dazu?« fragte Dmitri. »Es steckt überall, in den Möbeln, in den Wänden …«

Die Tüte enthielt kleine glänzende Metallteile. »Was soll das sein?« fragte Vorontsyev.

»Ich vermute, es sind Teile einer Splittergranate«, antwortete Lubin, doch seine Miene verriet, daß er selbst noch nicht so recht daran glauben konnte.

Vorontsyev hielt die Tüte ans Licht und runzelte die Stirn.

»Es sind auch Reste eines Luftballons entdeckt worden«, fuhr Dmitri fort und stieß den jungen Mann von der Spurensicherung mit dem Ellbogen an. »Lubin, erklär ihm endlich, was Sache ist.«

»Tja, ehm … so was Ähnliches ist mir schon mal zwischen die Finger gekommen. Nach einem Terroranschlag.« Ein Windstoß fuhr durch die zerbrochene Fensterscheibe und wirbelte die Gardinenfetzen auf. Lubins Kollegen hatten inzwischen das Zimmer verlassen.

»Und?«

»Es scheint, daß der Ballon und die Granate im Ofen gesteckt haben. Ich wäre nicht darauf gekommen, wenn ich nicht früher schon mal …«

»Zur Sache«, unterbrach Vorontsyev unwirsch.

»Also, der Ballon war wahrscheinlich mit Wasser gefüllt«, beeilte sich Lubin zu sagen. »Durch die Wärme hat er sich ausgedehnt. Dabei ist dann der Sicherungsstift der Granate abgezogen worden. Der Ofen war alt und aus dünnem

Blech, ist wie nichts auseinandergeplatzt, und die Splitter flogen ungehindert durchs Zimmer.«

»Können das nicht Splitter vom Ofen selbst sein?«

Dmitri schüttelte den Kopf; so auch Lubin, zwar langsamer, aber durchaus bestimmt.

»Sehen Sie, die sind alle ungefähr gleich groß«, entgegnete Lubin. »Kein Zweifel, das sind Teile einer Splittergranate, die, wie gesagt, in einem Ballon gesteckt hat, der mit Wasser oder einem Gas gefüllt war. Ist zwar nicht besonders raffiniert, funktioniert aber. Wäre eine Möglichkeit.«

Lubin wirkte wie ein abgelaufenes Uhrwerk, zum Stehen gebracht durch Vorontsyevs skeptischen Blick, der Lubins Behauptung durchaus plausibel fand, sie aber nicht wahrhaben wollte. Er räusperte sich und nickte in Richtung Schlafzimmertür. Dmitri und Lubin folgten.

Da war es merklich kälter, und zum Paraffingestank mischten sich außerdem die Ausdünstungen dreckiger Wäsche. Vorontsyev schüttelte den Kopf, wandte sich Dmitri zu und schwenkte die Tüte mit den Metallsplittern vor dessen Nase hin und her.

»Das hast du diesem Jungen doch alles bloß eingeredet«, murmelte er.

Dmitri zeigte sich beleidigt, und Lubin protestierte: »Was unterstellen Sie da? Ich bin ganz allein draufgekommen. Die Ballonfetzen, die Metallsplitter, die Wucht der Explosion …«

»Dann war's wohl Pech für unseren Mann, daß ausgerechnet in dem Moment das Ding hochgeht, als er die Tür aufbricht. Oder wie erklären Sie sich das?«

In der eisigen Kälte dampfte ihr Atem. »Ich weiß nicht«, antwortete Lubin und fuchtelte mit den Händen. »Vielleicht war die Tür mit einem Sprengsatz gesichert. Aber ich versichere Ihnen, das mit der Bombe im Ofen ist nicht an den Haaren herbeigezogen.«

»Alexei!« unterbrach Dmitri, um dem Jungen aus der Verlegenheit zu helfen. »Warum glaubst du ihm nicht?« fragte er und zupfte wie ein quengelndes Kind an Vorontsyevs Mantelärmel.

»Weil mir seine Geschichte zu ausgefallen ist«, blaffte er.

»Aber darum muß sie doch nicht falsch sein. Im Gegenteil, ich bin sicher, Lubin hat recht. Und das heißt, der Anschlag ist von langer Hand vorbereitet und für uns inszeniert worden.«

Vorontsyev seufzte laut auf und verdrehte die Augen. Er wußte, Lubin war bekannt dafür, daß er hinter jeder Mordtat eine heimtückische Verschwörung witterte. Und nun haute auch noch Dmitri in dieselbe Kerbe. Es reichte ihm, zumal er mittlerweile selbst fürchten mußte, daß die Fantasie mit ihm durchging. Denn er fühlte sich ständig an den Mord an Rawls erinnert, der eindeutig als Exempel und Warnung zu verstehen war. Sollte es tatsächlich eine Verbindung zwischen beiden Fällen geben? Ach, Unsinn ...

Der Wind rüttelte am losen Metallrahmen des Schlafzimmerfensters. Er hörte, wie draußen im Flur die Leichensäcke weggeschafft wurden – der vom Kollegen der Eingreiftruppe, von Hussain und den beiden anderen, wovon er einen schon einmal gesehen zu haben glaubte, aber nicht wußte, wo er ihn hinstecken sollte. Er würde sich das Gesicht noch einmal genauer ansehen müssen.

»Sie sind sicher, daß diese Splitter von einer Splittergranate stammen?«

»Ziemlich sicher.«

»Sorgen Sie dafür, daß Sie absolut sicher sein können«, herrschte er den jungen Mann mit übertriebener Strenge an und eilte zurück nach nebenan, wo er die Plastiktüte erneut ins funzelige Licht der einzigen Glühbirne hielt. Kleine, regelmäßige, nadelspitze Splitter. »Haben Sie mich verstanden?« rief er, als er Lubin und Dmitri aus dem Schlafzimmer kommen hörte.

»Ja, Major Vorontsyev.«

Wenn Lubins Theorie zutraf, hatte sich jemand erstaunlich viel Mühe gemacht, um ihnen den einzigen Zugriff auf den Drogenmarkt von Novyj Urengoj zu entreißen und dies gleichzeitig in aller Deutlichkeit zu verstehen zu geben.

Lubin stand an der Wohnungstür und inspizierte den angeflämmten Rahmen. Was er da sah, schien seinen Vorstellungen zu entsprechen, denn er nickte selbstgefällig mit dem Kopf.

Vorontsyev versuchte sich auszumalen, was da für eine Organisation am Werk war, die tödliche Streiche mit explodierenden Paraffinöfen und verminten Türen ausheckte, um kundzutun: Ihr seid gewarnt. Wir wissen, was ihr wißt. An uns kommt ihr nicht ran.

Er legte eine Hand auf Dmitris Schulter, der zu ihm aufblickte wie ein treuer, aber eigenwilliger Hund. Der Gestank in der Wohnung war ekelerregend. Durch das zerborstene Fenster fegte Schnee, der wie zuvor das Blut auf den schäbigen Teppich kleckerte. Er drückte Dmitris Schulter, packte mit der Hand fest zu. Die Warnung machte ihn wütend. Sehr wütend.

Kaum war der Hotelpage gegangen, ließ sich Vaughn Grainger kraftlos auf einen Stuhl fallen. Lock stand noch an der Tür, musterte den Alten unauffällig und glaubte erkennen zu können, daß ihn weniger Trauer als vielmehr Furcht niederdrückte. Die Hände zitterten, und das Gesicht war verzerrt. Offenbar hatte er auf dem Flug hierher getrunken, aber er war noch klar bei Sinnen. Trübes Licht fiel durch die Gardinen. Der Salon der Suite im Jefferson Hotel war in hellen Farben gehalten und mit antiken Möbeln ausgestattet.

»Soll ich dir was zu trinken bringen?« fragte Lock leise.

Grainger schüttelte den Kopf. »Laß gut sein, John-Boy«, sagte er und hob die rechte Hand, als wolle er etwas abwehren. Fürchtete er den eigenen Tod? Der Mord an Billy hatte ihn wie ein Schlag getroffen.

Lock schenkte sich einen doppelten Bourbon ein und stürzte ihn hinunter. Es gefiel ihm nicht, mit Billys Vater allein in einem Zimmer zu sein. Allzu gern wäre er nach draußen gelaufen, auf die Straße unter Menschen, um seinen Kummer zu verscheuchen. Schon im Auto während der Fahrt vom Flughafen hatte er sich klaustrophisch eingeengt gefühlt, und hier im Hotelzimmer erging es ihm nicht anders. Er kehrte Grainger den Rücken zu und trank ein zweites Glas leer. Im Hintergrund hörte er den Alten unruhig mit den Händen auf die Schenkel schlagen.

»Du hast doch nichts dagegen, wenn Beth an Billys Seite begraben wird? In Phoenix. Ihr habt doch kein Familiengrab, oder?« fragte Grainger.

Lock biß die Zähne aufeinander. Er brachte es nicht fertig zu sagen, daß er es lieber sähe, wenn sie neben den Eltern in Connecticut bestattet würde, statt in der ausgedörrten Erde Arizonas. Idiotischer Wunsch. Beth war tot, und es zählte nicht, wo ihre ... *sterblichen Überreste* verwesen würden.

»Nein, Vaughn. Sie gehören zusammen.«

Er sträubte sich gegen die Erinnerung an die zahlreichen Besuche auf dem mit Laub oder Schnee bedeckten Friedhof im ländlichen Connecticut, an die Beerdigung selbst, die Särge, die Verzweiflung, den Schwindel und die drohende Ohnmacht ...

»Danke, John-Boy«, murmelte Grainger. »Wenn du mir jetzt doch bitte einen Drink machen könntest?«

»Bourbon?«

»Ja.«

Lock schenkte ihm ein. Grainger nahm das Glas mit sicherer Hand; es schien, als wollte er sich keine Schwäche anmerken lassen und vor Lock verhehlen, was in ihm vorging.

Warum? fragte sich Lock; und wie komme ich darauf, daß er Angst hat? Weil ich sie habe? Es war ihm ein Wagen bis zum Flughafen und zurück in die Stadt gefolgt. Und so wie vor seiner Wohnung stand auch hier vorm Hotel ein Mann mit dem Auftrag, ihn zu beobachten. Er nippte an seinem Drink und warf einen Blick auf Grainger, der sich gerade eine seiner langen Havannas ansteckte.

»Was denkt die Polizei, John? Was denkt sie wirklich?«

Lock setzte sich an der anderen Seite des blankpolierten Tisches auf die Kante eines Stuhls. Vor der diffus schimmernden Gardinenkulisse wirkten die beiden wie Darsteller auf einer modernistisch kahlen Bühne, darauf wartend, daß das Spiel beginnt.

»Daß es ein Raubüberfall war. Es sind Gemälde,

Schmuck und sonstiges im Wert von drei bis vier Millionen Dollar verschwunden. Der ermittelnde Lieutenant hat mich angerufen, um mir die Schätzung der Versicherung mitzuteilen. Motiv und Tathergang scheinen klar zu sein. Was anderes kommt wohl nicht in Betracht …«

Graingers Kopf schnellte hoch. »Hast du etwa Zweifel?« fragte er entrüstet.

»Billy hatte Feinde. Wer hätte die nicht?«

»Solche, die Amok laufen?« Dem Alten versagte die Stimme. Er fing zu schluchzen an und schüttelte den Kopf. Von seiner Zigarre fiel Asche auf den Teppich. »Nein, unmöglich …« Er blickte auf; seine schiefergrauen Augen waren hart. »Billy hat die Geschäfte von Grainger Technologies geführt und nicht irgendwelche Spielhöllen oder Puffs. O Gott, es ist alles so sinnlos, so verdammt sinnlos.«

»Allerdings.« Lock stierte ins Glas.

»Ich kann nur hoffen, daß diese Bestien bald zur Strecke gebracht werden.«

»Die Polizei setzt alles daran. Wenn die gestohlenen Sachen auf dem Markt auftauchen, sieht sie eine gute Chance. Aber es könnte sein, daß die Täter auf Bestellung geraubt haben. Dann würde die Beute auf Nimmerwiedersehen verschwinden.«

»Soll das heißen, es gibt womöglich einen Auftraggeber, der sich sein Haus damit vollstellt?«

»Du weißt so gut wie ich, daß so was vorkommt, Vaughn.« Seine eigene Rachewut schien sich im Gesicht des Alten widerzuspiegeln. »Das Anwesen ist wahrscheinlich über längere Zeit observiert worden.« Er schluckte und warf unwillkürlich einen Blick zum Fenster als ihm der Mann einfiel, der sich vorm Hoteleingang postiert hatte. »Tage-, womöglich wochenlang.«

»Und warum sind sie dann nicht eingebrochen, als Billy nicht zu Hause war?« jammerte Grainger.

»Vielleicht wegen der Alarmsicherung. Es scheint, daß sie sich unter falschem Vorwand eingeschlichen haben, als Angestellte vom Partyservice zum Beispiel …«

Beide zuckten zusammen, als plötzlich das Telefon auf

dem Schreibtisch zu klingeln anfing. Lock sprang auf und langte zum Hörer.

»Ja?«

»Sir, an der Rezeption ist ein Mr. Turgenev. Er sagt, er sei ein Freund der Familie und möchte zu Ihnen.«

Lock deckte die Sprechmuschel mit der Hand ab und informierte Grainger. »Hast du was dagegen, wenn er hochkommt?«

Den Alten packte wieder unverkennbar Furcht. Er wirkte wie erstarrt. Die Zigarre steckte unbeachtet zwischen zitternden Fingern, und die Augen flogen hin und her wie im Traum oder als suchten sie nach einem Versteck. Lock konnte sich auf diese Reaktion keinen Reim machen.

»Pete will dir nur sein Beileid ausdrücken«, sagte er, als sich Turgenev am anderen Ende der Leitung meldete. »Hältst du das durch? Sagen wir, für fünf Minuten?«

Grainger nickte verkrampft, und die Hand, die die Zigarre hielt, schien wieder eine unsichtbare Gefahr abwehren zu wollen. »Klar«, krächzte er. »Pete ist ein guter Junge ...«

»Okay.« Ins Telefon sagte Lock: »Komm hoch, Pete. Aber bleib nicht lange, ja? Vaughn ist ziemlich geschafft.« Er legte den Hörer auf und starrte vor sich hin. »Noch einen Drink?«

»Zum Teufel, warum nicht? Und wenn es nur ein bißchen hilft ...« Grainger hatte sich wieder gefaßt und streckte ihm das leere Glas entgegen.

Lock füllte auf, wollte auch sich nachschenken, besann sich aber eines anderen und fand, daß er fürs erste genug habe. Als er die Flasche absetzte, klopfte es leise an der Tür. Er warf einen Blick auf Grainger, der die Schultern straffte, als machte er sich auf einen Kampf gefaßt, und ging, um Pete hereinzulassen.

Turgenev zeigte sich betrübt, was aber seinem guten Aussehen keinen Abbruch tat. Er schüttelte Lock die Hand und flüsterte: »Es tut mir so leid, John.« Den Mantel über den linken Arm geworfen und die Pelzmütze in der Hand, eilte er auf Grainger zu, bedeutete ihm sitzenzubleiben und beugte sich zu ihm herab. Überragt von ihm, schien der Alte noch mehr in sich zusammenzusinken; als Schattenriß vor der weißen Gardine gaben die beiden ein anrührendes Bild ab.

Ohne Hut und Mantel abgelegt zu haben, nahm Turgenev auf einem Stuhl gegenüber Grainger Platz. »Was soll ich sagen, Vaughn? Mir fehlen die Worte, die ausdrücken könnten, wie sehr es mich dauert um dich ... und auch um John.« Er warf einen Blick auf Lock, der an der Bar stand, und schüttelte den Kopf, als dieser mit einer Flasche winkte. Grainger wieder zugewandt, fuhr er fort: »Mach dir um das Geschäft jetzt keine Sorgen. Es liegt nichts Dringendes an, und für alles weitere bleibt später noch Zeit.« Grainger nickte müde.

Lock hatte ihnen den Rücken zugekehrt, sah aber ihr Abbild im goldgerahmten Spiegel, der vor ihm an der Wand hing. Turgenev lehnte sich in Graingers Richtung vor, der mit wieder eingefallenen Schultern auf dem Stuhl kauerte und auf seine Zigarre starrte. Zu dem Bild, das sich ihm nun bot, fielen Lock auf Anhieb zwei verschiedene Deutungen ein: trauernder alter Mann empfängt Trost; oder aber: alter Mann muß sich anhören, daß es das Beste für ihn sei, in ein Seniorenheim umzuziehen ...

Lock erinnerte sich: Auf dem Rückweg vom Flughafen hatte Grainger vage Andeutungen gemacht im Hinblick auf die Zukunft des Unternehmens nach Billys Tod. Turgenev war einer der Hauptaktionäre. Es gab bereits die Überlegung, zu verkaufen. Vaughn leitete die Grainger Foundation, eine gemeinnützige Stiftung mit Sitz in Phoenix. Würde er auch die an andere abzutreten bereit sein? Im Spiegel machte der Alte einen erschütternd hilflosen Eindruck. Lock fühlte sich unwillkürlich an Billy erinnert, als er ihn das letztemal in dessen Arbeitszimmer gesehen hatte, verschwitzt, wütend, angetrunken und hilflos. So wie sein Vater jetzt. Turgenev hatte seine langen Beine lässig ausgestreckt, selbstsicher und seiner Macht anscheinend vollauf bewußt.

Lock wandte sich vom Spiegel ab. Paranoide Hirngespinste, dachte er und versuchte, sich im stillen darüber lustig zu machen. Doch es half nichts. Die Männer, die ihn auf Schritt und Tritt beschatteten, waren schließlich nicht eingebildet, ebensowenig wie Billys Unbeherrschtheit am gestrigen Abend oder Vaughns Niedergeschlagenheit, die er hier an den Tag legte. Obwohl ihn Turgenev doch nur zu trösten versuchte, hatte es den Anschein, als fühlte sich Vaughn bedroht.

All diese aufdringlichen, verstörenden Eingebungen behagten ihm ganz und gar nicht. Lock wähnte sich zurückgeführt in seine Agentenzeit, da er noch für die Firma tätig und sozusagen von Berufs wegen mißtrauisch gewesen war; wie zu Anfang auch im Umgang mit Turgenev, den er und Billy damals kennengelernt hatten. Der Argwohn gegen ihn war mit den Jahren verschwunden. Doch ausgerechnet jetzt kehrte er zurück, und im Spiegelbild schien es, als schwebte Turgenev wie ein großer, dunkler Vogel über Grainger.

Was, zum Teufel, ging hier vor …?

4
Altes Gewerbe

Die Sonne blinkte in den Metallbeschlägen der Leichenwagen und im Chrom der zahllosen Limousinen, die im Hintergrund parkten. Lock schaute ins grelle Licht, um dem Anblick der Särge und des dunklen Loches auszuweichen, in das sie gleich versenkt werden sollten. Der Himmel war blau und weit über die Wüste gespannt, aber dennoch schien es, als lastete er drückend schwer auf der Menge der schwarzgekleideten Trauergäste. Wie zu einer Fotoaufnahme fürs Collegealbum gruppiert, saßen sie auf langen Bänken, den Blick auf den Pastor gerichtet, der mit lauter Stimme gegen den Verkehrslärm auf der am Friedhof vorbeiführenden Schnellstraße antönte.

Ein Morgen in Phoenix; es war schon sehr heiß. Lock schaute hinüber auf einen kakteenbewachsenen Hügel. Neben ihm saß Vaughn Grainger, der vor Kummer wie ein hospitalisiertes Kind hin und her schaukelte und sich an ihn lehnte, so wie sich Lock damals bei Beth angelehnt hatte, als die Eltern zu Grabe getragen worden waren. Beth hatte ihm die ganze Zeit über die Hand gehalten, um sie am Zittern zu hindern, aber aus eigener Qual so krampfhaft zugedrückt, daß sich das Blut in den Fingern staute. Er erinnerte sich an die Bemerkung einer Nachbarin, die damals gesagt hatte: *»Seltsames Mädchen. So gelassen. Man sollte doch annehmen, daß sie ein bißchen mehr dabei empfindet, wenn die Eltern ...«*

Er spürte Tränen in den Augen brennen, meinte das Echo der wütenden Schreie hören zu können, die ihm damals im Hals steckengeblieben waren. Was wißt ihr denn schon! Ihr kennt doch meine Schwester überhaupt nicht.

Die Tränen verschleierten ihm den Blick; er zwinkerte sie weg und drängte die Erinnerungen beiseite.

Die meisten Trauergäste waren ihm fremd. Beth hatte sie

wahrscheinlich auch nicht gekannt: den Gouverneur und seine dralle Frau, Phoenixer Promis, Nutznießer der Grainger Foundation, Geschäftsleute, ein paar Regierungsvertreter, der Senator und sein Anhang, einige Mitarbeiter von Grainger Technologies, die er einmal flüchtig im Haus von Billy und Beth gesehen hatte – alles fremde Gesichter. Man hätte den Eindruck haben können, sie seien angeheuert worden, um die Kulissen zu füllen für das, was Klatschkolumnisten als ›Leichenbegängnis des Jahres‹ betiteln würden.

Wie zu einem glitzernden Band reihten sich die Autos aneinander, die vom Camelback Mountain herunterkamen und in deren Windschutzscheiben das Sonnenlicht reflektierte. Die Stadt mit ihren Anhöhen wirkte auf Lock wie der gemauerte Ausdruck für Überheblichkeit und Arroganz. Er fühlte sich fehl am Platz, entfremdet von seinen Gefühlen für die, die da in schweren Särgen lagen. Beth war schon unendlich weit entrückt gewesen, als er sie am Tatort hatte identifizieren müssen. Und als die Särge an Bord von Vaughns Learjet geladen worden waren, hatte er an die flaggenbedeckten Kisten gedacht, die aus fernen Kriegen eingeflogen wurden mit den Überresten von Gefallenen, zu denen er keine Beziehung hatte.

Vaughn war zusammengebrochen, als man ihn vor Billys Leiche geführt hatte. Jetzt lehnte er an Locks Schulter, einer Vogelscheuche gleich, die keinem Windstoß mehr würde standhalten können.

Schwarz uniformierte Gestalten mit weißen Handschuhen hoben nun Beths Sarg an Gurten an und versenkten ihn in trockener roter Erde. Vaughn mühte sich auf; Lock half ihm ans Grab und beeilte sich, ein paar Schaufeln Erde hineinzuwerfen. Das silberne Namensschild auf dem Deckel tief unten blinkte wie zum Spott. Dann kam Billys Sarg. Der Alte bebte am ganzen Körper. Lock führte ihm die Hand beim Versuch, zu schaufeln. Der Pastor summte monoton wie ein Insekt. Dann war es überstanden, und es setzte allgemeines Getuschel ein. Lock hatte nur noch eins im Sinn: schnell weg. Und während hinter ihm die Totengräber das

Loch mit Erde aufzufüllen anfingen, nahm er Vaughn beim Arm und führte ihn an der Reihe der Kondolierenden vorbei. Es wurden Hände geschüttelt, Beileidsworte gesprochen. Lock drängte es zum Parkplatz.

Kurz bevor sie zum Friedhof aufgebrochen waren, hatte Lieutenant Faulkner angerufen. Es ging um ein Schmuckstück, möglicherweise eins von Beth, das bei einem polizeibekannten Hehler aufgetaucht war. Man werde ihn gründlich in die Mangel nehmen ... Doch Faulkners Stimme hatte nicht besonders zuversichtlich geklungen. Von den Gemälden und den übrigen Wertgegenständen gab es keine Spur, also auch nicht von den Tätern. Die waren genauso weit weg wie Beth in ihrem Grab, so wenig greifbar wie sein Verdacht, verfolgt und beobachtet zu werden. Womöglich bildete er sich das in seinem Kummer alles bloß ein. Vielleicht war es ein Reflex aus der Zeit seiner Geheimdiensttätigkeit.

Endlich hatten sie ihr Auto erreicht. Er setzte sich neben Vaughn auf die Rückbank. Das Leder knirschte, die Klimaanlage surrte. Er spürte den Schweiß auf der Stirn prickeln. Seine Augen waren trocken.

Er wollte allein sein und weit entfernt von Phoenix, jenseits der Wüste, raus aus dieser sengenden Sonne, die sich nicht einmal von dunkel abgetönten Glasscheiben abhalten ließ.

Die Limousine fuhr an, wendete auf knirschendem Kies und rollte auf das Friedhofstor zu. Billys Vater stierte vor sich hin. Vielleicht sah er den eigenen Tod vor Augen. Womöglich fürchtete er sogar, wie sein Sohn auf gewaltsame Weise umzukommen.

»Bist du in Ordnung?« murmelte Lock.

Grainger schüttelte den Kopf. Seine Haut hing, zerknittert und grau wie Reispapier, von den Kiefern herab. »Dieser Abschaum – bringt ihn einfach um.« Beths Tod war für ihn anscheinend ohne Bedeutung. »In seinem eigenen Haus ...« Lock sah den brutalen Zug im Wesen des Alten, das, was ihn für die Sondereinsätze in Vietnam tauglich gemacht hatte. Den gleichen Zug hatte auch sein Sohn in Afghanistan offenbart. Die alten, knotigen Hände würgten krampfhaft ein

Phantom in seinem schwarzen Schoß, doch sie waren kraftlos, wußten nicht, an wem sie sich vergreifen konnten.

Lock hörte die Stimme eines Fremden fragen: »Was soll ich tun? Was bleibt mir noch?«

Vorontsyev betrachtete das Foto des Toten, den vergrößerten Gesichtsausschnitt, grell ausgeleuchtet vom Blitzlicht. »Der bringt uns also auch nicht weiter?« Dmitri schüttelte den Kopf. Wie ein beleidigtes, trotziges Kind. Vorontsyev fuhr fort: »Ich fasse zusammen: Er war Pfleger im Stiftungskrankenhaus. Wir wissen beinahe alles über ihn, haben sein Zimmer im Wohnheim auf den Kopf gestellt, kennen seine Gewohnheiten, Freunde, sexuellen Neigungen ... alles, aber nichts verrät uns, was ihn mit Hussain in Verbindung gebracht hat. Er war nicht einmal drogenabhängig, oder?«

»Nein.«

»Und es gibt in seinem Zimmer keinen Hinweis darauf, daß er mit Drogen gedealt haben könnte?«

»Nicht einen.«

Vorontsyev seufzte. Seine Augen waren übermüdet. Der Tag zögerte seinen Anbruch hinaus. Auf den Fensterscheiben hatte sich Rauhreif gebildet.

»Wir stehen mit leeren Händen da.« Vorontsyev konnte dem Kollegen nachfühlen, der wie ein kleiner Junge auf dem Stuhl herumhampelte. Nein, ihm war die Pleite nicht anzukreiden. »Hör mal, ich mache niemandem von uns einen Vorwurf«, sagte er. »Weder dir noch Lubin. Schuld hat einzig und allein das Miststück, das die Bande rechtzeitig gewarnt hat. Daß es diese undichte Stelle gibt, steht außer Frage. Denn Lubin hat recht behalten; der Ofen ist nicht zufällig in die Luft geflogen.« Lubin grinste flüchtig, setzte aber sofort wieder die Kummermiene auf, die er für angemessener hielt. »Also, was sollen wir machen? Haben wir's womöglich mit Terroristen zu tun, Lubin? Mit irgendeiner auswärtigen Gruppe, die zum Beispiel Waffenkäufe zu finanzieren versucht, indem sie mit Drogen handelt?«

»So was soll vorkommen, wäre durchaus möglich.«

»Glaube ich aber nicht. Die einzigen Terroristen hier bei

uns sind die Amis und russische Glücksritter«, entgegnete er mit zynischem Grinsen. »Spaß beiseite. Die Sache war zu perfekt inszeniert, und zwar als Abschreckung für uns. Das hätten Terroristen so nicht gemacht, oder?« Lubin schüttelte den Kopf. »Dahinter steckt ein straff geführtes Unternehmen.«

»Vielleicht nur der Teil einer größeren Geschichte?«

Vorontsyev zuckte mit den Schultern. Mühsam kletterte die Sonne über den engen Horizont des Parkplatzes.

»Hoffentlich nicht. Aber Terroristen, nein. Das paßt nicht ins Bild. Die hätten eine Gaspipeline oder dergleichen hochgehen lassen, um Aufsehen zu erregen. Wer käme da in Betracht? Kämpfer für die Freiheit arktischer Rentiere? Das Land ist voller Scheiße, aber die besteht vor allem aus Halsabschneidern, Gangstern und Mafiosi. Wer kümmert sich schon groß um Politik?«

»Wir sollten also ins Krankenhaus zurückgehen und uns ein paar von den armen Schweinen von der Suchtstation vorknöpfen«, meinte Dmitri.

»Oder ins Bordell. Wer hätte Lust?« fragte Vorontsyev. Dort war wochenlang observiert worden, bevor der Rummel um Hussain losging. »Ach, was soll's?« Er versuchte, ein Gähnen zu unterdrücken. Bei sich zu Hause war es ihm oft unmöglich, Schlaf zu finden. Wenn er keinen Gefallen mehr fand an der Musik, die er hörte, oder an seiner Lektüre, wenn seine Gedanken so düster waren wie sein Gesichtsausdruck im Licht der gardinenlosen Fenster – dann blieb ihm nichts, worauf er sich noch freuen konnte.

»Wir sind ziemlich kopflos vorgegangen.«

»Ich weiß.« Er stand auf und durchquerte sein Büro in Richtung Kaffeemaschine, wo er ihre und seinen Becher füllte. Mit den Kollegen Kaffee – vom Schwarzmarkt – zu trinken würde ihm vielleicht ein Gefühl von verschworener Gemeinschaft vermitteln, das er fast ebenso nötig hatte wie Dmitri.

Er war wütend.

Vor vier Monaten hatten sie sich schon fast am Ziel gewähnt und geglaubt, das Bordell als Verteiler für Drogen ausgemacht zu haben, da die Arbeiter von den Gasfeldern dort verkehrten und es zu vermuten war, daß einige von ihnen den Stoff von ihren Urlaubsreisen mitbrachten. Zwei Männer aus diesem Umfeld waren krepiert bei dem Versuch, das Zeug im Mastdarm einzuschmuggeln. Über den Schreibtisch gebeugt, stützte sich Vorontsyev mit geballten Händen auf und starrte auf den Wust von Akten und Notizen. Dann setzte er sich plötzlich hin und steckte eine Zigarette an.

Erleichtert kramten auch Dmitri und Lubin nach ihren Schachteln. Bald war das Büro voller Rauch, als wäre eine Nebelkerze darin explodiert.

»Also, wer käme in Frage? Das Personal der Suchtstation? Oder die Bordellmädchen und deren Kundschaft?«

Lubin strahlte. Er wurde mit ins Vertrauen gezogen, war gleichsam befördert worden, wenn auch nur inoffiziell.

»Wir könnten im Puff mal richtig aufräumen, und zwar ohne lange Vorausplanung ...« Dmitri stockte und rieb sich mit beiden Händen das Gesicht.

»Tja, daran sollten wir jetzt immer denken«, sagte Vorontsyev und richtete den Blick auf Lubin. »An die undichte Stelle hier im Haus. So ist es nun mal leider.« Er zog an seiner Zigarette. Marlboro. Die Marke der Cowboys. Er hustete, rauchte allzu viel während der schlaflosen Nächte und rastlosen Stunden am Tage. »Gut, führen wir also eine Razzia durch. Heute nacht noch. Irgendwo muß der verdammte Stoff ja stecken. In nur zwei Tagen kann er schließlich nicht komplett gestreckt, verkauft und injiziert worden sein. Wer weiß, vielleicht wird er dort gebunkert ...« Er öffnete die erste Akte, die er zwischen die Finger bekam, dann eine zweite, eine dritte. Namen, Daten, Verdachtsgründe ... Krankenhausangestellte, Putzfrauen, Huren, Arbeiter von den Gasfeldern, die im Bordell ein- und ausgingen oder bei Straßenschlägereien aufgefallen waren.

Verärgert schob er die Unterlagen beiseite und lehnte sich im Stuhl zurück.

»Wie steht's um die Eingreiftruppe?« fragte Lubin. »Macht die wieder mit?«

»Wohl kaum. Sie geben uns die Schuld daran, daß einer von ihnen draufgegangen ist. Mit deren Hilfe ist vorerst nicht mehr zu rechnen.«

»Dann stehen wir also allein da.« Dmitri schien an dieser Feststellung Gefallen zu finden. Am Himmel über dem Parkplatz verlor sich die rote Färbung.

»Sieht so aus. Wieso war dieser Krankenpfleger in der Wohnung? Soweit wir wissen, hatte er mit dem Mieter nichts zu tun. Er muß also wegen Hussain dort gewesen sein. Drogen und Krankenhaus – als Umschlagplatz vielleicht sogar noch besser geeignet als ein Bordell.«

»Aber es wird von den Amis kontrolliert und dürfte darum für die Kerle sehr viel gefährlicher sein als der Puff«, gab Dmitri zu bedenken.

»Teplov, der Bordellbesitzer, hat nichts mit Drogen am Hut. Das wissen wir hundertprozentig.«

»Von der Crew und Hussains Mitreisenden war auch nichts zu erfahren, bislang jedenfalls nicht. Die meisten Arbeiter sind gleich nach ihrer Ankunft von Firmenbussen abgeholt und ins Revier zurückgefahren worden.«

»Und dein Informant, dein *einziger* Informant?«

Dmitri schüttelte den Kopf. »Ist aus verständlichen Gründen abgetaucht.«

»Dann bleibt uns wirklich nur die Razzia. Stell ein Team zusammen. Aber kein Wort darüber, wohin es gehen soll.«

Es klopfte an der Tür, die gleich darauf geöffnet wurde. Marfa Tostyeva trat ein, zog die Wollmütze vom Kopf und wickelte den langen Schal ab. Ihre Augen waren dunkel unterlaufen, die gerötete Nase triefte.

»Geht's besser?« fragte Vorontsyev.

Keuchend ließ sie sich auf einen Stuhl fallen. »Jedenfalls nicht schlechter. Ich komme gerade von Noskov, dem Taxifahrer. Wollt ihr hören, was ich rausgefunden habe?«

Sie zog einen Notizblock aus der Manteltasche und blätterte darin herum. Erst als sie wieder aufblickte, fiel ihr der verdutzte Ausdruck in Vorontsyevs Gesicht auf.

»Ist was?« fragte sie.

»Taxifahrer?«

»Ja, der Rowls, den Amerikaner, chauffiert hat, bevor dieser ermordet wurde. Du erinnerst dich doch, oder?« erwiderte sie mit spöttischem Unterton.

Vorontsyev blinzelte ins Sonnenlicht, das auf seinen Schreibtisch fiel. Der Rauhreif taute von den Scheiben.

»Damit haben wir nichts mehr zu tun«, antwortete er. »Der Fall liegt beim Abschirmdienst.«

»Und das sagst du mir erst jetzt? Krank, wie ich bin, mache ich mich in dieser Scheißkälte auf den Weg, um den Fahrer zu erwischen, der sich offenbar überall rumtreibt, nur nicht zu Hause ...«

Er hob die Hände.

»Ist ja gut. Mach deinen Bericht. Ich werde ihn dann mit den besten Empfehlungen weiterreichen. Übrigens, wir werden heute nacht Teplovs Laden einen Besuch abstatten.«

»Was aus der letzten Razzia geworden ist, habe ich gehört.« Marfa kniff die Brauen zusammen. »Tut mir leid, insbesondere für dich«, sagte sie mit Blick auf Dmitri, der zur Antwort die Schultern hob. Dann schaute sie wieder auf ihren Notizblock und berichtete: »Dieser Noskov hatte den Amerikaner anscheinend schon eine ganze Woche lang rumkutschiert, und das, obwohl dem ein eigener Geschäftswagen zur Verfügung stand. Noskov hat zwar eins der neueren Taxis, aber es ist trotzdem kein dicker ZiL oder Mercedes.« Sie räusperte sich und fuhr fort, ohne aufzublikken. »An den Besuchen, die Rawls gemacht hat, ist nichts Ungewöhnliches dran. Er hat sich mehrmals ins Bürohaus von Grainger-Turgenev fahren lassen, war auch bei anderen Firmen, zweimal draußen auf den Gasfeldern und insgesamt fünfmal im Krankenhaus. Hatte offenbar die Scheißerei«, grinste Marfa.

»Noch irgendwas? Von Bedeutung?« Vorontsyev zeigte sich ungeduldig.

»Wohl wieder schlecht geschlafen«, entgegnete Marfa.

»Es reicht.«

»Entschuldigung.« Sie warf ihm den Notizblock auf den Schreibtisch.

»Soll sich Bakunin darum kümmern«, sagte Vorontsyev. »Kommen wir auf unsere Sache zurück. Wir wissen, daß Teplov etliche Rubel nebenbei verdient, indem er illegale Arbeiter einschleust und ihnen Unterkünfte und falsche Papiere besorgt. Vielleicht versucht er sich inzwischen auch im Drogengeschäft. Könnte ja sein ...«

Die Tische rings um den Pool standen voll von geleerten Gläsern. Von der Wüste wehte ein warmer Wind herüber. Ins Wasser gefallene Servietten sanken wie tote Quallen auf den Grund. Die Sonne ging unter, und die letzten Gäste machten sich auf den Heimweg, wohl froh darüber, endlich wegzukommen. Vaughn Graingers Trauer hautnah mitzuerleben war für die meisten unerträglich.

John Lock setzte sich an einen der Tische. Der zusammengefaltete Sonnenschirm knatterte im Wind. In Phoenix gingen die Lichter an, und es war, als sei von einer gigantischen Schöpfkelle weißglühendes Metall über die Wüste ausgegossen worden. Die Berge am Horizont erinnerten an große, kauernde Tiere, die auf die Nacht warteten. Lock füllte Champagner ins Glas und steckte die Flasche ins schmelzende Eis des Kühlers zurück. Es widerstrebte ihm, ins Haus zu gehen und nach Grainger zu sehen. Mochte sich der Butler um ihn kümmern.

Er hatte – rein gewohnheitshalber und ohne die geringste Spur von Interesse – den Anrufbeantworter zu Hause per Fernabfrage abgehört und dies sogleich bereut. Denn es waren noch mehr Beileidsbekundungen auf Band gesprochen worden; die Frau vom Ensemble für alte Musik hatte einen neuen, unüberhörbar gereizten Tonfall angeschlagen; das Kennedy Center ließ wissen, daß die für ihn und Beth zurückgelegten Konzertkarten als nachträgliches Geburtstagsgeschenk anzusehen seien; und es hatte sich sogar Johanna gemeldet mit den Worten: *»Ich bin erschüttert, John.«* Doch all diese Nachrichten kamen bei ihm an wie unentschlüsselbare Signale aus fernen Galaxien.

So sehr er auch darauf hoffte, er fand keinen Trost, nichts, was das Gefühl der Leere hätte verdrängen können.

Langsam leerte er das Glas und füllte nach. Die Stadt am Fuß des Camelback Mountain erstrahlte im Glanz der Neonlichter. Das Anwesen von Grainger lag auf einer Anhöhe über Phoenix, umgeben von jungen, neugepflanzten Bäumen und einem hohen Sicherheitszaun. Ein Flugzeug schwebte auf Sky Harbor zu; seine Lichter blinkten im Verein mit den ersten Sternen, die am Himmel aufzuleuchten begannen. Eine Papierserviette flatterte wie ein flügellahmer Vogel über den Pool. Die Kolibris waren mit der Sonne verschwunden.

Es drängte ihn zur Abreise. Vaughn hatte seine Bediensteten; er konnte für ihn nichts tun, war überflüssig in diesem Haus, das ihn um so mehr bedrückte, als es die Illusion von Frieden und Zeitlosigkeit vorgaukelte. Er wollte nach Washington zurück, sich wieder in seine Arbeit stürzen und von seinem Kummer ablenken lassen. Doch der Alte klammerte sich an ihm fest wie ein Blinder, dem über eine vielbefahrene Straße geholfen werden mußte.

Das Hausmädchen tauchte auf, um nach ihm zu sehen. Er schickte sie mit einer Handbewegung wieder fort. Die Terrakottafliesen schimmerten im Licht, das durch die hohen Fenster auf die Terrasse fiel. Der Arzt hatte versprochen, den Alten ruhigzustellen, bevor er gehen würde.

Vom Läuten des Telefons aufgeschreckt, langte er automatisch zum Hörer. Der Apparat war schon vor einiger Zeit an den Tisch gebracht worden, weil einer der Gäste darum gebeten hatte.

»Ja? Hier bei Grainger«, meldete er sich und vermied es, seinen Namen zu nennen.

»Ich möchte mit Mr. Vaughn Grainger sprechen. Wenn Sie mich bitte verbinden würden ...«

»Tut mir leid, er wird Ihren Anruf nicht entgegennehmen können.«

Nach kurzem Zögern sagte der Anrufer in einer plötzlich ganz anderen Tonlage: »Ich würde ihm gern mein Mitgefühl zum Ausdruck bringen. Ich habe über die Zeitung vom Tod seines Sohnes erfahren.«

»Das ist freundlich von Ihnen, Mr. ...?«

»Könnte ich vielleicht doch persönlich mein Beileid aussprechen?«

»Der Arzt hat ihm ein Beruhigungsmittel gegeben, und er schläft jetzt. Aber sobald er wach ist, werde ich ihm mitteilen, daß Sie angerufen haben. Wenn Sie mir Ihren Namen sagen ...« Dem Akzent nach schien er Asiate zu sein; er hatte Mühe mit den Konsonanten.

Zum drittenmal wechselte er den Ausdruck. »Bestellen Sie Grai... Mr. Grainger, daß ich ihn dringend sprechen muß. Mein Name ist Nguyen Tran.« Ein Vietnamese also. »Richten Sie ihm das aus.«

»Wie Sie wünschen. Hat er Ihre Nummer?«

»Ich halte mich zur Zeit in Phoenix auf, habe hier geschäftlich zu tun und wohne im Biltmore.« Dann, um einen etwas höflicheren Tonfall bemüht: »Ich bin ein alter Freund von Mr. Grainger.« Ein alter Freund, der nicht zum Begräbnis erscheint, dachte Lock. »Er würde es wünschen, daß Sie ihn wecken, da bin ich mir sicher. Es wäre besser, Sie täten es. Wie auch immer, ich erwarte seinen Rückruf.«

»Auf Wiederhören«, sagte Lock und legte auf, empört über die Hartnäckigkeit des Vietnamesen. Was hatte der so dringend vorzubringen? Wahrscheinlich ging es um irgendwelche Dokumente oder Kredite oder Investmentgeschichten. Himmel! Ein Buddhist war dieser Kerl bestimmt nicht ... Lock grinste. Doch plötzlich schwante ihm, daß dieser Nguyen Tran dem Alten womöglich zu drohen versuchte, daß er etwas gegen ihn in der Hand hatte. Die Nachricht war unmißverständlich: Grainger würde es sich nicht leisten können, den Vietnamesen warten zu lassen.

Lock dachte an Turgenev, von dem sich Vaughn offenbar eingeschüchtert fühlte. Mußte er auch Tran fürchten?

»Hören Sie zu, Noskov, meinem Chef hat Ihre Geschichte nicht gefallen. Ich bin zurückgekommen, um eine andere Version zu hören. Und strengen Sie sich ein bißchen an, wenn ich bitten darf.« Marfa Tostyeva war auf den Beifahrersitz gestiegen und schlug die Tür zu. Das Taxi parkte an dritter Stelle in der Reihe der Taxis vor dem Hotel Gogol.

Die anderen Fahrer standen vor ihren Fahrzeugen und schlugen die Arme um die Brust, um sich warmzuhalten.

»Ich habe Ihnen alles erzählt. Mehr gibt's nicht zu sagen.« Er fuhr mit der Hand über die Armaturenkonsole, als wollte er Staubwischen. Das französische Auto war allenfalls drei Jahre alt und bestens gepflegt. Die Heizung funktionierte, und in der Polsterung war kein einziger Fleck zu sehen.

Aber warum hatte sich Rawls in diesem Renault herumfahren lassen, statt eine der Nobelkarossen zu benutzen, mit denen Grainger-Turgenev bei den russischen Geschäftspartnern Eindruck zu schinden versuchte? Und warum mußte es immer derselbe Fahrer sein, der für diesen Exklusivdienst bestimmt einiges verlangt hatte? Ein Mietwagen wäre wahrscheinlich billiger gewesen.

»Was hat der Amerikaner denn getan?« fragte Novkov betont arglos.

»Er hat sich umbringen lassen. Lesen Sie keine Zeitung?« Marfa lehnte sich zurück und genoß den warmen Luftschwall aus dem Gebläse. Noskov musterte sie und schien zu überlegen, ob er es wagen konnte, um eine Gefälligkeit in Form von Schmiergeld zu bitten.

»Natürlich, und soviel weiß ich ja längst. Sie haben's mir selbst gesagt. Aber es scheint, als wären Sie mehr hinter ihm her als hinter seinem Mörder.«

Marfa ermittelte auf eigene Faust weiter. Es fuchste sie, daß ihr Chef an dem Fall kein Interesse mehr zeigte; und daß Rawls eine Woche lang Taxi gefahren war, hatte ihre Neugier geweckt.

»Ich will nur, daß Sie ein bißchen ausführlicher berichten, Novkov.«

»Wovon?«

»Wollen Sie Ärger bekommen? Dafür kann ich sorgen.«

»Ist ja gut«, maulte er. In der warmen Luft stank seine Jacke nach altem Schweiß. Wieso hatte sich Rawls, der seine Hände maniküren ließ, zu einem Mann gesetzt, der sich offenbar nur selten wusch?

»Sie haben ihn ins Krankenhaus gebracht, zu einer der

Förderanlagen da draußen, zum Hubschrauber, als er einmal damit auf Kurzreise ging, und so weiter. Schildern Sie mir die letzte Nacht, als Sie ihn hier vorm Hotel abgeholt und an den Ort gefahren haben, an dem er umgebracht wurde.«

»Ich habe damit nichts zu …«

»Dann reden Sie. Vielleicht glaube ich Ihnen sogar.«

»Scheißbullen.«

»Ach, Sie sind nicht gut auf uns zu sprechen? Haben wohl kein günstiges Verhältnis zu dem einen oder anderen Kollegen? Sei's drum. Ich will gar nicht wissen, von wem Sie geschmiert oder erpreßt werden. Mich interessiert nur Rawls und das, was in seinen letzten Stunden passiert ist.«

Er rückte mit dem Wagen an die zweite Position vor. Eine Nutte in Nerz war ins vordere Taxi gestiegen. Hohe Absätze, schlanke Beine. Ihr Anblick konnte neidisch machen … Noskov gaffte unverhohlen.

»Was war an diesem Abend?« fragte sie gereizt.

»Zum wiederholten Mal: Ich habe ihn da rausgefahren, und er sagte, ich könne wieder umkehren. Er würde sich am Morgen bei mir melden.« Er zuckte mit den Schultern. »Das ist alles.«

Marfa seufzte. »Um wieviel Uhr ging's los? Vom Hotel aus?«

»Kurz nach Mitternacht. Ich wollte schon schlafen gehen. Da hat er angerufen.«

»Und dann sind Sie zum Hotel gefahren. Hat er schon unten auf Sie gewartet?«

Er nickte und rieb sich das Stoppelkinn. »Er hat sich mit Antipov, dem Nachtportier, unterhalten. Aber auch das wissen Sie bereits.«

»Er ist gleich gekommen und eingestiegen.«

»Ja.«

»In welcher Stimmung war er?«

»Mit sich zufrieden. Wie immer. Warum auch nicht? Er hatte jede Menge Geld, einen guten Job. Ich war für ihn nur ein Lakai.«

»Immerhin stimmte das Trinkgeld.« Sie schaute in ihr Notizbuch und blätterte ein paar Seiten zurück. »Ist Ihnen die Limousine aufgefallen, die hier parkte, als Sie ihn abholten?«

»Wo soll die gestanden haben?« fragte Noskov.

»Antipov sagt, auf der anderen Straßenseite, ungefähr vierzig Meter weiter hinten«, antwortete sie und warf einen flüchtigen Blick über die Schulter.

»Kann sein.«

»Haben Sie nicht bemerkt, daß Sie verfolgt worden sind?«

»Es gab noch Verkehr auf den Straßen. Mir ist nichts Besonderes aufgefallen.«

Marfa musterte ihn von der Seite. Bauernschlau, urteilte sie. Er würde nur sagen, was er sagen durfte. »Als Rawls ausgestiegen ist, müssen Sie den zweiten Wagen doch gesehen haben.«

»Ja, ich glaube, habe mir aber nichts dabei gedacht. Ich wollte ins Bett.«

»Und Sie fanden es nicht ungewöhnlich, daß sich jemand mitten in der Nacht in der Wildnis absetzen läßt?«

»Er hat schließlich bezahlt und gesagt, daß er verabredet sei. Zu einem vertraulichen Gespräch. Ja, so hat er's genannt. Angst hatte er jedenfalls nicht, und er ging offenbar davon aus, daß man ihn nicht lange würde warten lassen.«

»Er mußte wohl auch nicht lange warten, oder?«

»Was weiß ich?« stöhnte Noskov. »Glauben Sie etwa, ich hätte ...«

»Tun Sie nicht so. Sie haben doch gesehen, daß er in den anderen Wagen umgestiegen ist.«

»Nein. Als ich ihn das letztemal im Rückspiegel sah, hat er am Straßenrand gestanden.«

Marfa blätterte wieder durch ihre Notizen und fragte dann: »Mußten Sie Rawls mal zu irgendeiner ungewöhnlichen Adresse fahren?«

»Zu 'nem Bordell oder so? Nein. Da war ein Mädchen, das er zu sich ins Hotel bestellte. Aber nicht in der letzten Nacht.«

»Und wenn er sie bestellte, haben Sie sie gebracht?« Er nickte. »Wie ist ihr Name?«

»Vera. Mehr weiß ich nicht.«

»Wo haben Sie sie abgeholt?«

»Vor der Cocktailbar des Sheraton. Keine Ahnung, wo sie wohnt.«

Marfa machte sich Notizen. »Ist da noch jemand, den Sie für Rawls rumkutschiert haben?«

»Nein … das heißt doch. Einen der Ärzte vom Krankenhaus. Amerikaner.«

»War Rawls krank?«

»Glaube ich nicht. Ich habe ihn allerdings ziemlich oft ins Krankenhaus gefahren. Vielleicht hatte er die Scheißerei.«

»Über den Witz konnte mein Chef nicht lachen.«

»Vielleicht hat er keinen Humor.«

»Könnten Sie noch lachen, wenn Sie es ständig mit Typen Ihresgleichen zu tun hätten?« Und dann wollte sie wissen: »Wie heißt dieser Amiarzt?«

»Kann mich nicht erinnern.«

»Soll ich Ihnen auf die Sprünge helfen?«

»Smith?«

»Warum sind Sie eigentlich so bockig?«

»Nur den Bullen gegenüber. Ist doch normal«, entgegnete er. »Sein Name ist Schneider. Dr. David Schneider. Sonst noch was?« Er stand jetzt ganz vorn in der Taxireihe. »Ich muß auch noch Geld verdienen.«

»Und dabei störe ich, nicht wahr?« Marfa knöpfte den Mantel zu, legte den Schal um und öffnete die Tür, durch die es bitterkalt hereinzog. »Halten Sie sich an die Verkehrsregeln, Noskov.« Sie schlug die Tür zu und las von seinen Lippen den obszönen Fluch ab, den er ihr mit auf den Weg gab. Grinsend wandte sie sich ab.

Wieder stolzierte eine aufgetakelte Hure vorbei. Sie war größer als Marfa und zog eine aufdringliche Parfümfahne hinter sich her. Ihre Miene war starr, der Blick gleichgültig. Sie winkte Noskov zu und steuerte auf das Hotelcafé zu.

Ein amerikanischer Arzt namens Schneider und eine schwarze Limousine, die Noskov offenbar gesehen hatte, aber zu vergessen wünschte. Nicht, weil er zuviel wußte und darum Angst hatte; es war einfach nicht sein Bier, und er wurde nicht dafür bezahlt, daß er sich erinnerte.

Dem Chef würde es nicht gefallen, wenn er erführe, daß sie …

Doch er mußte es erfahren. Schneider war der stellvertretende Leiter der Suchtstation. Was hatte Rawls von ihm gewollt? Wieso hatte er ihn ins Hotel bestellt wie zu einem Hausbesuch? Es würde sich bestimmt lohnen, diesem Schneider entsprechende Fragen zu stellen. Aber dazu brauchte sie Vorontsyevs Erlaubnis.

»Sie werden sich hier noch was einhandeln, was ziemlich unangenehm werden kann!« brüllte Vorontsyev.

»Um Himmels willen, Herr Kommissar …« Teplov, der Bordellbesitzer, zupfte nervös an den Ärmeln seines Jacketts. Er stand mit seiner Primadonna und zwei Rausschmeißern auf der einen Seite des engen Flurs, Vorontsyev mit Marfa, Dmitri, Lubin und den uniformierten Beamten auf der anderen. Durch die offene Eingangstür fegte ein eisiger Wind, als wollte er eine Razzia auf seine Weise veranstalten.

»Nicht trillern, ich bitte Sie, Herr Kommissar.« Vorontsyev hatte die Pfeife schon zwischen den Lippen. Die beiden Rausschmeißer zeigten sich genauso perplex wie auch die füllige Frau, die einen karminroten Fummel und reichlich Schminke trug.

Wenn die Sitte kam, ging es hier wahrscheinlich sehr viel höflicher zu. Aber die wurde ja auch entlohnt, in bar oder sonstwie.

»Sorgen Sie dafür, daß niemand ohne Hosen aus dem Fenster springt, Teplov. Wer das versucht, könnte sich einen abfrieren bei der Kälte da draußen.« Er beugte sich zu dem kleinen, verlebten Mann mit Bart herab, der eine Art an sich hatte, die es unmöglich machte, ihm böse zu sein oder ihm irgend etwas vorzuwerfen. Marfa schien allerdings keine Probleme damit zu haben, Sonya zu verabscheuen, die Madame des Hauses und – wie es hieß – dominierende Geliebte des kleinen Teplov. »Wir sind nicht gekommen, um abzuzocken, guter Mann, und wenn Sie uns unsere Arbeit tun lassen, ohne dazwischenzufunken, wird es kaum Aufsehen geben. Einverstanden?«

Sonya plusterte sich auf und schien energisch Einspruch erheben zu wollen, doch Teplov kam ihr zuvor und sagte: »Die Kundschaft und meine Mädchen bleiben doch hoffentlich unbehelligt?«

Vorontsyev lachte. Lubin grinste wie ein kleiner Junge, während Dmitri sichtlich Mühe damit hatte, sich in Geduld zu üben.

»Mal sehen, Teplov, mal sehen ...« Oben gingen Türen auf und zu. Wer auszubüchsen versuchte, würde von den rund ums Haus postierten Beamten wieder zurückgebracht werden. »Also, bringen wir's hinter uns. Ihr wißt, wonach wir suchen. Und laßt euch nicht aufhalten.« Teplov schien erleichtert zu sein und in Vorontsyev einen vornehmen Klienten mit sadistischen Vorlieben zu sehen, der ordentlich zu zahlen bereit war, um unerkannt zu bleiben.

Die uniformierten Beamten stiegen über die Treppe nach oben. Disziplin zu bewahren war hier in der Tat äußerst schwierig. Er hörte spitze Aufschreie und wildes Gelächter.

»Haben Sie heute hohe Herren zu Besuch, Teplov? Ich hoffe nicht.«

Hastig schüttelte Teplov den kahlen Kopf, doch seine Miene strafte ihn Lügen. Sonya zuckte mit den plumpen Schultern, musterte Marfa mit geringschätzigem Blick und wandte sich ostentativ von ihr ab.

»Beeilung, wir haben nicht die ganze Nacht lang Zeit!« rief Dmitri und eilte die Treppe hinauf ins erste Obergeschoß, wo ihm halbnackte Mädchen eine empörte Szene machten.

»Wonach suchen Sie denn, Major Vorontsyev?« flüsterte Teplov, als versuchte er, ihm einen Schwarzmarktartikel anzudrehen. »Sie wissen doch, daß mein Laden sauber ist«, fügte er liebenswürdig lächelnd hinzu.

»Das verrate ich Ihnen, wenn wir fündig geworden sind.« Vorontsyev klopfte dem Kleinen auf die Schulter und drängte ihn auf dessen Büro am Ende des Korridors zu. Sie passierten die geöffnete Tür zu einem Zimmer voller Plüschsofas, mit greller Dekoration und Rotlicht – warum eigentlich immer Rotlicht? Und dann ging es an der Küche vorbei, in der ein persisch aussehender Mann in Schürze unbeirrt Gemüse kleinschnibbelte.

Teplovs Büro war – wie er selbst – klein und gepflegt. Ein Geldschrank, der aus zaristischer Zeit zu stammen schien, nahm eine Ecke des Zimmers in Anspruch. Vorm Fenster stand der Schreibtisch. Von dort aus ließ sich bei Tage hinausschauen auf einen verwilderten Friedhof nebst baufälliger Kirche. Unter der Sitzgruppe, bestehend aus zwei Armsesseln und einem kleinen Tisch, lag ein alter Perserteppich.

Teplov bot ihm eine Zigarette an. Vorontsyev langte zu, nahm auch das goldene Feuerzeug entgegen und wog es in der Hand wie eine Granate.

»Sie werden doch jetzt nicht sagen, behalten Sie's, oder?« Der Kleine schüttelte den Kopf und hob die sanften braunen Augen wie ein Hündchen. »Na gut.«

»Nehmen Sie doch bitte Platz, Major Vorontsyev.«

»Wenn Sie vorher so freundlich wären, den Safe zu öffnen.« Teplov stutzte, doch dann schien er zu registrieren, daß Vorontsyev nicht auf Schmiergeld aus war.

»Sie werden keine Drogen bei mir finden, Herr Major. Jedenfalls nicht das, wonach Sie suchen. Eine oder zwei meiner Mädchen gönnen sich nach getaner Arbeit hin und wieder einen kleinen Joint. Wer wollte es ihnen verdenken? Vielleicht hat auch der eine oder andere Kunde ein bißchen Stoff dabei, ohne daß ich etwas davon weiß. Auf jeden Fall wird hier nicht gedealt.«

»Sie haben also davon gehört?«

»Von Ihrem jüngsten Fehlschlag? Ja, Major Vorontsyev.«

»Und was ist Ihnen sonst noch zu Ohren gekommen?«

Teplov stellte sich vor den Safe, bedacht darauf, die Kombination zu verdecken. Dann öffnete er die schwere Tür. Vorontsyev ging davor in die Hocke, kramte in Papieren herum, blätterte einen Stoß Banknoten auf, die mit einem Gummiband zusammengehalten wurden, fand ein

Foto, das Teplov in jüngeren Jahren und eine schlanke Sonya darstellte, die ein Kind auf den Armen trug, befingerte Scheckhefte, Rechnungsbücher und Quittungsbündel ... nichts von Belang. Enttäuscht war er nicht, zumal er sich keine großen Hoffnungen gemacht hatte. Vielleicht würde die Befragung der Kundschaft mehr erbringen. Oder auch nicht. Ihm war wie so oft wieder alles einerlei.

»Sie können wieder zuschließen.«

Er setzte sich in den Sessel.

»Wie wär's mit einem Drink, Herr Major?«

»Warum nicht? Scotch, bitte.«

Teplov schenkte ein und setzte sich mit seinem Glas an den Schreibtisch. Der Whiskey war gut, teuer.

»Ich hörte, daß Sie bei dem Einsatz einen Mann verloren haben. Schreckliche Geschichte. Wenn es darum geht, sind Sie bei mir an der völlig falschen Adresse. Mit solchen Sachen habe ich noch nie etwas zu tun gehabt.«

»Bislang nicht, ich weiß. Aber vielleicht hat Sie ja der Ehrgeiz gepackt. Viele fühlen sich ermutigt, weil die Bullen so verdammt nutzlos sind.«

»Ach, gilt das auch für Sie?«

Vorontsyev blickte von seinem Schwenker auf, merklich ungehalten. »Sehen Sie sich vor«, knurrte er, worauf Teplov wie zur Entschuldigung die Hände hob. »Auch wenn ich hier nichts finde, ich weiß, Sie haben einiges gebunkert, und zwar in Ihrem Schädel. Sprich: Mitwisserschaft. Ich sollte Sie einlochen. Irgendwann werden Sie schon auspakken.«

Teplov zeigte Wirkung. »Ich hab's mir zur Regel gemacht, Stillschweigen zu bewahren.«

»Was soll das heißen?«

»Da fragen Sie noch? Obwohl erst kürzlich einer Ihrer Leute dran glauben mußte?«

»Bedroht man Sie?« Über ihren Köpfen waren Schritte zu hören, Gezeter und wütende Proteste im Flur und vor dem Haus. Dielenbretter knarrten unter schweren Stiefeln.

»Nein. Ich halte mich nämlich raus. Und deshalb sind Sie bei mir an den Falschen geraten.«

»Sie sind ein cleveres Kerlchen.«

»Das muß man auch sein, hier in der Stadt. Wenn Sie erlauben, gebe ich Ihnen einen Rat, Major Vorontsyev. Sie sollten nicht so viel Wirbel machen.«

»Dieser Amerikaner, der sich hat umbringen lassen ... ist er schon mal hier gewesen?«

»Nein. Er bezog seine Mädchen von Kropotkin. Das ist eine andere Kategorie. Erste Klasse. Geht nur auf Bestellung.« Er seufzte. »Apropos Ehrgeiz. In dem Geschäft würde ich auch gern mitmischen, aber Sonya meint, das wäre eine Nummer zu groß für mich.«

»Und mit Drogen zu handeln ...«

»Wäre zwei bis drei Nummern zu groß. Und außerdem viel zu gefährlich.« Er beugte sich vor. »Auch Sie sollten sich in acht nehmen, Herr Major.«

»Vor wem? Nennen Sie Namen«, antwortete Vorontsyev und kippte den letzten Schluck hinunter.

»Ob Sie mir glauben oder nicht, ich weiß keine Namen, keine Einzelheiten. Aber was ich so am Rande aufschnappe, läßt keinen Zweifel daran, daß es da ein paar äußerst gut organisierte und einflußreiche Typen gibt.« Er krauste die Stirn. »Ich glaube, Sie ahnen nicht, wie ...«

Vorontsyev verkniff das Gesicht wie jemand, der vom schmalen Pfad abgekommen und in ein Schlammloch getreten ist. Draußen wurden plötzlich aufgeregte Stimmen laut. Wenig später platzte Dmitri mit hochrotem Kopf zur Tür herein.

»Da ist jemand aus dem Fenster gesprungen. Oben aus dem ersten Stock«, keuchte er. »Sieht aus wie ein Araber. Hat die erstbeste Gelegenheit wahrgenommen, um sich dünnzumachen.«

Teplov reagierte sichtlich verstört, einen kurzen Moment lang, dann hatte er sich wieder gefaßt und markierte den Ahnungslosen. Vorontsyev war aufgestanden und fragte Dmitri: »In welche Richtung ist er gelaufen?«

»Über den Friedhof, an der Kirche vorbei. Wir haben nicht genug Licht.«

»Hinterher! Nimm den Wagen und fahr um den Friedhof

herum! Wir treffen uns auf der anderen Seite.« Vorontsyev stürmte in den Flur hinaus, wühlte sich durch den Pulk aus Mädchen, Freiern und Kollegen und rannte nach draußen. Firniger Schnee knirschte unter den Sohlen.

Vorontsyev spähte ins Dunkel. Lubin und ein uniformierter Inspektor eilten auf ihn zu. Vor den Lichtern der Stadt zeichneten sich die Kuppeltürme der Kirche ab.

»Er ist zur Kirche hin«, meinte der uniformierte Kollege. »Das habe ich deutlich gesehen. Ich hätte mit der Waffe draufhalten können, aber das wollten Sie ja nicht.«

»Schon gut. Kommt, schnappen wir ihn uns.«

Sie stolperten auf holprigem, hartgefrorenem Boden voran. Vorontsyev rutschte auf der Eiskruste eines flachen Grabsteins aus und fauchte: »Inspektor, schalten Sie die Taschenlampe ein!«

Der Lichtstrahl zitterte vor ihnen her. Es waren deutlich Fußspuren im Schnee zu erkennen.

»Wie sah er aus?«

»Dunkler Mantel, klein. Ein Araber, glaube ich.«

Sie erreichten das Kirchengebäude, lehnten sich an die Außenmauer und hielten inne. Es war nichts zu hören. Vorontsyev nickte.

»Leuchten Sie auf die Spuren.«

Die bemooste Mauer war mit einer Eisschicht überzogen und schimmerte matt. Leise schlichen sie weiter. Die Spuren, denen sie folgten, verliefen zielstrebig. Der Flüchtige schien kein einziges Mal stehengeblieben zu sein oder auch nur einen Moment lang gezögert zu haben. Im Hintergrund starteten zwei Motoren. Empörte Rufe hallten herüber. Warum hatte dieser Mann bloß Reißaus genommen? Es war doch kein Problem, sich einer Festnahme im Bordell zu entziehen; ein paar diskret zugesteckte Scheine reichten in der Regel vollauf. Von der Polizei aufgegriffen zu werden machte Teplovs Kundschaft kaum etwas aus; es ärgerte sie allenfalls der unterbrochene Koitus.

Wieder wurde ein Motor angeworfen, eine große Maschine mit sonorem Klang. Reifen quietschten.

Vom Friedhof ging eine schmale, gewundene Straße ab,

die zur Altstadt führte. Scheinwerfer leuchteten darauf auf. Verdammt, wo blieb Dmitri?

»Schnell!« brüllte er und rannte über einen Kiesweg auf die Friedhofspforte zu. Doch die schwere Limousine war schon durch und zeigte ihm ihre Rücklichter. »Scheiße!«

»Die Reifen haben ihr Profil im Schnee abgedrückt«, hörte er den Inspektor sagen.

»Bringt uns auch nicht weiter. Wo ist Dmitri?«

Der Wagen – ein schwarzer Mercedes? – verschwand hinter der nächsten Biegung. Wie ein Notsignal flammte das Scheinwerferlicht zwischen den Häusern auf, die die Straße säumten. Ein Hund bellte. Sekunden später tauchte der Polizeiwagen mit Dmitri am Steuer auf und tuckerte herbei. Vorontsyev rannte ihm entgegen und fuchtelte mit den Armen. Noch ehe der Wagen zum Stehen gekommen war, hatte er die Beifahrertür aufgerissen. Lubin sprang auf die Rückbank. Der Inspektor war zu langsam und sah die Kollegen davonrasen.

»Wo lang?« fragte Dmitri.

»Links!«

Der Wagen schleuderte gegen eine Mülltonne; aber vielleicht war es auch eine Schubkarre, die jemand in der Gasse hatte stehen lassen. Von dem Mercedes war nichts zu sehen. Es war ein Mercedes, daran zweifelte Vorontsyev nicht länger. Dunkler Mantel, Mercedes, flüchtig – wer? Warum?

Die Altstadt drängte auf sie ein mit ihren schmalen, altersschwachen Häusern und den Holzzäunen, die beschneite Parzellen umrahmten, Gärtchen vor Datschas und niedrigen Holzhütten, die zwischen den Hochhäusern ringsum wie in einer Falle steckten. Im Scheinwerferlicht blitzte eine Reihe von Schwarzweißbildern aus der russischen Vergangenheit auf.

»Wieder links!«

Eine Abkürzung. Vorontsyev hoffte darauf, dem Flüchtigen den Weg abschneiden zu können. Der fuhr bestimmt auf eine der belebteren Straßen zu, um im Verkehr untertauchen zu können. In einem dunklen Hauseingang: ein verschrecktes Gesicht, runzelig, mit einem Schal umwickelt.

Schliddernd hetzte ein Hund durchs Scheinwerferlicht. Der Wagen holperte über einen unnachgiebigen Gegenstand hinweg. Lubin beugte sich zwischen Fahrer- und Beifahrersitz nach vorn. Dmitri wischte die beschlagene Scheibe.

»Die nächste rechts!«

In eine enge Seitenstraße. Auf der dünnen Schneedecke keine Reifenspuren. Der Wagen rutschte seitlich weg und streifte einen morschen Zaun, der zusammenbrach. Die Häuser, so verfallen sie auch sein mochten, waren bewohnt. Vereinzelt brannten Lichter.

Und dann wurde es hell.

»F-Straße«, sagte Dmitri. »Irgendwo auf Höhe der Siebzehnten.«

»Halt an!« rief Vorontsyev.

Lauernd warteten sie in der Mündung zur breiten Durchgangsstraße, an die vor allem Büro- und Geschäftshäuser angrenzten. Hier ging es sehr viel ruhiger und gepflegter zu als in den Straßen der künstlichen Neustadt. Passanten und Fahrzeuge auf dem Weg nach Hause, der übliche abendliche Verkehr. Ein schwarzer Mercedes? Er müßte von rechts kommen …

Vorontsyev seufzte …

»Da ist er!« zischte er.

Die schwarze Limousine tauchte an der nächsten Kreuzung auf, bog vom Mockba Prospekt ab und kam mit hoher Geschwindigkeit auf sie zu. Der Fahrer war hinter der Windschutzscheibe nicht zu erkennen.

»Fahr zu, stell dich quer!« brüllte Vorontsyev und schnallte sich an. Lubin lehnte sich zurück und langte nach den Haltegriffen.

Dmitri ließ den Motor aufheulen und hetzte den Wagen auf die Straße. Der Mercedes bremste spontan ab und versuchte dann, nach links auf die Gegenspur auszuweichen. Dmitri setzte zurück. Der Mercedes legte wieder an Fahrt zu, hielt voll auf sie drauf. Vorontsyev beugte sich so weit wie möglich von der Tür weg und umklammerte die Sitzlehne.

Und dann krachte es. Ihr Wagen wurde um etliche Meter

zur Seite gestoßen. Die Beifahrertür wölbte sich nach innen; Vorontsyevs Hose zerriß an einem aufgefetzten Blechteil. Lubin fluchte. Dmitris Stirn blutete nach dem Aufprall gegen die Scheibe, die, wie Vorontsyev bemerkte, überraschenderweise intakt geblieben war. Der Mercedes ...?

Er war gegen eine der Steinsäulen geschleudert, die die Arkaden vor der vornehmen Ladenzeile stützten, wo die Schickeria kaufte. Silberlöffelchen für Kokain, Schals von Burberry, Gucci-Schuhe, Dessous, englische Zigaretten. Vorontsyev stemmte sich gegen die eingedrückte Tür. Der Oberschenkel schmerzte, blutete aber nicht.

»Ich krieg das verdammte Ding nicht auf!« brüllte er. Die Motorhaube des Mercedes wölbte sich über die drastisch verkürzte Frontpartie. In der Windschutzscheibe zeigte sich ein dichtes, undurchsichtiges Netz aus weißen Linien. Vorontsyev warf sich mit aller Wucht gegen die Tür. Sie gab nach. Er stieß sie auf, kletterte mit zittrigen Bewegungen nach draußen und ging vorsichtig auf die schwarze Limousine zu. »Kommt mit!« rief er den Kollegen zu.

Die Fahrertür ließ sich ohne weiteres öffnen. Der Mann war tot. Vorontsyev zerrte den schlaffen Oberkörper auf den Sitz zurück und beschmierte sich die Hand mit dem Blut, das aus dem Mund des Toten sickerte und im Schein der nächsten Straßenlaterne schwarz wie Melasse war. Er blickte auf. Lubin winkte den Verkehr weiter, der sich vor der Unfallstelle staute. Dmitri hielt ein Taschentuch an die Stirn und eilte stöhnend herbei.

Vorontsyev stellte den Motor des Mercedes ab und hebelte, geübt wie ein Autohändler, die Automatik auf Parken. Dann musterte er das schmale, dunkelhäutige Gesicht des Toten. Araber, vielleicht aber auch Kasache oder Usbeke. Unrasiert. Der Mantel saß gut, paßte aber nicht zu ihm, ebensowenig wie der Kaschmirschal. Von Burberry, wie Vorontsyev registrierte. Seltsam – dreckige Fingernägel, ungewaschene Haare; der Mann gehörte nicht in diese Klamotten, geschweige denn in eine solche Luxuskarosse. Er kramte in den Taschen und zog unterm Revers eine Brieftasche hervor.

Darin steckten Geldscheine, hohe Beträge, Devisen. Nicht eine russische Banknote. Aber Hunderte von Dollars. Und ein Ausweis. Er faltete den abgegriffenen Karton auseinander.

»Was ist das?«

»Eine Arbeitserlaubnis. Er war Monteur auf einem der Gasfelder. Iraner.« Erneut durchsuchte er die Taschen und fand einen iranischen Paß. Der Mann kam aus einer Stadt, deren Namen er noch nie gehört hatte. Hilfsarbeiter. Hunderte von Dollars. Die Unternehmen zahlten die Löhne in Rubel aus. Er reichte Dmitri die Brieftasche, beugte sich über den Toten und öffnete das Handschuhfach. Darin lag ein handliches Päckchen, mit einem Gummiband umwikkelt. An den Fingern der ungepflegten Hände steckten mehrere Goldringe, wie Vorontsyev bemerkte. Er riß das Päckchen auf.

Pässe. Im Dutzend. Amerikanisch, schweizerisch ... österreichisch, ein britischer. Er mischte sie wie Spielkarten auf.

Das Gesicht des Toten starrte ihm entgegen; es war voller Blut, aber irgendwie kam Hohn und Spott darin zum Ausdruck, fast so etwas wie ein überhebliches Grinsen.

Vorontsyev blickte zurück auf die Pässe. USA, Großbritannien, Schweiz, Holland. Viele Hundertdollarnoten. Ein teurer Mantel und Goldringe. All das im Besitz eines iranischen Hilfsarbeiters mit kümmerlichem Lohn.

»Ruf die Spurensicherung.« Er richtete sich auf, schloß die Tür und reichte Dmitri das Päckchen mit den Pässen. »Ich will, daß der Wagen in alle seine Einzelteile zerlegt wird.« Dann wandte er sich dem Toten zu, dessen Kopf an der Seitenscheibe lehnte. »Wer zum Teufel bist du?« murmelte er vor sich hin.

5

Gekräuselte Oberfläche

Der Vietnamese hatte sich noch zweimal gemeldet, und jedesmal, wenn Lock dem Alten Bescheid gab, war ihm, als müßte er Gift verabreichen, so dosiert, daß es Vaughn zwar nicht umbrachte, aber doch krank machte. Nguyen Trans vermeintlich ruhiger Tonfall konnte nicht darüber hinwegtäuschen, daß er aufs äußerste gereizt war. Und Grainger fürchtete sich vor diesem Mann, reagierte aggressiv und jähzornig, sooft Lock auf ihn zu sprechen kam und Fragen stellte.

Dem Alten ging es von Stunde zu Stunde schlechter, was nicht nur am Alkohol lag, mit dem er seinen Kummer zu ersäufen versuchte – und nicht zuletzt die Angst, was ihm aber nicht zu gelingen schien. Denn er brachte nicht den Mut auf, den Vietnamesen anzurufen.

Lock schaute durchs Panoramafenster des riesigen Wohnzimmers hinunter auf die glitzernde Stadt. In den Hosentaschen hatte er die Hände zu Fäusten geballt. Graingers Stimmung war niederdrückend, sein Verhalten rätselhaft. Lock wußte nicht, was er tun sollte. Es drängte ihn zur Abreise, zumal ihm schwante, daß er selbst in große Gefahr geraten würde, wenn er dem Alten zu helfen versuchte. Den ganzen Tag lang war er mit Vaughn durch die Stadt gebummelt und in die Superstition Mountains hinausgefahren, um ihn auf andere Gedanken zu bringen. Vergeblich. Statt dessen hatte Vaughns Angst auf ihn abgefärbt.

Er hörte, wie Vaughn auf die Cocktailbar zuschlurfte, sich einen weiteren Drink einschenkte und zum Ledersessel zurückkehrte, in dem er nun schon fast den ganzen Abend saß. Die kleinen Geräusche im Hintergrund setzten seinen Nerven zu wie das Kratzen von Fingernägeln auf einer

Wandtafel. Er griff mit beiden Händen in die Haare, zerrte daran. Am Morgen hatte er mit Faulkner in Washington telefoniert. Der verhaftete Hehler, der ein paar Schmuckstükke von Beth loszuschlagen versucht hatte, war während des letzten Verhörs mit zwei Namen rausgerückt, Namen von Kleinkriminellen. Faulkner hatte sich optimistisch gezeigt und von einer ernstzunehmenden Spur gesprochen. Doch Lock zweifelte daran, daß sie zu den Mördern seiner Schwester führen würde.

Das Telefon läutete. Lock drehte sich um, sah Vaughn wie ein Häufchen Elend im Sessel kauern und eilte zum nächsten Anschluß, um dem Hausmädchen oder Butler zuvorzukommen.

»Ja?« knurrte er.

Es war natürlich wieder Tran.

»Mr. Grainger hat immer noch nicht zurückgerufen, Mr. Lock.«

»Ich wiederhole: Er fühlt sich nicht wohl und kann nicht ans Telefon kommen.«

»Dann bringen Sie ihm den Apparat doch ans Bett. Ich rate Ihnen, das zu tun. Oder soll ich vielleicht persönlich vorbeikommen?« drohte er unmißverständlich.

Graingers Gesicht war aschfahl; er schien zu frieren.

»Tun Sie das«, blaffte Lock. »Was spricht dagegen?« Dann ging er mit dem Apparat auf den Alten zu, der davor zurückschreckte als fürchtete er, Elektroschocks verabreicht zu bekommen. »Was spricht dagegen?« wiederholte Lock, und an Vaughn gerichtet: »Hier, rede mit deinem vietnamesischen Freund. Vielleicht kann ich mich dann endlich auf den Weg nach Hause machen.«

Er ließ den Hörer in Graingers Schoß fallen, ging aus dem Zimmer und zog mit Nachdruck die Tür hinter sich zu. Er wollte raus, seinem Ärger Luft machen, nicht mehr grübeln müssen …

Doch etwas hielt ihn zurück, und vorsichtig, ganz vorsichtig hob er den Hörer des Anschlusses in der Diele, hielt den Atem an, deckte die Sprechmuschel mit der Hand ab, hörte sein Herz klopfen.

»Ich bin krank!« krächzte der Alte. »Mein Sohn ist tot, umgebracht worden von feigen Verbrechern.«

»Das tut mir aufrichtig leid, mein lieber Freund. Und ich würde Sie gewiß nicht mit meinem Anruf belästigen, wenn es nicht wirklich dringend wäre.«

Für eine Weile blieb es still in der Leitung. In der Küche klapperte das Hausmädchen mit Geschirr. Lock kam sich schäbig dabei vor, heimlich mitzuhören. Das Schweigen dauerte an, wurde nur unterbrochen durch das flache, nervöse Atmen des Alten. Schließlich:

»Was ist passiert?«

»Ich verstehe nicht ganz, mein Freund. Sie werden doch wohl wissen, worüber wir uns zu unterhalten haben und wieso ich den weiten Weg nach Phoenix gekommen bin.«

»Billy ...« Grainger stockte; es schien, als wagte er es nicht, auszusprechen, was ihm durch den Kopf ging.

»Tja, sein Problem haben Sie jetzt am Hals. Das ist Ihnen doch hoffentlich klar, oder? Ich erinnere an gewisse Vereinbarungen. Ich würde Ihnen ja gern noch ein wenig Zeit lassen, bin aber selbst an Termine gebunden. Es wird langsam eng, und das *Red Horse* läßt immer noch auf sich warten. Ich benötige eine zufriedenstellende Antwort, mein Freund.« Obwohl in ruhigem Tonfall vorgetragen, steckte jedes Wort voller Drohung. Grainger wurde immer kurzatmiger.

»Schwören Sie mir, daß Sie nichts mit ...«

»Ach, wo denken Sie hin, mein Freund«, fiel Tran dem Alten hastig ins Wort und ließ damit erkennen, daß er ahnte, belauscht zu werden. *Schwören Sie mir, daß Sie nichts mit ...?* Im Geiste stierte ihm Beths entspanntes, blau angelaufenes Gesicht entgegen. Nein, *nein*, flehte Lock im stillen.

»Also, was ist mit dem *Red Horse?*« fragte Tran. »Wann kann ich endlich mit der Lieferung rechnen?«

»Was weiß ich?« jammerte Grainger. »Sie wissen, daß ich keine Ahnung habe.«

»Dann machen Sie sich schlau, mein Freund. Aber schleunigst. Ich stehe unter großem Druck, habe Versprechungen gemacht, die es einzuhalten gilt. Verstehen Sie?«

Grainger antwortete nicht. »Ich erwarte eine Antwort, und zwar bald. Ist das klar?«

Wütend platzte es aus Vaughn heraus: »Ja, verdammt nochmal, Tran, ja!«

Tran brach die Verbindung ab. Lock beeilte sich, den Hörer aufzulegen. Daß er mitgehört hatte, war dem Vietnamesen nicht entgangen. Kein Zweifel. Aber es hatte ihn anscheinend nicht weiter irritiert.

Lock stand in der großen Diele und starrte auf die Gemälde an der Wand – Werke amerikanischer Impressionisten. Ihm schwirrte der Kopf; die Wut schmerzte wie Migräne. Krampfhaft biß er die Zähne aufeinander und fixierte das Telefon, als sei ihm eine Schuld anzulasten. Er verfluchte sich dafür, gelauscht zu haben, nunmehr eingeweiht zu sein.

Red Horse. Lieferung. Termine. Schwören Sie mir, daß Sie nichts mit …

Wild entschlossen kehrte er ins Wohnzimmer zurück. Grainger hing gekrümmt in seinem Sessel, das Telefon im Schoß; er atmete schwer und preßte die Hand an die Brust.

»Vaughn, was zum Teufel geht hier vor?« brüllte Lock. »Wer ist dieser Tran? Was will er von dir?«

Schwächlich winkte Grainger mit der Hand ab; die Finger der Linken zerknitterten das grüne Seidenhemd. Die Augen waren geschwollen.

»*Red Horse?* Ich kann mir denken, was das heißt«, hakte Lock nach und beugte sich über ihn. Ihre Gesichter berührten sich fast. Der Atem des Alten war feucht und sauer. »Mensch, Vaughn, geht's um Heroin? Hat Billy damit zu tun gehabt? Steckst du mit drin?« fragte er drängend, doch den entsetzlichen Gedanken, der sich zwangsläufig anschloß, brachte er nicht über die Lippen. *Das Motiv für den Mord an Beth hieß Heroin.* Er fuhr mit der Hand über die schwitzende Stirn, die fiebrig glühte.

»Nein! Ich nicht und auch nicht Billy.« Grainger winselte wie unter Schmerzen. Lock scherte sich nicht darum. Der Alte machte ihm was vor. »Im Gegenteil. Billy wollte aufräumen; er hat Wind davon gekriegt, daß Leute aus der

Holding dreckige Geschäfte machen. Wir hatten keine Ahnung ...«

Er versuchte aufzustehen, griff nach Locks Kragen und hielt sich daran fest. Dann knickten ihm die Beine ein, und bevor Lock ihn auffangen konnte, war er zu Boden gestürzt. Er hielt nach wie vor die Hand an die Brust gepreßt. Die Augen stierten zur Decke.

Obwohl es schon auf den Mittag zuging, war es eisig kalt in der Polizeigarage. Vorontsyev bereute es, die Fellmütze vergessen zu haben. Er stampfte von einem Fuß auf den anderen und hatte die Hände tief in die Taschen der gefütterten Parka vergraben. Die Männer der Spurensicherung machten sich lustlos an dem Mercedes des Iraners zu schaffen. Wahrscheinlich würden die Wischblätter, der Kühlergrill und der Stern bald verschwunden sein. Noch lagen sie zwischen all den anderen abmontierten Teilen vor ihm auf dem Boden wie Muschelschalen, angeschwemmt an einem ölverschmutzten Strand.

Ein Streifenwagen rollte aus seiner Parklücke und fuhr lärmend die steile Ausfahrt zur Straße hinauf. Lubin untersuchte die Polster der vorderen Sitze. Er war der einzige, der Einsatz und Interesse zeigte. Zwei Kollegen in Overalls bestäubten das Armaturenbrett auf der Suche nach Fingerabdrücken und rauchten dabei.

Vorontsyev schaute auf die Uhr. Halb elf. Vor zwölf Stunden hatten sie Teplovs Laden gestürmt und den Fahrer dieses Wagens aufgescheucht.

Drogen waren nicht zu finden, so sehr sie auch – insbesondere Dmitri – darauf gehofft hatten. Die Pässe waren ohne Bedeutung. Sie lagen in seiner Schreibtischschublade unter Verschluß. Der Iraner hatte keine Adresse in der Stadt und war während seines zweiwöchigen Urlaubs nicht etwa in einem der Erholungsheime für Gasarbeiter zu Besuch gewesen, sondern im Gogol abgestiegen, *in einer Suite für dreihundert Dollar die Nacht*, zahlbar in harter Währung oder per Kreditkarte. Aus einer Laune heraus hatte Vorontsyev ein Foto des Toten in den teuersten Hotels rundgehen lassen und sich über das Ergebnis am Ende wohl am meisten gewundert.

»Gibt's noch was?« rief er ungeduldig und frierend.

Lubin blickte auf und schüttelte den Kopf, schien aber immer noch mit ungebremstem Eifer bei der Sache zu sein. Vorontsyev verkroch sich tiefer in seine Parka und stampfte mit den Füßen auf.

Er hatte Marfa und einen jüngeren Kollegen, dem man vertrauen konnte, aufs Förderfeld hinausgeschickt, um Auskünfte über den Iraner einzuholen. Wie lange arbeitete er schon dort, mit wem verkehrte er, war er überhaupt der, für den er sich ausgegeben hatte? Der Paß war der einzige Beleg, und der mochte durchaus falsch sein wie all die anderen Pässe, die er mit sich getragen hatte und wovon nur einer ein Foto aufwies. Kaukasisches Gesicht, holländischer Name und eine unauffällige Berufsangabe: Buchhalter. Wer war dieser Mann, verflixt nochmal?

Teplov behauptete, nicht viel über ihn zu wissen, und Vorontsyev war geneigt, dem Kleinen zu glauben. Er rieb sich mit behandschuhten Händen das verfrorene, müde Gesicht, als versuchte er, pantomimisch das Duschbad nachzuholen, auf das er am Morgen hatte verzichten müssen, weil er nicht nach Hause gekommen war. Auf seinem Drehstuhl im Büro hatte er ein kurzes Nickerchen gehalten. Von Teplov war zu hören gewesen, daß der Iraner wohl ein gutgehendes Geschäft gehabt haben mußte, und das Mädchen, mit dem er am Abend zusammengewesen war, nannte ihn einen angenehmen Stammkunden ohne bizarre Extrawünsche. Weil er nicht knauserte und mit Dollars bezahlte, war er immer gern gesehen.

Vielleicht würde die Autopsie irgendwelche Erkenntnisse bringen. Oder auch nicht.

Vorontsyev gähnte.

Der Iraner war bestimmt in krumme Geschäfte verwikkelt gewesen, wahrscheinlich in Drogengeschäfte. Warum hätte er sonst Reißaus nehmen sollen? Wozu die Panik, wenn er *nicht* mit Hussain in Verbindung zu bringen wäre?

»Chef!« rief Lubin und winkte ihn herbei, ohne die Augen von dem Mikroskop zu heben, das auf einem Klapptisch neben dem Autowrack stand. »Chef!«

Er eilte zu dem Jungen hin. Die beiden anderen Kollegen hatten auf den ausgebauten Mercedessitzen gemütlich Platz genommen und pafften vor sich hin.

»Was ist denn?« brummte Vorontsyev. »Zählen Sie Pantoffeltierchen?«

Lubin grinste. Wäre es ein paar Grad wärmer, hätte sich Vorontsyev von der guten Laune des Jungen vielleicht anstecken lassen.

»Gewebefasern. Von einem Mantel. Noch bin ich mir nicht sicher, aber ich werde damit ins Labor gehen und …«

»Er hatte doch einen Mantel an.«

»Ja, aber diese Fasern stammen von einem anderen Mantel. Ich will's noch nicht beschwören, glaube aber, daß sie zu dem Mantel gehören, in dem Rawls gestorben ist.«

»Was?«

»Fremdes Blut war keins zu finden, nur das des Iraners. Wenn ich also mit meiner Vermutung recht habe, ist Rawls nicht in diesem Wagen ermordet worden, und er hat nicht etwa auf der Rückbank oder im Kofferraum gelegen, sondern vorn neben dem Fahrer gesessen. Wie gesagt, zuerst muß ich mit den Fasern ins Labor. Aber farblich und von der Struktur her stimmen sie mit den Proben aus Rawls Mantel überein, soviel steht fest.«

»Sonst noch was?«

»Fingerabdrücke. Vielleicht finden wir auch die von Rawls darunter.«

»Oder die von lokalen Mafiosi?« Vorontsyev verzog das Gesicht. »Also gut, liefern Sie mir den Beweis, daß Rawls in diesem Wagen gesessen hat. Und vielleicht finden Sie auch noch heraus, wer ihn begleitet haben könnte …« Er massierte sich das Kinn. »Ich fahre ins Krankenhaus zur Autopsie und mach dem Pathologen Beine.«

Lubin kicherte. »Kommt Dmitri heute nicht zum Dienst?«

»Ich habe ihm gesagt, er soll zu Hause bleiben, aber es würde mich wundern, wenn er nicht doch noch aufkreuzt.

Übrigens, gute Arbeit. Machen Sie weiter so. Rufen Sie mich an, wenn Sie was haben. Über Funktelefon. Und posaunen Sie's nicht im Haus rum.«

Lubin fühlte sich auf den Schlips getreten. »Wenn Sie schon mal im Krankenhaus sind, könnten Sie sich ja auch diesen Dr. Schneider vorknöpfen.«

Jetzt war Vorontsyev beleidigt. »Vielen Dank für den Rat«, knurrte er.

Vorontsyev wollte nicht an Dr. David Schneider denken. Dmitri wußte noch nicht, was Marfa durch den Taxifahrer in Erfahrung gebracht hatte. Vielleicht wäre es besser, wenn sie mit Schneider spräche. Eine heikle Angelegenheit. Falls es Ärger geben sollte, ließe der sich mit der Unerfahrenheit einer jungen Beamtin entschuldigen. Doch wenn *er* sich an den stellvertretenden Leiter der Suchtstation des Stiftungskrankenhauses heranmachen und ihn zum Mord an Rawls befragen würde, könnte es zu unangenehmen Folgen kommen.

Rawls Tod war als Warnung zu verstehen, für wen auch immer. Gewarnt war auch er, Vorontsyev, und zwar mehrfach: durch die Ausflüchte und verdeckten Hinweise Teplovs und vor allem auch durch den Bombenanschlag auf Hussain und dessen Kumpane. Überall Alarmstrippen, und er war auf seinem Schlingerkurs überall draufgetapst.

Er starrte auf die wächserne Leiche des Iraners. Sie lag auf einem Stahltisch. Die inneren Organe waren entnommen, das Blut abgeflossen. Die Brust klaffte auseinander wie die eines tranchierten Suppenhuhns. Die Schädeldecke fehlte, und von der Knochensägerei war ein häßlicher Geruch in der Luft hängengeblieben.

All das für nichts und wieder nichts.

»Er hat kaum gearbeitet. In jüngster Zeit anscheinend überhaupt nicht«, murmelte Lensky, der Pathologe, plierte mit grauen Froschaugen über den Rand der Brille und trocknete sich die Hände an einem Handtuch. Über dem verschmierten Gummilatz prangte der Knoten eines grellbunten Seidenbinders. Lensky bezog sein Salär von der

Stiftung. »Die Muskulatur ist weich. Der Mann hat ein Leben in Watte geführt. Und du sagtest, er sei Gasarbeiter gewesen? Was ist los mit dir, Alexei? Wohl nicht mehr ganz auf Zack.«

»Das steht in seinen Papieren.«

»Teure Zahnbehandlung. Hat sich vor längerer Zeit den Blinddarm rausnehmen lassen, in einer Privatklinik, wie's scheint, denn so eine hübsche kleine Narbe gibt's nur für Geld.« Er seufzte und kratzte sich den grauen Stoppelbart. Dann rückte er die Brille zurecht und studierte Vorontsyevs Gesicht. »Und du hast keine Ahnung, wer er ist?«

Vorontsyev schüttelte den Kopf.

»In Magen und Blut war reichlich Alkohol. Ein frommer Moslem scheint der jedenfalls nicht gewesen zu sein.«

»Hätte ich auch nicht vermutet. Wer dieser Mr. Al-Jani wirklich war, wußte außer ihm wahrscheinlich niemand. Er hat in einer Suite im Gogol gewohnt, mit Trinkgeldern um sich geschmissen, große Partys veranstaltet und mit Leuten verkehrt, die offenbar alle keinen Namen hatten.«

»Und wie willst du ihm jetzt nachträglich auf die Schliche kommen?« fragte Lensky und deutete auf die Überbleibsel auf dem Stahltisch.

Vorontsyev betrachtete die leblosen Augen des Toten. »Hast du irgendwelche Spuren unter den Fingernägeln entdecken können? Oder Schmauchspuren an den Händen?«

»Nichts dergleichen.«

Vorontsyev dachte zurück an die Flucht des Mannes und an den Moment, als dieser geradewegs auf sie zugerast war, nicht aus Panik, sondern ganz einfach kaltschnäuzig. Er hatte sich um jeden Preis seiner Verhaftung zu entziehen versucht.

»Du siehst müde aus«, bemerkte Lensky. »Schlecht geschlafen?«

»Es geht so.«

»Das bezweifle ich.«

»Was ist mit den Leichen aus der Wohnung?« fragte Vorontsyev. »Zur Sache, Mann.«

»Lubin hat recht. Es gab Gummifetzen von einem Luftballon und Splitter einer Splittergranate. Klarer Fall von vorsätzlichem Mord.«

»Mit von der Partie war ein Krankenpfleger.«

»Hier ist der mir noch nie über den Weg gelaufen. Aber wie ich dir schon sagte, süchtig war er nicht. Muß wohl ein Freund von Hussain gewesen sein. Oder Dealer. Oder beides.«

»Der Bericht ist fertig? Laß mal sehen.«

»Wie du willst. Was ist eigentlich los mit dir, Alexei? Du hältst dich versteckt, kommst nicht mal mehr zum Pokern.«

»Fang bitte nicht wieder davon an, Ivan.«

»Du warst mal sehr gut in deinem Fach, so wie ich ein guter Arzt gewesen bin. Aber jetzt ...«

»Was ist jetzt?«

»Mir scheint, wir sitzen auf einem morschen Ast. Mit Verlaub, Alexei, ich glaube, die Sache hier wächst dir über den Kopf. Wenn es dir ein inneres Bedürfnis wäre, dich aus allem zurückzuziehen, würde ich nichts sagen. Dafür hätte ich sogar Verständnis. Ich werde selbst immer bequemer, liebe meine Ruhe und Routine und freue mich, mein Gehalt in US-Dollar ausgezahlt zu bekommen. Aber dich kennt man anders. Du hockst auf deinen Händen, und das stinkt dir.«

Vorontsyev verdrehte die Augen. »Wer bist du? Meine Mutter oder mein Priester?«

»Nein, aber dein ältester Freund in dieser Stadt. Verzeih, wenn ich dir in deinem persönlichen Kummer zu nahegetreten bin.«

»Kummer?«

Lensky blickte ernstlich besorgt drein. Ironie lag ihm nicht. »Gib's zu, du bist ausgebrannt.«

»Das ist also deine Diagnose?«

»Ja. Du hast ein gutes Team. Kein Vergleich zu den Krükken von der Sitte oder den anderen Dezernaten. Lubin zum Beispiel. Den könntest du ruhig mal loben. Und dieses Mädchen ... Marfa? Blitzgescheit und auch noch hübsch. Und dann der arme alte Dmitri, dieser treue Schluffen – wirklich gute Leute. Doch du hast alle Lust an deinem Job verloren.«

»Jetzt bin ich aber zutiefst zerknirscht.«

Lensky grinste. Vom Bart umwuchert, nahmen sich seine Zähne aus wie kleine weiße Perlen in einer Höhle. »Im Ernst. Früher warst du ganz anders drauf, kaum zu halten. Wie ein Bluthund auf der Fährte und, wenn's sein mußte, auch mit dem Kopf durch die Wand. Und jetzt? Sieh dich an.«

»Mit dir läßt sich wirklich prima plaudern.«

»Spotte nur, Alexei. Ich bedaure jedenfalls, daß dir der Sinn für Gerechtigkeit abhanden gekommen ist.«

»Wundert's dich – angesichts der Zustände, die in dieser Stadt herrschen?«

»Dann miste doch den Saustall aus, Herkules.«

»Das traust du mir zu?«

»Ja. Nur dir und keinem anderen.«

Für eine Weile schauten sie stumm vor sich hin. In ihrer Mitte lagen die Überreste des toten Iraners. Irgendwo nebenan wurden die Leichen von Hussain und Rawls kühl gehalten. Jenseits der Pathologie lag ein Krankenzimmer, in dem Dmitris Frau vor sich hinvegetierte. Und dahinter die Stadt, durch und durch korrupt.

»Mehr verlangst du nicht von mir?« seufzte Vorontsyev.

»Das verlangst du dir doch selber ab. Stimmt's?« Lensky schmunzelte. So kannte man ihn, das gemütliche, joviale Dickerchen.

»Was weißt du über Dr. Schneider, Ivan?« fragte Vorontsyev geradeheraus.

»Der von der Suchtstation? Nicht sehr viel. Er ist relativ jung, zielstrebig, scheint noch Ideale zu haben. Ich finde ihn recht angenehm. Warum fragst du?«

Vorontsyev schüttelte den Kopf. »Nur so. Er war ein Freund von Rawls, dem ermordeten Manager von Grainger Technologies.«

»Vielleicht haben sie zusammen die Schulbank gedrückt.«

»Kann sein. Wo ist der Autopsiebericht über den Krankenpfleger?«

»Dahinten.« Lensky deutete auf seinen Schreibtisch in

der Ecke. »Irgendwo zwischen all den anderen Papieren. Wenn du mal bitte selber danach sehen würdest – ich muß mich umziehen. Gleich gibt's Mittagessen, und mein Magen knurrt bereits.«

Vorontsyev nickte und trat an den Schreibtisch heran, der irgendwie an die Obduktionswanne erinnerte, nur daß auf ihm nicht die Körper, sondern die Akten von Toten zerfleddert wurden. Dazwischen: ein voller Aschenbecher und ein angebissenes Butterbrot. Er kramte in den Unterlagen herum, wobei ihm Lenskys Vorwürfe durch den Kopf gingen. Er hatte recht: Korrumpiert war auch, wer sich, angewidert von den Gemeinheiten der Welt, in den Schmollwinkel zurückzog. Kopf runter, nur ja nicht anecken, geschweige denn aufbegehren – mit solchen feigen Maximen versuchten sich die Leute von Novyj Urengoj über Wasser zu halten.

Zufällig fand er Rawls Autopsiebericht. Bakunin hatte wahrscheinlich nur eine Kopie erhalten. Vorontsyev strich die zerknitterten Papierbögen glatt. Pfeifend kehrte Lensky in den Obduktionssaal zurück; was eine Melodie sein sollte, klang eher nach warnendem Vogelgepiepse. Ach, was soll's? dachte Vorontsyev. Resignation schlich sich wieder ein, als er die Fotos der Leichen von Hussain, Rawls, dem Krankenpfleger und dem Iraner erneut zu Gesicht bekam. Er griff nach einer anderen Akte …

»Gefunden?« fragte Lensky und klopfte ihm auf die Schulter.

»Wer ist das denn?«

»Zeig mal her.« Lensky schob die Brille hoch und las. »Ach ja. Ein Herzstillstand. Ich erinnere mich. Starb in seinem Hotelzimmer, einfach so. Hatte sich weder im Bett übernommen noch getrunken. War vermutlich schon länger herzkrank. Wieso kommst du darauf? Der Fall liegt schon eine Woche zurück. Es kam jede Hilfe zu spät. Keine Hinweise auf Fremdeinwirkung.«

»Wer war er?«

»Kannst du nicht lesen, Alexei? Yuri Maximovich Pomarov. Aus Kiew. Er war Subunternehmer für Grainger-Turgenev. Steht alles da drin.«

»Wo ist die Leiche?«

»Überführt, soweit ich weiß. Oder glaubst du, daß ich die hier horte?« Er kicherte. »Was interessiert dich überhaupt an diesem Kerl? Er hatte einen Infarkt und ist daran gestorben.«

»Mag ja sein. Aber wie kommt sein Lichtbild in einen abgelaufenen niederländischen Paß, den Mr. Al-Jani aus Teheran bei sich trug? Und wieso ist er ein Niederländer, wenn er doch aus Kiew stammt? Ich würde zu gern wissen, was ihn mit unserem toten Freund da hinten verbindet.«

Er schaute in Vaughn Graingers Gesicht. Schläuche steckten ihm in Mund und Nase. Er hatte die Augen geschlossen, die Haare waren sorgfältig gekämmt, und seine Brust hob und senkte sich in regelmäßigen Intervallen. Pumpen versorgten ihn mit Sauerstoff. Maschinen hielten ihn künstlich am Leben. Krankenschwestern kamen, blieben einen Augenblick an seinem Bett stehen und gingen wieder; es war, als defilierten sie am offenen Sarg eines Nationalhelden oder Diktators vorbei. Von dem Alten, den er da liegen sah, trennte Lock mehr als nur die Glasscheibe in der Wand. Er wähnte ihn schon weit entrückt.

Lock wandte sich vom Fenster ab. Streß und Übermüdung waren ihm deutlich anzusehen.

Er hatte Vaughn auf der Fahrt ins Mountain Park Hospital begleitet. Nach der ersten notmedizinischen Versorgung war der Alte noch im Rettungswagen wieder zu sich gekommen, hatte Lock erkannt und sofort auf ihn eingeredet. Und was er zu sagen hatte, schien ihm wichtiger zu sein, als am Leben zu bleiben. *»Halt dich da raus, John-Boy ... ich rate dir gut ... du weißt, was mit Billy passiert ist und mit deiner Schwester ... um Himmels willen ... misch dich da nicht ein ...«*

Und so ging es in einem fort weiter. *»Diese Kerle sind gefährlich, skrupellos ...«* Unglaublich, aber wahr; die Verzweiflung des Alten sprach für sich. Unter den Topleuten von Grainger Technologies waren welche, die mit Heroin handelten. Der Notarzt hatte Vaughn zu beruhigen versucht, doch der gab erst nach, als Lock versprochen hatte, nichts zu unternehmen, die Sache zu vergessen …

Was natürlich unmöglich war. Er hatte schon zuviel erfahren, der entsetzliche Verdacht war bestätigt. Billy und Beth hatten sterben müssen, weil Billy den Drogengeschäften einiger Mitarbeiter aus dem eigenen Unternehmen auf die Schliche gekommen war.

Lock verließ den Besucherraum, trat in den kahlen Korridor hinaus und nahm einen Schluck Wasser aus dem Trinkbrunnen an der Wand. Es schmeckte schal und abgestanden auf der belegten, trockenen Zunge. Er steckte die Hände in die Taschen.

Durch den Mord an Beth hatte man einen Drogendeal abzusichern versucht. Er fragte sich, ob Vaughn irgendwelche Namen zu nennen wußte. Immerhin schien er zu wissen, wozu die Verbrecher in der Lage waren. Und er hatte schreckliche Angst, nicht nur um sich, sondern auch um ihn, den Bruder seiner Schwiegertochter.

»Billy hat mir gesagt, daß da krumme Dinger laufen. Billy …«

… war tot. So auch Beth.

Tot, Vaughn, zum Schweigen gebracht. Und nur weil meine Schwester zufällig mit im Haus war, mußte auch sie dran glauben.

Er wischte sich mit dem Handrücken über die Augen. Eine Krankenschwester blieb stehen, schien sich nach seinem Befinden erkundigen zu wollen. Doch er vergrätzte sie mit seinen Blicken, weil er nicht sie, sondern Beth vor Augen sah.

Tran, der Vietnamese … Er warf einen Blick zurück auf die Tür zu Vaughns Zimmer. Der alte Mann hatte wohl wirklich alles gesagt, was er wußte. Mehr würde durch ihn nicht zu erfahren sein. Es gab nichts, was Lock hier im Krankenhaus oder in Phoenix länger zurückhielt. Ob er bliebe oder nicht, wäre nicht entscheidend für Vaughn; von der Tüchtigkeit der Ärzte hing ab, ob er überleben würde.

Als er Stimmen und Schritte hörte, blickte er auf und sah eine Gruppe von Männern und Frauen in dunklen Anzügen beziehungsweise Kostümen; wie ein Schneepflug schoben sie eine Krankenschwester und einen Arzt vor sich her. Vorständler von Graingers Technologies. Lock kannte zwei oder drei von ihnen, doch sie zogen eilig vorbei, ohne auf ihn zu achten. Sie würden schon dafür sorgen, daß es mit dem Unternehmen bruchlos weiterging. Beths Anteile wären auf Billy übergegangen, wenn er sie überlebt hätte; jetzt gingen sie an die Firma zurück. An Vaughn, wenn er denn durchkam. In Beths Testament waren für ihn, Lock, bestimmt andere, persönlich wertvollere Dinge vorgesehen. Es gab wirklich keinen Grund, zu bleiben.

Abgesehen von Tran. Nguyen Tran wohnte im Biltmore, das weniger als eine Meile vom Krankenhaus entfernt lag. Lock schaute zurück. Die Leute von Grainger drängten sich vor der Besucherscheibe. Wahrscheinlich hatte der Streit um Positionen und Funktionen schon begonnen. Angewidert wandte er sich ab.

Tran. Lock brauchte ein Telefon. Nicht um den Vietnamesen anzurufen; nein, das hatte Zeit. Zuerst wollte er sich über diesen Mann informieren. Er eilte zum Treppenhaus und hinunter zur Aufnahme, wo er einen öffentlichen Fernsprecher fand. Besucher strömten vorbei, mit Blumen im Arm und freudlosen Gesichtern, als ginge es zu einer Beerdigung. Er wählte eine Washingtoner Nummer.

Es meldete sich das Außenministerium, Abteilung für osteuropäische Angelegenheiten.

»Sind Sie es, Ed? Hier spricht Lock.«

»Ihre Kennziffer, bitte.« Es war Ed. Lock nannte Nummer und Paßwort. »Hallo John«, grüßte Ed.

»Sie wußten doch gleich, daß ich es bin, oder?«

»Die Sicherheit geht vor«, antwortete Ed in gewichtigem Tonfall.

»Ed, ich möchte Sie bitten, mir ein paar Informationen rauszusuchen und zuzufaxen.« Er nannte ihm Vaughn Graingers Faxnummer. »Heute abend noch, wenn's geht. Ich interessiere mich für einen Vietnamesen ... nein, fragen Sie nicht, warum. Die Unterlagen sind frei zugänglich, und ich bin einfach bloß neugierig. Okay?«

»Okay, John. Dann muß ich runter in die Ostasienabteilung ...«

»Ist nicht nötig. Es geht um einen Mann namens Tran, Nguyen Tran. Sie werden seine Akte da finden, wo unsere speziellen Einwanderer registriert sind. Erinnern Sie sich? Ich vermute, dieser Tran ist irgendwann Mitte der siebziger Jahre gekommen. Man hat ihm unsererseits wahrscheinlich zu Anfang unter die Arme gegriffen, vielleicht auch eine neue Identität verschafft. Wie auch immer, er wird sowohl unter dem alten als auch unter dem neuen Namen registriert sein. Alles verstanden?«

»Es geht um damals, oder?« Ed schien zu glauben, daß Lock in Sachen Kriegsverbrechen recherchierte. Das konnte ihm recht sein.

»Ja«, antwortete er. »Also nochmal: Der Name ist Tran. Ich will alles über ihn wissen und erwarte Ihr Fax heute abend.«

Ed wiederholte die Faxnummer und meinte dann: »Seien Sie vorsichtig, John.«

»Wieso glauben Sie, daß ... Ach, keine Sorge. Mir geht's nur um ein paar Informationen am Rande.«

»Kannte er den Mann und Schwiegervater Ihrer Schwester? Die waren damals doch auch in Vietnam, stimmt's?«

Lock zuckte vor Schreck zusammen. »Ja«, sagte er dann leise. »So ist es. Danke, Ed.«

Er warf den Hörer auf, als habe er sich die Hand daran verbrannt. Zufall, redete er sich ein; ohne jede Bedeutung.

Einem Kind, das einen riesigen Strauß Blumen vor sich hertrug, zwinkerte er lächelnd zu. Nach kurzem Zögern lächelte das Kind zurück, doch dem Vater kam das wohl verdächtig vor. Er musterte ihn argwöhnisch.

Wie es Tran sicher auch täte, wenn sie sich treffen sollten. Und wenn er sich erst einmal über ihn erkundigt hätte, würde es bestimmt zu einem Treffen kommen. Davon war Lock überzeugt. Denn in Tran sah er die einzige Spur, die ihn zu den Mördern seiner Schwester führen konnte. Darum ging es ihm; das war alles, was für ihn zählte. Tran war der Schlüssel. Durch ihn würde sich der Unsinn korrigieren lassen, wonach Beth Opfer eines Raubüberfalls geworden war.

Und wenn er die Täter überführt hätte, würde er sie umbringen.

Er biß die Zähne aufeinander und schaute sich um. Eine junge Indianerin kam vorbei, die ihren Säugling, in einen bunten Schal eingewickelt, vor der Brust trug. Der Grainger-Flügel des Krankenhauses nahm jeden Patienten auf, unabhängig davon, ob er versichert war oder nicht. Das hohe Ansehen, das Vaughn genoß, wäre unwiderruflich verloren, wenn man ihn mit Drogengeschäften in Verbindung brächte.

Lock nahm sich vor, in Vaughns Haus zurückzufahren und dort auf Eds Fax zu warten. Trans Personalakte mußte irgendwo im Archiv des Ministeriums zu finden sein. Wenn er tatsächlich mit Heroin handelte, war davon auszugehen, daß er schon vorher viel Geld gemacht und das nötige Startkapital zusammengespart hatte. In der Regel war denjenigen Immigranten aus Vietnam, die den USA während des Krieges geholfen hatten, durch das Ministerium oder den CIA eine wirtschaftliche Existenz geboten worden. Manche hatten daraus eine Goldgrube gemacht.

Die junge Indianerin verschwand im blankgewienerten aseptischen Stationsflur. Lock nickte vor sich hin; er akzeptierte die düster entschlossene Stimmung, in der er sich befand. Er würde Rache üben, Gerechtigkeit in ihrer primitivsten Form walten lassen, Beths Mörder zur Strekke bringen und töten. Vielleicht war Tran einer von ihnen ...

»War das sein Bett und das da sein Spind?« Marfa schniefte. Die wärmere Luft hatte die verstopfte Nase zum Laufen gebracht. Es fehlte noch, daß Goludin ihr sein Taschentuch reichte. Vorontsyev hatte dem jungen Kollegen befohlen, Marfa zu begleiten und auf sie achtzugeben. Der Vertreter der Werksleitung nickte zur Antwort auf ihre Frage. In seinem Bart glitzerte geschmolzener Schnee. »Sind seine Sachen auch noch vollständig?«

»Bei uns kommt nichts weg«, antwortete der bärtige Mann. Sein Russisch war gut, aber angelernt. Er stammte aus Norwegen.

»Kann ich den Schlüssel haben?«

Der Norweger schloß den Spind selbst auf und trat zur Seite. Der Tod des Iraners schien ihm gleichgültig zu sein, es sei denn, er zeigte eine Regung, die unter dem dichten Vollbart nicht zu erkennen war. Marfa zog mit spitzen Fingern dreckige Wäsche aus dem Spind hervor und kramte in den wenigen Habseligkeiten herum, die zum Vorschein kamen. Nichts von Interesse. Bis auf ein teures Seidenhemd, gebügelt und gefaltet.

»Er hatte wohl ein Faible für schicke Klamotten«, murmelte Marfa.

Der Norweger schien selbst ein wenig überrascht zu sein. Er befingerte das Material und meinte: »Was wollte er denn damit bei uns hier draußen?«

»Um das rauszufinden, bin ich hier.«

»Er war bloß Hilfsarbeiter. Hat nur wenig verdient.«

»Aber in seinem Portemonnaie steckten mehrere hundert Dollar und Kreditkarten.«

»Die kommen mit Sicherheit nicht von hier. Unmöglich. Soweit ich weiß, war der Kerl ziemlich faul und unzuverlässig. Sollte eigentlich gefeuert werden ...« Er stockte, schien sich an etwas zu erinnern.

Marfa blickte zu ihm auf. Er überragte sie um fast zwei Köpfe. »Und?«

»Ich glaube, er ist sogar tatsächlich einmal gefeuert worden. Vor einigen Monaten. Ich müßte nachsehen, wann genau. Aber dann wurde die Entscheidung rückgängig gemacht.«

»Haben Sie sich für ihn eingesetzt?«

Er schüttelte den Kopf. »Ich nicht, vielleicht sein Vorarbeiter. Soll ich mich erkundigen?«

»Ja.« Sie warf das Hemd zurück in den Spind. »Goludin, zieh mal die Decke weg. Und heb die Matratze an.«

Goludin inspizierte das Bett. »Da ist nichts.« Insgesamt standen fünf Pritschen in dem engen, fensterlosen Raum.

Der junge Kollege kauerte auf allen vieren am Boden, um auch unter die anderen Betten gucken zu können. »Absolut nichts.« Er blickte zu ihr auf wie ein Hündchen, das getätschelt werden wollte.

Marfa hatte es gewußt und Vorontsyev prophezeit: Der Ausflug würde reine Zeitverschwendung sein. Das Schürfgebiet lag rund hundert Kilometer außerhalb der Stadt, in trostloser, kahler Wildnis. Förderfeld 47. Hier hatte ein Mann zum Schein gearbeitet, um heimlich anderen Geschäften nachgehen zu können, Geschäften, die aller Wahrscheinlichkeit nach in der Stadt abgewickelt wurden. Warum war er nicht gleich ins Gogol umgezogen, als man ihn hier draußen zu feuern versucht hatte?

Der Wind rüttelte an der Wohnbaracke und pfiff durch alle Ritzen.

Marfa zuckte mit den Schultern.

»Was zum Teufel hat der Kerl tatsächlich getrieben?« Sie musterte den Bärtigen mit skeptischem Blick. »Werfen Sie bitte für mich einen Blick in seine Akte. Stellen Sie auch, wenn möglich, fest, wer seine Entlassung rückgängig gemacht hat und warum. Ersatz zu finden dürfte doch nicht schwierig gewesen sein, oder?«

»Im Gegenteil! Wer hier so alles Schlange steht ...« Er schüttelte den Kopf.

»Na bitte.« Sie schaute sich noch einmal um. Der Wind heulte zur Abwechslung einmal weniger laut, und sie glaubte das Gas in den riesigen Pipelines rauschen zu hören. »Würden Sie jetzt nachschauen?«

»Klar. Obwohl noch jede Menge Zeit bleibt. Es zieht ein Schneesturm auf, und Sie werden vor morgen hier nicht wegkommen.«

»Verflucht.« Marfa fing schon jetzt zu zittern an.

»Wir werden's Ihnen bequem machen.«

Sie verließen das Zimmer; ihre Sohlen quietschten über den Gummibelag am Boden. Als sie vor die Barackentür traten, schlug ihnen ein Windstoß entgegen, der Küchendünste mit sich führte. Vor die tiefstehende Sonne hatten sich dichte Wolken geschoben. Schneeflocken fegten herbei. Aus

Schloten fackelte brennendes Gas. Wie die Wachtürme eines Gulags ragten die Aufbauten der Förderanlagen am Horizont auf. Davor lagen Bürogebäude, Läden, Fahrzeugschuppen und weitere Wohnblocks. Rechterhand parkten in Reih und Glied zahlreiche Caravans und Wohnmobile; dort hausten die kurzfristig angeheuerten Arbeitskräfte. Ein Kranwagen mühte sich durch den Schnee. Die weite, öde Tundra, die skelettartigen Türme, die verwahrlosten Barakken und Schuppen – all das wirkte auf Marfa abstoßend und einschüchternd. Sie bekam Platzangst, fühlte sich winzig und alleingelassen.

Im Verwaltungstrakt, den sie wenig später betraten, plärrte Musik. Auf dem kurzen Weg dorthin war Marfa die Kälte bis ins Mark gedrungen. Sie zitterte am ganzen Körper. Auch Goludin atmete auf, als die Tür hinter ihm ins Schloß fiel. »Gott sei Dank«, stöhnte er, »nicht auszuhalten da draußen.« Der Norweger stieg vor ihnen über eine Treppe nach oben und führte sie in sein Büro. Er bat die beiden abzulegen und grinste überheblich, als sich Marfa weigerte, Parka und Handschuhe auszuziehen.

Von einem schmalgesichtigen Sekretär im Vorzimmer verlangte er: »Besorgen Sie mir die Akte von Al-Jani.«

Marfa ließ sich auf einen Stuhl fallen, zog die Schultern ein und legte fröstelnd die Arme um die Brust. Goludin musterte sie mitleidig, was ihr überhaupt nicht gefiel. Es dauerte nicht lange, und der Sekretär kehrte mit der angeforderten Akte zurück, legte sie auf den Tisch und ging. Marfa hob den Kopf und schaute zum Fenster hinaus. Von der Sonne war nur noch roter Schmer am flachen Horizont übriggeblieben. Mit der anbrechenden Dunkelheit flogen schwarze Wolken herbei. Wassertropfen rannen über die Innenseite der Glasscheibe.

»Von einer zurückgenommenen Kündigung steht hier nichts«, sagte der Norweger und schob ihr die Akte zu. »Ich war damals im Urlaub und habe erst später erfahren, daß er gefeuert werden sollte.«

»Wer bearbeitet so was?«

»Maxim«, antwortete er und nickte in Richtung Vorzimmer. »Weil ich nicht da war, hat er die Sache wahrscheinlich ans Personalbüro weitergegeben. Vielleicht auch einfach in der Schublade liegenlassen und vergessen. Es gibt 'ne Menge Arbeiter, die aus dem Urlaub nicht wieder zurückkehren oder krank werden, sich verletzen oder die Einsamkeit nicht länger aushalten. Möglich, daß Al-Jani weiter arbeiten wollte und daß Maxim die Kündigung von sich aus hat verschwinden lassen, weil er keine Lust hatte, sich um Ersatz zu kümmern.«

Das Telefon läutete.

»Kann ich mal mit Maxim sprechen?« fragte Marfa.

»Klar doch.« Der Norweger hob den Hörer ab. Dann: »Und was hab' ich damit zu tun? Seht zu, daß ihr selber damit klarkommt!« Er nickte ihnen flüchtig zu, als Marfa mit Goludin das Büro verließ.

Maxim mimte auf gleichgültig, aber seine schwarzen Augen waren hellwach.

Der weiß Bescheid, dachte Marfa auf Anhieb; er weiß, warum wir hier sind und was wir zu erfahren wünschen.

Lock saß in Vaughn Graingers Arbeitszimmer und behielt das Faxgerät im Blick. Der Hausmeister und der Butler hatten sich in ihren Bungalow am Rand des Grundstücks zurückgezogen. Das Mädchen machte sich einen gemütlichen Abend mit ihrem Freund in ihrer Wohnung über der Garage. Er war allein in dem großen Haus. Das Bier wurde schal im Glas; das Sandwich, das er sich gemacht hatte, lag unangebissen auf dem Schreibtisch.

Es war totenstill, spät geworden. Daß er so lange auf das Fax warten mußte, ärgerte ihn schon nicht mehr. Er grübelte vor sich hin, kam in Gedanken immer wieder zurück auf Tran. Auf ihn richtete sich alle Frustration und ohnmächtige Wut.

In dem geräumigen Zimmer standen zwei Fernseher, ein Faxgerät, ein breiter eichener Schreibtisch mit einer eingelassenen grünen Schreibunterlage aus Leder, darauf eine Schreibmaschine, eine Telefonanlage mit mehreren Anschlüssen, der Monitor eines Computers samt Tastatur. All das schien kaum genutzt zu werden, so aufgeräumt war das Zimmer. An der Wand hingen ein paar Fotos; zwischen der ältesten und der jüngsten Aufnahme lagen Jahrzehnte. Er vermied es, das Hochzeitsfoto von Billy und Beth anzusehen. Die meisten Bilder, ob Schwarzweiß oder in Farbe, waren Schnappschüsse von Billy, aber es gab auch eines, das Vaughn in Uniform zeigte; es schien in Vietnam gemacht worden zu sein. Lock fand sich selbst auf einem anderen Foto wieder, aufgenommen in Afghanistan vor einer Kulisse aus schneebedeckten Bergen: Billy und er posierten lachend vor dem Wrack eines ausgebrannten Jagdhubschraubers der Sowjetarmee.

Die Wut nagte an ihm wie ein Magengeschwür; mit Blick auf das Faxgerät stieß er im stillen Flüche aus. Der große Sekundenzeiger der Wanduhr zerlegte die Zeit in zitternde Momente, das Ticken klang so bedrohlich wie das ferne Donnergrollen.

Wetterleuchten flackerte über den Superstition Mountains jenseits der Stadt. Er schloß die übermüdeten Augen …

… und sperrte sie wieder auf, als das Faxgerät einen Signalton von sich gab. Hastig warf er einen Blick auf die Uhr und stellte fest, daß er fast zwei Stunden geschlafen hatte. Über dem Horizont war eine erste Ahnung von Licht zu erkennen. In einer Stunde würde es hell werden. So glatt wie geschmiert glitt das Fax aus dem Gerät. In gespannter Erwartung nahm er die erste Seite zur Hand, während das Gerät weitere Seiten nachschob.

Seine Vermutung bestätigte sich. Tran hatte als Immigrant in der Tat Sonderstatus genossen. Aus einem Übergangslager auf den Philippinen kommend, war er im Mai 1975 eingereist, und zwar an Bord einer CIA-Maschine – was die Flugnummer erkennen ließ. Geboren in einem Dorf nördlich der Hauptstadt, war er laut Akte als Einzelhändler in Saigon tätig gewesen, bevor er Ende April 1975 im Zuge der Operation ›Frequent Wind‹ mit den noch verbliebenen Amerikanern und einigen loyalen Vietnamesen in einem H-46 von der US-Botschaft aus auf ein wartendes Schiff ausgeflogen wurde.

Das Faxgerät stoppte nach Ausdruck der vierten Seite. Lock blickte unwillkürlich auf eines der Fotos an der Wand; es zeigte Billy Grainger, grinsend und von grellem Sonnenlicht beschienen. Billy hatte über ein Jahr lang für den CIA in Saigon gearbeitet, als er zeitgleich mit Tran vor den heranrückenden Vietcong fliehen mußte. Sooft sie, Billy und Lock, später in Afghanistan in Gefahr geraten waren, hatte er lachend darauf verwiesen, die brenzlichste aller Situationen schadlos überstanden zu haben: Während er und seine Leute auf dem Dach der Botschaft auf den letzten Hubschrauber gewartet hatten, waren die Vietcong bereits ins Gebäude gestürmt, und die einsetzende Schießerei in den unteren Etagen hatte schließlich den Lärm des rettenden Hubschraubers übertönt. *»Also, erzähl du mir nichts von bedrohlichen Engpässen«* – das war dann jedesmal Billys Resümee dieser Geschichte gewesen.

Lock schniefte laut in den wieder still gewordenen Raum.

Tran war vom CIA mit einem dicken Geldpolster und einem Wäschereibetrieb in Sausalito versorgt worden und hatte seinen Laden allmählich zu einer Kette von Waschsalons ausgebaut. Für das Ministerium und wohl auch fürs CIA war Tran dann irgendwann anscheinend nicht länger von Interesse gewesen. Er hatte seinen amerikanischen Traum verwirklicht, im Jahre 1981 die amerikanische Staatsbürgerschaft erworben und war schließlich aus den Registraturen des Geheimdienstes verschwunden. Zum wiederholten Mal ging Lock die Seiten des Faxes durch; unter den kopierten Dokumenten befanden sich Trans Einwanderungspapiere, der Einbürgerungsbrief, eine Wohnadresse, die natürlich längst nicht mehr stimmte, und andere belanglose Bescheinigungen.

Für Staat und Firma unwichtig geworden, hatte sich Tran an der Westküste eine goldene Nase verdient – mit dem Handel von Drogen, *Red Horse,* Heroin aus Rußland. Dessen Rohstoff kam vermutlich mit den Gasarbeitern aus dem moslemischen Dreieck, wurde in Novyj Urengoj weiterverarbeitet und über Grainger-Turgenev außer Landes geschmuggelt, wahrscheinlich mit firmeneigenen Flugzeugen und durch Kuriere, die zur Belegschaft gehörten und von Berufs wegen zwischen Sibirien und den USA hin- und herpendeln mußten. Perfekt organisiert von der Stadt aus, die Tausende von Meilen jenseits allen öffentlichen Interesses lag.

Tran war zwar nur der Verteiler an der Westküste oder einer von vielen, aber er wußte bestimmt einige Namen zu nennen, prominente Namen …

Eine Glasscheibe zerbrach irgendwo im Haus.

Erschrocken blickte Lock auf und lauschte. Ruckhaft wie ein Krebs rückte der Sekundenzeiger vor. Bis auf dessen Ticken war nichts zu hören.

Dann, nach fast einer Minute völliger Stille, knarrten Holzdielen, und es knackte etwas entzwei, das so klang wie ein sprödes Knochenglied. Locks Hände lagen gespreizt auf der Schreibtischplatte. Schnell langte er zur kleinen Konsole und schaltete die Zimmerbeleuchtung aus. Kaum war es dunkel, wurden raschelnde Geräusche laut. Vorsichtig und leise zog er die Schreibtischschublade auf und tastete nach der Pistole, die Vaughn dort aufbewahrte. Das Durchladen war verräterisch laut. Lock hörte sein Herz schlagen …

… und Schritte, die langsam nähergeschlichen kamen. Im Wohnzimmer wurden die Vorhänge zugezogen. Dann zeigte sich ein Lichtstreifen unter der Tür. Lock kauerte im Dunkeln, spürte die Hand feucht werden, die den Pistolengriff umklammert hielt, und dachte: Das kann nur Tran sein. Oder einer seiner Leute. Die Schritte verharrten vor der Tür. Es klang, als flüsterte jemand. Lock hatte vergessen, die Alarmanlage einzuschalten, so wie Billy vor Tagen in seinem Haus in Virginia. Ausgeliefert wie Billy und Beth war jetzt auch er.

Der Türknauf drehte sich. Lock wagte es nicht, sich zu rühren, obwohl er ahnte, daß er vor dem Fenster und den Lichtern der Stadt zu erkennen sein würde. Beth hatte geschlafen, war völlig wehrlos gewesen. Die Tür ging einen Spaltbreit auf. Er sah schwarze Umrisse vor hellem Hintergrund. Hinter den Schreibtisch geduckt, spähte er über den Rand hinweg und legte mit der Waffe auf den Schatten an, der in den Türausschnitt getreten war. Eine behandschuhte Hand langte an die Wand neben der Tür und tastete nach dem Lichtschalter. Spinnengleich bewegten sich die schwarzen Finger. Er drückte ab. Ein Schrei. Die schwarze Spinne fiel von der Wand ab. Stimmen und Stöhnen. Lock schluckte den Speichel der Erregung. Ein Pistolenlauf tauchte in der Tür auf; es fielen Schüsse, blindlings abgefeuert. Lock schoß zurück, zweimal, hörte dann hastig davonlaufende Schritte und zischende Flüche in fremder, vielleicht vietnamesischer Sprache.

Eine Tür schlug zu. Das Arbeitszimmer stank nach Schießpulver. In der Fensterscheibe war ein Loch, zerrissen das Rückenpolster eines Sessels. Zitternd stand er auf, eilte zur Tür und schaute durch den Korridor in die Eingangshalle hinaus. Der verrutschte indianische Teppich warf Falten um die Beine der Vitrine. Verschmiertes Blut befleckte die helle Wand neben der Tür. Als er die geöffnete Haustür erreichte, hörte er den Kies auf der Einfahrt unter fliehenden Sohlen knirschen.

Er glaubte, die Stimme des Butlers vernehmen zu können, doch dann übertönte ein aufheulender Motor alle anderen Geräusche. Schnell rannte er auf den Kiesweg, der zur Straße führte. Scheinwerferlicht schwenkte darauf ein. Von einem Übermaß an Adrenalin aktiviert und wild entschlossen, riß er die Tür des Toyotas auf, den ihm Vaughn zur Verfügung gestellt hatte und kramte in der Hosentasche nach den Schlüsseln. Im Fenster über der Garage tauchte das Hausmädchen auf, als er mit durchdrehenden Rädern beschleunigte und die Einfahrt hinaufschlitterte.

Das Fluchtauto war schon hinter einer Biegung der abschüssigen Landstraße verschwunden. Lock zweifelte keinen Augenblick daran, daß es in Richtung Biltmore Hotel unterwegs war. Mit Vollgas raste er ihm nach, beflügelt von der abwegigen, aber darum nicht weniger eindringlichen Vorstellung, den Mördern von Billy und Beth zu folgen.

Sein Puls legte noch einen Takt zu, als er vor der nächsten Kurve Rücklichter rot aufleuchten sah, weniger als dreihundert Meter entfernt. Wehe euch, wenn ihr Beth auf dem Gewissen habt …

Er mußte sich zum Abbremsen zwingen, um Anstand zu halten.

Du gefällst mir nicht, dachte Vorontsyev und grinste als Antwort auf David Schneiders betont freundliches Lächeln. Ob er an ihm persönlich Anstoß nahm oder an Amerikanern allgemein, war ihm selbst nicht klar. Jedenfalls reagierte er allergisch auf die selbstzufriedene, polierte Art seines Gegenüber.

Er nippte von dem guten holländischen Kaffee, den Schneider hatte servieren lassen. Daß ihm zu rauchen untersagt worden war, irritierte ihn längst nicht so sehr wie dieses Schmunzeln, diese Unschuldsmiene.

Oder lag es an dem vornehmen Büro, das seinen Neid weckte, dem teuren Ledersessel, in dem er saß, oder an dem Schreibtisch aus Rosenholz …?

Vorontsyev hatte lange warten müssen, bis er endlich zu Schneider vorgelassen worden war, aber immerhin die Zeit nutzen können, um Erkundigungen über den Russen mit gefälschtem niederländischem Paß einzuholen, der im Hotel Gogol angeblich an einem Herzinfarkt gestorben war. Ein holländischer Buchhalter? Eher ein Russe aus der Ukraine, Subunternehmer für einige der Gasförderbetriebe. Vorontsyev hatte in Kiew angerufen. Dort gab es keinen Pomarov, auf den die Beschreibung gepaßt hätte. Dem Erkennungsdienst hatte er dann das Foto des toten Pomarov sowie dessen Paßbild zugefaxt.

Als er schließlich von Schneider empfangen worden war, hatte er eigentlich gar kein Interesse mehr an ihm und war in Gedanken fast ausschließlich bei jenem toten Mann, der vorgegeben oder vorzugeben versucht hatte, Holländer zu sein. Herzversagen. Lensky war sich seiner Sache sicher, *»… nein, Alexei, ausgeschlossen, er ist weder vergiftet, erschlagen noch erstochen worden …«*

Und nun saß ihm dieser Schneider gegenüber, noch so ein leibhaftiges Fragezeichen.

»Tut mir wirklich leid, daß ich Ihnen nicht helfen kann, Major. Der Himmel weiß, ich würde ja gern ... Alan Rawls war ein guter Freund, ein Studienfreund. Aber könnte ich Ihnen sagen, was Sie nicht ohnehin schon wissen?« Seit zehn Minuten waren von ihm die verschiedensten Variationen dieser einen Aussage zu hören.

Gestikulierend hob Schneider die großen, langfingrigen Hände und ließ durchblicken, daß er es kaum glauben mochte, mit dem Mord an seinem Freund in Verbindung gebracht zu werden, ausgerechnet er, der überaus angesehene, hochqualifizierte Arzt. Lensky hatte bestätigt, daß Schneider in Amerika sehr viel Geld verdienen könnte und daß sich die Klinik glücklich schätzte, ihn zu haben.

Schneider war mittlerweile seit über einem Jahr in Novyj Urengoj, wo er in einem der luxuriösen Firmenapartments von Grainger-Turgenev wohnte und – wie Lensky augenzwinkernd zu berichten wußte – ein abwechslungsreiches Liebesleben genoß. Junge, schöne Frauen gaben sich bei ihm die Klinke in die Hand, ohne daß es je zu unangenehmen Szenen gekommen wäre.

»Mr. Rawls hat sich also nur deshalb mehrfach hier im Krankenhaus aufgehalten, um Sie, den alten Freund, zu treffen«, resümierte Vorontsyev mit Blick in sein Notizbuch.

Schneider lachte. »So kann man es auch sagen. Darüber hinaus hatte er einen Bericht über die Arbeit in diesem Haus zu erstellen, und zwar im Auftrag von Mr. Grainger, dem Vorsitzenden der Stiftung. Vor allem deshalb ist Alan so häufig hier gewesen, Sie verstehen.« Um Angemessenheit bemüht, setzte Schneider nun eine ernsthafte Miene auf. »Was ihn mitten in der Nacht so weit vor die Stadt hinausgelockt hat, kann ich mir beim besten Willen nicht erklären.«

»Sei's drum. Haben Sie ihn einmal im Gogol aufgesucht?«

»Ja, natürlich. Auf einen Drink ...« Er blickte auf die Armbanduhr. »Gibt es sonst noch etwas, Major? Ich würde heute gern beizeiten nach Hause gehen. Ich bin ziemlich überarbeitet und sehne mich danach, ins Bett zu kommen.«

Vorontsyev setzte seine Tasse ab und stand auf. »Ich will Sie nicht länger aufhalten. Vielen Dank, daß Sie sich Zeit für mich genommen haben, Doktor Schneider.«

»Schade nur, daß ich so wenig helfen konnte. Es ist alles so schrecklich ...«

»Tja, auf Wiedersehen.«

Er schüttelte Schneiders ausgestreckte Hand, erwiderte dessen Lächeln und ging.

Zehn Minuten später verließ auch Schneider das Krankenhaus. Vorontsyev sah ihn über den Parkplatz eilen. Im gelben Natriumlicht der Laternen war er an seiner hochaufgeschossenen, schlaksigen Gestalt unschwer zu erkennen. Vorontsyev wischte die beschlagene Scheibe und startete den Motor, als Schneider seinen kleinen, dunklen BMW bestieg. Vorontsyev massierte das stoppelige Kinn. Soeben noch, in Schneiders hellerleuchtetem Büro, war er sich klein und hilflos vorgekommen. Jetzt bekam er wieder Oberwasser.

Auf teuren, griffigen Winterprofilen rollte der BMW aus der Parklücke und bog in die Straße ein, die zur Stadt führte. Vorontsyev folgte und mußte sich von schweren, holpernden Schneeketten durchschütteln lassen. Es waren nur wenige Fahrzeuge unterwegs – trotz sprunghaft angestiegener Zulassungen in Folge der Schwemme von ausländischen Devisen und Geldern aus krummen Geschäften. Autos waren zum Angeben oder Einkaufen da. Wer längere Strecken zurückzulegen hatte, nahm das Flugzeug. Er hielt sich hinter einem Leichttransporter in Deckung; der Abstand zu Schneiders Sportwagen betrug an die fünfzig, sechzig Meter. Wahrscheinlich war der, wie angekündigt, tatsächlich auf dem Weg nach Hause. Doch wie auch immer, Vorontsyev wollte auf Nummer Sicher gehen, und sei es nur, um sich von seinen Zweifeln befreien zu können. Ihm war durchaus bewußt, daß sein Verdacht gegen Schneider lediglich auf jenem fast gewohnheitsmäßigen

Argwohn gründete, den er gegen alle hegte, die so proper und gut zu sein schienen wie dieser Amerikaner.

Sie hatten den Stadtrand erreicht, diesen schäbigen Saum aus Wellblechhütten, Holzverschlägen und Fabriken. Der Duft gebackenen Brotes hing in der eisigen Luft. Hinter der Großbäckerei bog er in den Neonglanz des Mockba Prospektes ein. Der Wagen kam ins Rutschen, so heftig mußte Vorontsyev auf die Bremse treten, als der BMW plötzlich an den Gehweg heranfuhr und anhielt. Schneider stieg aus, steckte einem dünnen jungen Mann, der zufällig vorbeikam, Geld in die Hand, damit dieser auf sein Auto aufpaßte, und verschwand dann im hell erleuchteten Eingang von McDonald's. Vorontsyev kurbelte das Fenster herunter und sah den Arzt im Innern des Restaurants. Der junge Mann hatte sich auf die Motorhaube gesetzt, wahrscheinlich der Wärme wegen.

Wie üblich um diese Tageszeit war der Laden voller Leute. Hinter den weiten Fenstern präsentierte sich die Kundschaft mit Goldkettchen und ausländischen Klamotten. An der Ecke neben dem Restaurant stand eine Bude, die heiße Kartoffeln anbot. Wer hier kaufte, hatte sehr viel weniger Geld zur Verfügung.

Gefaßt auf eine längere Wartezeit, machte er es sich hinter dem Lenkrad bequem. Doch schon kam Schneider wieder nach draußen, scheuchte den mageren Aufpasser von der Haube und fuhr los.

Erst beim dritten Versuch hatte Vorontsyev seinen Wagen zum Laufen gebracht. Schneider war schon hundert Meter voraus.

Hektisch wischte Vorontsyev die beschlagene Scheibe und folgte – entlang des Mockba Prospektes, über zwei Kreuzungen hinweg und dann nach rechts in die K-Straße. Wie jedesmal, wenn er hier entlangfuhr, fühlte er sich belästigt von der aufdringlichen, geschmacklosen Neonreklame billiger Amüsierbetriebe.

Er fürchtete schon, den BMW im allgemeinen Trubel auf der Straße aus dem Auge verloren zu haben, als er ihn in eine Einfahrt abbiegen sah, vor der ein Schild mit der Aufschrift: *Nur für Gäste des Café Americain* stand. Der in grellem Grün leuchtende Schriftzug des Clublokals war auch für einen Russen als Anspielung auf den Filmklassiker *Casablanca* zu verstehen. Doch mehr als den Namen hatte dieses Café mit seinem Vorbild nichts gemein. Es gehörte der stadtbekannten Unterweltgröße Valery Panshin.

Nach kurzem Zögern lenkte Vorontsyev den Wagen in die Einfahrt, stellte ihn in einer Parklücke ab und ging auf die schwarzlackierte Doppeltür des hofseitigen Eingangs zu. Der livrierte Türsteher erkannte ihn auf Anhieb. Immerhin hatte er es Vorontsyev zu verdanken, daß er sich zweimal wegen des Vorwurfs der Messerstecherei vor Gericht hatte verantworten müssen; beide Male war er aus Mangel an Beweisen wieder auf freien Fuß gesetzt worden.

»Mach mir die Tür auf, und schön brav bleiben«, knurrte Vorontsyev und stampfte den Schnee von den Schuhen.

Bullige Wärme schlug ihm entgegen. Er nahm die Fellmütze vom Kopf und zog die Handschuhe aus. Der Teppich war naß von geschmolzenem Schnee. Das Mädchen an der Garderobe krauste die Stirn angesichts seiner wenig salonfähigen Aufmachung, lächelte aber dann irritiert, als auch sie ihn wiedererkannte. Zielstrebig steuerte er auf die Bar zu. Eine Jazzband spielte.

War Schneider deshalb gekommen? Um Jazz zu hören? Aus diesem Grund kam auch Vorontsyev gelegentlich, und weil Panshin den besten Jazz in ganz Westsibirien bot, mitunter sogar gute englische und amerikanische Künstler verpflichtete, war Vorontsyev gern bereit, angesichts der läßlichen Sünden des Hausherrn auch mal ein Auge zuzudrücken.

Kaum war er in den Saal getreten, baute sich ein Rausschmeißer im Dinnerjackett vor ihm auf; über dessen hausinterne Berufsbezeichnung ›Personalmanager‹ konnte Vorontsyev nur lachen. Der Dicke legte ihm eine Hand auf die Schulter, sah aber dann den Kellner mit dem Kopf schütteln und die Handgelenke über Kreuz legen, womit dieser pantomimisch klarzumachen versuchte, in welcher Sparte der neue Gast tätig war.

»'tschuldigung«, murmelte der Dicke.

»Schon gut.« Vorontsyev war drauf und dran, die Personalien des Typs festzustellen, einfach nur, um ihn nervös zu machen, als er Panshin erblickte, der an seinem Stammplatz am Rand der kleinen Bühne saß.

Und zu ihm an den Tisch setzte sich nun der lange Dr. David Schneider.

6

Gezeiten

Lock bog in seinem Toyota von der Camelback Road ab und schwenkte aus dem Gegenlicht der aufgehenden Sonne in die schattige Häuserschlucht der 24. Straße ein. Der grüne Lincoln vor ihm rollte langsam in die Einfahrt zum Arizona Biltmore. Lock hielt am Straßenrand an. Nun gab es für ihn keinen Zweifel mehr: Die drei Gestalten, die er durch die Rückscheibe des Lincoln ausmachen konnte, gehörten zu Tran. Überdreht und aufgewühlt von dem Gedanken, daß sie Beths Mörder sein könnten, spürte er seine Nerven flattern.

Als der grüne Lincoln auf der Rampe zur Tiefgarage verschwand, fuhr er bis an den Rasenplatz vor dem Hotelportal heran. Obwohl noch früh am Morgen, waren schon die Sprinkler eingeschaltet; im sprühenden Wassernebel verfing sich ein Sonnenstrahl. Er stieg aus und ging auf die Garage zu. Die rechte Hand steckte in der Tasche und hielt den Pistolengriff umfaßt.

An der automatischen Schranke vorbei schlich er über die Rampe nach unten in die Garage, wo es kühl war und nach Abgasen stank. Die blitzblanken Nobelschlitten, die hier in Reih und Glied abgestellt waren, wirkten auf ihn wie die Schaustücke eines Autosalons.

Stille. Halbdunkel. Seufzend setzte sich plötzlich ein Fahrstuhl in Bewegung. In fünfzig Metern Entfernung sah er zwei schwarzgekleidete Gestalten neben dem Lincoln stehen. Die dritte lehnte vornübergebeugt am Kotflügel und umklammerte das rechte Handgelenk mit der Linken. Die beiden anderen ereiferten sich mit schrillen Stimmen und fuchtelten mit den Armen in der Luft herum; es schien, als hätten sie gerade feststellen müssen, daß ihr Auto gestohlen worden war. Die Fahrstuhltür ging nun auf; ein weiterer

Asiate in weißem Seidenhemd und Wildlederhose kam heraus und eilte unverzüglich auf den Lincoln zu. Auch er gestikulierte wütend mit den Armen. Lock lauerte hinter einem rotem Porsche und hörte, wie sich die Stimme des hinzugekommenen Mannes in gebieterischer Tonlage durchsetzte und die anderen zum Schweigen brachte. Von der Verletzung und dem blutdurchtränkten Taschentuch, das sich der eine seiner Männer um die Hand gewickelt hatte, schien er keine Notiz zu nehmen.

Tran.

Lock schlich sich weiter vor, bis er, hinter einem europäischen Cabriolet geduckt, nur noch zwanzig Schritte von der Gruppe entfernt war. Tran – es konnte nur Tran sein – beschimpfte seine Leute und schlug einem ins Gesicht, als der sich Widerworte erlaubte oder zu entschuldigen versuchte. Dann deutete er auf die Garagenausfahrt, wobei er sich so ruckhaft umdrehte, daß Lock nicht rechtzeitig genug den Kopf einziehen konnte und fürchten mußte, entdeckt worden zu sein. Doch Tran zeterte unablässig weiter; es schien, als wiederholte er zum x-ten Mal ein und denselben Befehl.

Die Türen des Lincoln standen offen. Die beiden Schwarzgekleideten halfen dem Verletzten auf die Rückbank, nickten Tran beflissen zu und stiegen dann selbst ein. Der Motor wurde gestartet. Tran hatte sich bereits von seinen Leuten abgewandt und ging auf den Fahrstuhl zu. Sein Gesicht war wutverzerrt. Auf quietschenden Reifen rollte der Lincoln die Auffahrt hinauf ans Tageslicht.

Lock sah ihn die aufgeklappte Schranke passieren, richtete sich auf und eilte Tran hinterher, der gerade den Fahrstuhl betrat. Er drehte sich darin um und riß die Augen auf, als er Lock auf sich zurennen sah. Hastig drückte er den Knopf.

Die Schiebetür glitt langsam zu. Die Angst, allein und unbewaffnet zu sein, stand dem Vietnamesen deutlich im Gesicht geschrieben. Er warf einen verstörten Blick auf die Ausfahrt, als hoffte er, seine Männer zurückrufen zu können.

Bis auf einen Spaltbreit war die Tür zugegangen. Lock

stemmte den Fuß in die Lücke, wuchtete sie wieder auf, drängte in die Kabine und stieß Tran den Pistolenlauf in die Rippen.

»Welcher Stock?« zischte Lock. »Na, wird's bald?« forderte er und verstärkte den Druck der Pistole.

Tran hob die Hände auf Schulterhöhe. Er wirkte gefaßt, beinahe entspannt und langte wortlos zur Schalttafel. Oberste Etage, wo die Suiten lagen. Natürlich, dachte Lock. Darauf hätte er auch selbst kommen können. Er lehnte sich an die Seitenwand, atmete schwer und senkte den Kopf wie ein verwundeter Stier. Die Pistole hielt er dabei, wie er bemerkte, erstaunlich ruhig und fest. Trans schwarze Augen ruckten hin und her, als verfolgte er eine Reihe rasch wechselnder Standbilder. Er kannte Lock nicht, versuchte, ihn einzuordnen. Daß ihm das auf Anhieb nicht gelingen wollte, schien ihn nervös zu machen. Bis Lock dann sagte:

»Mr. Tran?«

»Sind Sie Lock?« fragte Tran, und seine Blicke tasteten ihn ab wie die Finger eines Blinden, schnell und gründlich. Schließlich nickte er kaum merklich, als habe er eine befriedigende Antwort auf seine Frage gefunden.

»Richtig.«

»Was fällt Ihnen bloß ein, Mr. Lock? Ich wüßte nicht, was wir miteinander zu schaffen haben.«

Lock fühlte sich zurechtgewiesen, und daß es dem Vietnamesen so gut gelang, Gelassenheit vorzuspielen, verunsicherte ihn.

»Ihre Leute haben mich umzubringen versucht.« Eine andere Entgegnung fiel ihm auf die Schnelle nicht ein, und er merkte selbst, daß seine Worte geradezu hilflos und beleidigt klangen.

»Meine Leute?«

»Die schwarzen Sweatshirts in dem grünen Lincoln. Einer von denen muß jetzt wohl zu einem Arzt, der keine Fragen stellt.«

Der Fahrstuhl hielt an, und die Tür öffnete sich vor einem mit dickem Teppich ausgelegten und stickig warmen Hotelkorridor. Lock winkte mit der Pistole. Tran beobachtete seine Hand und hob dann den Blick, schaute ihm ins Gesicht.

»Raus«, sagte Lock. »Ist außer Ihnen noch jemand hier oben? Womöglich der eine oder andere von denen, die über Graingers Haus in Virginia hergefallen sind?«

Es war deutlich zu erkennen, daß dem Vietnamesen nun ein Licht aufging. »Ich bedauere zutiefst, was Ihrer Familie widerfahren ist, Mr. Lock. Aber glauben Sie mir, ich habe nicht das Geringste damit zu tun.«

Tran zögerte, als sie vor der Tür zu seiner Suite angekommen waren. »Aufmachen«, verlangte Lock. Tran zuckte mit den Schultern, nahm die Schlüsselkarte aus der Brusttasche seines Seidenhemdes und steckte sie in den Automatenschlitz. Mit einem leisen Klicken sprang das Schloß auf.

»Treten Sie ein, Mr. Lock.«

Lock stieß die Tür bis zum Anschlag auf. Dahinter hielt sich keiner versteckt. Es war auch niemand im Wohnzimmer, im Schlaf- oder Badezimmer. Tran ging durch die offenstehende Glastür hinaus auf den Balkon. Ein leichter Wind bewegte die weißen Gardinen.

»Hiergeblieben, Tran.« Locks Stimme fehlte es an Autorität; auch seine Pistole schien wirkungslos.

Tran kehrte ins Wohnzimmer zurück, deutete auf die Sitzgruppe und nahm in einem der Sessel Platz. Lock setzte sich ihm gegenüber, legte Hände und Waffe in den Schoß.

»Was veranlaßt Sie, sich in meine Angelegenheiten einzumischen, Mr. Lock?« Er steckte sich eine Zigarette an, die er zuvor in eine Spitze aus Ebenholz manipuliert hatte. »Daß Sie mit den Nerven fertig sind nach den entsetzlichen Morden, verstehe ich durchaus.« Er redete daher wie ein schlechter Therapeut. »Aber wie gesagt, ich habe nichts, aber auch gar nichts damit zu tun.«

»Vaughn Grainger liegt im Krankenhaus.« Tran nickte. »Daran sind Sie schuld. Es geht um Drogen, nicht wahr? Oder was sollte es sonst mit diesem sogenannten *Red Horse* auf sich haben?«

»Wünschen Sie Kaffee? Ich kann den Zimmerkellner rufen.«

»Nein«, blaffte Lock. Jenseits der Gardinen heizte sich die Stadt unter blankem Himmel auf. »Meine Schwester, mein Schwager mußten sterben wegen dieser Drogen. Die Leute, mit denen Sie Geschäfte machen, Tran, Leute aus dem Management von Grainger Technologies« – ein vager Ausdruck von Verwunderung und Genugtuung schlich sich in Trans starre Miene –, »die wollten Billy zum Schweigen bringen. Der Raubüberfall war bloß Tarnung.«

»Aha, Tarnung, ich verstehe«, nickte Tran.

»Sie geben es zu?« Warum war Tran so entspannt, so selbstsicher? »Rücken Sie raus mit der Sprache!«

Das Gebläse der Klimaanlage verwirbelte den Zigarettenrauch. Tran ließ sich mit der Antwort Zeit. »Was haben Sie sich eigentlich davon versprochen, meinen Leuten zu folgen und mich aufzusuchen?«

»Ich möchte die Wahrheit erfahren. Ich will wissen, wer meine Schwester umgebracht hat.«

»Da sind Sie bei mir an der falschen Adresse.« Zeigte sich in seinem Blick eine Spur von Verunsicherung?

»Sie können mir Namen nennen. Wer sind Ihre Zulieferer?«

»Darauf kann ich Ihnen beim besten Willen nicht antworten. Sie erwarten doch nicht, daß ich meine Investitionen gefährde, mein Geschäft aufs Spiel setze?« Tran schaute durch die sanft bewegten Gardinen hinunter auf die Gartenanlage des Hotels. Sprinkler bewässerten die Rasenflächen und schlugen dabei flüssige Pfauenräder mit hin und her schwenkendem Strahlenschwall.

»Ich brauche diese Namen, Tran. Und Sie werden sie mir nennen. Es handelt sich um Mitarbeiter von Grainger Technologies, stimmt's? Von denen beziehen Sie Ihren Stoff, der aus dem moslemischen Dreieck stammt und in Sibirien weiterverarbeitet wird. Wahrscheinlich ist die Russenmafia mit von der Partie ...« Tran zuckte nicht einmal mit der Wimper. »Habe ich recht?« fragte Lock.

»Ich bin nur Abnehmer von zugesicherten Warenlieferungen. Für alles weitere interessiere ich mich nicht, Mr. Lock.«

»Sie sind ja sehr vertrauensvoll.«

»Das muß man sein in diesem Geschäft.« Und wieder wanderte Trans Blick zum Fenster hinaus. Es schien fast, als wartete er voller Ungeduld auf den Briefträger oder einen Klempner.

»Machen Sie mir nichts vor, Tran. Sie kennen die Namen, die ich hören will. Keine Angst, ich bin sehr diskret. Daß ich durch Sie Bescheid weiß, wird niemand erfahren.«

Tran lächelte. »Das beruhigt mich aber.«

Zum x-tenmal: Tran schaute zum Fenster. Es strömte heiße Luft herein. Die Klimaanlage arbeitete auf Hochtouren. Tran zündete sich eine zweite Zigarette an und stand auf. Lock hob die Pistole, überhastet. Er spürte, daß ihm die Nerven durchzugehen drohten.

Tran seufzte und setzte sich wieder, schlug die Beine übereinander.

»Mr. Lock, ich habe wirklich viel Verständnis für Sie. Aber als Geschäftsmann bin ich an gewisse Regeln gebunden. Ausgeschlossen, daß ich die Namen meiner Geschäftspartner preisgebe. Tut mir leid, ich kann Ihnen nicht helfen.«

»In dem Fall muß ich Sie töten.«

»Was Sie keinen Schritt weiter brächte.«

»Spucken Sie's aus!« Lock hatte Mühe, sich zu beherrschen. Das Gesicht krampfte wie unter Schmerzen. »Verdammt nochmal, sagen Sie mir, wer hinter dem Mord an meiner Schwester steckt.«

Tran stellte die Füße nebeneinander und langte nach den Armlehnen, als wollte er wieder aufstehen. Seine Aufmerksamkeit schien auf einen Punkt hinter Lock gerichtet zu sein.

»Ich habe keine Ahnung, wer Ihre Schwester umgebracht hat, Mr. Lock.« Tran sprach übertrieben laut. »Es täte mir schrecklich leid, wenn es so wäre, wie Sie behaupten, wenn Geschäftspartner von mir den Mord an ihr und ihrem Mann verübt hätten. Aber davon weiß ich nichts, und deshalb kann ich dazu auch nichts sagen.«

Und dann registrierte Lock, daß er mit dem Rücken zur Tür saß. Tran hatte immer wieder zum Fenster geblickt, als hoffte er, daß von außen Hilfe käme. Jetzt erwartete er offenbar, daß man ihn hörte, laut, wie er sprach. Womöglich waren seine Leute zurückgekehrt; Tran hatte sie wohl unten vorfahren sehen.

Lock sprang auf und hob die Pistole. Tran senkte den Kopf, verzog aber keine Miene. Seine Leute waren nicht mehr weit, womöglich schon …

Mit zwei, drei Sätzen war Lock an der Eingangstür und riß sie auf. Der Korridor war leer. Er spürte Panik in sich aufsteigen, wie schwellendes Wasser, in dem er zu ersaufen drohte. Schnapp dir Tran, und dann nichts wie weg …

Als er sich nach dem Vietnamesen umdrehte, sah er ihn im Schlafzimmer verschwinden und die Tür hinter sich zuschlagen. Er hörte, wie der Schlüssel sich drehte. Die Rollen waren plötzlich vertauscht. Es blieb keine Zeit mehr, um die Tür aufzubrechen und Tran als Geisel zu nehmen.

Er spähte in den Korridor hinaus. Einer von Trans schwarzgekleideten Schlägern suchte Deckung im nächsten Seitengang; hinter der Ecke kam eine Hand mit einer Waffe zum Vorschein. Lock sah sich hektisch um.

Schräg gegenüber befand sich der Notausgang.

Er warf sich durch die Schwingtür und hastete durch das hallende Treppenhaus nach unten.

»Der weiß doch mehr, als er zugibt, oder?« Goludin hielt den dicken weißen Kaffeebecher mit beiden Händen umfaßt und hatte den Kopf zwischen die Schultern gezogen. Er fühlte sich sichtlich unwohl inmitten der Arbeiter, die mit ihnen in der Kantine saßen.

»Sieht so aus«, antwortete Marfa. »Aber ich glaube, es lohnt sich für uns nicht, ihn zum Reden zu bringen.«

Die hohen Kantinenfenster waren weiß vom Schnee, den der Sturm gegen die Baracke schleuderte. Aus den Lautsprechern stampfte Rockmusik. Die Arbeiter steckten ihre Köpfe zusammen. Ihr Argwohn gegen die beiden Polizisten hing ebenso wahrnehmbar in der Luft wie die Dünste aus der Küche. Hier hatte wohl jeder irgend etwas zu verbergen, und sei es bloß ein längst verjährtes krummes Ding.

»Bist du endlich fertig?« fragte sie ungeduldig und wikkelte sich den langen Schal um den Hals. »Wir müssen rausfinden, was seit dem Bombenanschlag hier an Lieferungen eingetroffen ist.«

»Glaubst du, daß jemand das Zeug von diesem Hussain bekommen und hierher geschafft hat?«

»Der Major glaubt's, und ich tue bloß, was er mir aufgetragen hat.«

»Wozu sollte der Stoff ausgerechnet hierher gebracht worden sein?«

»Was weiß ich«, antwortete Marfa. »Zur Zwischenlagerung vielleicht. Der Iraner hat hier gearbeitet und wohl mit Drogen zu tun gehabt?« Die Feststellung endete als Frage. Bislang fehlte es an klaren Hinweisen, die den Anfangsverdacht gegen Al-Jani bestätigt hätten. »In der Stadt ist nichts davon aufgetaucht, also müssen wir hier suchen.«

»Wo sollen wir anfangen?«

»Du nimmst dir den Proviantspeicher vor, und ich schaue mich im Geräte- und Ersatzteillager um. Einverstanden?«

»Wenn's sein muß«, sagte Goludin. »Übrigens hat Hussain doch genauso wie der Iraner hier gearbeitet. Aber es scheint, die beiden haben sich nicht gekannt.«

Marfa fuhr mit den Fingerspitzen über die gekrauste Stirn. Vom stundenlangen, vergeblichen Grübeln tat ihr der Kopf weh. Al-Jani hatte hier offensichtlich keinerlei Anschluß gehabt, keine Bekannten, geschweige denn Freunde. Nicht einmal unter seinen Landsleuten. Hussain dagegen war bei einigen Kumpels gut gelitten gewesen. Marfa und Goludin hatten deren Unterkünfte durchsucht, aber nichts zu Tage gefördert außer Feindseligkeit, die ihnen wie giftiges Gas aus einer lecken Pipeline entgegengeschlagen war.

»Wir beschränken uns auf die jüngsten Lieferungen. Und hoffen wir, daß sich das verdammte Wetter morgen gebessert hat.« Sie stand auf. »Komm jetzt, Goludin.«

Auf dem Weg nach draußen begleiteten sie die Blicke der Arbeiter, die allesamt einen müde bis abgestumpften Eindruck machten. Zerzauste, bärtige Gesichter mit aufgesprungenen Lippen, geröteten Augen, die Hände zerschunden. Sie hatten offenbar nicht einmal mehr genügend Kraft zum Grinsen. Da waren nur unverhohlener Argwohn und allgemeine Bullenverachtung zu sehen.

Der sausende Wind riß ihr die Außentür aus der Hand, fegte Schnee ins Gesicht. Marfa hatte den Eindruck, ein D-Zug donnerte vor ihrer Nase vorbei, so wuchtig war dieser Schneesturm. Die Flutlichter der Anlage waren nur noch als blasse Flecken in einem dunkelgrauen Einerlei zu erkennen. Ansonsten ließ sich nichts identifizieren, nicht einmal die Gebäude nebenan.

»Ich gehe da rüber!« brüllte sie und streckte den Arm aus. »Dort muß das Gerätelager sein. Verstanden?« Goludin nickte. »Wenn du fertig bist, komm hierher zurück.« Goludin nickte ein zweites Mal; sein Gesicht war bis zu den Augen vom Schal maskiert; die festgezurrte Parkakapuze reichte bis zu den Brauen.

Nach kurzem Zögern warf sie sich dem Sturm entgegen und ahnte schon nach drei Schritten, daß der Kollege sie nicht mehr würde sehen können. Der Gedanke machte ihr angst. Wie im Traum irrte sie durch dichte weiße Schleier, glaubte, eine Tür schlagen zu hören, das Brummen einer entfernten Maschine zu vernehmen. Sie schlang die Arme um die Brust, fühlte sich von Wind und Schnee wie in eine Zwangsjacke gesteckt und mühte sich geduckt voran.

Oh, diese verdammte Kälte … Vor Schreck zuckte sie zusammen, als sie mit dem Kopf an eine Wand stieß. Ihr war, als hätte jemand auf sie eingeschlagen. Mit den Fäustlingen tastete sie über eisverkrustetes Wellblech. Wenn sie nicht im Kreis gelaufen war, mußte sie jetzt vor dem größten der Fahrzeugschuppen stehen. Gleich daneben befand sich das Gerätelager. Sie wischte den Schnee vom Gesicht und folgte der Wand bis zur Ecke.

Im dichten Schneetreiben tat sich für wenige Sekunden eine Lücke auf, und sie sah das Lager in zwanzig Meter Entfernung. Aber schon war es wieder verschwunden. Jeder Schritt kostete sie Überwindung; mit ausgestreckten Armen tappte sie blindlings drauflos. Aus ihrer Beklemmung wurde Panik. Dagegen kam der Verstand nicht mehr an, und das ärgerte sie.

Endlich trafen ihre suchenden Hände auf den festen Widerstand der Gebäudekante. Sie tastete sich an der Front entlang bis zum metallenen Jalousietor. Die Wand bot ein wenig Schutz vor Wind und Schnee; sie konnte sich wieder keuchen hören und erleichtert aufatmen. Der Norweger hatte ihr eine Codekarte gegeben, die sie nun in den erfühlten Schlitz der Schalttafel steckte. Nachdem sie auch noch die ihr genannte Kontrollnummer eingetippt und den Schalter HOCH gedrückt hatte, setzte sich das Tor ächzend in Bewegung. Eis sprengte von den hochrollenden Lamellen ab. Sie drückte auf STOP, schlüpfte geduckt unter dem Tor hinweg und ließ es wieder nach unten rollen. Das Krachen beim Aufsetzen hallte durch den dunklen Raum.

Marfa suchte und ertastete den Lichtschalter an der Wand. Neonröhren flackerten auf, von Staub bedeckt, wie es schien. Ihr Atem dampfte in eisiger Luft. Als nachträgliche Reaktion auf den Sturm fing sie am ganzen Körper zu zittern an.

Das Lager war riesig, maß geschätzte siebzig auf fünfzig Meter. Die Decke verschwand im Dunkel jenseits der Leuchtstoffröhren. Der Raum war zur Hälfte mit hohen Metallregalen vollgestellt, auf der restlichen Fläche stapelten sich Kisten und Kartons. Mehrere Gabelstapler standen vor einer Wand wie Männer vor einem Urinal. Die Batterien wurden über Nacht aufgeladen. Marfa kam sich verloren vor. Wo sollte sie mit der Suche anfangen? Wäre doch bloß der Norweger mitgekommen. Aus der Manteltasche zog sie die fotokopierten Lieferscheine heraus, die er ihr gegeben hatte. Sie erinnerte sich an Maxim, den Sekretär, und an dessen Blick, als er die Kopien auf dem Schreibtisch hatte liegen sehen. Dem würde sie noch auf die Finger klopfen müssen. Vielleicht wäre durch ihn zu erfahren, in welcher Beziehung Al-Jani und Hussain zueinander gestanden hatten. Es mußte eine Verbindung geben, schließlich waren beide hier auf dem Förderfeld 47 beschäftigt und in ein und demselben Quartier untergebracht gewesen.

Marfa fing damit an, die Kisten auf den Paletten mit der

Liste abzugleichen. Mit dem Flug aus Teheran, den auch Hussain genommen hatte, waren nur Materialkisten angekommen – sowie Halal-Fleisch und andere koschere Lebensmittel; damit würde sich Goludin befassen. Ersatzteile für Traktoren, Ventile, Pumpen, Bohrer … Sie vertiefte sich in ihre Aufgabe, huschte wie ein kleines, emsiges Nagetier von Palette zu Palette, warf immer wieder mal einen Blick auf die Uhr. Halb zehn, zehn, Viertel nach zehn. Es war still bis auf ihre Schritte, ihr Atmen, ihr hin und wieder frustriertes Schnauben. Und draußen wütete der Wind.

Geöffnete Kisten untersuchte sie gründlicher. Es war, als krachten Schüsse, als ihr eine Handvoll schwerer Schrauben auf den Boden fiel. Die ließ sie liegen. Manchmal war das Kratzen kleiner Krallenpfoten zu hören, von irgendwelchen Tieren, die hier Unterschlupf suchten, Lemminge vielleicht oder Ratten.

Sie gähnte. Zwanzig vor elf. Anderthalb Stunden war sie nun schon hier. Verschwendete Zeit. Auf Drogen, wenn denn tatsächlich welche hier versteckt wären, würde sie nur durch einen Zufall stoßen. Ergiebiger wäre es, Maxim zum Reden zu bringen. Er versuchte irgend etwas zu verbergen, das war klar; fraglich nur, ob er auch wirklich mit Al-Jani oder Hussain unter einer Decke gesteckt hatte.

Plötzlich waren hastig schleichende Schritte zu hören. Marfa lauschte, doch das Windgeheule übertönte nun wieder alles andere. Wo? Da hinten? Ihr wurde heiß. Reglos verharrte sie zwischen hoch aufragenden Regalwänden. Bis auf den Wind – nichts … Sie zitterte, rannte dann los.

Er war dunkel angezogen, klein, schmächtig gebaut. Soviel konnte sie erkennen. Das Gesicht verhüllte ein wollener Kopfschützer, bepudert von Schnee. Von einem harten Gegenstand an der Schläfe getroffen, ging sie zu Boden, und aus stürzender Perspektive glaubte sie, die Regale auf sich hereinbrechen zu sehen. Dann tauchte das maskierte Gesicht vor ihr auf, und als sie seitlich wegzurollen versuchte, schlug er erneut auf sie ein.

Halb ohnmächtig spürte sie, wie der Angreifer von hinten unter ihre Achseln langte und sie über den rauhen Estrich wegschleifte. Ihr Kopf drohte vor Schmerzen zu zerspringen. Dann wurde ihr schwarz vor Augen, bis …

… unter lautem Geklapper das Jalousientor aufging. Wieder verlor sie die Besinnung, wachte aber auf, als sie, im Schnee liegend, spürte, wie ihr der Mantel geöffnet wurde. Hände zerrten ihr die Pullover hoch. Tiefe Ohnmacht befreite sie von dem Entsetzen vor einer drohenden Vergewaltigung.

»Augenblick mal«, murmelte Vorontsyev und kramte das hartnäckig piepsende Handy aus der Jackettasche. Panshin gab sich amüsiert, obwohl unverkennbar war, daß es zwischen ihm und Schneider vor Spannung knisterte. Letzterer konnte nicht verhehlen, daß die Nerven mit ihm durchzugehen drohten. »Ja, Vorontsyev.«

Es war Lubin, dessen Stimme sich vor Erregung überschlug. »Major, es sind tatsächlich Rawls Fingerabdrücke. Er ist also mit Sicherheit in dem Mercedes gewesen und muß mit dem Iraner in irgendeiner Beziehung gestanden haben.«

Vorontsyev ließ sich nichts anmerken. Er stand vor Panshins Tisch und zwinkerte ihm zu.

»Prima. Gute Arbeit, Lubin. Wenn Sie das noch in Berichtform bringen könnten. Ich melde mich dann wieder.«

»Aber ich …«, hob Lubin zu protestieren an, sagte dann aber: »Sie können jetzt nicht reden, stimmt's?«

»So ist es.«

»Brauchen Sie Hilfe?«

»Nein. Kein Problem. Bis bald, Lubin.« Er brach die Verbindung ab und wandte sich wieder der Tischrunde zu: Schneider, Panshin und dessen Leibwächter Dom Kasyan, in der Szene auch bekannt als Mackie Messer. Er war relativ klein, adrett und gefährlich, durchaus befähigt, einen Mann wie Rawls still und leise beiseite zu schaffen – aber dafür kamen allein in Novyj Urengoj an die zweihundert Killertypen in Frage. »Entschuldigen Sie die kleine Störung«, sagte Vorontsyev grinsend. »Aber so ist das nun mal bei uns Polizisten. Immer Streß. Verdächtige Typen, wohin man auch schaut.«

Kasyan ließ die Backenmuskeln spielen. Panshin warf ihm einen Blick zu und schüttelte den Kopf. Eine Kellnerin brachte Vorontsyev das bestellte Importbier. Er legte ihr einen Zwanzigrubelschein aufs Tablett, womit sie natürlich überhaupt nicht einverstanden war, doch Panshin schickte sie mit einem Schlenker aus dem Handgelenk weg. Vorontsyev machte sich einen Scherz daraus, in russischer Währung zu bezahlen. Der Club akzeptierte nur Devisen oder Kreditkarten.

Er nahm einen Schluck aus dem Glas. Das Trio hatte gerade ›Stella by Starlight‹ ausklingen lassen. Vorontsyev war einer der wenigen Gäste, die höflich applaudierten. Auch Schneider fühlte sich verpflichtet, seine großen Hände zwei-, dreimal aufeinanderzuschlagen. Er fühlte sich merklich unwohl.

»Ich wußte gar nicht, daß Sie miteinander bekannt sind. Sind Sie hier, um Jazz zu hören, Dr. Schneider?«

»So wie Sie, Alexei«, mischte sich Panshin ein und hüllte sein breites, schmunzelndes Gesicht in Zigarrenrauch ein.

»Na klar. Was gibt's denn heute Schönes?«

»Skandinavier.« Die drei Musiker der Hausband verbeugten sich und räumten die kleine Bühne. »Unser Programmleiter hält große Stücke auf sie.«

»Ist ja wieder mal gut gefüllt, der Laden.«

Panshin zuckte mit den Schultern und nahm die Zigarre aus dem Mund.

»Die Leute kriegen ja auch einiges geboten. Es freut mich, wenn's ankommt. Ich bin nämlich ein gastlicher Mensch, der jeden willkommen heißt, auch wenn er von der Polizei ist.«

»Und Ihnen nützlich sein könnte, nicht wahr?« An Schneider gewandt, fügte er hinzu: »Verraten Sie mir doch, wie Sie an Panshin geraten sind. Ich beneide Sie darum, daß Sie an seinem Tisch sitzen dürfen.«

»Über die Musik«, murmelte Schneider. Von wegen, dachte Vorontsyev.

»Verstehe. Und schön, daß Sie hier sind. Ich habe da nämlich noch eine Frage, Doktor.« Panshins Mundwinkel zuckten. Die wulstigen Lider schienen sich ein wenig zusammenzuziehen. Schneider war bestimmt gekommen, um Bericht zu erstatten über das, was er durch Vorontsyev erfahren hatte.

»Ach ja?«

»Gab es während der letzten beiden Tage Neuaufnahmen in ihrer Station? Ich meine, Patienten, die sich eine Überdosis gespritzt haben, durch schlechte Ware krank geworden sind oder unter Entzug leiden ...«

Er stützte die Hände auf den Tisch und beugte sich zu Schneider herab.

»Ich kann mich nicht erinnern.«

»Keiner, der wimmernd vor der Tür stand und um Einlaß gebettelt hat?« Lächelnd legte Vorontsyev seine Finger um Schneiders Handgelenk. Als Arzt hätte der sich über die eigene Pulsfrequenz Sorgen machen müssen. *Ich kann das nachprüfen*, ließ Vorontsyev mit seiner Berührung den Amerikaner wissen.

Panshin strich mit der feisten Hand über das extrem kurzgeschorene Grauhaar und sagte: »Wollen Sie aus meinem Club eine Verhörzelle machen, Alexei? Dr. Schneider ist hier, um sich zu entspannen.«

»Mir hat er gesagt, er sei hundemüde und wolle sich auf dem schnellsten Weg nach Hause begeben. Nun, Dr. Schneider, wie steht's um die Neuaufnahmen? Gibt's Hinweise auf einen Nachschub an Drogen?«

Der skandinavische Drummer rückte sein Schlagzeug zurecht und testete Snare und Hi-hat. Der Lärm, den er dabei machte, schien Schneider zusätzlich zu irritieren. Vorontsyev hielt seinen Blick gefangen, lenkte ihn ab von Panshin und dessen Bodyguard.

»Jetzt ... jetzt fällt's mir wieder ein. Da gab's zwei Neuzugänge. Es sind zwar noch keine genauen Untersuchungen vorgenommen worden, aber die Patienten zeigen die üblichen Reaktionen auf frisch gestrecktes Heroin. Besonders einer, der in letzter Zeit nur Methadon zu sich genommen hat. Vermuten Sie, daß eine neue Lieferung eingetroffen ist?«

»Ja, und was Sie sagen, paßt zu unserer Vermutung.« Jetzt wurde die Basedrum ausprobiert. *Bumm, bumm*, wie der Gang zum Schafott, dachte Vorontsyev. »Vielen Dank für die Information.« Der Bassist betrat die Bühne und zupfte ein paar Riffs auf seinem Instrument. Auch das klang bedrohlich. »Ich werde morgen einen Kollegen zur Vernehmung der beiden vorbeischicken. Einverstanden?«

»Natürlich.«

Panshin hatte mit Drogen nichts im Sinn. Ihm in dieser Hinsicht etwas anzuhängen, war nicht einmal Dmitri gelungen. Schutzgelderpressung, Prostitution, Glücksspiele – er hatte überall seine Finger drin, nur nicht im Heroingeschäft. Darauf gab es nicht den geringsten Hinweis.

Aber das galt auch für Schneider und den toten Rawls. Dann war da noch der Iraner mit dem Sammelsurium an falschen Pässen, der irgendwie mit Rawls zu tun gehabt hatte. Aber mehr als ein Aufeinandertreffen der beiden war noch nicht nachzuweisen.

Immerhin, es gab eine interessante neue Erkenntnis: Schneider hatte es eilig gehabt, Panshin darüber zu informieren, daß er von der Polizei vernommen worden war.

Er leerte sein Glas und lächelte. Der Pianist machte Fingerübungen und klimperte die Tonleiter rauf und runter.

»Sie haben sich in letzter Zeit nicht zufällig auf neue Verdienstmöglichkeiten verlegt?« fragte er wie beiläufig mit Blick auf Panshin.

Der schummrigen Beleuchtung wegen war die spontane Reaktion im Gesicht des Dicken nicht zu deuten, doch dann zuckte er mit den Schultern und lachte. »Warum sollte ich, Alexei? Außerdem kämen Sie mir doch sofort auf die Schliche.«

Vorontsyev richtete sich wieder an Schneider. »Haben Sie Ihren Freund Alan Rawls auch mal hierher ausgeführt, ins Café Americain?«

»Ich … ehm, bin mir nicht sicher. Ja doch, einmal, glaube ich.« Er warf einen Blick auf Panshin. Kasyan wurde immer ungeduldiger.

»Ist von dem Freund die Rede, der für die Erdgasgesellschaft arbeitet?« erkundigte sich Panshin. »Den haben Sie mir mal vorgestellt. Ich erinnere mich, daß ihm unsere Sängerin nicht gefiel.« Panshin lachte.

»Verstehe ich nicht, die ist gut.« Vorontsyev stand auf. »Viel Spaß noch, Doktor.«

»Wollen Sie nicht bleiben, Alexei? Die Skandinavier fangen gleich an.«

»Nein. Im Unterschied zu Ihrem Ehrengast bin ich tatsächlich müde und werde ausnahmsweise mal früh zu Bett gehen. Auf Wiedersehen, Valyosha.« Es schien, als traute Panshin seinen Ohren nicht. Seit seiner Kindheit war er so wahrscheinlich nicht mehr genannt worden. »Kasyan.« Vorontsyev nickte dem kleinen Mann zu, der zusammenfuhr, als sei sein Name gerade aus einer Anklageschrift vorgelesen worden.

Er passierte die Rausschmeißer und den Geschäftsführer, die zu beiden Seiten der Tür standen, ging fast beschwingt durch den Flur und in den Hof hinaus. Es schneite immer noch. Der Türsteher hatte die Hände unter die Achseln geklemmt und stampfte, um sich warm zu halten, von einem Fuß auf den anderen.

Mit dem Feuerzeug taute Vorontsyev das vereiste Türschloß auf. Dann setzte er sich hinters Steuer, holte das Handy aus der Tasche und wählte Lubins Nummer.

»Lubin, sind Sie gerade beschäftigt?«

Prompte Antwort: »Nein, was kann ich für Sie tun?«

»Ich möchte, daß Sie zum Café Americain kommen und den BMW von Schneider im Auge behalten. Mich interessiert, wann er den Laden verläßt, ob allein oder in Begleitung und wohin er dann fährt. Können Sie das für mich rausfinden?«

»Ja, ich komme sofort.«

»Was Neues von Marfa?«

»Nichts.«

»Wie zu erwarten war. Die Musik spielt hier in der Stadt.«

»Steckt Panshin mit drin? Ich dachte, der hätte mit Drogen nichts am Hut.«

»Wer weiß?«

»Warum ist Schneider da?«

»Er behauptet, sich für Jazz zu interessieren. Aber das kann er mir nicht weismachen. Mit Panshin scheint er gut bekannt zu sein, und ich glaube, er ist gekommen, um ihm zu stecken, daß ich ihn wegen Rawls vernommen habe. Und jetzt stellt sich die Frage, was Panshin an dem Fall interessieren könnte.«

»Vielleicht sollten wir dem Ganoven mal richtig Druck machen.«

»Wie denn? Bevor wir eine Aktion gegen ihn auf die Beine gestellt haben, ist der doch längst vorgewarnt worden. Panshin hat jede Menge Kollegen von uns auf der Lohnliste.« Und dabei fiel ihm ein: »Aber vielleicht sollten wir uns mal über Schneiders Station hermachen.«

»Das Krankenhaus?«

»Ja, ich kann mir nicht helfen; junge, wohltätige Ärzte, die mit Gangstern Kontakt pflegen, sind mir äußerst suspekt. Wie auch immer, kommen Sie, so schnell es geht. Ich warte solange. Draußen auf der Straße.«

Er schaltete das Handy aus, startete den Wagen und rollte durch die Einfahrt auf die K-Straße hinaus, wo er unter Neonbrüsten parkte, deren Papillen, eine rot, die andere grün, auf- und abblinkten. Unterlegt waren diese Riesenbrüste von den Umrissen sich lasziv räkelnder Frauen.

Er wählte Dmitris Nummer und sah, als es bei ihm läutete, unwillkürlich dessen unaufgeräumte, trostlose Wohnung vor sich. Es wurde abgehoben, und wie erwartet dudelte der Fernseher im Hintergrund. Dmitris Stimme klang müde, aber nüchtern.

»Dmitri, wie geht's dem Kopf?«

»Alexei. Besser. In jedem Fall bin ich morgen wieder zur Stelle. Hier ist es mir einfach viel zu still.« Nach einer kurzen Pause: »Entschuldigung. Warum rufst du an? Was willst du?«

»Panshin.«

»Ja?« Feuer und Flamme.

»Er mauschelt mit Schneider, dem Oberarzt der Suchtstation … Nein, hör zu. Ich habe mit Schneider gesprochen, und er mußte zugeben, daß wahrscheinlich frischer Stoff auf den Markt gekommen ist. Das heißt, Hussain hatte das Zeug wohl doch eingeschmuggelt. Kannst du dir deinen Informanten noch einmal vorknöpfen?«

»Ich will's versuchen.«

»Und denk mal darüber nach, was sonst noch alles an Fracht umgeschlagen worden ist. Ich meine, an dem Tag der Einreise von Hussain. Du hast doch die Einfuhrlisten kontrolliert.«

»Mensch, Alexei, wie soll ich mich an alle Einzelheiten erinnern?«

»Streng den Kopf an, schau in deinen Notizen nach.«

Dmitri legte den Hörer aus der Hand. Wartend beobachtete Vorontsyev das Spiel der Lichtreflexe auf Händen und Kleidern. Es schillerte wie Fäulnis.

»Die Speditionslager am Flughafen waren bis zum Dach gefüllt mit dem üblichen Kram, der für die Gasfelder bestimmt ist. Maschinenteile, Rohre, Pumpen und so weiter. Ich hab's mir erspart, genau Buch zu führen. Und dann war da jede Menge Großküchenbedarf, Fleisch und Gemüse. Es hat mächtig nach Kohl gestunken. Und nach Whiskey, versteht sich. Eine Kiste war *zufälligerweise* kaputtgegangen und halb leergeräumt. Wen wundert's?«

»Sonst noch was? Auch pharmazeutische Artikel, Krankenhausbedarf?«

»Ja, natürlich. Willst du dich jetzt auf die Klinik einschießen? Auf Schneider?«

»Zumindest sollten wir auch in der Richtung ermitteln.«

»Einverstanden. Ich werde noch mal jemanden zum Flughafen rausschicken und prüfen lassen, welche Lieferungen wann von wem abgeholt worden sind. Und ich will mich auch mal auf den Straßen umsehen. Ob da wirklich neue Ware verteilt wird, müßte sich leicht feststellen lassen.«

»Tu das. Gute Nacht.«

Vorontsyev legte das Handy auf den Beifahrersitz, verschränkte die Arme vor der Brust und wartete auf Lubins Ankunft. Ja, es wäre bestimmt nicht verkehrt, den feinen

Dr. Schneider mal etwas genauer unter die Lupe zu nehmen.

Ihr dröhnte der Kopf. Die Eiseskälte hatte sie ansonsten fast fühllos gemacht. Irgend etwas hielt ihr die Arme im Rücken gefesselt; die Finger waren taub. Marfa kämpfte gegen lähmende Benommenheit an, versuchte, sich zu bewegen, zu ertasten, was sie festhielt. Über das Gesicht schmierte etwas, was nach verwesendem Fleisch stank, nach faulem Gemüse … und dann schwanden ihr wieder die Sinne.

Als das Bewußtsein für eine Weile zurückkehrte, mußte sie sich erbrechen, wobei sie den Hals reckte wie eine Schildkröte. Ob sie selbst zitterte oder geschüttelt wurde, war für sie nicht unterscheidbar; den Körper spürte sie kaum. Nur über den kleinen Lichtpunkt, den sie als einen fernen Stern auszumachen glaubte, war sie sich ihrer Sinne bewußt. Doch dieses Licht erlosch …

Wieder zu sich gekommen, nahm sie die Geräusche von Wind und Schneegeriesel wahr. Ebenso gewiß wie dieser Sinneseindruck war die Feststellung, daß sie die Arme nicht bewegen konnte und daß ihr Oberkörper nackt war. Und tatsächlich: Sie sah ein schwaches, orangefarbenes Licht. Brust und Bauch schimmerten weiß. Ihr war, als läge sie in einer Leichenhalle. Der Magen rebellierte. Wellblech klapperte im Wind. Sie zitterte nicht mehr, hatte keine Empfindung mehr, nur noch eine Ahnung von dem, was sie unmittelbar umgab.

Dreck und Gestank. Abfall ringsum. Der schwache Lichtschein zog sich wieder zu einem Punkt zusammen. Man hatte sie … ausgesetzt … dem Kältetod …

… in einer Mülltonne. Sie steckte in einer riesigen Mülltonne, die Hände gefesselt und mit Abfall überhäuft. Die Erkenntnis erschöpfte ihr Denkvermögen. Sie sperrte den Mund auf, doch bevor der Schrei ihre Kehle verließ, war sie erneut in Ohnmacht gefallen.

Vorontsyev lag im Dunkeln auf seinem Bett und starrte unter die Decke auf den flackernden Abglanz der Scheinwerfer von Autos, die draußen auf der Straße vorbeifuhren. Es war kalt im Schlafzimmer, der Tabakqualm scharf und ätzend wie Rauch aus dem Kamin. Die Zigarette glühte.

Er drückte die Kippe in dem gläsernen Aschenbecher aus, der auf dem Nachttisch stand.

Es war schon spät. Im Haus rührte sich nichts mehr. Seine Wohnung lag im ersten Stock, in der Beletage des alten Gebäudes, das aus der Zeit des letzten Zaren stammte. Ein vorbeirollender Lastwagen ließ die Fensterscheibe beben. Vorontsyev hätte die Möglichkeit gehabt, in eine modernere, größere Wohnung zu ziehen, eine mit besseren Möbeln und Teppichen. Wenn er sich auf eine Wohngemeinschaft mit anderen verdienten Staatsdienern einließe, würde ihm sogar ein richtig luxuriöses Apartment zur Verfügung gestellt. Aber es gefiel ihm besser hier in diesem alten Haus, das der Abrißwut standgehalten hatte und sich trotzig behauptete zwischen all den neuen, schmucklosen Wohnblocks. Das Dach war undicht, von den Außenwänden bröckelte der Putz, doch es fehlte das Geld zur Reparatur. Mit den anderen Mietern hatte er kaum etwas zu tun. Da waren ein kleiner Verwaltungsbeamter; die Freundin mit Kind eines angesehenen Geschäftsmanns; ein KGB-Oberst a. D. und ein junges Paar, das über ihm wohnte. Sie tanzte in einem der Clubs; das heißt, sie zog sich unter musikalischer Begleitung aus.

Es gab in der ganzen Stadt keinen Ort, wo Vorontsyev lieber gewohnt hätte. Er legte großen Wert auf private Abgeschiedenheit, um ausspannen zu können. Deswegen war er sehr verärgert darüber gewesen, daß ihn sein Chef hier aufgesucht hatte.

Er war ein unsicherer, korrupter Mensch, der sich anscheinend ständig unter Beschuß wähnte und einen entsprechend nervösen Eindruck machte. Zehn Minuten lang hatte er Vorontsyev gegenüber gesessen und sich mit den Fingern in seiner Pelzmütze verkrallt; es schien, als habe er einem kleinen Tier den Hals umdrehen wollen. *»Sie sind doch hoffentlich vorsichtig, Alexei?«* Seine Ratschläge waren wie die einer jüngferlichen Tante. Immer schön auf der Hut bleiben. Nur ja nirgends anecken. Gegebenenfalls lieber mal ein Auge zudrücken.

Der Polizeichef von Novyj Urengoj war gekommen, um ihm zu sagen, daß er doch bitteschön niemandem auf den Schlips treten möge, schon gar nicht Bakunin. Es hatte womöglich Beschwerden wegen der Razzia im Bordell gegeben. Vielleicht waren einige Herren verärgert, weil sie selber dort verkehrten und fürchten mußten, im Wiederholungsfall ebenfalls aufzufliegen. Der Chef war immer gern bereit, ein gutes Wort für diese Herren einzulegen. Darin schien er mitunter seine Hauptaufgabe zu sehen, schließlich mußte er sich ja irgendwie gefällig zeigen für die vielen Geschenke, die man ihm machte, die hübsche Datscha, das neue Auto und den Schmuck, mit dem sich seine korpulente Gattin behängte. Aber es war kaum möglich, ihn zu verachten. Er war so sanft, so verschüchtert und empfindsam, einfach viel zu schwach, um in dieser Stadt und unter der Fuchtel seiner Frau integer zu bleiben. Wahrscheinlich litt er selbst am meisten unter seiner Bestechlichkeit.

Vorontsyev steckte sich wieder eine Zigarette an und blies seufzend Rauch zur Decke. Was nutzte es, dachte er, sich über die Korruptheit anderer zu empören? Gut zu sein, das Richtige zu tun verlangte mehr als eine saubere Weste und den Verzicht, im Dreck zu wühlen.

Der Magen laborierte an dem Käsebrot, das er nach seiner Rückkehr gegessen hatte. Und am Bier. Nach der Gewissensprüfung war ihm ein bißchen unbehaglich zumute, nicht mehr; und daß er nicht schlafen konnte, machte ihn allenfalls ein wenig ungeduldig. Ansonsten fühlte er sich seinem bedauernswerten Chef überlegen, und das stimmte ihn auf selbstgefällige Weise zufrieden.

Wie auch immer, seine Ermittlungen konnte er ungehindert fortsetzen, zumal sie sich jetzt vor allem auf Schneider und Panshin richteten. Kasyan kam als Mörder von Rawls durchaus in Frage, und weil es in diesem Fall eine Verbindung zu Schneider gab, würde er auch da weiter nachforschen, unabhängig von Bakunin.

Er paffte vor sich hin. Es knarrte im alten Gebälk, manchmal fuhr ein Auto vorbei, ein Kind fing zu plärren an – vielleicht der Säugling von Vera Silkova oder einer der Sprößlinge des Verwaltungsbeamten. Hatte der Junge nicht eine Mittelohrentzündung?

Als gegen halb drei das Telefon läutete, war er immer noch wach.

»Vorontsyev.«

»Hier ist Goludin.« Die Stimme klang sehr weit weg, war nur schwer zu verstehen.

»Was ist, Mann? Wissen Sie, wie spät es ist?«

»... Marfa! Ich kann sie nirgends finden. Sie ist verschwunden.«

»Was?«

»Wir haben hier einen furchtbaren Schneesturm. Sie ist raus, um sich im Ersatzteillager umzusehen und nicht zurückgekehrt. Man hat schon überall nach ihr gesucht. Aber es ist keine Spur von ihr zu finden.« Goludin war leicht hysterisch.

»Suchen Sie gefälligst weiter, Mann!« brüllte Vorontsyev und warf den Hörer auf die Gabel. Der Magen krampfte; es packte ihn blankes Entsetzen. Ob Schneesturm oder nicht, Marfas Verschwinden hatte eine andere Ursache. Und womöglich war sie nicht nur entführt, sondern umgebracht worden.

Geräusche. Wie das Meeresrauschen bei Ebbe. Sie schlug die Augen auf; ihr verschleierter Blick fiel auf ein Wellblechdach. Der Wind war nicht zu hören, aber sie glaubte weißes Schneegestöber zu erkennen. Und ihr war kalt. Sie starrte unter die vorspringende Dachschräge, sah einen schwarzen Fleck gleich einer verfinsterten Sonne durchs Gesichtsfeld schwimmen.

Aus Angst entfacht, loderte der kleine Lichtfunke ihrer Selbstwahrnehmung zu einer Kerzenflamme auf, und sie erinnerte sich, in einer Abfalltonne zu stecken, nahm wieder den Gestank vergammelnder Speisereste wahr.

Sie wehrte sich gegen die aufziehende Dunkelheit, die das Licht auszulöschen drohte. Die Geräusche wurden lauter. Ihr war, als sei sie unter Wasser gewesen und nun aufgetaucht.

Jetzt wußte sie den Lärm zu deuten.

Das Poltern und Krachen stammte von der Schütte und dem Preßwerk eines Müllfahrzeugs. Darum hatte man sie in die Tonne geworfen: damit sie mit all dem übrigen Abfall entsorgt und irgendwo in der Tundra vergraben würde. Die Gedanken verwirbelten und zerstoben wie die Schneeflocken in der überdachten Nische, wo die Mülltonnen standen. Sie bewegte die Lippen. Es schien kein Knebel zu sein, aber irgend etwas füllte ihren Mund, so daß es ihr unmöglich war, einen Laut von sich zu geben. Der Kiefer war zugefroren und starr wie bei einem toten Fisch, dem das Maul offensteht. Sie konnte weder Hände noch Arme spüren. Es war nicht mehr genügend Leben in ihr, um aufzuschreien.

Finsternis … Schatten. Der Schatten des Müllwagens, der sich dem Vordach näherte und vor die Tonne stieß, die kurz darauf, wie sie wahrzunehmen glaubte, am unteren Rand angehoben und gekippt wurde … vornüber gekippt, immer weiter, und ihr Körper, der schon längst nicht mehr ihr zu gehören schien, sackte schwer in die seitliche Rundung, die sich zügig in die Waagerechte neigte. Die Hydraulik heulte wie der Sturm. Sie spürte die Dunkelheit aufziehen, versuchte, sich in verzweifelter Abwehr zu bewegen.

Zähne, das Maul des Müllschluckers. Sie starrte in seinen Rachen.

Es schien, als löste sich endlich der Schrei. Es schrie der ganze Organismus. Vielleicht auch nur in ihrer Vorstellung. Die Tonne kippte weiter, durchmaß den hydraulischen Bogen, neigte sich mit ihr und dem Abfall dem stinkenden Schlund des Wagens entgegen. Sie rutschte über das gewellte, schmierige Blech der Tonne …

… und schrie …

Am Rand tauchte ein Kopf auf, eine wollene Maske, aus der nur zwei Augen starrten, die entsetzt und hilflos mitansahen, wie sie aus der Tonne glitt … ins Maul, ins Dunkle …

Er wußte, daß es nicht mehr lange dauern konnte, bis sie kommen und ihn holen würden.

Lock wippte nervös auf dem Drehstuhl hin und her und blickte zum wiederholten Mal durch das große Fenster von Vaughns Arbeitszimmer hinunter auf die Stadt. Ja, sie würden bald kommen. Doch entnervt, wie er war, rührte er sich nicht vom Fleck, schaffte es einfach nicht, die Flucht zu ergreifen. Nachdem ihm Tran entwischt war, hatte sich Lock nicht anders zu helfen gewußt, als in Vaughns Haus zurückzukehren, obwohl ihm klar war, daß man dort am ehesten nach ihm suchen würde. Er hatte gehofft, eine Erklärung zu finden, irgendwelche Hinweise, die Rückschlüsse zuließen auf das, was geschehen war.

Aber es gab nichts, keine einzige Spur. Weder im Safe, den Aktenschränken noch in den Schreibtischschubladen. Keine Notizen, keine Skizzen, geschweige denn ausgearbeitete Pläne. Frustration und Müdigkeit hielten sich die Waage. Grainger-Turgenev war eine Drehscheibe für Heroin, doch was er darüber wußte, erschöpfte sich in Trans Drohungen und der Verzweiflung eines alten Mannes, der im Rettungswagen auf dem Weg zur Intensivstation wirre, kaum verständliche Worte ausgestoßen hatte. Für kriminelle Machenschaften auf seiten von Grainger-Technologies gab es keinerlei konkrete Anhaltspunkte.

Da waren nur noch diese Fotoalben, die jetzt vor ihm auf dem großen Schreibtisch lagen, Schnappschüsse, sorgfältig hinter Folie geklebt. Beim Aufblättern der Seiten kam er sich fast wie ein Spanner vor; Beth, Billy, er selbst, Vaughn, dessen Eltern und zig Freunde und Bekannte. Auf den meisten Bildern war Vaughn zu sehen, immer dominierend, in straffer Haltung. Er schien stets Uniform zu tragen, auch wenn er in Shorts am Pool saß oder, über einen qualmenden Holzkohlegrill gebeugt, Rippchen wendete.

Lock warf einen Blick auf die Uhr. Vier Uhr am Nachmittag, und er harrte aus, statt das Weite zu suchen, befingerte das Album wie ein Amateurzauberer. Doch es ließ sich kein Kaninchen aus dem Zylinder ziehen. Durch nichts wurde ihm verraten, was in der Vergangenheit geschehen war und zum Mord an Billy und Beth geführt hatte. Er steckte sich eine Zigarette an; der Rauch schmeckte bitter und kratzte im Hals.

Dem Butler hatte er davon abgeraten, den Einbruch anzuzeigen, und der hatte schulterzuckend akzeptiert, daß Lock vorübergehend Herr im Hause war. Die Haushälterin hatte ihm ein Sandwich gemacht. Ansonsten gingen ihm die beiden aus dem Weg. Zur Zeit waren sie im Krankenhaus, Vaughn zu besuchen, dessen Zustand nach Auskunft der Ärzte stabil war.

Lock war allein im Haus. Das Mädchen hatte sich in ihre Wohnung über der Garage zurückgezogen. Ein Servicemann war kurz dagewesen, um den Pool zu warten, und der Gärtner hackte zwischen den Blumen das hartnäckige Unkraut der Wüste.

Er starrte auf die Fotos, als versuchte er, den gebannten Gesichtern erklärende Worte zu entlocken. Die Sonne brannte durch das breite Fenster. Die Klimaanlage schnurrte. Trans Leute hatten hier etwas zu finden gehofft – die Drogen, Hinweise darauf – was?

Tran war offenbar selbst schlecht informiert. Und er, Lock, hatte schlafende Hunde geweckt, denn Tran würde jetzt seine Mittelsmänner alarmieren. Wenn er doch bloß ein paar Namen wüßte …

Grainger grinste ihm auf einem der Fotos entgegen. Tran war davon ausgegangen, daß der Alte über das Heroin Bescheid wußte und hatte sich, weil die Lieferung ausgeblieben war, gleich an den vermeintlichen Spitzenmann der Organisation herangetraut. Warum? Wenn Tran tatsächlich nicht klar war, wer in solchen Fällen das Sagen hatte, blieb ihm, Lock, womöglich noch ein wenig Zeit, dem Kerl auf die Schliche zu kommen. Er mußte zurück nach Washington und sehr viel mehr über den Vietnamesen in Erfahrung bringen.

Und über Turgenev. Pete Turgenev, der den Alten in der Suite des Jefferson Hotels so offenkundig eingeschüchtert und in Angst und Schrecken versetzt hatte. *Grainger-Turgenev.* Es schien, daß mit diesem Zusammenschluß die Korruption in Vaughns und Billys Unternehmen Einzug gehalten hatte.

Pete Turgenev wußte Bescheid. Er steckte mit Sicherheit dahinter, und zwar persönlich, in welcher Funktion auch immer. Während der Party hatte er Billy angst gemacht und Vaughn nach der Beerdigung im Hotel. Vor ihm, Turgenev, hatte Vaughn auf dem Weg ins Krankenhaus eindringlich zu warnen versucht.

Immer wieder krampften sich Locks Hände zu Fäusten zusammen. Er nahm einen Zug aus der Zigarette, inhalierte tief und blies den Rauch zur Decke. Einen Tag oder fast einen Tag hatte er vergeudet und nichts bewirkt, als den Feind zu alarmieren. Verflixt …

Er schloß die Augen und sah Turgenevs Gesicht im Geiste vor sich. Wie ein Fixstern beherrschte es die Kreisbahnen und Bewegungen der anderen Gesichter – Vaughn, Billy, Tran und schließlich auch Beth.

Er selbst und Billy und Turgenev – Lock riß die Augen auf und starrte auf eines der aufgeschlagenen Alben. Da waren sie, alle drei auf einem Bild, aufgenommen in Afghanistan. Das große Abenteuer für wagemutige Jungs; der vermeintlich saubere Krieg nach der Katastrophe von Vietnam. Er und Billy im Dienst der Firma, des CIA, und mit dem Auftrag, die Mudschaheddin mit Stinger-Raketen zu beliefern. Er und Billy und Turgenev, kurz nachdem die Sowjets ihren Rückzug angekündigt hatten. Sie waren zusammengekommen, um über Abrüstung, Sicherheitsgarantien und Gefangenenaustausch zu verhandeln. Kriegskameraden, so schien es auf dem Foto, das sie mit Kopftüchern und in weiten Hosen zeigte, unrasiert, abgemagert, lachend.

In Afghanistan hatte es Drogen im Überfluß gegeben, Schmuggeloperationen auf beiden Seiten. KGB und Armee waren involviert gewesen. Aber auch CIA-Mitglieder hatten ihre Finger im Geschäft. Es war schon damals ein offenes Geheimnis gewesen, daß sich Turgenev darauf verlegt hatte, Heroin zu vermarkten. Lock schlug sich mit der flachen Hand vor die Stirn. Natürlich, daher stammte das Geld, mit dem sich Turgenev als Unternehmer selbständig gemacht hatte, und zwar zu der Zeit, da Grainger Technologies in Sibirien tätig geworden war.

Er starrte Turgenevs Foto an.

Nach Afghanistan hatte Billy die Firma verlassen, um die Geschäftsführung von Grainger Technologies zu übernehmen. Vaughn wollte sich ausschließlich der Stiftung widmen, dem gemeinnützigen und wohltätigen Zweig des Unternehmens. Lock war ins Außenministerium zurückgekehrt. Und dann hatte es begonnen. Mit der Gründung von Grainger-Turgenev nahm die Korruption ihren Anfang und wucherte aus wie eine Krebsgeschwulst.

In einem anderen Album sah er einen Schnappschuß von Vaughn Grainger in Uniform, aufgenommen in Vietnam; auf der Rückseite war die Jahreszahl 1974 vermerkt. Er hatte sich rekrutieren lassen, obwohl er in seinem Unternehmen eigentlich unabkömmlich gewesen war, zumal es Mitte der 60er Jahre einen Kurseinbruch an der Wall Street hatte hinnehmen müssen. Die Auftragslage war mehr als bescheiden, und das Unternehmen drohte endgültig pleite zu gehen, was Vaughn überhaupt nicht gekümmert zu haben schien. In Vietnam stieg er zum Kommandanten einer Spezialeinheit auf.

Als Mitte der 70er Jahre die Erdölpreise in die Höhe schnellten, war das Unternehmen gezwungen, neue Quellen anzuzapfen. Vaughn kam aus Vietnam zurück und schaffte es in kürzester Zeit, den Karren aus dem Dreck zu ziehen, wobei er, soldatisch unverfroren, nicht gerade zimperlich zu Werke ging. Jedenfalls war er bald wieder obenauf, und als schließlich die Sowjetunion zerfiel, machte er sich unverzüglich auf den Weg nach Sibirien. Tja, auf dem Foto posierte er in voller, ordenbehängter Uniform vor einer C-113, unscharf im Hintergrund.

Und nun lag er auf der Intensivstation, verängstigt und gebrochen, ein alter Mann, dem der Boden unter den Füßen weggezogen, dem der Sohn und die Schwiegertochter getötet worden waren. Wegen Heroin. *Red Horse.*

Lock stand auf und trat vors Fenster, obwohl ihm klar war, daß er eine vorzügliche Zielscheibe abgab. Phoenix schmorte im eigenen Smog. Wie ein früher Stern blinkte ein Flugzeug am Himmel. Er mußte schnellstens nach Washington zurück und irgendwie an die CIA-Archive kommen, um sich über Turgenev zu informieren. Kauffman fiel ihm ein, Bob Kauffman, den er an Beths Todestag in der Bar des Mayflower Hotels getroffen hatte. Kauffman war immer noch bei der Firma; er würde sich überreden lassen, daß er ihm Zugang zu den Akten verschaffte. Auch im Ministerium gäbe es einiges in Erfahrung zu bringen. Er brauchte unbedingt ein paar handfeste Informationen, bevor er sich Turgenev vorknöpfte.

Bevor sich Turgenev ihn vorknöpfte …

7
Freie Unternehmen

Der Wind heulte über den betonierten Landeplatz, fegte Schnee durch die geöffnete Hubschraubertür und über die Trage, auf der Marfa lag, zugedeckt mit einer roten Wolldekke. Der Farbe und Textur nach glich ihr Gesicht einem gut durchgewalkten Klumpen gräulich weißer Knetmasse. Wenn es ihr möglich gewesen wäre, den Blick zu fokussieren, hätte sie ein Gesicht mit verbitterter, schuldbewußter Miene vor sich gesehen. Aber auch Erleichterung stand darin geschrieben. Der Arzt sagte, daß sie sich wieder erholen würde. Zumindest körperlich. Fraglich blieb, wie Marfa mit dem, was ihr widerfahren war, psychisch fertig werden konnte.

Vielleicht, so dachte Vorontsyev, mochte es ihr helfen zu erfahren, daß sie nicht sexuell mißbraucht worden war. Der Täter hatte nur eines vorgehabt: sie aus dem Weg zu schaffen, weil sie Polizistin war und Fragen stellte hinsichtlich des toten Iraners.

Sie konnte sich wirklich glücklich schätzen, überhaupt noch am Leben zu sein.

Vorontsyev eilte neben der Trage her, die, auf ein Fahrgestell montiert, über die spärlich beleuchtete Rampe zur Flughalle gerollt wurde.

Sie war immer noch nicht ganz bei Sinnen, sah nur Schatten am Blickfeldrand vorbeihuschen und spürte, von einer fremden Kraft bewegt zu werden, gerade so wie in der Tonne, als diese sich über dem Schlund des Müllwagens entleert hatte. Ihre Arme waren, seitlich am Körper liegend, festgegurtet, was sie jetzt aber verstehen konnte. Sie erinnerte sich vage an die Hände, die nach ihr gelangt hatten, an den Schrei aus der Mundöffnung des wollenen Kopfschutzes, worauf die Kippvorrichtung des Müllwagens zum Stehen gekommen war, an die entsetzten Blicke ihres Retters und derer, die sie in eine knisternde Alufolie gepackt hatten – wie eine zu backende Forelle.

Und dann war ihr gewesen, als wirkten Dutzende von Händen auf sie ein, knetend, reibend, schlagend, bis ihr Körper zu brennen angefangen und sie vor Schmerzen geschrien hatte ...

Und all die Gestalten um sie herum, flackernden Kerzenflammen gleich; Stimmen, die zu beruhigen versuchten, Worte, die an ein schwachsinniges Kind gerichtet zu sein schienen. Und sie hatte den Eindruck gehabt, als brenne ihr Körper lichterloh, als würde sie sich die Seele aus dem Hals schreien. Dann der Wind, die Kälte, das Dröhnen des Rotors ...

... und nun Vorontsyev, der neben ihr hereilte. Ja, sie lebte. Wind, Schnee, Eiseskälte, schließlich Wärme, die ihre tauben Wangen traktierte, als würde auf sie eingeprügelt. Allmählich sah sie klarer, die Deckenlampen, Vorontsyevs Gesicht ...

Marfa weinte. Ihr Anblick schnürte Vorontsyev die Kehle zu. Hastig folgte er der Trage, beugte sich über sie und tätschelte ihre Hand, die unter der Wolldecke lag. Ihr Gesicht war schon etwas weniger grau, nahm einen drängenden Ausdruck an wie bei jemand, der sich nicht mitteilen kann, obwohl er etwas Wichtiges loswerden muß. Sie öffnete den Mund und fing mit den Zähnen zu klappern an. Die Tränen strömten, er konnte es kaum mitansehen.

Sie hatten die Flughalle inzwischen durchquert. Im Schneetreiben vor dem Haupteingang blitzte das rotierende Blaulicht eines bereitstehenden Krankenwagens. Vorontsyev tätschelte ihr immer noch die Hand, als sie auf der Trage in das Fahrzeug geschoben wurde. Dunkle Wolken lagen über der Stadt; es wollte an diesem Tag nicht hell werden. Er stieg mit ein und setzte sich neben die beiden Sanitäter und den Arzt, die sie auf dem Flug vom Förderfeld 47 begleitet hatten.

Von eben diesem Arzt war ihm am Telefon mitgeteilt worden, daß Marfa nur dank der Fäulniswärme in der Tonne hatte überleben können; es habe allerdings nicht viel gefehlt, und sie wäre umgekommen. Vorontsyev blickte zur Hecktür hinaus in Goludins angstvolles Gesicht. Den jungen Mann traf keine Schuld, dabei hätte Vorontsyev allzu gern einen Teil der Vorwürfe abgetreten, die er sich selbst machen mußte.

Jemand zupfte ihm am Ärmel. Er schaute zu Marfa hin, in ihre wie irrsinnig flackernden Augen. Ihre Stimme war ein erbärmliches Krächzen, kaum zu verstehen.

»Moskauer Zentrale«, gelang es ihr zu sagen. Er nickte ihr zu. Die fahle Hand hielt seinen Ärmel gepackt. Der Arzt wollte eingreifen, doch Vorontsyev wies ihn zurück. Was Marfa zu sagen hatte, war dringend.

»Schick das Foto … von dem Iraner!« rief sie überlaut, so, als könnte sie sich selbst nicht hören. »An Dmitri Oberov … *Oberov*. Zur Personenfeststellung. Sofort.«

Er nickte zum Zeichen, daß er verstanden hatte, stand auf und sprang aus dem Wagen, als der Fahrer gerade die Hecktür schließen wollte.

Oberov war ein Liebhaber von Marfa gewesen. Vorontsyev kannte ihn nur beim Namen, den Marfa einmal in einem vertraulichen Moment genannt oder richtiger: fallengelassen hatte, so wie den Mann selbst. Er war Oberst beim SVR, dem neuen russischen Geheimdienst, und hatte die Turbulenzen der vergangenen Jahre nicht nur überlebt, sondern auch zu seinem Vorteil zu nutzen gewußt.

Goludin blickte zu ihm auf wie ein Hündchen, das auf Vergebung hofft.

»Fahren Sie zurück ins Büro«, blaffte Vorontsyev. »Und faxen Sie das Foto unseres toten Iraners an die Zentrale in Moskau, zu Händen von Oberst Dmitri Oberov. Es eilt. Er soll rausfinden, wer der Kerl tatsächlich war. Kapiert?«

»Jawohl.«

»Ich will noch heute eine Antwort.«

Goludin fing die ihm zugeworfenen Autoschlüssel auf und lief zu Vorontsyevs Wagen, befreit, wie es schien. Vorontsyev stieg zurück in den Krankenwagen und tröstete Marfa damit, daß ihr Wunsch bereits erfüllt sei.

»Los geht's!« rief er dem Fahrer zu.

Lock war immer noch sauer, als er, von der CIA-Zentrale kommend, in den Dolly Madison Highway einbog – mit einem Schatten im Schlepp, wie ihm nach wiederholtem Blick in den Rückspiegel auffiel. Wollten die Ex-Kollegen aus der Firma sichergehen, daß er auch wirklich wegfuhr? Dabei war die Straße leer gewesen, als er die Zentrale verlassen und den Wagen bestiegen hatte. Auch auf dem George Washington Parkway war ihm noch kein Auto gefolgt, das wußte er genau.

Ziemlich genau ... Jedenfalls fuhr jetzt dieser graue Lexus hinter ihm her. Im Augenblick hielt er sich hinter einem Lastzug der Spedition Mack versteckt. Lock trat aufs Gas, und tatsächlich, der Lexus scherte hinter dem LKW aus und beschleunigte; ihr Abstand voneinander blieb gleich.

Lock bremste ab und ließ sich von dem LKW überholen, der ihm die Nässe und den Dreck von der Fahrbahn vor die Scheibe spritzte. Der Wischer schmierte übers Glas, und seine Wut richtete sich für eine Weile auf LKW und Regen, bis er dann wieder an Bob Kauffman zurückdachte, der sich geweigert hatte, ihm zu helfen. Die Akten seien entweder in den Shredder gekommen oder neu klassifiziert worden – wie dem auch sei, er käme nicht an sie heran. Tut mir leid, mein Freund ...

Et cetera, et cetera ... »*Spielt das Gedächtnis nicht mehr mit, John?*« Kauffman war sich offenbar witzig vorgekommen. »*Wieso Pete Turgenev? Den kennst du doch längst ...*« Und dann: »*Wenn du mir nicht verrätst, worum es geht, kann ich dir nicht helfen.*«

Lock zog nach links, um den Lastwagen zu überholen, doch kaum war die Scheibe wieder frei, setzte sich ihm der Zwanzigtonner auf der Überholspur vor die Nase, aus Jux und Dollerei, wie es schien, und mit dem Ergebnis, daß die Scheibe wieder verschmiert war. Im Rückspiegel sah er den Lexus hinter sich, um zwei Autos versetzt. Er spürte, wie ihm die Nerven durchzugehen drohten, und umklammerte das Lenkrad. Bis Washington waren noch rund ein Dutzend Meilen zurückzulegen. Sollte er den Schatten zu seiner Wohnung hinführen? Wer, zum Teufel, folgte ihm da?

Kauffman hatte im Fenster gestanden und ihm nachgeblickt, als er aus der Zentrale gekommen und ins Auto gestiegen war. Lock erinnerte sich an seinen ernsten, fast bedrückten Gesichtsausdruck, eine Miene, die nichts Gutes verhieß. Er schüttelte den Kopf und bremste ab, um die Dreckschleuder davonziehen zu lassen. Es war nur wenig Verkehr auf der Straße, die durch die herbstbunte Landschaft Virginias führte. Der LKW zog die aufstiebende Nässe wie einen Schweif hinter sich her. Die Scheibe wurde wieder frei. Der Lexus blieb ihm auf der Spur.

Unwahrscheinlich, daß Kauffman ihn verfolgen ließ. Auch nicht wegen Turgenev oder Tran ...? Als dessen Name fiel, hatte Kauffman irritiert aufgeblickt, dann aber behauptet, noch nie von ihm gehört zu haben. Und von seinem Gang ins Archiv war er zurückgekommen mit der Auskunft, daß Trans Akte vernichtet worden sei und die von Turgenev unter Geheimhaltung stehe. Wie auch immer, Kauffman kannte Tran; das hatte sein argwöhnischer Blick verraten.

Was verbarg er?

Der Mack-Laster wurde langsamer. Lock war drauf und dran, rechts zu überholen. Es regnete seit dem frühen Morgen. Er hatte seit dem Abflug in Phoenix kaum geschlafen. Auf dem Weg vom Flughafen nach Hause war ihm niemand gefolgt, bestimmt nicht. Er zog auf die Innenspur.

In der *Washington Post* stand zu lesen, daß Vaughn Grainger aller Wahrscheinlichkeit nach die Familienanteile an der Grainger-Gruppe verkaufen werde; der Kolumnist glaubte auch zu wissen, warum: »... wegen der tragischen Todesfälle.«

Turgenev würde sich die Hände reiben. Wieviel besaß er eigentlich jetzt schon – über Scheinfirmen und Strohmänner, unter Umgehung geltender Handelsgesetze? Locks Wut übertrug sich auf Lenkrad und Wagen, der plötzlich auf nasser Fahrbahn ins Schlingern geriet. Auf welche Weise waren Grainger Technologies und Grainger-Turgenev eigentlich miteinander verbunden?

Lock war nun rechts bis auf Höhe der riesigen Hinterräder des Lasters herangefahren, und ihm war, als geriete er in einen Sog aus Lärm und vehementer Wucht. Hundert Meter weiter hinten schwenkte der Lexus auf die Innenspur; seine Wischer schlugen heftig hin und her. Lock beschleunigte mit Vollgas.

An wen würde Vaughn verkaufen, wenn denn am Gerücht, das die Zeitung verbreitete, etwas dran sein sollte? Er mußte unbedingt mit ihm sprechen. Jenseits der Front aus sprühendem Wasser klarte es auf, als plötzlich die gewaltige Masse des Lasters von links näherkam. Er trat auf die Bremse. Zu spät. Der Laster schwenkte nach rechts. In voller Absicht. Und jetzt war es ihm klar: Der nachfolgende Lexus hatte ihn in genau diese Falle scheuchen wollen.

Der Ausblick nach vorn verdunkelte sich. Tür und Kotflügel kreischten. Wasser klatschte auf die Windschutzscheibe. Die Tür wurde eingedrückt; das Glas der Seitenscheibe zersprang, und wie von einer Abrißbirne getroffen schleuderte es seinen Wagen über den Fahrbahnrand hinweg. Das Lenkrad glitt ihm aus den Händen. Die Scheibenwischer zuckten hilflos hin und her.

Im Rückspiegel sah er den Lexus abbremsen, dann warf es ihn herum, als der Wagen die Böschung hinunterkippte, sich überschlug und auf dem Dach landete, das durch den Aufprall eingebeult wurde. Wie eine Puckscheibe schlidderte der Wagen über den grasbewachsenen Seitenstreifen. Kopfüber und vom Gurt an den Sitz gefesselt, sah er die Bäume am Rand auf sich zukommen. Krachend prallte das Heck gegen eine junge Birke, die wie ein Streichholz abknickte. Dann bäumte sich der Wagen ein letztesmal auf und blieb auf der Seite liegen.

Die Windschutzscheibe war zerbrochen. Er hörte den Regen und die Räder in schleifender Rotation. In Arm und Schenkel brannte es wie Feuer. Vorsichtig drehte er den Kopf und blickte zur Straße hin, sah wie durch eine Lochkamera den Lexus an der Straße stehen, davor zwei Gestalten, siebzig, achtzig Meter entfernt.

Hastig öffnete er den Gurt, sackte weg und stieß mit der Hüfte ans Lenkrad. Er langte über sich zur Tür, doch die war verklemmt. Sich von der Sitzkante abstemmend, zwängte er sich durch das geplatzte Seitenfenster in den Regen hinaus. Ihm schwirrte der Kopf, er meinte, sich übergeben zu müssen und stürzte der Länge nach zu Boden. Im Hintergrund rauschte monoton der Straßenverkehr.

Mühsam kam er wieder auf die Beine und lehnte sich ans Autowrack. Bis auf den Lexus hatte kein anderer Wagen angehalten. Der Mack-Laster war verschwunden. Die beiden Gestalten setzten sich in Bewegung, stiegen die Böschung hinunter und folgten der Furche, die sein Wagen ins Gras gepflügt hatte. Benommen und von Angst getrieben eilte er hinkend auf ein nahes Waldstück zu. Hinter sich hörte er Rufe; er solle stehenbleiben, zurückkommen.

Er humpelte weiter, tiefer in den Wald hinein, stolperte über Wurzeln, glitt aus auf aufgeweichtem Laubboden. Die Knie drohten ihm wegzuknicken, und er bekam kaum Luft, so sehr drückte ihm Panik die Brust ein. Sie wollten ihn umbringen. Er rannte um sein Leben.

Mit Blick auf Dmitri zuckte Vorontsyev mit den Schultern. Er hielt das Handy an die Wange gepreßt, hatte GRU-Oberst Bakunin in der Leitung.

»Nein«, sagte er zum wiederholten Mal, »der Mord an Rawls interessiert uns nicht. Ich weiß gar nicht, wie Sie darauf kommen ...«

»Wollen Sie mich verscheißern, Vorontsyev?« brüllte Bakunin wütend.

»Das würde ich mir nie erlauben.«

Dmitri verdrehte die Augen und schüttelte den Kopf. Er stand im Mantel am Fenster. Zerrissene Wolken flogen unter dem Vollmond dahin. Es hatte aufgehört zu schneien.

»Rawls ist unser Fall. Damit haben Sie nichts zu tun. Muß ich noch deutlicher werden?« Vorontsyev fixierte Dmitri mit finsterem Blick. Goludin schien zu fürchten, daß sich der Ärger des Chefs auf ihn richten könnte und kauerte mit gesenktem Kopf auf dem Stuhlrand.

»Dann halten Sie sich gefälligst raus. Verstanden?«

»Verstanden.«

Die Verbindung war abgebrochen. Vorontsyev klappte das Mundstück ein und ließ den Apparat in die Tasche gleiten. Dem Verlauf der Ermittlungen entsprach der Anblick, den sein Schreibtisch bot: ein chaotisches Durcheinander. Er schlug mit der Faust auf den Wust von Akten und Papieren.

»Woher weiß Bakunin, daß wir noch an Rawls dran sind?« zischte er. »Jetzt muß ich mich doch tatsächlich von diesem Ochsen anbrüllen lassen. Ich hab' doch gesagt, du sollst vorsichtig sein, Dmitri.«

»Ich war vorsichtig. Bin nur ein paar Akten durchgegangen, Protokolle über Rawls Besuche und dergleichen, alles Sachen, die hier bei uns zu finden sind. Wie der GRU davon Wind bekommen hat, kann ich mir nicht erklären.«

»Du willst es bloß nicht aussprechen: Die haben ihre Zuträger auch hier in unserer Abteilung sitzen.« Vorontsyev warf die Arme in die Höhe, als jongliere er mit Sprengstoffen. »Ich sag euch was, euch beiden. Es stinkt zum Himmel. Bakunin hat mir nämlich gerade durch die Blume zu verstehen gegeben: erstens, daß wir auf der richtigen Spur sind – und zweitens, daß er in dieser Sache sein eigenes Süppchen kocht. Habe ich mich deutlich genug ausgedrückt?« Und an Goludin gerichtet, fügte er hinzu: »Ihnen ist hoffentlich klar, auf was Sie sich hier einlassen, junger Mann?«

Goludin nickte und sagte zögernd: »Ja … und danke für den Hinweis.«

Vorontsyev gab sich zufrieden und nahm die Antwort als halbwegs verläßlichen Beleg dafür, daß er dem jungen Beamten trauen konnte. Zumindest bis zu einem gewissen Grad.

»Also gut, machen Sie sich auf die Socken. Für einen Umweg nach Hause bleibt keine Zeit. Duschen und rasieren können Sie sich später. Sie fahren jetzt ins Krankenhaus und lösen den Wachposten vor Marfas Zimmer ab. Sie sind verantwortlich für ihre Sicherheit. Verstehen wir uns?«

»Jawohl«, sagte Goludin, merklich erleichtert darüber, daß ihm keine weiteren Vorwürfe wegen der Attacke auf Marfa gemacht wurden. Er stürmte zum Zimmer hinaus.

Als die Tür zufiel, meinte Dmitri grinsend: »Der Junge ist in Ordnung. Das gilt auch für Lubin.«

»Du klingst wie seine Mutter.«

»Ist es nicht wichtig, Kinder zu haben, auf die man sich verlassen kann? Ich finde schon.«

»Sei's drum, ich frage mich, woher dieses Miststück von Bakunin Bescheid weiß.«

»Darauf gibt's wohl ein Dutzend möglicher Antworten. Wir müssen uns noch mehr in acht nehmen, es sei denn …«

»O nein«, fiel ihm Vorontsyev ins Wort. »Wir ermitteln weiter. Rawls hat über Schneider und Al-Jani mit Drogen zu tun gehabt. Und den Fall lassen wir uns nicht nehmen.«

»Was hältst du von Marfas Vorschlag?«

»Daß uns ihr Ex-Freund von der Moskauer Zentrale helfen könnte, den Iraner zu identifizieren? Möglich. Sie besteht jedenfalls darauf und ist überzeugt davon, daß Al-Jani ein Profi war und als solcher einschlägig bekannt.«

Vorontsyev steckte sich eine Zigarette an und blies den Rauch in Richtung Fenster, durch das der Mond leuchtete.

»Und wie sollen wir uns gegen Bakunin durchsetzen? Er wird Druck machen, vor allem dann, wenn er tatsächlich Dreck am Stecken hat. Und das vermutest du doch, oder?«

Vorontsyev fuhr mit beiden Händen übers Gesicht. »Wir haben uns schon weit genug abdrängen lassen. Irgendwann muß Schluß sein. Immerhin haben wir als Bullen auch noch einen Auftrag zu erfüllen.«

»Allerdings.« Dmitri nickte. »Wie gehen wir jetzt weiter vor?«

»Wir werden rauszufinden versuchen, was Al-Jani hier zu suchen hatte, in welcher Funktion und in wessen Auftrag. Mal sehen, vielleicht weiß Marfas Freund eine Antwort. Es sei denn, er hat nichts anderes im Sinn, als sich in warme Handtücher zu packen und andere naßzumachen. So wie die ganzen Typen in der Zentrale.«

»Tja, es sieht finster aus. Was ist eigentlich mit Kiew und dem Herzversager, für den du dich interessierst?«

»Dessen Lichtbild in einem dänischem Paß klebt?«

Dmitri nickte. »Den hat's anscheinend nie gegeben, jedenfalls nicht unter angegebenem Namen und Beruf. Die Kollegen in Kiew wollen aber weitersuchen.« Vorontsyev hob die Schultern.

»Warum war er hier? Ob der wohl auch im Drogengeschäft mitgemischt hat?« Dmitris privater Kreuzzug nahm rasanter Fahrt auf, als ihm recht sein konnte. »Oder in der Mafiaszene?« Letzteres schien ihm fast lieber zu sein.

»Schutzgelderpressung, Schleichhandel, Prostitution, Devisenbetrug, Waffenhandel … such dir was aus. Warten wir ab, was aus Kiew zu hören ist.«

»Und Schneider, der Arzt aus den Staaten?«

»An dem bleiben wir dran, bis er mürbe wird wie ein gut abgehangenes Stück Fleisch. In welcher Verbindung er zu Panshin und anderen Ganoven steht, werden wir noch rausfinden.«

»Und du glaubst, daß sich Panshin nun auch aufs Drogengeschäft verlegt hat?«

»Da ist jedenfalls mehr zu holen als mit einem sibirischen Jazzclub und Zuhälterei. Wahrscheinlich hat er der Versuchung nicht widerstehen können.«

»Es scheint, der Verein schickt immer mehr Spieler aufs Feld«, meinte Dmitri. »Wie kommen wir dagegen an, Alexei? Haben wir denn überhaupt die Mittel …?«

»Den Willen haben wir auf jeden Fall, oder?«

Dmitri nickte. Im Zimmer schien es nicht nur wärmer, sondern auch dunkler geworden zu sein.

»Übrigens, Turgenev ist wieder zurück«, bemerkte Vorontsyev. »Als Marfa angekommen ist, habe ich seinen Privatjet am Flughafen gesehen. Bin gespannt, was in den Klatschspalten der morgigen Zeitung darüber zu lesen sein wird.«

»Pjotr Leonidovich Turgenev, der reichste Mann der Stadt …« Dmitri verzog das Gesicht. »Alexei, sag bloß nicht, daß du auch den auf dem Kieker hast.«

Vorontsyev grinste. »Sollte nur ein Scherz sein. Wenn Turgenev in die Sache verwickelt wäre …« Er hob die Schultern. »Aber hat er das nötig? Er scheffelt Milliarden, und das völlig legal. Nein, ich glaube nicht, daß wir fürchten müssen, ihm ins Gehege zu kommen.«

Aufgeschreckt fuhr er mit dem Kopf herum, als das Faxgerät klingelte. Der hohe Pfeifton signalisierte den Eingang einer Mitteilung. Dmitri sah Papier aus dem Schlitz hervorgleiten, eine Seite, dann eine zweite mit der verschmierten Kopie eines Fotos.

Vorontsyev riß das Blatt aus der Maschine und strich es auf der Schreibtischplatte glatt. Dmitri schaute ihm über die Schulter.

»Tüchtig, tüchtig«, murmelte Vorontsyev. »Marfa hat recht behalten. Dieser Knabe ist in seinem kurzen Leben ziemlich weit rumgekommen.«

Das Foto stammte aus einer SVR-Akte und zeigte das Konterfei jenes Mannes, der im Mercedes ums Leben gekommen war und einen gefälschten Paß bei sich getragen hatte, ausgestellt auf den Namen Al-Jani. In Wirklichkeit hieß er Vahaji, Mostafa Vahaji.

»Major im Geheimdienst, Abteilung zum Schutz der islamischen Revolution«, brummte Dmitri aufgeregt. »Junge, Junge, der war Spitzenagent im Auslandseinsatz.«

»Von wegen Hilfsarbeiter. Und sieh dir an, wo er überall gewesen ist. Umtriebiges Kerlchen.«

Vahaji, den es letztlich in einer sibirischen Erdgasstadt erwischt hatte, war schon vom ehemaligen KGB ins Visier genommen und seit Jahren observiert worden, in Ägypten, am Golf, dann in London, Paris und Moskau. Nach 1989 schien er sich hauptsächlich in den ehemaligen Sowjetrepubliken Zentralasiens aufgehalten zu haben, und in jüngster Zeit war er in Washington stationiert gewesen.

»Bis April letzten Jahres«, las Vorontsyev laut vor. »Zurückbeordert aus unbekannten Gründen, *möglicherweise wegen eines anhängigen Disziplinarverfahrens gegen ihn oder um für ein Sonderkommando eingesetzt zu werden*. Dann taucht er plötzlich hier als ungelernter, vermeintlich analphabetischer Handlanger auf einem der Gasfelder auf? Ein Topagent mit vier Sternen, wie die Zentrale vermutet? Was soll das heißen?«

»Verflucht.« Dmitri fühlte sich sichtlich unwohl. »Was, wenn ihn dieser angebliche Sonderauftrag in unsere Stadt geführt hat? Ach, dummes Zeug! Wir spinnen doch mal wieder, machen aus 'ner Mücke einen Elefanten.«

Vorontsyev schaute zum Fenster hinaus auf den Mond, der sich hinter Wolken versteckte. »Mach dir nichts vor«, sagte er.

»Wenn dem so wäre, können wir uns doch gleich begraben lassen«, jammerte Dmitri. »Gib zu, du hast selber Schiß.«

»Sei's drum. Wir dürfen jetzt nicht kneifen. Wie stünden wir da?«

Bob Kauffman bewohnte ein Apartment im Watergate-Komplex mit Blick auf den Potomac. Bleigrau und träge strömte der Fluß unter der Theodore-Roosevelt-Brücke hinweg. Auf der Uferstraße herrschte reger Verkehr. Tief hingen die Regenwolken über den Häusern ringsum, in denen, obwohl noch früh am Nachmittag, die ersten Lichter angingen.

Lock saß in seinem Mietwagen und warf einen Blick auf den Eingang zum Watergate-Komplex. Schenkel und Knie schmerzten, auch die geprellte Hüfte. Zwar lief die Standheizung auf Hochtouren, doch ihm war immer noch durch und durch kalt.

Irgendwie hatte er den beiden Männern aus dem Lexus entkommen können; vielleicht hatten sie auch einfach die Verfolgung aufgegeben. Jedenfalls war er über eine Stunde lang in triefendem Regen und lausiger Kälte durch den Wald geirrt, bis er endlich, an einer Schotterstraße angelangt, das Glück hatte, von einem zufällig vorbeifahrenden Auto mit in die Stadt genommen zu werden. Zu Hause hatte er dann erst einmal geduscht, einen kräftigen Schluck aus der Whiskyflasche genommen, um die Nerven zu beruhigen, und schließlich der Polizei den Unfall gemeldet … nein, an die Zulassungsnummer könne er sich nicht erinnern … keine Ahnung, welche Farbe der Laster gehabt habe, vielleicht grün oder blau … ja, er werde seinen Wagen morgen abschleppen lassen. Anschließend hatte er sich einen weiteren Schluck aus der Flasche gegönnt.

Die beiden Verfolger im Lexus waren gewiß keine Vietnamesen gewesen, sondern dem ungefähren Eindruck nach kaukasischer Herkunft, was allerdings nicht ausschloß, daß sie von Tran auf den Weg geschickt worden waren. Oder auch von Turgenev. Doch mehr als dies beschäftigte ihn vorläufig Bob Kauffman; dessen Miene hatte sich in seinem Gedächtnis festgesetzt wie eine Projektion auf großer Leinwand, und zwar in dem Moment eingefangen, da der Name Tran gefallen war. Kauffman hatte für die Firma in Vietnam gearbeitet. Womöglich kannte er Tran aus dieser Zeit.

Viel mehr als diesen vagen Verdacht hatte er nicht. Turgenev war aus seinem Hotel abgereist und im eigenen Jet nach Rußland zurückgekehrt, also vorläufig raus dem Spiel. Möglich, daß er noch vor seinem Abflug drei seiner Leute auf Lock angesetzt hatte: die beiden im grauen Lexus und den Trucker am Steuer des Mack-Lasters. Doch ergiebiger als alle Spekulationen um Turgenev schien ihm, zumindest fürs erste, der Hinweis auf eine Verbindung zwischen Kauffman und Tran zu sein. Kauffman würde er noch zur Rede stellen müssen.

Lock dachte an den kurzen Zwischenstopp in seiner Wohnung zurück. Im nachhinein kam es ihm vor, als habe er sich zwischen den fremden Wänden eines Hotelzimmers aufgehalten. Er hatte nicht wie sonst das Stereogerät eingeschaltet und Musik spielen lassen, nicht einmal den Anrufbeantworter abgehört. Was darauf abgespeichert sein mochte, war für ihn nicht mehr als die Tonaufzeichnung eines Fremdsprachenkursus, an dem er sein Interesse verloren hatte. Dieser Teil seines Lebens war abgeschlossen und bedeutungslos geworden. Und der kurze Blick ins Arbeitszimmer, auf den Schreibtisch mit all den abgegriffenen Notenblättern einer obskuren Oper, die er bearbeiten sollte, hatte ihm klar gemacht, daß sein gewohntes Leben inzwischen ebenso überholt und verstaubt war wie diese papierne Musik.

Er wußte, eine Veränderung war zwingend notwendig.

Das sah er jetzt in aller Deutlichkeit, da er bei strömendem Regen in dem gemieteten Chrysler saß und die Lichter auf der Theodore-Roosevelt-Brücke betrachtete, als versuchte er den Wert einer Doppelkette aus glühenden Perlen abzuschätzen. Das Rauschen vorbeifahrender Autos klang wie Meeresbrandung, die ihm den Eindruck vermittelte, gestrandet, ausgesetzt zu sein. Er hatte sich verändert.

Gezeitenwechsel. Zurück in die Vergangenheit. Als Junge war er mit anderen Jungen aneinandergeraten, die seine Schwester gehänselt oder beleidigt hatten. Als junger Mann war er Agent im geheimdienstlichen Fronteinsatz gewesen. Das hatte ihn geprägt. Jetzt galt es, Beths Mörder ausfindig zu machen, die auch ihn umzubringen versucht hatten, zweimal.

Und sein einziger Anhaltspunkt war Kauffman. Die Frage, in welcher Verbindung er, der Vietnamveteran, zu Tran stand und womöglich auch zu Vaughn, quälte ihn wie ein Traum, an den man sich erwachend zu erinnern versucht. Dieser Spur mußte er folgen, egal, in welche Richtung sie auch führte.

Er schaute auf die Uhr. Es war kurz vor fünf am Nachmittag und merklich dunkler geworden. Die Lichter der Autos und Gebäude glitzerten auf dem Fluß. Kauffman würde bestimmt pünktlich Feierabend machen; er stand kurz vor seiner Pensionierung. Hoffentlich versackte er nicht im Mayflower oder irgendeiner anderen Bar. Lock war ungeduldig, und obwohl er das Schlimmste befürchten mußte, wollte er endlich loslegen können. Er zitterte ein wenig, nicht vor Angst, sondern in angespannter Erwartung.

Düstere Ironie des Schicksals: An Turgenevs Karriere war er nicht unmaßgeblich beteiligt gewesen, da er Billy auf Turgenev aufmerksam gemacht hatte. Mit der Erinnerung stellten sich Schuldgefühle ein.

Ein Ford bog von der Uferstraße ab und fuhr auf das Apartmenthochhaus zu. Im Licht einer Laterne erkannte er Kauffman hinter der beschlagenen Seitenscheibe. Lock schluckte. Der Wagen rollte auf die Einfahrt zur Tiefgarage zu. Er würde Kauffman zehn Minuten Zeit lassen und ihn überraschen, wenn er gerade dabei war, es sich gemütlich zu machen. Jetzt, da er ihn gesehen hatte, schaltete er die Wischer aus. Der Regen zerlief in Schlieren auf der Scheibe. Die Minuten verstrichen.

Er stieg aus, warf den Trenchcoat über die Schultern und eilte mit gesenktem Kopf auf das Gebäude zu. Die Pistole in der Manteltasche schlug beim Laufen an den Schenkel.

Vorontsyev gähnte, müde und ungeduldig zugleich. Er lehnte im Krankenhaus am Schalter der Anmeldung und musterte die dralle, grell geschminkte Frau dahinter, die mit kurzsichtigem Blick das vergrößerte Foto betrachtete, das zu einem der gefälschten Pässe aus der Sammlung des toten Iraners gehörte.

»Hat jemand nach diesem Mann gefragt oder ihn besucht? War er womöglich in Begleitung, als man ihn hier mit einem Infarkt eingeliefert hat?«

»Ich weiß nicht, Major. Wann genau soll das gewesen sein?« Immerhin zollte sie seinem Dienstgrad Respekt.

»Ich habe Ihnen das Datum genannt. Er ist in die Intensivstation eingeliefert worden und wenig später verstorben. Bitte, versuchen Sie mir zu helfen.« Wahrscheinlich wäre es ergiebiger gewesen, einen Angestellten der Krankenhausverwaltung zu befragen. Aber weil Bakunin jeden seiner Schritte in Sachen Rawls argwöhnisch zu beobachten schien, hielt er es für besser, versteckt zu ermitteln, zumal der tote Iraner und über ihn auch das vermeintliche Infarktopfer Pomarov aller Wahrscheinlichkeit nach auf irgendeine Weise Verbindung mit Rawls gehabt hatten.

Die Wärme in der Eingangshalle machte Vorontsyev benommen. Im fast gleichen Tonfall wie das Heizungsgebläse flüsterten Krankenschwestern und Ärzte miteinander.

Sie fixierte das Foto, und die Falten an den zusammengekniffenen Augen drohten das dick aufgetragene Make-up platzen zu lassen. Seit zwei Tagen, sagte sie, sei sie für die Nachtschicht eingeteilt, was ihr nicht gefalle. Davor habe sie tagsüber gearbeitet, so auch an dem Tag, da der Mann auf dem Foto eingeliefert worden war. Sie konnte sich sogar daran erinnern, die Angaben im Aufnahmeformular überprüft zu haben.

»Ich glaube, es waren zwei, die ihn hierher begleitet haben, entweder im Rettungswagen oder in einem Privatauto, das dem Rettungswagen gefolgt ist.« Sie zuckte mit den Schultern und blickte mit ihren grauen Augen auf. »Genau habe ich nicht darauf geachtet.« Der weiße Kittel spannte sich wie eine Pelle um den plumpen Oberkörper. »Aber sie schienen sehr besorgt um ihn zu sein.«

»Sie kannten ihn also?«

»Wenn ich mich recht erinnere, behaupteten sie, Freunde von ihm zu sein.«

»Waren sie wie er im Gogol einquartiert?« Vorontsyev nahm sich vor, einen Blick in die Gästeliste des Hotels zu werfen.

»Ich weiß nicht. Sie saßen für eine Weile in der Halle – da drüben – und sind dann gegangen. Am Tag darauf ist einer der beiden zurückgekommen. Ich mußte ihm mitteilen, daß sein Freund gestorben ist. Er war bestürzt.«

Vorontsyev seufzte. »Das ist alles, woran Sie sich erinnern?«

»Mehr war nicht.«

»Danke.« Er steckte das Foto in die Brieftasche zurück und wandte sich ab. »Gute Nacht.« Da er einmal hier war, fand er es passend, Marfa einen Besuch abzustatten, ihr Mut zu machen und zu berichten, daß der Iraner tatsächlich mit Hilfe ihres Bekannten vom Geheimdienst identifiziert worden war.

Er stand wartend vorm Fahrstuhlschacht, als das Handy zu piepen anfing. Spontan eilte er durch die gläsernen Schiebetüren nach draußen, um nicht zu riskieren, daß jemand mithörte. Bakunins Argwohn machte ihn zunehmend nervös.

Wie ein Krummsäbel durchschnitt der Mond den schwarzen Himmel. Die Sterne schienen in eisiger Luft zu schwimmen. Unter den Sohlen knirschte verkrusteter Schnee.

Das Rauschen in der Leitung ließ auf ein Ferngespräch schließen.

»Major? Hier ist Leutnant Vlad Botchov von der Miliz in Kiew. Es hat verdammt lange gedauert, ehe ich in Ihrem Büro endlich jemanden an der Strippe hatte, der mit Ihrer Mobilfunknummer rausgerückt ist.« Ob er lachte oder schnaubte, war nicht zu unterscheiden. »Ganz schön bequem, Ihre Leute.«

»Das paßt doch ins Klischee vom faulen Russen, nicht wahr?« frotzelte Vorontsyev. »Oder kann's sein, daß Sie sich einfach nur langweilen?«

»So ist es. Major, ich antworte auf Ihr Amtshilfeersuchen, das mir von den Kripo-Kollegen untergejubelt wurde. Die hatten keinen Bock drauf.«

»Tut mir leid für Sie.«

»Ist schon recht so. Vermißte Personen fallen ohnehin in unser Ressort.«

Vorontsyev wurde hellhörig. »Sie konnten also den Mann auf dem Foto identifizieren?«

»Dem scheint's nicht sonderlich gutgegangen zu sein, als die Aufnahme gemacht wurde.«

»Sie sagen es. Da war er schon tot. Herzinfarkt, wie es heißt.«

»Und er hatte einen falschen Paß. Aus dem stammt das andere Foto, richtig?«

»Ja, aus einem niederländischen Paß, ausgestellt auf den Namen Pomarov. Angeblich Geschäftsmann. Als Pomarov war er auch im Hotel eingetragen. Seltsamerweise haben wir seinen Paß im Besitz eines anderen gefunden.« Eines iranischen Geheimdienstoffiziers.

»Nun, er war weder Niederländer noch Geschäftsmann. Tatsächlich stammt er aus Kiew; hat zwar lange Zeit woanders gewohnt, ist aber vor rund einem Jahr zurückgekehrt. Verwitwet, Vater einer erwachsenen Tochter. Die hat ihn auch als vermißt gemeldet. Vor rund drei Wochen, nachdem sie mehrere Tage vergeblich versucht hat, ihn in seiner Wohnung anzutreffen. Bislang fehlte jede Spur. Jetzt wissen wir immerhin, daß er tot ist.«

»Tja.« Die Tochter hätte lange suchen können; ihr Vater war tausend Meilen von zu Hause weg gewesen. »Wie war denn sein richtiger Name?«

»Er hieß tatsächlich Pomarov. Deshalb hatten wir auch keine Probleme, ihn zu identifizieren.«

»Und wer war er, was hat er gemacht?«

»Arbeitsloser Wissenschaftler, hat früher in der Forschung gearbeitet. Von denen gibt's mittlerweile jede Menge, bekommen keinen Job mehr, seit das Wettrüsten aufgehört hat. Seine Tochter meint, daß ihm das bitter angekommen sei. Vermutlich verletzter Stolz. Er war mal in Semipalatinsk beschäftigt. Wie auch immer, das Mädchen sagt, daß er ziemlich fertig gewesen sei und daß sie sich deshalb Sorgen um ihn gemacht habe. Das ist so in etwa alles, was ich weiß. Hilft Ihnen das weiter?«

»Wohl kaum.« Vorontsyev hielt sich vorsichtshalber bedeckt. »Mit meinen Problemen hat das, was Sie berichten, nur wenig zu tun. Es scheint, daß ich in einer Sackgasse stecke. Trotzdem, vielen Dank. Sie haben was bei mir gut.«

Vorontsyev schaltete das Handy aus und spürte erst jetzt, daß ihm die Kälte bis ins Mark gedrungen war. Er gewahrte wieder das Heulen des Windes, die schwimmenden Sterne, das Knirschen verkrusteten Schnees unter den Sohlen. Semipalatinsk, dort, wo man …

Er wehrte den Gedanken ab, der alptraumhaft wie zu tückischen Schlingpflanzen auszuwachsen drohte. Die dralle Frau aus der Annahme achtete kaum auf ihn, als er wieder zur Tür hereinkam und die Eingangshalle in Richtung Fahrstuhl durchquerte. Mostafa Vahaji, alias Al-Jani vom Teheraner Sonderbüro zum Schutz der islamischen Revolution … Jetzt dieser Wissenschaftler aus Semipalatinsk, der mit einem niederländischen Ausweis in Novyj Urengoj Station gemacht hatte. Die Fahrstuhltür ging auf. Er trat ein und drückte den Knopf zur Station, in der Marfa lag. Es fröstelte ihn. Vahaji war ständiger Gast im Gogol gewesen; dort hatte auch Pomarov ein Zimmer gebucht, aus Kiew eingereist, angeblich auf Einladung von Grainger-Turgenev.

In diesem Zusammenhang ging es nicht nur um Drogen, sondern wohl auch und vielleicht vor allem um Menschenhandel, um den Schmuggel von Wissen, gefährlichem Know-how von Experten, die in Semipalatinsk gearbeitet hatten – und womöglich nun für ihre Kooperation mit Heroin entlohnt wurden. Wer weiß?

Der Fahrstuhl war angekommen. Er eilte durch einen nach Desinfektionsmitteln stinkenden Korridor und stieß die Stationstür auf. Die diensthabende Schwester blickte auf, erkannte ihn und wandte sich wieder dem Bericht zu, an dem sie gerade arbeitete.

Marfa saß bei eingeschaltetem Leselicht mit verschränkten Armen aufrecht im Bett und starrte aufs Fußende. Als sie ihn sah, hellte sich ihre Miene auf. Dennoch machte sie auf Vorontsyev einen erbärmlichen Eindruck; sie wirkte gealtert, zerbrechlich, und dem aschfahlen Gesicht war immer noch anzumerken, welche Schrecken sie erlitten hatte.

»Wo ist Goludin? Ich habe ihm doch ausdrücklich …«

»Er mußte zur Toilette.« Sie hob die Decke an und zeigte ihm die Pistole, die darunter verborgen lag. »Die hat er mir hiergelassen. Er kommt gleich zurück.«

Als hätte er auf sein Stichwort gewartet, stürmte Goludin zur Tür herein. »Verzeihung, Chef, aber …« Vorontsyev winkte ab, gab ihm zu verstehen, daß er sich wieder auf seinen Stuhl setzen solle und nahm selbst am Bettrand Platz.

»Geht's wieder ein bißchen besser?« fragte er kleinlaut und voller Schuldgefühle.

Marfa nickte. »Aber ja doch. Allerdings wollen sie mich noch zwei Tage hierbehalten. Zur Beobachtung. Dabei ist noch alles dran an mir.« Der Versuch zu lächeln mißlang; statt dessen schien sie um eine Nuance bleicher geworden zu sein.

»Gut. Ich habe ein paar interessante Neuigkeiten zu berichten.« Goludin beugte sich vor und spitzte die Ohren. »Dein Freund von der Moskauer Zentrale hat das Geheimnis um unseren Iraner lüften können. Wir kennen jetzt Namen und Dienstgrad. Du hast wieder mal den richtigen Riecher gehabt.«

»Geheimdienstagent?« fragte sie zögernd, als fürchtete sie, aufs neue durchleben zu müssen, was sie sehnlichst zu vergessen hoffte.

»Ja.« Er zog das Fax aus der Innentasche und reichte es ihr. Goludin rückte seinen Stuhl näher heran; Marfa hielt das Blatt so, daß auch er Einblick nehmen konnte. Die beiden sahen aus wie Kinder bei der gemeinsamen Lektüre einer Abenteuergeschichte. Doch die gab der Text gewiß nicht her. Pomarov. Semipalatinsk. Vorontsyev wollte seine schlimmen Befürchtungen vorläufig für sich behalten. »Na, ist doch interessant, oder?« sagte er, um einen heiteren Tonfall bemüht.

»Glauben Sie, daß er mit dem Heroin zu tun hat?« wollte Goludin wissen.

Marfa schnaubte spöttisch. »Was denn sonst?«

Mochten die beiden doch ruhig an dieser Spur dranbleiben, einstweilen jedenfalls. Vorontsyev schaute sich in dem Vierbettzimmer um. Zwei Betten waren nicht belegt. Marfa gegenüber lag eine alte Frau mit gelblicher Haut und eingefallenen Wangen. Auf Genesung hoffte sie anscheinend nicht mehr, trotzdem wirkte sie entspannt und zufrieden.

Verstört wandte er sich von ihr ab und sah wieder seine beiden jungen Mitarbeiter an. Goludin war immer noch mit der Faxmitteilung beschäftigt. Marfa spürte offenbar, daß sich Vorontsyev Gedanken um die Alte machte und nickte in deren Richtung.

»Sie hat Krebs und wird bald sterben. Aber es gefällt ihr hier. Sie hat es im Winter noch nie so warm gehabt, ist noch nie so gut versorgt worden. War schon immer arm dran.« Es ehrte Marfa, daß sie, anstatt in Selbstmitleid zu schwelgen, Mitgefühl für andere aufbrachte. »So warm wie hier hab ich's bei mir zu Hause auch nicht«, fügte sie hinzu.

Vorontsyev lächelte und sagte leise: »Hör mir zu. Das gilt auch für Sie, Goludin.« Was er beiden zu sagen hatte, würde sie womöglich erneut in Gefahr bringen, doch diesmal glaubte er die Risiken überschauen und gering halten zu können. »Es geht um Dr. Schneider. Ich will mit Bestimmtheit wissen, ob das Heroin durch seine Station geschleust wird oder nicht.« Er flüsterte wie aus Vorsicht vor der alten Frau. Es stand nicht gut um seine Nerven. »Schneider kungelt mit Val Panshin. Der war zwar, was Drogen angeht, bislang immer sauber, aber jetzt bin ich mir da nicht mehr sicher. Um klarer zu sehen, werde ich mir noch einmal Teplov, diesen alten Zuhälter, vorknöpfen. Er weiß mehr, als er zugibt. Und nun zu euch ... Kann ich dir überhaupt schon wieder was zumuten, Marfa?« Eigentlich nicht, doch sie wollte sich Schwäche oder mangelnder Einsatzwillen nicht eingestehen und nickte. »Gut.« Den beiden hatte Vorontsyev die Rolle zweier Schimpansen zugedacht, die einen Termitenbau aufstochern. »Mit dem Flug aus Teheran ist eine Lieferung medizinischer Bedarfsartikel eingetroffen. Ausgerechnet aus Teheran. Wenn das nicht merkwürdig ist? Wir sollten also rausfinden, was diese Lieferung im einzelnen enthält.«

»Woher weißt du davon?« fragte Marfa.

»Dmitri ist darauf gestoßen. Er hat sämtliche Frachteingänge kontrolliert und unter anderem Kisten ausfindig gemacht, die für das Krankenhaus bestimmt sind, aber nicht etwa aus den Staaten oder Moskau stammen, sondern eben aus Teheran. Haltet Augen und Ohren offen, versucht, Genaueres in Erfahrung zu bringen. Ist das auch wirklich nicht zu viel für dich, Marfa?«

Sie schüttelte den Kopf.

»Also gut. Die Kisten sind vor zwei Tagen hier in diesem Gebäude eingetroffen, wie üblich abgeliefert worden von dem krankenhauseigenen Lastwagen. Wäre schön, wenn ihr da rankommen könntet. Aber seid vorsichtig.«

Er stand auf.

»Und laßt euch nie aus den Augen«, warnte er Goludin und warf einen Blick auf die alte, sterbende Frau. Dann nickte er den beiden zum Abschied zu und ging aus dem Zimmer, so hastig, als wäre ihm plötzlich übel geworden. Und in der Tat, seine Befürchtungen schlugen ihm auf den Magen, als er im Fahrstuhl nach unten fuhr und durch die Eingangshalle nach draußen eilte.

Der Mond war untergegangen. Der Wind trieb Wolkenfetzen über den Sternenhimmel.

Ein Forscher namens Pomarov. Ein Ort namens Semipalatinsk.

Dagegen war Heroin so unwichtig wie Schwarzmarktzigaretten oder Bluejeans. Gütiger Himmel, wie sollte er damit zu Rande kommen?

8
Erste Erkenntnisse

»Die Anmeldungen würde ich gern mitnehmen«, sagte Dmitri Gorov und gähnte. Im Unterschied zu Vorontsyev brauchte er seinen Schlaf und fand ihn auch gelegentlich, manchmal sogar ohne die Hilfe aus der Flasche. Er tippte mit dem Finger auf die Papierschnipsel, die nicht größer waren als eine Rubelnote. »Sie bestätigen also, daß diese Gäste gemeinsam abgereist sind und sich ordnungsgemäß abgemeldet haben?«

Der Empfangschef des Gogol nickte. Die Nachtschicht hing ihm sehr schwer auf den blondbewimperten Lidern, und er hatte große schwarze Ränder unter den Augen. Ansonsten trug er seine Nase ziemlich hoch; anscheinend glaubte er, sich den Gästen im Hotel mimisch anpassen zu müssen.

»Sie haben ihre Rechnungen bezahlt, genauer gesagt, die sind bezahlt worden. Wie dem auch sei, an den Leuten war absolut nichts Verdächtiges zu beobachten.«

»Und wer hat die Rechnungen bezahlt. Wohl nicht zufällig der Herr aus Suite Nummer 12?« Der Mann von der Rezeption verriet einige Unsicherheit, hatte sich aber sogleich wieder gefaßt und tat ganz geschäftsmäßig.

»Das geht Sie nichts an.«

Lubin stand neben Dmitri und grinste. Sein Ärger darüber, daß er aus dem Bett geholt worden war, schien verflogen. »Danke für die Auskunft«, meinte er.

»Ich habe nichts gesagt.«

»Wurden die beiden Freunde von Herrn Pomarov abgeholt? Wie sind sie von hier weggekommen, in einem Privatwagen oder Taxi?«

Der Gefragte schnippte mit den Fingern, worauf der livrierte Portier an den Empfangstresen kam. »Vielleicht weiß unser Antipov Bescheid. Für gewöhnlich ruft er die Taxis, wenn danach verlangt wird.«

Ein kalter Windschwall wehte herein, als ein schlanker Mann in Begleitung einer Luxusnutte ausgelassen kichernd das Foyer betrat und zielstrebig auf den Fahrstuhl zusteuerte. Dmitri schaute ihnen nach wie ein staunendes Kind.

»Diese Herren sind von der Polizei und möchten Ihnen eine Frage stellen«, sagte der Empfangschef mit affektierter Miene. Dmitri erinnerte sich an den Namen *Antipov*. Vor Tagen hatte Marfa Auskunft von ihm verlangt.

»Na, wie läuft's denn so mit Ihrer Kuppelei, Antipov?« sagte Dmitri.

Um nicht in Verlegenheit oder Verdacht zu geraten, zog sich der Empfangschef ans andere Tresenende zurück und blätterte durch irgendein Register. Antipov kniff die Brauen zusammen, um Widerspruch anzumelden.

»Sprechen wir lieber von Dienstleistung. So was muß doch wohl gestattet sein, oder?«

»Du lieber Himmel!« prustete Lubin. »Demnächst behaupten Sie noch, unsereins Arbeit zu ersparen.«

»Könnte durchaus sein.«

»Wir interessieren uns nicht für Ihren Nebenjob, jedenfalls nicht im Augenblick. Es geht uns auch nicht um den toten Amerikaner, sondern vielmehr um die Freunde desjenigen, der hier einen Herzanfall gekriegt hat. Sie erinnern sich? Ich hoffe, der Ärmste gehörte nicht zu Ihren Kunden. Oder? Könnte es sein, daß er sich an einem Ihrer Mädchen übernommen hat?« Antipov krauste die Stirn; seine Augen huschten hin und her, als suchten sie einen verlorenen Gegenstand auf dem dicken Teppich des Foyers. Dann schüttelte er den Kopf und strich mit der Hand über die lange Nase. Er hatte Dreck unter den Nägeln.

»Ich habe nichts mit ihm zu tun gehabt«, protestierte er.

»Was ist mit den beiden anderen? Wir vermuten, daß sie Freunde von ihm sind.« Antipov zuckte mit den Schultern. »Die gehörten doch zusammen, oder?«

»Keine Ahnung. Ich habe sie zwar mal zu dritt miteinander sprechen sehen, aber befreundet, nein, das waren sie wohl nicht. Sie sind auch nicht zusammen angekommen, scheinen sich erst hier kennengelernt zu haben.«

Dmitri dachte an Vorontsyevs eindringliche Mahnung, vorsichtig zu sein und fragte wie beiläufig: »War vielleicht auch mal der Amerikaner mit den dreien zusammen? Oder irgendein anderer hier aus dem Haus?« Suite Nummer 12, der Iraner; der hatte deren Hotelrechnung bezahlt. Der Portier schüttelte den Kopf. Sein Blick wurde zunehmend düster und argwöhnisch.

»Nicht, daß ich wüßte.«

»Er lügt«, meinte Lubin.

»Das tue ich nicht ...«

»Und ob«, bekräftigte Dmitri.

»Hören Sie, ich weiß wirklich nicht, worauf Sie hinauswollen«, quengelte Antipov. »Was wollen Sie von mir?«

»Haben Sie irgendwann einmal die genannten Personen zusammen oder einzeln im Beisein von Herrn Al-Jani gesehen? Sie wissen, wen ich meine.« Um auf den Busch zu klopfen, fügte er schnell hinzu: »Schließlich war er einer Ihrer besten Kunden.« Offenbar lag er mit dieser Behauptung genau richtig. Antipov zeigte Wirkung.

»Kann sein«, antwortete der Portier zögerlich. »Vielleicht haben sie sich mal zugenickt oder zugewinkt, so was in der Art. Aber ob sie was miteinander zu tun hatten, weiß ich wirklich nicht, ehrlich.«

»Na schön. Jetzt noch mal zu der anderen Frage: Sind die beiden, als sie das Hotel verlassen haben, abgeholt worden? Sind sie womöglich überstürzt abgereist?«

»Überstürzt?«

»Dmitri«, knurrte Lubin. Er war dafür zuständig, Druck zu machen. »So kommen wir nicht weiter. Erlaube mir, daß ich dem Früchtchen hier ein bißchen nachhelfe, und zwar auf meine Art.« Der Empfangschef machte ein Gesicht, als sei ihm der Gestank von Gülle in die Nase geraten. »Jetzt wird geredet, mein Junge!« Lubin packte ihn beim Kragen.

»Was soll das?« ereiferte sich der Portier. »Zugegeben, ich habe sie rausgehen sehen; ja, sie hatten es eilig und sind in ein Taxi gestiegen. Wenn mich nicht alles täuscht, waren sie allein, ohne Begleitung.«

»Ohne Herrn Al-Jani?«

»Wieso kommen Sie immer auf den zurück? Ich kenne ihn nicht. Habe ihm nur gelegentlich Mädchen vermittelt. Wollte immer nur Blondinen.«

»Na schön. Beruhigen Sie sich wieder. Und ab mit Ihnen. Wir brauchen Sie nicht mehr – wenigstens vorläufig nicht.« Grinsend wandte sich Dmitri an den jüngeren Kollegen. »Komm, laß uns die Anmeldeformulare einpacken und ins Büro fahren. Unser lieber schlafloser Chef müßte inzwischen wieder zurück sein. Bin gespannt, wie sein tête-à-tête mit Teplov verlaufen ist.«

»Was glaubst du: Wo sind die beiden hin? Untergetaucht?«

»Weiß der Himmel. Wenn sie mit dem Iraner in Verbindung standen, könnte es durchaus sein, daß er sie wie Pomarov mit falschen Pässen versorgt hat, und dann können wir lange suchen. Hoffentlich war unser verehrter Chef ein bißchen erfolgreicher mit seinen Recherchen.«

»Ich will, daß du mir von Vietnam erzählst«, sagte Lock und nahm von Kauffman ein Glas Bourbon entgegen. »Fangen wir mit Tran an. Welche Rolle hat er damals gespielt?«

Kauffman setzte sich ihm gegenüber in einen Ledersessel. Als er Lock die Tür geöffnet hatte, war ihm das Gesicht verrutscht. Erst jetzt, Minuten später, verschwand der verdutzte Ausdruck. Statt dessen kehrte er Gutmütigkeit heraus, was aber nicht so recht gelang. Er schien auffallend nervös, hob das Glas, um ihm zuzuprosten, und nippte an seinem Martini.

»Hast den ganzen Nachmittag da draußen im Auto auf mich gewartet, um mit mir über einen Vietnamesen zu sprechen? Ich hab' dir doch schon gesagt, John: Die Akten, die noch nicht vernichtet sind, liegen unter Verschluß. Ich komme da nicht ran. Tut mir leid, aber so ist es nun mal.«

»Und das soll ich dir glauben, Bob?«

Kauffmans Lider zuckten unwillkürlich, aber sofort schaltete er wieder auf leutselig. »John, was soll ich sagen?

Ich habe volles Verständnis dafür, daß du nach Gewißheit suchst. Es ist Schreckliches passiert. Aber was hat dieser Tran damit zu tun?«

»Du hast heute morgen gesagt, daß du mir nur dann helfen kannst, wenn du weißt, worum es mir geht. Mit anderen Worten, du wärst durchaus in der Lage, etwas für mich zu tun.« Lock hatte den Trenchcoat über die Beine gelegt und spürte das Gewicht der Waffe, die in der Manteltasche steckte. »Nachdem ich dein Büro verlassen habe, ist mir auf dem Rückweg in die Stadt ein Laster in die Quere gekommen, und das nicht etwa aus Versehen.« Kauffmans Reaktion überzeugte Lock, daß er mit diesem Anschlag nichts zu tun hatte. Die Bestürzung war nicht gespielt, und seine Miene verriet ernste Besorgnis. Es schien, als habe Kauffman eine alarmierende Witterung aufgenommen. »Der Unfall war bestellt. Ich vermute von Tran.«

»Ach, der ist doch in Kalif…« Kauffman hätte sich jetzt wohl am liebsten die Zunge abgebissen. Statt dessen nahm er einen Schluck. »Jedenfalls ist Tran schon vor Jahren an die Westküste gezogen.«

»Das weißt du also. Warum?« Lock beugte sich vor. »Wie kommt's, Bob, daß du dich an diesen einen von so vielen Immigranten mit Sonderstatus erinnerst?«

»Ich erinnere mich an den Namen. Das ist alles. *Du* hast mich daran erinnert. Ich schwöre dir, mehr weiß ich nicht.«

»Verstehe, Bob, die Sache ist verdammt heiß«, murmelte Lock.

Sie starrten einander an. Lock bemühte sich um Gelassenheit, während Kauffman mit taxierendem Blick einzuschätzen versuchte, wie gefährlich ihm sein Gegenüber werden konnte. Anscheinend sah er in Lock eine Bedrohung, jemanden, der eine alte Geschichte aufzurühren drohte, die vergessen schien. Wie dem auch sei, er wußte über einiges Bescheid.

»Heiß? Daß ich nicht lache«, antwortete Kauffman in einem fast oberlehrerhaften Tonfall. »Darüber ist längst Gras gewachsen. Glaub mir. Was deiner Schwester und ihrem Mann widerfahren ist, steht in keinerlei Beziehung zu Tran oder Vietnam. Das ist entfernte Vergangenheit; begraben wir sie lieber.«

»So wie My Lai?«

»Was soll das? Sei froh, daß du nicht dabei warst.«

»Wer ist Tran, Bob?«

»Ein Niemand.«

»Er hat mich umzubringen versucht. In Phoenix. Ob er auch den heutigen Anschlag auf mich zu verantworten hat, kann ich nicht mit Sicherheit behaupten. Jedenfalls habe ich ihn persönlich kennengelernt und den Eindruck gewonnen, daß er mich für eine Gefahr hält.« Lock verlor kein Wort über Vaughns Angst vor Tran, über Red Horse. »Was könnte ihn so sehr irritieren? Daß ich mit Vaughn Grainger verschwägert bin?«

Das Halogenlicht in der hellen, modern eingerichteten Wohnung ließ Kauffmans Gesicht noch blasser erscheinen, als es ohnehin schon war. Hinter den Jalousien klatschten Regentropfen vor die Fensterscheibe. Scheinwerferlichter huschten vorbei.

»Wieso? Ich habe dir doch gesagt, daß er nichts mit Billy und deiner Schwester zu tun hat.«

»Woher willst du das eigentlich so genau wissen, Bob?« Lock spürte Wut aufkeimen und preßte die Lippen aufeinander.

Kauffman winkte mit der Hand, um ihn zu beruhigen. »Das weiß ich einfach. Es gibt da keinen Zusammenhang.«

»Dann erklär mir doch, warum Tran den Vater Billys angerufen und bedroht hat? Ich habe das Gespräch mitgehört, Bob, und darum will ich jetzt über Tran Bescheid wissen. Erzähl mir von damals. Tran war bei der Firma unter Vertrag, das ist sonnenklar, denn sonst hätte er nie den Sonderstatus als Immigrant bekommen. Und er ist nach seiner Ankunft in den Staaten von der Firma mit Geld gefüttert worden, zumindest in den ersten Monaten.«

»All das ist so lange her, ich kann mich kaum mehr erinnern. Aber soviel weiß ich noch: Tran war unser Kurier in Vietnam. Es gab da Dutzende seinesgleichen, die für uns losgezogen sind, um Informationen zu übermitteln, zu spionieren, Fallen zu stellen ... du weißt schon. Darüber hinaus war er für uns ohne Bedeutung. Als wir dann rausmußten, war er zufällig in der Nähe, und darum haben wir ihn mitgenommen. Das ist alles, mehr weiß ich nicht, wirklich.« Der letzte Satz klang flehend. Möglich, daß er einfach nicht länger in der Erinnerung kramen wollte.

»Tran hat in Vaughns Spezialeinheit gedient, stimmt's?«

»Kann sein, aber über solche Sachen bin ich nie in Kenntnis gesetzt worden.«

Lock schwieg. Kauffman wirkte wieder entspannter.

»Soll ich nachgießen?« fragte er. Lock schüttelte den Kopf.

Kauffman schenkte sich noch einen Martini ein und kehrte Lock dabei den Rücken zu. Es gab hier keinen Spiegel an der Wand, der seinen Gesichtsausdruck verraten hätte. Dann setzte er sich wieder und hob das Glas.

»Hast du schon zu Abend gegessen?« Wieder schüttelte Lock den Kopf. Kauffmans Frage war nicht etwa als Einladung zu verstehen. Im Gegenteil, er versuchte, den ungeladenen Besucher abzuwimmeln. Lock ahnte, wie er Kauffman vorkommen mußte: wie ein lästiger Bettler um Informationen, der im dunkeln tappt, überall aneckt an den Möbeln der Vergangenheit und diese in ihrer alten Gestalt nicht wiederzuerkennen vermag. »Ich habe eine Verabredung zum Dinner«, fügte Kauffman hinzu, was mit Sicherheit gelogen war.

Lock blickte auf. »Ich habe versucht, über Vaughns Vietnamgeschichten etwas in Erfahrung zu bringen. Er selbst hat davon kaum gesprochen, und von Billy weiß ich nur, was zu seiner Zeit dort drüben passiert ist.«

»Ach ja?« fragte Kauffman, nervös wie eine Katze, die unerwartetermaßen gestreichelt wird.

»Gleich zu Anfang war Vaughn mit seiner Gruppe auf den Ho-Tschi-minh-Pfad angesetzt worden ...«

»Tatsächlich? Mag ja sein, aber das ist, wie gesagt, Altertumsgeschichte, John.« Kauffman hob die massigen Schultern, verfehlte aber den Vorsatz, einen lässigen Eindruck zu machen.

»Später war er in den Militärzonen eins und zwei, weiter südlich ...« Erst jetzt, da er Kauffman vor sich sah, fielen ihm wieder Einzelheiten ein. Das moderne Apartment aus Chromgestänge und Rauchglas hatte jene Anonymität, die dem Gedächtnis auf die Sprünge hilft. Er kam sich vor wie in einem Verhörzimmer. Was er über Vaughns Vergangenheit wußte, kam wieder ans Licht. »Weiter südlich«, wiederholte er, »aber immer in Nähe der kambodschanischen Grenze. Tran stammt aus einem Vorort von Saigon. Welchen Wert konnte er für Vaughn gehabt haben? Daß er sich in der Gegend auskannte? Oder hatte er irgendwelche spezifischen Kenntnisse?«

»Du kümmerst dich da um ein Kaninchen, das längst tot ist. Unter natürlichen Umständen gestorben.« Kauffman grinste über Locks Erinnerungen, als handele es sich dabei um kindische Hirngespinste, die nicht weiter ernstzunehmen waren.

»Mir fällt da noch was ein ...«

»Ich höre.«

»Vaughn hat ein oder zweimal erwähnt, daß es einen Plan gab, wonach Vertriebene in ihre Heimat zurückgeführt werden sollten. Ja, ich erinnere mich, es war eines Nachmittags am Pool, strahlende Sonne, ziemlich heiß, und Vaughn ärgerte sich über den Film *Apocalypse Now*. ›Das war doch alles gar nicht so‹, hat er geschimpft. Stocksauer. ›Wir haben auch Gutes bewirkt oder zu bewirken versucht.‹ Wie nannte er dieses Projekt? Es hatte einen Namen, aber der ist mir entfallen.« Lock rückte unruhig im Sessel hin und her. Plötzlich rutschte die Pistole aus der Manteltasche, plumpste auf den hellen, dicken Teppich und blieb zwischen ihnen liegen.

»Was zum Teufel ...?« hob Kauffman an. Hastig langte Lock nach der Waffe. »Was soll das, Mann?« bellte Kauffman aufgeregt. »Wozu brauchst du das Ding?«

Verlegen blickte Lock von der Pistole in seinen Händen auf und sah, daß seinem Gegenüber der Schweiß auf der Stirn stand. Er wollte die Waffe gerade wieder in der Tasche verschwinden lassen, richtete sie dann aber unvermittelt auf Kauffman. Wie Brechreiz stieg Wut in ihm auf.

»Du verheimlichst mir was, Bob«, knurrte er. »Sei kein Blödmann und rück raus mit der Sprache. Was weißt du über Tran und Vaughn und Vietnam?«

»Nichts!« brüllte Kauffman.

»Und ob du was weißt.« Lock verlor die Beherrschung und schrie: »Was haben Vaughn Grainger und Tran miteinander zu tun?« Die Pistole zuckte in der Hand. Die Wahrheit über den Mord an Beth war hier in diesem Zimmer zu finden. »Sprich, Kauffman, oder, bei Gott, ich werde dir eine Kugel in den Kopf jagen.«

Kauffman glaubte ihm aufs Wort. Sein Gesicht war schreckensbleich und angstverzerrt.

Dann, in ruhigerem Tonfall: »Spuck's aus, Bob. Alles. Ich muß es wissen. Was anderes zählt für mich nicht mehr. Du nicht, ich nicht. Sag's mir ...«

Vorontsyev blickte zu den Kuppeltürmen der Kirche auf, deren dunkle Umrisse, hinterstrahlt von den Lichtern der Stadt, einen geradezu schwermütigen Eindruck auf ihn machten. Der Wind heulte durch einen Hohlraum, den er auch im Innern zu verspüren glaubte. Er zog die Parkakapuze über den Kopf und steckte die Hände tief in die Taschen.

Nach einer Weile, als seine Unentschlossenheit und Furcht nachließen, wandte er sich von der Kirche ab und trottete über den Kiespfad zum Eingang des Bordells. Zwei Männer waren verschwunden, wahrscheinlich Wissenschaftler mit gefälschten Papieren wie Pomarov, mit dem sie im Gogol zusammengekommen waren. Vorontsyev konnte nur hoffen, daß sie sich noch in Novyj Urengoj aufhielten, vielleicht versteckt an einem Ort wie Teplovs Puff, in dem auch Mostafa Vahaji verkehrt hatte.

In einem der Fenster funzelte hinter dünnen Gardinen schummriges Licht. In einer Stunde würde es dämmern. So früh am Morgen war Teplov wohl am ehesten zu überrumpeln und aus der Reserve zu locken.

Statt den Klingelknopf zu drücken, hämmerte er mit der Faust gegen das Türblatt und brüllte Teplovs Namen. Am anderen Ende des Flurs leuchtete eine Lampe auf. Das Licht zerstob im aufgerauhten Gußglas der Türscheibe und warf ihm Flecken ins Gesicht. Wie eisig kalt der Wind war.

Die Tür ging bis zur Länge der Vorhängekette auf. Mit verquollenen Augen gaffte Sonya durch den Spalt. Sie sah aus wie eine im Schlaf gestörte Dickmamsell, doch als sie den Mund aufmachte, kam die abgetakelte Hure zum Vorschein.

»Was wollen Sie denn jetzt noch?«

Widerwillig klinkte sie die Kette aus, und schon war er an ihr vorbei. »Nur ein bißchen plaudern.«

»Warum lassen Sie ihn nicht in Frieden, Major? Er weiß nichts«, protestierte Sonya und stampfte auf flappenden Latschen hinter ihm her. »Sie kennen ihn doch, Major.« Ihre Stimme war versoffen, ordinär, aber weder weinerlich noch bittend. »Zugegeben, er geht auf dünnem Seil, aber er geht und stolpert nicht. Auf Typen wie Panshin läßt er …«

Er drehte sich ruckartig um und sah in ein zerknirschtes Gesicht.

»Panshin? Was er hat mit unserem gemeinsamen Freund zu schaffen, mit dem ehrenwerten Seiltänzer Misha?« Er grinste.

»Nichts. Ich wollte gerade sagen, daß er sich auf solche Typen gar nicht erst einläßt. Aber das wissen Sie ja selbst.«

»Was ist los, Kleines?« rief Teplov vom oberen Treppenabsatz. Dann sah er Vorontsyev. »Ach, Sie sind's. Welche Ehre … wie kommen wir dazu?« Der seidene Morgenmantel flatterte hinter ihm her, als er die Treppe hinuntereilte.

»Das ist kein Freundschaftsbesuch«, warnte Sonya. Sie verschränkte die Arme vor den massigen Brüsten und baute sich schützend vor Teplov auf.

»Ich werde ihn schon nicht hauen, Sonya. Auch nicht festnehmen. Jedenfalls nicht gleich. Wie wär's? Sie könnten uns einen Kaffee machen. Kommen Sie, Misha, gehen wir in Ihr Büro.« Er legte ihm den Arm um die schmächtigen Schultern. »Unterhalten wir uns doch ein bißchen über Val Panshin. Zum Beispiel.«

»Mit dem habe ich nichts tun«, wehrte Teplov müde ab

und schloß die Tür zum Büro auf. Nach kurzem Zögern schlurfte Sonya in die Küche. »Treten Sie ein, Major.« Im Fenster zeichnete sich die Kirchensilhouette ab, bevor Teplov das Licht einschaltete. »Also, was ist?«

Teplov setzte sich und zog den Saum des Morgenmantels über die Knie. Seinem Beispiel folgend, nahm sich Vorontsyev eine Zigarette aus der Schachtel. Wortlos pafften sie eine Weile vor sich hin. Es war gemütlich warm in dem kleinen Zimmer.

»Kann es sein, daß Al-Jani, unser beweinter iranischer Freund, Sie schon mal gebeten hat, Leute zu beherbergen, für eine Nacht oder auch länger?« Er musterte Teplovs Gesicht, das, von Rauch umnebelt, wenig aufschlußreich war.

»Das ist nicht drin bei mir.«

»Aber er hat sie darum gebeten.«

Sonya kam herein mit einem Tablett und zwei Porzellantassen samt Untertassen, Zuckerdose und Milchkännchen. Eine Posse, die sie da abzog. Während sie den Kaffee einschenkte, murmelte Teplov: »Wir sind doch keine Herberge. Zu uns kommen Leute, die es für eine Stunde oder zwei nett haben wollen.«

»Guter Kaffee«, sagte Vorontsyev. »Ihr Name bleibt aus dem Spiel. Ich will nur eine klare Antwort.« Und zögernd fügte er hinzu: »Keine Razzia für zwei Monate, das garantiere ich. Natürlich nur, solange keine Mätzchen gemacht werden. Keine Minderjährigen« – Teplov tat entrüstet, Sonya verzog das Gesicht –, »keine Drogen und keine extremen SM-Geschichten. Dann bleiben Sie zwei Monate lang unbehelligt. Wirklich guter Kaffee.«

»Immer auf uns, den Kleinen, rumhacken, ist ja auch ohne jedes Risiko«, meinte Sonya bissig. »Warum räumen Sie nicht mal in Panshins Laden auf?«

»Der scheint Ihnen ja unter die Haut geraten zu sein, Sonya. Warum bloß?«

»Weil er ein mieses Schwein ist.«

»Gab's Probleme mit ihm?« Die Frage war an Misha gerichtet.

»Und wenn schon, was geht Sie das an?« schnaubte

Sonya, die wie ein Leibwächter hinter Teplov Posten bezogen hatte.

Vorontsyev krauste die Stirn. »Zugegeben, das ist Ihre Sache. Und wie es scheint, können Sie noch ein paar Probleme mehr verkraften. Dazu werde ich dann meinen Teil beitragen.«

Sonya prustete verächtlich. Teplov dagegen schien in Atemnot zu geraten.

»Nun?« hakte er nach. »Wollen Sie über Panshin reden oder nicht? Er macht in Drogen, korrekt?« Teplov nickte spontan, bevor ihm Sonya warnend ihre Patschhände auf die Schultern legte. »Was hat Panshin mit dem Iraner zu tun gehabt? Ich will's wissen, und zwar ganz genau.«

Sonya antwortete schnell: »Davon haben wir keine Ahnung.«

»Es muß eine Verbindung geben. Warum wäre Al-Jani sonst hier gewesen? Übrigens, er gehörte zum iranischen Geheimdienst.« Teplov fuhr vor Schreck zusammen. »Das ist Tatsache. Ich bluffe nicht. Er war der Hauptlieferant, stimmt's?«

Teplov gab sich geschlagen. »Wir haben da so was läuten hören. Ja, er scheint kontrolliert zu haben, daß das Zeug hier ankommt.« Er tätschelte Sonyas Hand, die seine Schulter umklammerte. »Aber das ist nicht unser Bier. Dafür hatte der Iraner auch Verständnis. Jedenfalls ist er uns nicht auf die Pelle gerückt.« Sonya lockerte ihren Griff; sie würde wieder fester zupacken, falls Teplov allzu gesprächig werden sollte. »Ich glaube, Panshin ist seit ungefähr einem Jahr mit von der Partie.«

»Als Geschäftspartner des Iraners?«

»Scheint so.«

»Und Schneider, der amerikanische Arzt, hat sich ebenfalls einspannen lassen.«

Die Verblüffung der beiden war nicht gespielt. Vorontsyev nahm das mit Enttäuschung zur Kenntnis.

»Davon wissen wir aber nun wirklich nichts.«

»Sei's drum. Hat der Iraner Sie irgendwann einmal darum gebeten, Gäste aufzunehmen? Raus mit der Sprache!«

»Ein einziges Mal.«

»Wann?«

»Vor vier oder fünf Monaten. Ich ... wir haben abgelehnt. Dealern Unterschlupf zu bieten, ist uns zu brenzlig. Und es waren doch Dealer, oder?«

»Nein, gewiß nicht. Hat Sie der Iraner gedrängt? War ihm die Sache wichtig, sehr wichtig?«

Sonya antwortete: »Er tat es als nebensächlich ab. Aber mir und Misha hat er nichts vormachen können.« Teplov blickte verschämt zu Boden.

»Hat er sein Anliegen etwa nicht erklärt?«

»Nein, er beließ es dabei.«

»Ob er sich dann mit derselben Bitte an Panshin gewandt hat?«

»Das bezweifle ich. Er konnte Panshin nicht leiden. Das wissen wir von seinen Mädchen hier bei uns. Offenbar hat er ständig über Panshin gelästert, über seinen Haarschnitt, seine Zigarren, die Siegelringe und den fetten Wanst.« Er ließ die Schultern unter Sonyas Händen zucken. Vorontsyev grinste.

»Der gute Valerie, es würde ihn mächtig kränken, wenn er wüßte, wie man über ihn redet.« Er nahm einen Schluck Kaffee. »Ich rekapituliere: Der Iraner wollte Leute verstekken, vor vier oder fünf Monaten. In jüngerer Zeit nicht?«

Teplov verknautschte das schmale Gesicht und markierte konzentriertes Nachdenken. Stark aufgetragen. »Ich kann mich nicht erinnern.«

»Vor zwei Wochen etwa? Er kam ganz unerwartet vom Förderfeld in die Stadt zurück, muß es ziemlich eilig gehabt haben. War dann auch hier bei Ihnen.«

»Also gut, Sie wissen es ja ohnehin«, blaffte Sonya. »Es war nicht vor vier oder fünf Monaten, sondern vorletzte Woche. Wir haben ihn abgewimmelt.«

»Gut. Wie viele Personen wollte er unterbringen und für wie lange?«

»Er sprach von zweien. Lange sollten sie nicht bleiben, ein paar Tage bloß.«

Vorontsyev stand auf.

»Danke, mehr wollte ich nicht wissen.« Er gähnte. »Und vielen Dank auch für den Kaffee, Sonya. Ihr habt mich zwar ziemlich lange hinzuhalten versucht, aber ich stehe zu meinem Versprechen und werde euch die nächsten zwei Monate in Ruhe lassen.« Sonya nahm die Hände von Teplovs Schultern, der zaghaft lächelte. Sie hatten schon den Iraner nicht gefragt und schienen nun auch von Vorontsyev nicht wissen zu wollen, worum es eigentlich ging. Und im stillen bedauerte er, daß er sich nicht wie die beiden einfach aus dieser Sache raushalten konnte. »Ich finde schon allein nach draußen«, murmelte er. »Paßt gut auf euch auf!«

»Was soll das heißen?« rief ihm Sonya nach. »Es wird doch hoffentlich keinen Ärger geben!«

»Ich fürchte, der wird nicht ausbleiben«, antwortete Vorontsyev mit bedrückter Miene. »Noch eine Frage. Haben Sie eine Ahnung, an wen sich der Iraner wegen dieser beiden Typen sonst noch gewendet haben könnte? Außer an Panshin? Wer käme da noch in Frage?«

»Vielleicht an einen Landsmann. Es leben doch etliche Iraner in der Stadt. Müßte auch Ihnen aufgefallen sein, Major.«

Er zog die Tür hinter sich zu. Versteckmöglichkeiten gab es in der Tat genug; leere Wohnungen, Datschas am Stadtrand, Hütten, Schuppen ... Der Wind heulte, und in den Wolken am Horizont schimmerte das Feuer abfackelnder Gase. Eis glitzerte auf den Kuppeln und Kreuzen der Kirche.

Er mußte Dmitri in seine düsteren Ahnungen einweihen, so schwer es ihm auch fiel. Die Freunde oder Bekannten von Pomarov waren von der Bildfläche verschwunden, Vahaji hatte das Zeitliche gesegnet. Unter allen Umständen mußte er diese beiden Wissenschaftler ausfindig machen.

Sie hatte die ganze Nacht über wach gelegen. Es war kurz vor Tagesanbruch, die Frühschicht hatte ihren Dienst angetreten, und durch die Flure zog Kaffeeduft. Marfa hatte Mühe, sich auf den Beinen zu halten. Sie war geschwächt, der Anschlag auf ihr Leben beileibe noch nicht verkraftet.

An den Füßen trug sie Pantoffeln und einen Morgenmantel über dem Schlafanzug. Als Tarnung taugte diese Aufmachung kaum. Sie vermittelte ihr allenfalls ein Gefühl von Harmlosigkeit und Verwundbarkeit.

Goludin folgte ihr auf zehn Schritt Abstand. Seine Hand lag, von der Jacke verdeckt, auf dem Pistolenhalfter. Auf Marfa wirkte die Szene wie ein farcenhaftes Vorspiel, das ein unheilvolles Stück erwarten ließ. Eine ähnliche Exkursion wäre ihr unlängst fast zum Verhängnis geworden. Vor der Einmündung eines Seitenkorridors blieb sie stehen und ließ Goludin zu sich aufschließen.

»Sind wir hier richtig?« flüsterte sie heiser.

Goludin nickte. »Ja. Es ist die letzte Tür da hinten. Ich habe mich selbst davon überzeugt.« Zum Schutz von Marfa wäre er nun sogar bereit, ins Gras zu beißen, so sehr plagte ihn das Gefühl der Mitschuld an dem, was ihr auf dem Förderfeld widerfahren war.

»Also los. Wollen mal einen Blick aufs Schloß werfen.«

Von jetzt an ging er neben ihr. Die Stille drängte auf sie ein, scheinbar massiv wie aus Steinen gemauert. Sie erreichten die Tür. Ein Schriftzug auf russisch und englisch verwehrte nichtautorisierten Personen den Zutritt zu dem als Lager ausgewiesenen Raum.

Goludin rüttelte an der Klinke. »Kein Problem«, sagte er.

»Dann mach sie auf.«

Er zog seine Kreditkarte einer deutschen Bank aus der Tasche, zögerte einen Augenblick, weil er wohl Sorge hatte, sie zu beschädigen, steckte sie dann aber doch in den Spalt zwischen Tür und Anschlag. Marfa lauschte. Außer einem leisen Gurgeln in Heizungsrohren und dem Säuseln der Klimaanlage war nichts zu hören. In anderen Krankenhäusern machten Ratten Jagd auf Kakerlaken; nicht so hier, wo selbst das Kellergeschoß blitzblank war. Marfa schniefte und erschrak über das laute Geräusch. Leiser war das Klikken der Schloßfalle. Goludin strahlte übers gerötete Gesicht und hielt ihr wie ein Kavalier die Tür auf. Sie schaltete das Licht an – und ein kalter Schauer lief ihr über den Rücken.

Der Raum mit seinen Regalreihen und ordentlich gestapelten Kisten und Kartons machte auf sie den Eindruck einer Puppenstubenkopie jener großen Lagerhalle, in der sie niedergeschlagen worden war.

»Bist du okay?« flüsterte er. Sein Atem hauchte kitzelnd an ihr kaltes Ohr.

»Ja«, antwortete sie unwirsch.

»Ich dachte bloß …«

»Halt den Mund!«

»Schon gut.«

»Und du bist sicher, daß wir hier richtig sind?« Leise machte sie die Tür zu und lehnte sich dagegen.

»Wenn wir was finden, dann am ehesten hier. Denn dieser Raum wird nur selten aufgesucht. Hier lagern die stillen Reserven.«

»Also, worauf warten wir noch?«

Langsam passierte sie die erste Regalreihe auf der linken Seite. Toilettenpapier, Papierhandtücher, Schrubbtücher, Bettzeug, Bandagen … Zeitverschwendung, dachte sie, kaum daß sie und Goludin mit der Durchsuchung begonnen hatten. Keine Drogen, nur das Übliche: Desinfektionsmittel, Scheuerpulver und noch mehr Toilettenpapier. Ungeduldig eilte sie ans nächste Regal und rutschte dabei fast aus den Pantoffeln.

»Schon was entdeckt?« zischelte sie.

»Nein.« Er schien ebenso frustriert zu sein wie sie.

Sie hatte die zweite Regalreihe abgeschritten und war drauf und dran, die Suche abzubrechen. Die Nerven wollten nicht mehr mitspielen; ihr Zeitgefühl geriet durcheinander. Sie wähnte sich schon viel zu lange hier unten, eingesperrt.

»Goludin!« rief sie. Ihr war, als rückten die Regale auf sie ein. Die Enge machte ihr angst. Beklommen blickte sie nach oben. Die Punktstrahler in der Decke starrten wie weißglühende Augen auf sie herab. Ob hier Überwachungskameras installiert waren? Das nachzuprüfen, hatten sie versäumt.

Er tauchte im schmalen Gang zwischen den Regalen vor ihr auf.

»Hast du was?«

Sie gab ein komisches Bild ab, wie sie so dastand mit offenem Mund und dem Kopf im Nacken, geradeso wie jemand, der nach langer Dürre Regen auf sich herabfallen sieht.

»Da oben«, preßte sie hervor.

»Was?«

»Die obersten Regalböden. Auf die schaut man zu allerletzt. Und sie sind schwer zu erreichen.«

»Ja?«

Mit beiden Händen hielt sie seinen Arm gepackt.

»Klettre mal hoch und schau dir die Kisten an.«

Er nickte eifrig und reichte ihr die Pistole. Dann packte er einen Ständer und rüttelte daran, um die Standfestigkeit zu prüfen. Staub wirbelte auf.

»Müßte halten«, murmelte er und zog sich hoch. Ächzend gelangte er nach oben und richtete sich vorsichtig auf dem letzten Regalboden auf.

»Und?«

»Jede Menge Kartons. Krankenhausbedarf. Steht überall drauf. Mehr nicht.«

»Kein Hinweis auf die Herkunft?« fragte sie. »Hersteller? Es muß doch der Hersteller vermerkt sein.«

»Auf dem hier steht USA, auch auf dem da ... Ja, die meisten kommen offenbar aus Amerika.«

»Und?«

»Und was?« antwortete er, schon ein wenig gereizt.

»Wer ist der Hersteller?«

»Steht nicht drauf.«

»Muß aber.«

»Tut's aber nicht. Du kannst ja hochkommen und dich überzeugen. Auf den Etiketten steht bloß: Krankenhausbedarf und USA. Alles einfache Pappkartons, einer wie der andere. Augenblick ...« Sie hörte Pappe auf Metall rutschen. »Hier ist ein Hinweis auf die Grainger Stiftung, Phoenix, Arizona. Hast du was anderes erwartet?«

»Vorontsyev sagt, die Lieferung wäre aus Teheran gekommen, nicht aus Phoenix. Ach, komm wieder runter. Es bringt nichts.«

»Ich mach mal 'ne Kiste auf; bin doch nicht umsonst hier hochgestiegen.« Er wuchtete an einem Karton herum. Marfa hörte Klebestreifen reißen und Pappe auseinanderplatzen.

»Komm endlich. Wir müssen zurück.«

»Stell dich nicht an.« Ruppig riß Goludin weitere Kartons auf und fluchte leise vor sich hin. Marfa fürchtete schon, daß er in seinem Übereifer vom Regal stürzen würde. »Aha, na also!«

Stille. Dann platzte es aus ihr heraus: »Was ist denn?«

»Da, fang!« sagte er und warf ihr ein Päckchen zu. Braunes Papier mit einer Kordel umwickelt. Es sah aus wie ein lieblos verpacktes Geschenk.

»Hast du schon mal ...« Sie räusperte sich. »Weißt du, wie Heroin schmeckt?«

Unter dem Papier kam ein zellophanumhüllter Block aus einer gepreßten weißen Substanz zum Vorschein. Wie Seifenpulver oder Talkum ...

»Ja«, keuchte Goludin, nach unten zurückgekehrt. Er klappte sein Taschenmesser auf, stach ein Loch ins Zellophan, schob den Zeigefinger hinein und leckte das weiße Pulver von der Kuppe. Und spuckte aus.

»Volltreffer«, triumphierte er. Marfa spürte, wie ihr das Blut in die Wangen schoß.

»Gibt's da oben noch mehr davon?«

»Bestimmt. Jetzt beantragen wir einen Durchsuchungsbescheid, und dann stellen wir den Laden hier auf den Kopf. Komm ...«

Marfa preßte das Zellophanpäckchen an die Brust wie ein langersehntes Baby.

»Beeilung!«

Doch plötzlich hielt er inne und langte nach ihrer Hand. Auch sie hörte die Schritte, die sich draußen im Flur näherten.

Lock war baff. Damit hatte er wahrhaftig nicht gerechnet. Weder mit Kauffmans Reaktion noch damit, daß er selbst die Chuzpe besaß, die zufällig aus der Tasche gerutschte Pistole vom Boden aufzunehmen und keinen Zweifel daran zu lassen, daß er abdrücken würde, falls sich Kauffman weiter stur stellte.

Und der packte aus, schien fast erleichtert zu sein, wie jemand, der sich die Beichte abnehmen läßt, um Schuld abladen zu können.

Ja, Tran war rekrutiert worden, hatte seinen Lebensmittelladen dichtgemacht und sich der Gruppe von Vaughn angeschlossen. Er war ihr deshalb so nützlich gewesen, weil er sich in der Grenzregion, aus der er stammte, bestens auskannte …

Während Kauffman erzählte, stierte er unverwandt auf den Teppich, genau auf den nassen Fleck und das umgekippte Martiniglas. Der Regen lief an den Scheiben herab, und in den aufgeklappten Jalousielamellen flackerten die Scheinwerfer des Verkehrs auf der Uferstraße. Kauffman hatte selbst mit Vaughns Spezialtruppe nur wenig zu tun gehabt, kannte aber deren Geschichte und wußte sie schlüssig wiederzugeben. Er hockte mit eingefallenen Schulter da wie ein Häufchen Elend und bestätigte Locks schlimmste Befürchtungen.

»Tran ist mir hin und wieder über den Weg gelaufen …« Tran war oft nach Saigon gekommen, auch nach My Tou und Vung Tou im Mekongdelta. *»Der hatte bei uns einen Stein im Brett, das war klar; jede Menge Vergünstigungen, Sicherheitsgarantien …«*

Lock rieb sich unablässig die Stirn, als versuchte er, quälende Kopfschmerzen zu lindern. Tatsächlich drohte ihm der Schädel zu zerspringen unter dem Druck sich aufstauender Alpträume. Kauffmans Hände lagen aneinander wie zum Gebet.

Warum war Tran so wichtig? Lock war sich nicht einmal sicher, die Frage gestellt zu haben, doch Kauffman antwortete unverzüglich.

Um die Leute aufs Land zurückzuschicken, in die Grenzgebiete – *»… an das ReGreen-Projekt kannst du dich nicht erinnern, oder?«* Wiederansiedlung als ökonomisches und menschliches Bollwerk gegen Charley, den Vietcong. Lock hatte am Rande davon gehört, von dem naiven, hübschen Plan, den Süden in ein blühendes Agrarland zu verwandeln, um es gegen den Norden abzuschotten. Subventionierter Ackerbau, Maschinen für Landwirtschaft, Neubesiedlung verlassener Dörfer, neue Ernten, neue Hoffnung …

Darum hatte Vaughn so verärgert auf Coppolas napalmdurchtränkte Verfilmung reagiert. »Das war doch alles gar nicht so.« Unter Vaughns Regie war das ReGreen-Projekt in die erste Erprobungphase gegangen, wurde aber wenige Monate später vom Pentagon abgeblasen, weil es unmöglich erschien, so große Bevölkerungsmengen umzusiedeln.

»Vaughn hat sich am Originalplan orientiert«, sagte Kauffman. Als Versuchsgebiet war das zentrale Hochland an den Ufern des Da Dung vorgesehen gewesen, eine dünn besiedelte Region, in der es nur ein paar wenige Teeplantagen gab. Eine völlig andere Gegend als die Reisanbaugebiete im überfüllten, turbulenten Delta und an der kambodschanischen Grenze. *»Es war im Grunde ganz einfach, Mann …«* Lock war bestürzt.

Die CIA-eigene Luftlinie, auch Kobold Airlines, Poltergeist Pan Am oder Thin Air genannt, hatte Maschinen, Ausrüstung, Nahrungsmittel und Geld ausgeflogen, unter anderem für Gewächshäuser und Silos, die nicht zuletzt auch als Tarnung für militärische Einrichtungen dienen sollten. *»Tran beaufsichtigte die Spedition dieser Lieferungen, die, in der Küstenstadt Vung Tou verladen, ins Hochland gebracht wurden.«* Lock schluckte. Ihm war, als müsse er den langsamen, qualvollen Tod eines geliebten älteren Anverwandten miterleben. Durch Kauffmans Bericht wurde Vaughn Graingers Identität geradezu umgekrempelt. Das Bild des hartgesottenen Frontmanns löste sich auf.

»Ich habe für ein paar Monate in Vung Tou die Lieferlisten bearbeitet. Dafür bin ich abgefunden worden …« Kauffman blickte nicht einmal auf. *»Das Geld kam gelegen, es war nicht wenig.«* Ende 1973 waren das Projekt und die Versuchsgebiete aufgegeben worden. Nach achtzehn Monaten Erprobung. Nach zwei, drei Ernten?

Lock merkte, daß er ins Schwitzen geriet. Die regennassen Haare waren längst getrocknet, aber der Hemdkragen wurde feucht. Die Stirn fühlte sich kühl an. ReGreen, Thin Air, ihre C-13Oer und Frachtmaschinen, ein paar Hubschrauber. Er erinnerte sich an Gerüchte aus der Zeit des Afghanistankrieges, wonach der CIA mit dem Verkauf von Heroin Stinger-Raketen und andere Waffensysteme finanziert haben sollte. Das wollte natürlich niemand wahr haben. Die Bösewichte waren stets die anderen. Mudschaheddin hatten Heroin hergestellt, die Russen hatten es konsumiert, in großen Mengen gekauft und geschmuggelt …

Kauffman fuhr in seiner Erzählung fort.

Zusammen mit ihren vietnamesischen Verbündeten, zu denen eben auch Tran zählte, hatte die Gruppe um Vaughn bei Da Dung Schlafmohn zur Gewinnung von Opium angebaut und zu Heroin verarbeitet, das mit CIA-Maschinen in die Staaten verfrachtet worden war. Kauffman und andere hatten Vaughn und Tran dabei unterstützt und dabei nicht schlecht verdient. Kein Wunder, daß es Vaughn gelungen war, sein in den 70ern in die Krise geratenes Unternehmen zu sanieren. Er hatte ja genügend Kapital; vielleicht war ihm von Anfang an einzig und allein an der Rettung von Graingers Technologies gelegen gewesen.

Egal. Er hatte sich die Finger dreckig gemacht und wahrscheinlich auch später nicht davon abgelassen – entgegen seiner Beteuerung, daß er und Billy versucht hätten, eben diesen Geschäften ein Ende zu setzen. Sie waren die eigentlichen Drahtzieher, und dafür hatten sie büßen müssen.

Lock stand auf. Kauffman starrte immer noch auf den Martinifleck, hörte auch dann nicht zu reden auf, als Lock Hals über Kopf das Apartment verließ. Er glaubte, sich übergeben zu müssen.

Beth war wegen der Verbrechen von Vaughn und Billy umgebracht worden. Aus keinem anderen Grund. Der Regen sprühte ihm ins heiße Gesicht, durchnäßte seine Kleidung. Er hastete über den Parkplatz auf den Mietwagen zu.

Wenn Vaughn Kauffmans Aussagen bestätigte, würde er losziehen, um Turgenev zu töten. Er mußte Vaughn sprechen.

Der Tag brach an, und es schien, als legte sich ein heller Schmierfilm über den Horizont im Osten. Vorontsyev fuhr mit seinem Wagen an den Holzzaun heran, der Dmitris Datscha umgab. Vom Schnee niedergedrückt, hingen die kahlen Zweige der Bäume herab. Ein einsamer Vogel hüpfte piepsend darin herum. So früh am Morgen war die Futterstelle noch nicht wieder aufgefüllt. Im Badezimmer brannte Licht.

Vorontsyev stieg aus dem Wagen und machte leise die Tür zu. Kilometer entfernt glühte die Stadt wie eine ausgebrannte Reaktoranlage; surreal wirkten die Flammen der Gasfelder im zunehmenden Licht. Er stieß die Gartenpforte auf und näherte sich auf verschneitem, aber ausgetretenem Pfad dem niedrigen Holzhaus, Dmitris Wohnung, die er immer mehr verkommen ließ, seit die Tochter an einer Überdosis krepiert und die Frau durchgedreht war. Jetzt stand ihm wieder eine schlimme Nachricht ins Haus. Es ließ sich nicht vermeiden. Vorontsyev mußte ihn einweihen, konnte nicht allein damit fertig werden.

Er drückte die Klingel. Es hallte im Inneren, als wären alle Teppiche und Möbel ausgeräumt.

Dmitri machte auf. Er trug eine Hose und ein graues Sweatshirt. Die rechte Gesichtshälfte war noch voller Rasierschaum.

»Alexei! Ich bin erst vor 'ner Stunde oder so nach Hause gekommen. Aber tritt ein, ich kann sowieso nicht schlafen.« Der enge, mit Fichtenholz verschalte Flur führte in ein großes Wohnzimmer. Dmitri winkte mit dem Rasiermesser und sagte: »Bin gleich zur Stelle. Nimm Platz. Ich mache uns Kaffee.«

Vorontsyev fand auf dem Sofa eine Lücke zwischen Zeitungsstapeln und einem dreckigen Plastikteller, von dem Dmitri offenbar seine letzte Mahlzeit abgespachtelt hatte. Aus dem Badezimmer rief er: »Lubin und ich haben die Anmeldeformulare der beiden. Sie liegen auf dem Tisch. Ich wette, sie haben sich unter falschem Namen eingetragen.«

Vorontsyev hörte Wasser spritzen, und beim Abtrocknen des Gesichts machte Dmitri jede Menge Lärm. Man hätte meinen können, daß sich da ein nasser Hund schüttelte. »Und was hast du so rausgefunden?« Ein Handtuch dämpfte die Stimme.

Vorontsyev nahm die Zettel aus dem Gogol zur Hand. Namen und Berufsbezeichnungen waren fein säuberlich notiert, auch die Adressen – eine aus Georgien, die andere aus Weißrußland. Ihm fiel auf, daß seine Hand zu zittern begann. Dmitri tauchte in der Tür auf, das Handtuch um den Hals gelegt und Seifenreste am Ohrläppchen. Er blickte drein, als trüge er normalerweise Brillengläser. Die Schultern hingen runter wie der Bauch. Eine erbärmliche Figur insgesamt.

»Pomarov. Das war anscheinend sein richtiger Name. Ich bin aus Kiew angerufen worden.«

»Gut. Und? Wer war er?«

»Mach erst mal Kaffee, alter Freund.«

Dmitri musterte ihn mit zweifelndem Blick, zuckte aber dann mit den Schultern und verschwand in der Küche. Vorontsyev hörte Geschirr klappern, Wasser kochen und nahm schließlich den Duft von Kaffee wahr. Er fixierte die Formulare, als versuche er, ihnen das Geheimnis um den gegenwärtigen Aufenthaltsort der beiden zu entlocken. Dabei verrieten sie nur eines: Beide Männer hatten geschäftlich mit Grainger-Turgenev zu tun gehabt. Das war als Grund ihrer Reise angegeben.

»Hat dein Besuch bei Misha Teplov was gebracht?« fragte Dmitri und reichte ihm einen braunen Becher. »Bist nicht zufällig auf Überraschungsgäste gestoßen, oder?«

»Nein.«

»Mach dir nichts draus, Alexei. Ich habe mir kurz die Passagierlisten angesehen, die wir vom Flughafen bekommen. Lubin will sie sich noch genauer anschauen. Aber es sieht nicht so aus, als sei jemand mit europäischem oder amerikanischem Paß nach Teheran oder in den Süden geflogen. Denn da sind die beiden doch vermutlich hin, oder? Vielleicht waren sie nur in der Stadt, um was abzuholen, und sind dann wieder dorthin zurück, wo sie hergekommen ...« Er stockte und musterte Vorontsyevs Gesicht.

»Was ist los? Was belastet dich? So wichtig können die beiden doch wohl nicht gewesen sein. Ich schätze, es sind einfache Kuriere.« Vorontsyev schüttelte den Kopf. »Was denn?«

»Ich hoffe sehr, im Irrtum zu sein. Aber es spricht einiges dafür, daß sie Atomphysiker sind.«

Etliche Schrecksekunden vergingen. Dann stöhnte Dmitri: »Wie bitte?«

»Pomarov hat in Semipalatinsk gearbeitet. Er ist ganz plötzlich und auf mysteriöse Weise aus Kiew verschwunden, ohne eine Nachricht zu hinterlassen oder seiner Tochter auf Wiedersehen zu sagen. Unser iranischer Freund hielt einen niederländischen Paß für ihn bereit – und einen Job.«

»In Teheran. Himmel, bist du dir da sicher.«

Vorontsyev nickte. »Es ist nicht neu, daß mit Wissenschaftlern Schleichhandel betrieben wird, vor allem mit Experten der Nuklearforschung, Lasertechnik oder Waffenentwicklung. Atomwaffen, Dmitri. Stell dir nur vor: Jeder Psychopath kann sich womöglich demnächst, wenn er denn genug Geld hat, seine eigene Bombe auf dem Schwarzmarkt kaufen. Tja, mein Lieber ...«

Schweigend nippte er am Kaffee und schaute zu, wie sein Gegenüber an den Informationen zu schlucken hatte. Nach einer Weile sagte Dmitri: »Ob die beiden ausgeflogen sind, bevor sich Vahaji totgefahren hat? Oder könnte es sein, daß sie sich noch in der Stadt aufhalten?«

»Hoffentlich.«

»Dann müssen wir sie finden, Alexei, und zwar schnell. Dazu brauchen wir das komplette Team.« Dmitri reagierte ganz anders als erwartet. Anstatt Trübsal zu blasen, behielt er kühlen Kopf und drängte zur Tat. »Guck nicht so dumm aus der Wäsche, als würde morgen um drei die Welt untergehen. Was du da rausgefunden hast, ist beileibe kein Einzelfall. Und daß man heutzutage für harte Währung alles kriegt, ist kein Geheimnis mehr. Erinnere dich: Letztes Jahr sind in Moskau ein gutes Dutzend Wissenschaftler hoppgenommen worden, als sie sich abzuseilen versuchten.«

In der Tat. Mehrere Atomphysiker und Konstrukteure

von Waffen für biologische Kriegsführung waren auf dem Flughafen Cheremetievo verhaftet worden; sie hatten in den Irak beziehungsweise nach Pakistan ausfliegen wollen, waren eingekauft worden wie Exportartikel Made in Rußland. Von überzähligen und schlechtbezahlten Wissenschaftlern gab es in der russischen Föderation jede Menge.

»Du hast recht«, seufzte Vorontsyev. »Ob sie mit Drogengeldern bezahlt werden?«

»Wäre vielleicht ein bißchen zu glatt. Also, wann soll's losgehen? Ich trommle ein paar zuverlässige Leute zusammen.«

»Um zehn in meinem Büro.« Vorontsyev stand auf. »Und danke, Dmitri.«

»Wofür? Daß ich mir nicht in die Hosen mache? Mann, soweit kommt es noch.« Sein verlebtes Gesicht zeigte einen Anflug von Heiterkeit. Es gab im Grunde nur eines, was ihn nicht gleichgültig ließ, und das war der Tod seiner Tochter und das Dahinsiechen seiner Frau. Alles andere konnte ihn günstigstenfalls von seinem Kummer ablenken.

Ganz anders Vorontsyev. Er hatte eine Heidenangst, von der es kein Ablenken gab. Innerhalb von nur wenigen Jahren konnte sich jeder, der finanzkräftig genug war, ein eigenes nukleares Waffenarsenal zulegen und die Welt damit bedrohen. Rußland verschacherte sein Potential an Fachkräften und nahm seine eigene Zerstörung in Kauf. Selbstmörderisch.

Dmitri ahnte, was in ihm vorging und versuchte, Mut zu machen. »Keine Sorge, wir werden die Kerle aufstöbern. Das hab' ich im Urin.«

»Ja, sie haben sich soeben zurückgemeldet. Wir kümmern uns drum ... Wenn's nicht wichtig wäre, hätte ich es nicht veranlaßt. Sie sind der anderen Sache auf der Spur. Es geht ihnen nicht mehr nur um Heroin ... Gut. Nein, ohne ihn, die anderen halten sich zurück. Wieso er drangeblieben ist? Keine Ahnung. Aber er ist drangeblieben. Dumm für ihn. Ich habe ihn ausdrücklich gewarnt und ihm den Fall entzogen. Er hätte kapieren müssen und weiterpennen sollen ...

Tja, anscheinend habe ich ihn unterschätzt. Kein Problem, das kriegen wir schon geregelt. – Was? Ja, ich rufe zurück, sobald ich das Ergebnis erfahren habe. Machen Sie sich keine Sorgen. Meine Leute wissen, was zu tun ist. Ja doch, ich melde mich wieder, sobald …«

Die Verbindung war abgebrochen. Oberst Bakunin legte den Hörer auf und verzog das Gesicht. Saukerl … Er hatte Vorontsyev beschatten lassen, und der schien geradezu darauf erpicht zu sein, den Märtyrer zu spielen.

Dieser Idiot. Wäre er doch bei seinem alten Fach geblieben, in der Rolle des moralinsauren Misanthropen, der nichts tut, außer seinen gedankenschweren Kopf zu wiegen.

Wie dem auch sei, ohne ihn würde sein Team aufgeschmissen sein.

Vorontsyev schloß die Wagentür ab und überquerte den Parkplatz vor seinem Wohnhaus. In der kalten Luft hing Gasgeruch. Der rutschige Untergrund zwang ihn zu vorsichtigen Trippelschritten, wobei ihm in den Sinn kam, daß er in seinen Ermittlungen ähnlich zaghaft und wie auf Glatteis voranschritt, gehemmt von Selbstzweifeln und resignativer Grundstimmung.

Er fühlte sich zu Recht gescholten – aber gleichzeitig ein wenig aufgemöbelt durch Dmitris Tatendrang und nüchterne Einschätzung der Lage.

Die meisten Fenster in der Rückfront des großen, baufälligen Hauses waren erleuchtet. Hinter der Gardine ihres Wohnzimmers sah er den Schatten Vera Silkovas hin und her huschen; wahrscheinlich versuchte sie wieder einmal ihren plärrenden Säugling zu beruhigen. Vorontsyev grinste. Obwohl müde und ausgelaugt, fühlte er sich durchaus entspannt. Der Besuch bei Dmitri hatte ihm gut getan. Die untergetauchten Männer mochten sehr wohl noch in der Stadt sein, und man konnte im Rahmen einer ganz normalen Fahndung nach ihnen suchen lassen. Vielleicht ließ sich fürs erste vergessen, daß es sich um Atomphysiker handelte, die vom Iran bezahlt wurden.

Inmitten der Neubauten behauptete das Haus seinen Platz wie ein sturer Klotz aus Altersstarrsinn. Mit den Nachbarn hatte Vorontsyev nicht viel gemein außer einem unbestimmten Gefühl von Vertrautheit. Sie mochten ihn, wähnten sich vor Dieben sicher, weil ein Polizeimajor unterm selben Dach wohnte.

Er machte die Haustür hinter sich zu. Aus den Wohnungen drangen die immer gleichen Geräusche alltäglicher Verrichtungen. Als er auf die erste Etage hochgestiegen war, flog unten im Parterre Otzmans Wohnungstür zu; der Verwaltungsbeamte eilte zum Dienst. Es war kurz nach acht. Gähnend kramte Vorontsyev in der Tasche nach den Schlüsseln. Er wollte ein Stündchen zu schlafen versuchen, sich dann duschen, rasieren und um zehn wieder im Büro sein.

»Major?« rief Otzmans Frau Nadya. Der Schlüssel steckte schon im Schloß. »Die Männer von den Stadtwerken waren da, um das Gasleck zu reparieren. Sie sagen, daß …«

Er hatte den Schlüssel umgedreht …

Das Türblatt flog ihm entgegen und schleuderte ihn rücklings auf den Treppenabsatz zurück. Soviel registrierte er noch. In seiner Wohnung war eine Bombe hochgegangen. Die Wände wackelten. Er spürte Schmerzen, schrie wie am Spieß …

Und dann – nichts.

9

Auf die schlechte alte Art

Es wurde dunkel, als er nach Georgetown zurückkehrte. Der Regen hatte kaum nachgelassen. Er fuhr an den Bordstein heran und stellte den Motor ab; gleichzeitig verstummte die Kassettenaufnahme eines Dylan-Songs. Mit der Stille kehrten die Gedanken zurück wie zornige Hornissen. Er sah Kauffman vor sich, gebeugt auf seinem Beichtstuhl hockend, die Hände ums Glas geklammert. Das Bild war lebendig, entnervend. In ähnlicher Haltung kauerte Lock nun auf dem Fahrersitz des Mietwagens; die Hände hielten das Lenkrad gepackt. In Schlieren strömte der Regen über die Windschutzscheibe.

»Was anderes zählt für mich nicht mehr. Du nicht, ich nicht …« Das oder ähnliches hatte er gesagt, um Kauffman angst zu machen. Nun machten ihm diese Worte selbst angst. Nichts zählte mehr. Außer Turgenev, außer der Gewißheit, daß sich das, was in Vietnam geschehen war, in Afghanistan und später auch in Sibirien wiederholt hatte. Vaughn und Billy waren der Versuchung erlegen. Sie hatten das Rauschgift für sich entdeckt, Schmuggel und Handel organisiert und abkassiert.

Und dafür bluten müssen. Verdientermaßen.

Nicht so Beth, obwohl …

John Lock schlug die Hände vors Gesicht. Was er über Kauffman erfahren hatte, lastete wie ein Alpdruck auf ihm. Der Kopf drohte zu zerspringen unter dem Ansturm quälender Gedanken, die von Grund auf umkrempelten, was er für gut und wertvoll gehalten hatte.

Stöhnend preßte er die Schläfe an die kühle Seitenscheibe. Billy, Vaughn, die Firma … all das reduzierte sich für ihn auf das Verbrechen aus Habgier, geschehen in dem Anwesen in Virginia, vor dem die Landesfahne wehte, als sich die Elite aus Washington am Abend zuvor ein Stelldichein gegeben hatte, um der Schwester zum Geburtstag zu gratulieren. Als Billy in seinem Arbeitszimmer von Pete Turgenev angegangen worden war. Warum? Ging es um die Forderung höherer Gewinnanteile? Um Betrug, um verspätete Gewissensbisse?

Und mit dem Täter war eine Unschuldige umgebracht worden. Seine Schwester.

Er stieg aus dem Wagen, knallte die Tür zu und verzichtete darauf, abzuschließen. Von Wut getrieben, ließ er den Regen und den Geruch modernden Laubs hinter sich und eilte mit gesenktem Kopf durch Eingang und Treppenhaus. Es würde ihm jemand Rede und Antwort stehen und zahlen müssen. Das war der einzig klare Vorsatz, den er im Wirbel aus heillosen Gedanken und Vorstellungen zu fassen vermochte. Heftig stieß er die Wohnungstür auf und trat ins Wohnzimmer.

Das Mädchen lag mit verrenkten Gliedern auf dem großen Sofa. Ein Arm hing wie nach vergeblichem Abwehrversuch auf den Teppich herab. Das junge, fremde Gesicht bannte den Ausdruck wilden Entsetzens. Die blauen, stark geschminkten Augen waren aufgerissen und starrten ihm entgegen. Den schlanken Hals umschnürte eine Krawatte – die ihm gehörte, wie er auf den ersten Blick erkannte. Er hatte sie Weihnachten vor einem Jahr von Beth geschenkt bekommen.

Erwürgt durch seine Hand, das sollte die Leiche bezeugen. In seiner Wohnung, mit einer seiner Krawatten. Der Rocksaum war bis zur Taille hochgezerrt worden. Sie trug keine Unterwäsche. Zwei halbgefüllte Cocktailgläser auf dem Beistelltisch, verrutscht der chinesische Läufer, die Stehlampe umgekippt. All das ließ kaum einen Zweifel über Motiv, Tathergang und Täterschaft offen. Die Mordkommission war womöglich schon alarmiert. Er lauschte auf die Straßengeräusche, erwartete, das Heulen einer Polizeisirene zu hören. Tatsächlich bremste ein Wagen vorm Haus ab.

Er trat ans Fenster, schob die Gardine ein Stück beiseite

und sah den Nachbarn in die Einfahrt zur Garage einbiegen. Noch war es nicht soweit …

Er wandte sich wieder dem toten Mädchen zu. Sie war minderjährig, eine Stricherin vielleicht oder noch Schülerin, eine, die als Vergewaltigungs- und Mordopfer hatte herhalten müssen, wahrscheinlich nur zufällig in ein tödliches Spiel hineingeraten war – so wie Beth. Die Täter fürchteten offenbar, daß Lock ihnen auf die Schliche kam. Nun versuchten sie, ihn aufzuhalten.

Unbeeinflußt von der Panik, die ihm seine Nerven aufnötigten, veranlaßte ihn eine Art von Automatismus zum Handeln. Er ging ins Schlafzimmer und entnahm dem Versteck unter den Dielenbrettern die gefälschten Ausweise, die ihm seit seinen Tagen bei der Firma regelmäßig verlängert wurden. Dann packte er seine Sporttasche mit dem Nötigsten. Auf die Pistole verzichtete er; sie würde beim Check-in auf jedem Flughafen der Staaten entdeckt werden. Statt dessen legte er zu den wenigen Sachen, die er mitzunehmen gedachte, ein Foto von Beth im Silberrahmen.

Als er ins Wohnzimmer zurückkehrte, näherte sich Sirenengeheul. Es blieb nur noch wenig Zeit.

Lock warf einen Blick auf das Mädchen und wußte, daß er nie wieder in diese Wohnung zurückkehren konnte. Turgenev hatte ihm zuerst die Schwester entrissen und nun auch noch den Rest seines bürgerlichen Lebens. Geblieben war ihm nur eine Vergangenheit, von der er gehofft hatte, daß es damit ein für allemal vorbei wäre: das düstere Kapitel eines Lebens als jemand, der sich darauf verstand, zu töten, zu täuschen, zu fliehen und zu überleben.

Turgenev … Vaughn Grainger mußte ihm jetzt bestätigen, daß Turgenev hinter all dem steckte, auch hinter dem Mord an diesem Mädchen. Und wenn daran kein Zweifel mehr bestand …

Er eilte durch die Diele, warf die Wohnungstür hinter sich zu und hörte die Sirene vorm Hauseingang verstummen.

Dmitri Gorov schreckte aus kurzem, bewußtlosem Schlaf auf. Das Telefon schrillte. Benommen stierte er auf den

Wecker. Alexei war vor einer Stunde gegangen; daraufhin hatte sich Dmitri angezogen aufs Bett gelegt und war weggedöst. Stöhnend langte er nun nach dem Hörer. Daraus sprudelte Goludins Stimme hervor.

»Wir sind fündig geworden, Marfa und ich. Wir haben den Beweis. Ein Päckchen Heroin!«

»Immer mit der Ruhe«, knurrte Dmitri. »Und jetzt mal der Reihe nach. Wo habt ihr das Zeug gefunden?«

»In einem der Lager des Krankenhauses.« Die Stimme des jungen Kollegen war umgeschlagen; er sprach in dramatischem Flüsterton. »Von dort rufen wir an. Der Stoff steckt in meiner Tasche.« Nach kurzer Pause. »Was sollen wir jetzt machen?«

»Laß Marfa nicht aus den Augen«, sagte Dmitri. »Ich komme so schnell wie möglich.« Er rieb sich die verquollenen Augen. »Bleibt, wo ihr seid. Hat irgendwer Lunte gerochen?«

»Nein. Wir dachten schon« – Goludin prustete albern –, »jetzt geht's uns an den Kragen, als im Flur Schritte zu hören waren. Fehlalarm.«

»Laßt euch nichts anmerken. Bin gleich da. Und noch was – gute Arbeit; ihr könnt stolz auf euch sein.«

Dmitri zögerte einen Moment und überlegte, ob er Vorontsyev Bescheid sagen sollte, entschied sich aber dagegen und stieg aus dem Bett, schwerfällig wie ein Invalide. Doch Goludins Nachricht brachte ihn auf Trab.

Im Badezimmer klatschte er kaltes Wasser ins zerknitterte Gesicht, und als er in den Spiegel schaute, blickte ihm ein müder alter Mann entgegen mit einer Miene, der nicht anzumerken war, wie ihn die Erregung im Inneren aufwühlte.

Auf dem Weg nach draußen warf er sich den Mantel über und fuhr mit den Fingern durchs zerwühlte Haar. Fast hätte er das Telefonläuten nicht mehr gehört. Er eilte ins Wohnzimmer zurück.

»Ja, was ist denn?« rief er ungehalten.

»Dmitri? Ich bin's, Lubin. Da ist soeben eine Meldung eingetroffen.« Der Stimme nach zu urteilen, konnte es sich nur um eine Hiobsbotschaft handeln. »Auf den Chef ist ein Bombenanschlag verübt worden?«

»Ist er verletzt?«

»Ich weiß nicht. Die Meldung ist gerade erst gekommen, per Funk aus einem Streifenwagen. Sieht schlimm aus. Es hat das halbe Haus weggerissen. Eine junge Frau und ihr Kind sind von den Trümmern erschlagen worden, soviel steht fest. Aber ob …«

»Mach dich sofort auf die Socken!« rief Dmitri. »Wir treffen uns dort!«

Er legte den Hörer auf und wußte im ersten Moment nicht weiter. Ihm wurde schwindelig, und er langte mit der Hand ans Gesicht, als versuchte er, sich seiner Identität zu versichern. Die Stirn war kalt und schweißnaß. Alexei, Alexei … Offenbar war er den Verbrechern allzu nahe auf die Pelle gerückt. In die Enge getrieben, hatten sie zugeschlagen.

Goludin kehrte ins Krankenzimmer zurück und traf Dr. David Schneider vor Marfas Bett an. Er war drauf und dran, den Arzt zur Rede zu stellen, sah aber, daß Marfa warnend den Kopf schüttelte. Ihm schoß das Blut in die Wangen, und seine Augen gingen fahrig hin und her, als ihn Schneider mit argwöhnischen Blicken musterte.

»Sollten Sie nicht auf Ihre Kollegin aufpassen?« fragte Schneider. »Ihr Bett war leer, und die Krankenschwester hat vergeblich nach Ihnen gesucht.« Der Amerikaner war merklich gereizt und um Fassung bemüht. Er rang sich ein Lächeln ab. »Ich habe der jungen Dame strikte Bettruhe verordnet. Es ist in ihrem eigenen Interesse. Sie verstehen?« Sein Russisch war schulmäßig und klang entsprechend gestelzt.

»Wie bitte? O ja … natürlich«, stammelte Goludin. Womit hatte Marfa ihr Verschwinden erklärt? Was sollte er auf diese Frage antworten? »Tut mir leid. Kommt nicht wieder vor.«

Schneider hatte Verdacht geschöpft, das war unverkennbar. Er nickte den beiden flüchtig zu und verließ das Zimmer. Goludin eilte an Marfas Bett und fragte: »Was hast du gesagt?«

»Daß ich mal aufs Klo mußte und daß du losgezogen bist, um was zu essen zu holen«, antwortete sie. »Und? Konntest du ihn erreichen?«

»Dmitri ist im Anmarsch. Wir sollen uns solange bedeckt halten.« Er zwinkerte ihr verschwörerisch zu. Beide strahlten vor Freude über den geglückten Coup. »Verdammt, Marfa, wir haben's geschafft. Wir haben's tatsächlich geschafft.«

Schneider war im Flur stehengeblieben und warf einen Blick zurück. Im Glasausschnitt der Tür sah er den jungen Mann über das Bett der Kollegin gebeugt. Es war, als tauschten zwei Kinder ein Geheimnis aus. Angesichts dieser Szene fuhr dem Amerikaner ein eisiger Schauer über den Rücken. Er eilte zum Fahrstuhl.

Daß sich die beiden unter falschem Vorwand hier im Krankenhaus aufhielten, hatte Schneider von Anfang an vermutet, doch war ihm bisher nichts weiter aufgefallen. Die junge Frau schien tatsächlich ernstlich angeschlagen zu sein, und der naive Jüngling an ihrer Seite machte nicht den Eindruck, als könne er gefährlich werden. Darum hatte Schneiders Argwohn allmählich nachgelassen.

Aber nun ...?

Er drängte zur Fahrstuhltür hinaus, noch ehe sie vollständig aufgegangen war, und hastete durch den Kellerflur in Richtung Lagerraum. Die Arme mit frischer Bettwäsche beladen, kam ihm eine Krankenschwester entgegen. Sie grüßte respektvoll, was er nur mit einem gezwungenen Lächeln beantwortete.

Er inspizierte das Schloß. Es schien unbeschädigt zu sein; keine Anzeichen von Gewalteinwirkung. Hastig öffnete er die Tür und schloß hinter sich ab, bevor er das Licht einschaltete. Es dauerte nur Sekunden, und er hatte den weißen Fleck entdeckt, das zu Boden gerieselte Pulver. Langsam und mit klopfendem Herzen ging er darauf zu. Dort angelangt, bückte er sich mühsam wie ein alter Mann, befeuchtete die Zeigefingerkuppe, schmeckte ...

Und spie aus. Es war Kokain. Der Schweiß brach ihm am ganzen Körper aus. Den erschrockenen Blick nach oben gerichtet, stand er auf und kletterte mit hektischen Bewegungen das Regal hinauf, als versuchte er, sich vor anschwellenden Wasserfluten in Sicherheit zu bringen. Er fand die aufgerissenen Kartons, machte auch hier eine Geschmacksprobe und wußte endgültig Bescheid.

Halb kletternd, halb rutschend stieg er wieder nach unten, lehnte sich ans Regal und schlug verzweifelt mit der Faust an den Ständer, als er an die junge Frau im Bett und ihren trotteligen Kollegen dachte, die ihm lange Nasen machten. Der Chef der beiden hatte ihn von Anfang an im Verdacht gehabt, das wußte er, konnte aber kaum glauben, daß er ausgerechnet diesen beiden Amateuren, diesen lächerlichen Grünschnäbeln auf den Leim gegangen war. Eines der Päckchen fehlte. Sie hatten nun den Beweis, einen unumstößlichen Beweis, und sie würden mit einem Durchsuchungsbescheid anrücken.

Panshin mußte schnellstens informiert werden. Jetzt, da Rawls tot war, konnte ihm nur noch Panshin aus dem Schlamassel helfen …

»Beruhigen Sie sich, Panshin!« bellte Bakunin und schlug mit der flachen Hand auf die Schreibtischplatte. »Das ist halb so wild. Dem Hühnchen ist der Kopf abgehackt worden, und jetzt flattert es nur noch ein bißchen. Kein Grund zur Sorge. Wir haben alles im Griff.« Er hörte zu. »Mit denen werden wir im Handumdrehen fertig. Sagen Sie dem Doktor, er soll sich nicht die Hosen vollmachen. Was sind das bloß für Weicheier, diese Amerikaner?« Bakunin verdrehte die Augen. Ohne Mumm, dachte er, aber so gierig wie Rawls, der den Hals nicht hatte vollkriegen können. Immerhin, das an ihm statuierte Exempel hatte Wirkung gezeigt; die Kerle waren wieder auf Spur gebracht worden. Doch jetzt, da die exportbereite Charge von zwei halbgaren Polizeibeamten entdeckt worden war, brannten denen wieder alle Sicherungen durch. Schneider und Panshin, was waren das bloß für armselige Strohmänner. Ohne Rückgrat, aufrechtgehalten nur von Gier.

»Schneider soll die beiden im Auge behalten und darauf achten, wer sie besucht. Und beruhigen Sie ihn, Panshin. Sagen Sie ihm, daß alles geregelt ist. Verstanden? Dem Hühnchen fehlt der Kopf. Sagen Sie ihm das!«

Bakunin ließ den Hörer auf die Gabel fallen und trommelte mit den Fingern der anderen Hand auf die Tischplatte. Der Morgen war düster; es wollte einfach nicht hell werden hinter den Bürofenstern.

Was war nur los mit diesen Leuten? fragte er sich. Brauchten sie etwa ... – er prüfte den Gedanken, der ihm durch den Kopf ging – brauchten sie etwa ein weiteres Exempel? Ob sie das wieder zur Besinnung brächte?

Vielleicht wäre es taktisch klug, Schneider aus dem Weg zu räumen.

Die Maschine aus Baltimore senkte sich auf die Wüste von Phoenix herab. Unter der aufgehenden Sonne schrumpften die Schatten der Berge wie trocknendes Laub, das sich einrollt. Vom Fenster aus sah Lock die Landschaft in zunehmend klaren, harten Konturen hervortreten. Tief unten glitzerten Trinkwasserspeicher, und in der Ferne schimmerte die Stadt im Dunst. Nervös rutschte er im Sitz hin und her und spürte die Anspannung zurückkehren, die sofort auf den Magen schlug.

Er hatte den Mietwagen abgegeben und war mit dem Pendelbus zum Flughafen von Baltimore-Washington gefahren. Die Nachtflüge nach Phoenix und Tuscon waren ohne besondere Sicherheitsvorkehrungen abgewickelt worden, und er hatte ohne weiteres mit falschem Ausweis den Kontrollposten passieren können, obwohl er bereits zur Fahndung ausgeschrieben war. CNN hatte von dem Mord in Georgetown berichtet, John Lock als mutmaßlichen Täter genannt und ein Foto von ihm ausgestrahlt, ein altes Foto aus seiner Dienststelle. Er war in der Flughafenhalle zufällig an einem laufenden Fernsehgerät vorbeigekommen, als diese Meldung durchgegeben wurde.

Als die Boeing in den Nachthimmel über Maryland aufstieg und die Wolkendecke durchstieß, war ihm, als fiele die eigene Vergangenheit von ihm ab mitsamt all den Rollen, die er dargestellt hatte: das verwaiste Kind, das von der älteren Schwester behütet wurde; der Collegestudent und Basketballspieler; der Uniabsolvent; der Ministerialbeamte und Experte für osteuropäische Angelegenheiten; der eingefleischte Junggeselle, gerngesehene Partygast, Liebhaber alter Musik. Während die übrigen Passagiere zu schlafen versuchten oder sich vom Bordkino unterhalten ließen, sah er all diese einstigen Personen seiner selbst vor der Küste zurückbleiben und im Meer untergehen. Bis auf eine: die Person des ausgebildeten CIA-Agenten. Nur in der Rolle konnte er jetzt zu überleben hoffen; und diese Person hatte nichts weiter bei sich als eine gepackte Sporttasche, falsche Papiere und Geld.

Während tief in der Nacht der amerikanische Kontinent unter der Maschine hinwegglitt, machte er sich allmählich und widerwillig vertraut mit John Lock, dem Agenten, der Menschen getötet, mit List und Rücksichtslosigkeit Komplotte eingefädelt und Afghanistan überlebt hatte. Mehr als der zu sein, war ihm nicht gestattet, und das war ihm recht so, denn er hatte nur den einen Gedanken: Turgenev zur Strecke zu bringen.

Als er soweit im reinen mit sich war, hatte er sich ein wenig entspannen können, und als die Lichter von Oklahoma City am Horizont verschwanden, döste er ein, schlief tief und traumlos, bis das Frühstück serviert wurde. Er war zwar nicht ausgeruht, aber hellwach.

Die Wüste um Phoenix, Hochhäuser aus Glas und Riesenkakteen. Violette Hügel, winzige Schatten, funkelnde Windschutzscheiben auf der Schnellstraße. Dann zog die Maschine eine letzte Schleife im Landeanflug auf Sky Harbor. Von Vaughn Grainger war ihm mit matter Stimme zugehaucht worden, daß Turgenev den Mord an Billy veranlaßt habe, daß er – und nicht etwa Tran – der eigentliche Drahtzieher der Drogengeschäfte sei. Jetzt beanspruche der Russe den ganzen Kuchen für sich allein.

Das Fahrwerk setzte auf, die Turbinen kreischten im Umkehrschub. Aus Habgier hatte Turgenev beschlossen,

Vaughn und Billy zu verdrängen. Jetzt sollte er dafür büßen. Egal, wann oder wie, Lock würde den Mord an Beth rächen. Und auch die tote Stricherin in seiner Wohnung.

Die Maschine bog von der Rollbahn ab und steuerte auf die blendende Spiegelfassade des Terminals zu. Sonnenlicht durchflutete die Kabine. Die Passagiere regten sich, wie aus langem Winterschlaf erwacht. Lock starrte zum Fenster hinaus auf die Gangway, die sich der Flanke des Flugzeugs entgegenschob. Die Luke wurde geöffnet. Er wartete. Sollten die anderen Passagiere zuerst aussteigen; es konnte ja sein, daß die Polizei oder das FBI auf ihn wartete.

Schließlich stand er auf, nahm die Tasche aus dem Gepäckfach, lächelte höflich der höflich lächelnden Stewardeß zu und verließ die Maschine. Ob man damit rechnete, daß er nach Phoenix gekommen war?

Der erste Polizist, dem er begegnete, nahm von ihm keine Notiz und knöpfte sich statt dessen einen Mann vor, der ein schrill kariertes Jackett und einen Strohhut trug. Da Lock auf kein Gepäck zu warten hatte, machte er sich unverzüglich auf den Weg nach draußen zum Taxistand und passierte einen zweiten Polizisten. Doch auch der ließ ihn unbehelligt. Auf der Stirn und am Hemdkragen fing er zu schwitzen an. Dann trat er ins grelle Sonnenlicht hinaus und sah sich blinzelnd um. Es war brüllend heiß. Mit seinem grauen Anzug und dem Binder kam er sich unter all den geblümten Hemden und kurzen Hosen vor wie ein exotischer Blickfang. Er eilte auf das erste freie Taxi zu, beugte sich ins Fenster auf der Fahrerseite und murmelte: »Mountain Park Hospital. So schnell wie möglich.« Mit einem Kopfschlenker lud ihn der Chauffeur ein, auf dem Rücksitz Platz zu nehmen. Bevor er einstieg, schaute sich Lock nach allen Seiten um. Niemand schien an ihm interessiert zu sein.

Er warf die Tasche auf die Rückbank und setzte sich daneben auf den heißen Kunststoffbezug. Wie in seinem Anzug, so fühlte er sich auch im engen Fahrraum des zerbeulten alten Chryslers eingezwängt. Der Fahrer, ein dunkeläugiger Latino, musterte ihn im Rückspiegel. Lock wandte das

Gesicht ab und sah sich um, als das Taxi von der McDowell in die Seventh Avenue abbog. Er war auf der Hut davor, verfolgt zu werden, was aber nicht der Fall zu sein schien.

Wie poliertes Felsgestein schimmerte das Krankenhaus in der Wüstensonne. Er steckte dem Chauffeur den Fahrpreis zu, stieg aus, nachdem er sich noch einmal umgeschaut hatte, und eilte in die klimatisierte Vorhalle. Doch auf dem Weg in den Trakt der Grainger-Klinik wurden seine Schritte immer langsamer. Er scheute davor zurück, den Alten über seine zwanzigjährige Laufbahn als Drogenhändler auszufragen. Der Fahrstuhl brachte ihn ins oberste Stockwerk.

Ein Panoramafenster umrahmte das Postkartenmotiv der hoch aufragenden New River Mountains. Im Park darunter umschwirrten Kolibris einen Kaktus, um aus seinen Blüten Saft zu schlürfen. Ihm fiel auf, daß ihn eine Krankenschwester von der Seite beobachtete.

»Mr. Grainger hat sich schon wieder gut erholt, Mr. Lock«, sagte sie. »Wir dachten, Sie seien nach Washington zurückgeflogen.«

»Ehm, ja. Aber ich ...« Er zuckte mit den Schultern. »Ich wollte den Alten jetzt nicht alleinlassen. Hab' ja außer ihm keine Angehörigen mehr ...«

»Ich verstehe, Mr. Lock. Mr. Grainger wird sich bestimmt über Ihren Besuch freuen.« Sie stand auf. »Mal sehen, ob er wach ist. Dann werde ich Sie bei ihm anmelden.«

Sie verschwand in Vaughns Zimmer, kam wenig später an die Tür zurück und winkte Lock herein.

»Ich lasse Sie jetzt allein. Aber bitte nehmen Sie Rücksicht. Er darf sich nicht anstrengen.« Lock nickte und machte die Tür hinter ihr zu.

Daß ihn die Krankenschwester kannte, verunsicherte ihn. Womöglich hatte sie sein Foto in den CNN-Nachrichten gesehen und erfahren, daß er sich auf der Flucht befand. Ach was, dachte er. Die Jalousien waren heruntergelassen, und als sich seine Augen an das Halbdunkel gewöhnt hatten, sah er Vaughns starren Blick auf sich gerichtet. Er trat auf das Bett zu.

»Hallo, Vaughn. Wie geht's?« murmelte er unbeholfen und schaute unwillkürlich auf den Herzmonitor, der leise und regelmäßig Pieplaute von sich gab. »Vaughn …?« Der Alte starrte unverwandt aus glasigen Augen, wie tot oder nicht bei Sinnen.

Auf den Stuhl am Bett deutend, hob Grainger die Hand und ließ sie wieder unter dem weißen Laken verschwinden, als Lock seine Hand zum Gruß ausstreckte. Er setzte sich. Obwohl die Klimaanlage schnurrte, war es stickig warm im Raum. Vor dem Fenster zwitscherte ein Vogel.

»Ich … ich mußte zurückkommen«, sagte Lock und rieb sich die feuchte, prickelnde Stirn.

»Warum?«

Um die Nerven zu beruhigen, redete er sich ein, genügend Zeit zu haben. Im Vorübereilen hatte er auf dem Flughafen einen Blick auf die Schlagzeilen der Zeitungen geworfen, die an einem Kiosk ausgestellt waren. Bis auf die Titelseiten hatte es sein Fall noch nicht gebracht, und die Washingtoner Polizei würde gewiß nicht vermuten, daß er nach Phoenix zurückgekehrt war.

»Vaughn …« Er räusperte sich den Hals frei und rückte auf seinem Stuhl näher ans Bett. »Vaughn, ich habe da so einiges in Erfahrung gebracht und weiß jetzt, warum Billy und Beth sterben mußten …« Die zugleich flehende und verächtliche Miene des Alten brachte ihn ins Stocken. Er sah zwei Gesichter vor sich: den Vaughn der Vergangenheit und den der Gegenwart, beide gleichzeitig hier im Krankenzimmer.

»Was weißt du?« fragte Grainger im arroganten Tonfall eines Mannes, der sich niemals reinreden ließ und am Ende immer die Nase vorn hatte. »Was fällt dir eigentlich ein, John?«

Er bluffte, versuchte, seine herrische Art hervorzukehren, was aber auf geradezu erbärmliche Weise fehlschlug. Schon geriet er in Atemnot, und die grün leuchtenden Amplituden des Oszillographen zuckten merklich schneller und unregelmäßiger über den Bildschirm.

»Du kennst die Antwort, Vaughn«, fuhr Lock unbeirrt

fort. »Es geht um Tran und um dich, um Vietnam ... und auch um Billy. Was damals ...«

Vaughn streckte eine altersfleckige Hand aus, und seine Finger umklammerten Locks Handgelenk wie die Krallen eines Raubvogels. »Kommst du mir jetzt mit alten Geschichten? Was zum Teufel soll das?«

Er schüttelte die Hand des Alten ab.

»Glaubst du, ich könnte vergessen, daß sie meine Schwester ermordet haben?« zischte er in unverhohlener Wut. »Niemals!«

Daß Grainger den Kopf schüttelte, war nicht als Leugnung zu verstehen, sondern vielmehr Ausdruck quälender Betroffenheit. Kraftlos klopfte er mit der Hand auf die Dekke. Der Herzmonitor entsprach einem Radioempfänger, der schwache Signale aus weiter Ferne registrierte. Grainger deutete auf seinen Mund und dann auf die Sauerstoffmaske, die am Kopfende des Bettes hing. Lock reichte sie ihm. Gieriges, kehliges Saugen und Röcheln tönte durch den Raum. Allmählich kam Vaughn zur Ruhe; schließlich setzte er die Maske ab. Der Monitor schrieb eine gleichmäßige Kurve. Hatte der Alte womöglich wieder nur geblufft? Er konnte jederzeit mit einem Druck auf den Rufknopf das Gespräch beenden.

Die alten Augen glitzerten feucht.

»Du hättest dich raushalten sollen, John-Boy. Warum hat dich bloß der Teufel geritten?«

»Da fragst du noch? Verstehst du denn nicht?«

Grainger nickte wider Willen.

»Ja, aber du schadest dir nur selbst. Gegen das, was hier gespielt wird, kommst du nicht an.« Er tätschelte Locks Hand. »Glaub mir, von dir lassen die sich nicht in die Suppe spucken.«

»Vaughn, ich mußte alle Brücken hinter mir abreißen. Sie haben mir ein getötetes Mädchen in die Wohnung gelegt und die Polizei auf den Hals gehetzt. Ich weiß, auf was ich mich einlasse.«

Grainger schreckte auf. Sein Gesicht wurde noch blasser, und die Monitorkurve schlug zackig aus.

»Du hast gegen sie keine Chance.«

»Ich habe keine Wahl«, entgegnete Lock.

Grainger blickte zu ihm auf wie zu einem Arzt oder Priester, der ans Bett gekommen war, um Gesundheit oder Hoffnung zu versprechen. Sein Herz schlug wieder regelmäßig wie ein Uhrwerk, das die Zeit maß, die für ihn, Lock, immer knapper wurde.

»Sie werden auch dich umbringen, John. Ich will das nicht auch noch ertragen.« Plötzlich fing er ungehemmt zu weinen an, stumm; die Tränen rollten über die fahlen Wangen und tropften in den Kragen des weißen Krankenhaushemds. »John-Boy, kehr um, ehe es zu spät ist! Es darf nicht sein, daß sie dich auch noch töten.«

In der Stille verstärkte sich das leise Summen der Maschinen, die Geräusche aus der Station, Vaughns Luftholen, sein eigener Atem, das Piepen des Herzmonitors.

Schließlich: »Du wirst mir alles sagen, Vaughn. Du mußt.«

»Was weißt du?«

»Ich weiß von dir und Tran. Ich weiß, womit du in den siebzigern das Unternehmen wieder hochgepäppelt hast. Mit Heroin.« Er warf einen Blick auf den Monitor, doch der verriet keinerlei Reaktion. »Ich frage mich, ob Billy damals schon mit von der Partie war.«

Grainger schüttelte den Kopf. »Nein«, knurrte er trotzig. Lock nickte, versuchte zu lächeln.

»Ich weiß, wie du an den Stoff rangekommen bist und warum du dich auf dieses miese Geschäft eingelassen hast. Ein ehemaliger Kollege namens Kauffman« – es war deutlich, daß Grainger wußte, von wem die Rede war – »hat mir all das erzählt.«

Die Vorwürfe bewirkten, daß der Alte zusammenfuhr. Seine Augen verrieten Schmerz und Trotz. Aber daß er Schuld empfand oder gar bereute, war nicht zu erkennen; er machte den Eindruck eines Spielers, der seine Niederlage einsehen muß. Nur kleine Krauter plagten sich mit Schuldgefühlen. Diese offenkundige Arroganz nahm Lock alle Hemmungen. »Das Unternehmen war gerettet. Aber ihr habt weitergemacht unter neuen Vorzeichen. Warum, Vaughn? Konntet oder wolltet ihr nicht aufhören?«

Grainger ballte die gichtigen Hände zu Fäusten. Er konnte es nicht ertragen, unter Anklage zu stehen und gezwungen zu werden, Rechenschaft abzulegen. »Was weißt du schon, John-Boy?« entgegnete er. »Du hast doch keine Ahnung.« Er grunzte abfällig. Das Herz blieb im Takt, wie durch Willenskraft in Gang gehalten.

»Eines weiß ich, Vaughn. Nicht du, sondern Turgenev hat in diesem Geschäft das Sagen.«

Das stimmte also. Die Reaktionen des Alten ließen keinen Zweifel offen: die aufflammenden Wangen, der starre Blick, die Hände, die die Bettdecke krampfhaft umklammerten.

Lock fuhr fort: »Du bist schon lange nicht mehr am Ruder, nicht wahr? Weder du noch Billy. Pete hat euch ins Abseits gedrängt, habe ich recht?«

Grainger antwortete nicht. Sein stumpfer Blick irrte hin und her, als suche er einen Fluchtweg, eine Erklärung oder einfach bloß Ruhe und Vergessen. Es war unerträglich warm geworden. Die Morgensonne stand auf den zugezogenen Jalousien und heizte das Zimmer zusätzlich auf.

»Wie konnte es dazu kommen, Vaughn?« fragte Lock in anderer Tonlage, ruhig, fast begütigend. »An welcher Stelle kam's zum Umschwung?«

Es wurde wieder still. Das monotone Piepen des Herzmonitors zerrte Lock an den Nerven.

»Das ist schon lange her«, hauchte Grainger, den Blick auf die Zimmerdecke gerichtet. »Turgenev hat irgendwie von unseren Aktivitäten in Vietnam erfahren. Er war ja beim KGB, kannte sich in solchen Dingen bestens aus und wußte an Informationen heranzukommen. Wie dem auch sei; er ist mit einem Angebot an uns herangetreten. Billy wollte ihn achtkantig zur Tür rauswerfen ...« Es verschlug ihm die Stimme. »Da mußte ich ... ich mußte Billy über einiges aufklären.« Statt zu knautschen, versuchten seine Hände nun die Bettdecke mit hektischen Bewegungen glattzustreichen. »Und dann hat er angebissen. Billy gefiel sich als Multimillionär.«

»Das Heroin wurde dann über Sibirien eingeschmuggelt, stimmt's?«

»Ja. Wir hatten ohnehin vor, in Sibirien Fuß zu fassen. Aber die Banken wollten nicht mitziehen. Darum kam uns das Drogengeld gelegen. Wir sahen es als eine Art Kredit an, als ein Darlehen, das sich sinnvoll investieren ließ. Und es gab da noch das alte Kartell, das Tran und andere aufgebaut hatten. Wir brauchten es nur noch zu aktivieren.« Verächtlich dann: »Auch der CIA hat Heroin wie eine Währung eingesetzt. Wir haben dasselbe gemacht, John-Boy.« Er warb nicht um Verständnis, sondern informierte einfach. So läuft's nun mal, mein Junge; damit mußt du dich abfinden. Ob er mit solchen Argumenten seinen Sohn hatte überzeugen können?

»Ich verstehe«, meinte Lock.

Der Alte schüttelte den Kopf. »Nein, John-Boy. Du nicht. Du siehst die Welt mit anderen Augen.«

»Warum mußte Billy sterben?«

Grainger gab einen häßlichen, kehligen Laut von sich. Dann sagte er: »Turgenev wollte alles. Er hatte die Verträge schon fix und fertig. Die sollten uns dann hier in Phoenix zur Unterschrift vorgelegt werden. Vergangene Woche, oder …?« Die Gedächtnislücke schien den Alten mehr zu irritieren als das Erinnerte.

»Ja, letzte Woche«, bestätigte Lock, und ihm wurde flau dabei.

»Billy wollte ihm einen Strich durch die Rechnung machen. Er hat versucht, neue Investoren zu finden und mit den Banken Verbindung aufzunehmen. Aber Turgenev war am längeren Hebel, und das wußte er genau. Er hat uns erpreßt. Entweder wir geben klein bei, oder er läßt uns auffliegen.« Seine Hände zerrten am Bettzeug. Er hatte den Kopf leicht angehoben; die Sehnen am Hals traten wie Seile hervor.

Lock war außer sich. »Du hast von Anfang an gewußt, mit wem und auf was du dich da einläßt. Und du wußtest, daß Turgenev auch nicht davor zurückschrecken würde, Billy einfach kaltzumachen.«

»Nein, bei Gott, ich schwör's, das nicht!« krächzte Grainger. »Ich war doch nur noch mit unserer Stiftung beschäftigt und hatte keine Ahnung von dem, was schließlich gespielt wurde. Erst als Billy letzte Woche hier war …« Er rang nach Worten. »Erst da wurde mir klar, daß wir die Russenmafia am Hals haben, daß sie sich hier bei uns breitzumachen versucht …« Was im Protestton begonnen hatte, endete kleinlaut und jämmerlich. Der Kopf fiel ins Kissen zurück, und er starrte zur Wand hin, auf der sich zwischen den Lamellenschatten der Jalousie weiße Streifen abzeichneten, die eine dunkle Gefängniszelle zu vergittern schienen. »Regierung, Banken, Unternehmen … niemand ahnt, daß die Russenmafia mitten unter uns ist, voll durchorganisiert und in großer Zahl. Und wenn man hier endlich aufwacht, wird's zu spät sein.«

»Du wußtest, daß Turgenev deinen Sohn und deine Schwiegertochter umgebracht hat«, hakte Lock unerbittlich nach und ohne Rücksicht auf das erratische Piepen des Herzmonitors.

Grainger schüttelte den Kopf. »Nein. Ich konnte es einfach nicht glauben. Vielleicht habe ich ihn unterschätzt. Nein, das wußte ich nicht, nicht von Anfang an.«

»Aber dann …«

»Daß Beth etwas passiert, wollte niemand, John.«

»Turgenev wollte es.«

»Seine Killer haben sie umgebracht.«

»Auf seinen Befehl hin. Das weißt du, Vaughn.«

Nach langer Pause: »Ja.«

Lock lehnte sich erschöpft zurück. Der Alte wirkte jetzt ruhig und entspannt; es schien, als wartete er auf den Tod. Es war alles gesagt, nichts mehr zu erfahren. Und es gab nichts, was er, Lock, für den Alten tun konnte oder tun wollte. Die Luft war drückend warm, benahm den Atem. Vielleicht hatte Lock im stillen darauf gehofft, daß Grainger alles leugnen und ihn davon überzeugen würde, daß es besser wäre, nach Washington zurückzukehren und sein gewohntes Leben wiederaufzunehmen. Er schüttelte den Kopf. Nein, das hätte er nicht gewollt. Aber er hatte nicht mit dieser inneren Leere gerechnet, die er jetzt empfand.

Graingers Blick war nach wie vor auf die Sonnenstreifen gerichtet, als er sagte: »Nimm dich in acht, John. Nimm dich gut in acht.« In der Stimme klangen Besorgnis und Stolz an; es war, als wähnte sich der Alte im geheimen Bund mit dem Schwager seines Sohnes.

Lock stand auf. Er konnte alles akzeptieren, nur das nicht: daß sich die Kluft zwischen ihm und Grainger wieder schließen würde. Abrupt wandte er sich ab und hörte ihn murmeln: »Paß auf dich auf, John. Viel Glück ...«

Dann war er draußen im Flur. Die Krankenschwester blickte lächelnd auf.

»Sie haben ihn doch hoffentlich geschont«, sagte sie mit gespielter Strenge.

»Wie bitte? Oh, nein. Wenn Sie mich jetzt entschuldigen. Ich habe Dringendes zu erledigen.«

»Doch nichts Geschäftliches für Mr. Grainger? Er soll sich ausruhen, sich nicht den Kopf zerbrechen.«

»Keine Sorge, dazu kommt's nicht«, antwortete er schroff und ging zum Fahrstuhl. Unten in der Vorhalle der Grainger-Klinik prangten Schriftzug und Motto des Stifters. Abstoßende Tünche schlechten Gewissens. Er eilte zum Ausgang, die Sporttasche unter den Arm geklemmt wie eine Flinte. Die Glasflügel des Tors klappten vor ihm auf und entließen ihn in grelles Sonnenlicht.

Geblendet von marmornen Stufen, fummelte er in der Brusttasche nach der Sonnenbrille. Ein Streifenwagen war nicht in Sicht, niemand, der sich für ihn interessierte. Gerade hatte er die Brille aufgesetzt, als etwas an seinem Kopf vorbeischwirrte. Er hielt es für ein Insekt und hob die Hand, um es abzuwehren. Im selben Moment zerbarst die Glastür hinter ihm.

Er hörte einen schrillen Aufschrei und warf sich instinktiv zu Boden. Ein Gewehrschuß aus schallgedämpfter Waffe. Wieder zersplitterte Glas. Beim dritten Schuß sah er Marmorsplitter unmittelbar neben sich aufspritzen. Pfeifend prallte das Geschoß ab.

Und dann hörte er Polizeisirenen ...

Mit zufriedener Miene überflog Pjotr Leonidovich Turgenev den Text, den er soeben per Fax erhalten hatte. Die Übernahme von Grainger Technologies durch seine Scheinfirma in Amerika verlief nach Plan, womit sich Grainger-Turgenev, wenn auch nicht realiter, so doch dem Anschein nach vom Stammhaus selbständig machen würde. Er legte das Fax auf den breiten Schreibtisch aus Walnußholz und trat vor das Fenster, das die gesamte Länge seines Arbeitszimmers einnahm. In den anderen Räumen der Bürosuite waren selbst jetzt, so spät am Abend, Mitarbeiter und Assistenten damit beschäftigt, seine Geschäfte zu überwachen und Transaktionen vorzunehmen.

Angestrahlt von den Scheinwerfern am Giebel des Jagdschlosses, warfen Bäume violettfarbene Schatten auf die beschneite Rasenfläche. Fernab im Süden schimmerte Novyj Urengoj wie ein schwelender Pfuhl. Er verabscheute diesen Ort und dessen Belange, obwohl er selbst teil daran hatte. Novyj Urengoj war wie Panshin, Schneider oder auch Bakunin, der dienstbare GRU-Oberst – verkommen, raffsüchtig und ohne Rückgrat. Lästig, aber leider unverzichtbar.

Das Jagdschloß war im vorigen Jahrhundert von einem verrückten Zarenabkömmling gebaut worden, ausgerechnet hier, mitten in der sibirischen Wüste, wo überhaupt kein jagdbares Wild zu finden war. Der Adlige hatte die kahle Ödnis aufgeforstet, Seen angelegt und Hirsche, Bären, Füchse und Enten ausgesetzt, um sie nach Lust und Laune abknallen zu können.

Turgenev empfand im nachhinein durchaus Sympathie und sogar Bewunderung für diese beispiellose Idiotie. Am Rande der arktischen Tundra ein Jagdgebiet entstehen zu lassen, hatte in der Tat etwas Besonderes. Er war gern hier – zwar nicht ganz so gern wie in seiner Villa in Antibes, aber lieber als in seinem New Yorker Apartment oder ungefähr ebenso gern wie auf seiner Ranch in Montana. Dagegen waren ihm Moskau und St. Petersburg ein Greuel.

Turgenev fuhr mit dem langen Zeigefinger über den leicht geschwungenen Nasenrücken und schaute nach draußen. Es klopfte an der Tür; eine Sekretärin kam mit einer Unterschriftenmappe. Er bedeutete ihr, sie auf den Schreibtisch zu legen und entließ die Frau mit einem Schlenker aus dem Handgelenk, um ungestört seinen Gedanken nachhängen zu können, und die kreisten um Lock. Zwar war der nicht mehr als eine Laus im Pelz, die ein bißchen juckte, und doch ... Lock war immer noch auf freiem Fuß; er hatte der Falle in Gestalt der ermordeten Hure im letzten Moment entwischen können. Die Polizei war einen Augenblick zu spät in seine Wohnung gekommen. Und jetzt hielt er sich in Phoenix auf. Wahrscheinlich, um Grainger zur Rede zu stellen. Aber wozu? Was bewegte ihn, eine Wahrheit ans Licht zu bringen, die ihm doch nur den Boden unter den Füßen wegzöge?

Schmunzelnd schüttelte Turgenev den Kopf. Er bedauerte, nicht mehr über Lock zu wissen. In Afghanistan hatte er immer nur in Billys Schatten gestanden: ein konturloser Vogel, langweilig und immer schön korrekt, geradezu pedantisch. Aber offenbar gut ausgebildet. In prekären Situationen hatte er sich stets ausgezeichnet zu behaupten gewußt und eine gehörige Portion Mut unter Beweis gestellt. Trotzdem war er irgendwie fehl am Platz gewesen.

So wenig über ihn zu wissen, barg natürlich die Gefahr, ihn zu unterschätzen. Nicht, daß sich Turgenev ernstlich Sorgen machte, aber er zog es vor, auf Nummer Sicher zu gehen.

Und dafür hatte er seine Leute, nicht zuletzt auch die von Tran. Sie würden zu verhindern wissen, daß Lock Schwierigkeiten machte.

Er schnippte mit den Fingern und wandte sich dem Schreibtisch zu. Lock war so gut wie tot. Und auch das Problem vor Ort hatte sich gelöst. Turgenev hielt einen Moment lang inne. Diesen Vorontsyev hatte er tatsächlich unterschätzt, für einen Waschlappen gehalten, der zu nichts taugte und nur auf seine Pensionierung wartete. Nun ja, die konnte sich der Staat nun sparen.

Aber daß er sich bei diesem Bullen verschätzt hatte, irritierte ihn. Machte er denselben Fehler im Hinblick auf Lock?

Er nahm im Ledersessel Platz und schlug die Unterschriftenmappe auf.

Nein, keinesfalls. Lock würde nicht noch einmal davonkommen.

Lock langte nach seiner Tasche, die er fallen gelassen hatte, und robbte über das Mosaik im Eingangsbereich auf die zerschossene Glastür zu, wälzte sich über Scherben hinweg bis zum Teppich im Foyer und stieß mit einer Frau zusammen, die bäuchlings am Boden lag. Als er den Kopf hob, sah er Dutzende von Leuten ausgestreckt daliegen und vor Angst zittern. Auf einem hellen Kleid breitete sich ein Blutfleck aus. Krankenschwestern und Ärzte scheuchten aufgeschreckt umher.

Lock sprang auf die Beine und rannte geduckt durch die Halle, kopflos, allein vom Instinkt getrieben, an den Fahrstühlen vorbei und über Stufen hinab in einen menschenleeren Korridor, der nach Desinfektion und Sicherheit roch.

Wer ihn da verfolgte, ob Trans oder Turgenevs Leute, war unerheblich. Er dachte nur daran, daß er als lebendige Zielscheibe umherirrte, ungeschützt, viel zu langsam, leicht zu treffen.

Er kam an eine Treppe, die nach oben führte, warf einen Blick zurück und sah am anderen Ende des Korridors zwei weißbekittelte Gestalten auftauchen. Die aber hatten es anscheinend nicht auf ihn abgesehen. Er hastete nach oben, fing zu keuchen an, gelangte in einen Wartesaal. Notaufnahme. Leute mit offenen Wunden, gebrochenen Gliedern, notdürftig verbunden. Von dem, was auf der anderen Seite vorgefallen war, schien hier noch niemand Kenntnis genommen zu haben. Ohne sich umzuschauen, stürmte er auf den Ausgang zu und hinaus ins grelle Licht. Vor ihm lag der Parkplatz für Bedienstete des Krankenhauses. Polizeisirenen heulten, und er sah sich hektisch nach allen Seiten um.

Neben einem kleinen Nissan stand eine Frau in weißem Kittel und fischte nach dem Schlüssel in der Tasche. Erschrocken blickte sie auf, als sie ihn auf sich zurennen sah.

»Her mit dem Schlüssel!« sagte er. »Ich habe keine Zeit für Erklärungen. Geben Sie mir die Autoschlüssel ... Frau Doktor.«

Ihre Angst hielt sich anscheinend in Grenzen. Er sah, wie sie den Arm hochschnellen ließ in der erkennbaren Absicht, die Schlüssel in hohem Bogen wegzuwerfen. Doch ehe es dazu kam, hielt er ihr Handgelenk gepackt und zog sie dicht an sich heran. Jetzt riß sie die Augen voller Angst weit auf. Er entwand ihr den Schlüssel und stieß sie zurück.

»Ich will nur ihren Wagen!« rief er wie zur Entschuldigung und öffnete die Tür. Ihre Angst kippte um in Wut. Sie sah sich nach Hilfe um und machte einen Schritt auf ihn zu, als er die Sporttasche auf die Rückbank warf. Da war ein Kindersitz, glücklicherweise leer.

»Heh ...!« hob sie an, doch sein Blick brachte sie zum Schweigen.

»Bleiben Sie weg vom Wagen.« Er stieg ein, steckte den Schüssel ins Zündschloß. Der Motor sprang sofort an. Die Frau schlug mit der Faust an die Scheibe der Fahrertür. »Zurück!« brüllte er und fuchtelte mit der Hand.

Dann machte der Wagen einen Satz nach vorn und stieß die Frau zur Seite. Die Räder quietschten auf heißem Beton, als er auf die Ausfahrtschranke zu beschleunigte, die automatisch hochging. Im Rückspiegel sah er die Frau wütend die Arme heben und verschwinden. Der Nissan holperte auf eine schmale Straße hinaus. Er steuerte nach Norden. Raus aus Phoenix.

Weg von hier. Es gab noch andere Flughäfen. Auf dem Black Canyon Highway, der Interstate 17, trat er das Gaspedal durch. Flagstaff lag 140 Meilen entfernt. Dort würde er Arizona per Flugzeug verlassen. Das sollte fürs erste reichen. Immer wieder warf er einen Blick in den Rückspiegel. Er war schweißgebadet, doch Körpertemperatur und Pulsfrequenz hatten sich wieder normalisiert. Auf den Schock der Attacke folgte ein seltsames Hochgefühl.

Die Kakteen neben der Fahrbahn erinnerten an Gedenkkreuze. Von den anderen Autos auf der Straße schien keines darauf aus zu sein, ihn zu verfolgen oder mit seiner Geschwindigkeit Schritt zu halten. Bis die Polizei mit einem Hubschrauber aufsteigen und die Ausfallstraßen nach ihm absuchen konnte, mochte noch gut eine halbe Stunde vergehen. Die um ihr Auto geprellte Ärztin würde eine Beschreibung von ihm abgeben, und bald wäre er als John Lock, aus Washington geflohen, identifiziert.

Er ließ die Stadtgrenze hinter sich zurück. Ein Flugzeug schwebte auf Sky Harbor zu. Die Berge öffneten sich. Feigen- und Riesenkakteen bevölkerten die staubtrockenen Ausläufer der New River Mountains. Weit zurückliegend flimmerte Phoenix wie eine Fata Morgana, als er Sun City erreichte, eine kleine Ortschaft, umgeben von gepflegten Ackerparzellen. Die Sonne malte Regenbögen in die Wasserfontänen aus Berieselungsanlagen.

Er spähte in den glastig farblosen Himmel, gefaßt darauf, daß ein Hubschrauber auftauchte. Vor allem mußte er das Auto loswerden. Die Wüstenhitze drängte auf die kleine, klimatisierte Blechkiste ein. Er brauchte einen anderen Wagen, dringend.

ZWEITER TEIL
Kapital

Auf einem gewissen Höhengrad bringt sie [die Akkumulation des Kapitals] die materiellen Mittel ihrer eigenen Vernichtung zur Welt.

– KARL MARX, *Das Kapital*

1
Eine Art Ausweg

»In Ordnung«, murmelte Turgenev. »Ist gut so, Ivan. Und sag Takis, daß ich mich herzlich bei ihm bedanke.« Er lehnte sich im Ledersessel zurück und beobachtete den aufsteigenden Rauch der Havannazigarre, die in einem Aschenbecher aus Onyx lag. »Das überlasse ich dir … aber sicher, zur Unterzeichnung der neuen Verträge werde ich da sein. Wie warm ist es zur Zeit in Athen? Schön …« Jovial stimmte er mit ein in das Lachen des Anrufers, des Geschäftsführers der griechischen Niederlassung von Grainger-Turgenev. »Bis dahin also.«

Er legte den Hörer auf, nahm die Zigarre und paffte zufrieden. Zufrieden war er nicht zuletzt mit seinem, wie er fand, gefälligen Abbild im Wandspiegel, dem er zuzuzwinkern geneigt war. Die Athener Operation war ein Erfolg auf der ganzen Linie, nachdem die griechische Regierung in ihrem Zeitplan heillos zurücklag. Es ging um den von der Europäischen Kommission zu 70 Prozent bezuschußten Ausbau der Gaspipeline durch Bulgarien nach Rußland. Um die im Originalvertrag enthaltene Strafklausel zu umgehen, war nun den russischen Auftragnehmern für eine beschleunigte Abwicklung ein höherer Ertragsanteil zugesichert worden. Unterm Strich würden sechs Prozent des Gesamtvolumens, also rund fünfzig Millionen Dollar, für Grainger-Turgenev rausspringen. *Sein* Unternehmen.

Mehr noch: Griechenland wäre auch in Zukunft eine Goldgrube, denn von den zwanzig Milliarden Ecus, die Europa während der nächsten fünf Jahren ins Land hineinpumpte, würde eine Menge abzuschöpfen sein. Herrliche Aussichten.

Er legte die Zigarre ab und rieb sich die Augen, setzte dann seine Lesebrille auf und studierte die Berichte, die auf dem Schreibtisch lagen. In einer Woche stand der Besuch einer Delegation von hochrangigen Politikern aus Kasachstan, Turkmenistan, Usbekistan und Aserbaidschan an. Bei diesem Treffen – hier im Jagdschloß – stand einiges auf dem Spiel. Die Gas- und Ölfelder am Kaspischen Meer bezeichnete man mittlerweile als die ›neue Golfregion‹. In Westsibirien gingen die Fördermengen allmählich zurück. Turgenev wollte unbedingt Fuß fassen in den neu erschlossenen Gebieten Zentralasiens. Das nötige Kapital würden die Gewinne aus den Arbeiten an der Pipeline und den Tanks am Schwarzen Meer allemal hergeben.

Unerläßlich für die Expansion nach Asien war das Potential von Grainger Technologies, und die würden in wenigen Tagen oder höchstens zwei Wochen ihm gehören. Billy hätte freiwillig abtreten sollen ... Turgenev fuhr schmatzend mit der Zunge über die Zähne, als er sich an Billys letzten Abend in dessen Anwesen in Maryland erinnerte, wie der geschwitzt hatte, außer sich war und am Ende nicht weiter wußte ... Wenn Billy doch wenigstens eingesehen hätte, daß das Projekt in Zentralasien für eine gesicherte Zukunft des Unternehmens unverzichtbar war. Aber nein, er wollte einfach nicht hören ... armer Billy.

Turgenev hatte zu Ende gelesen. Seine Strategie war perfekt bis hin zur Beseitigung von Billy Grainger und der Übernahme des Unternehmens. Finanzierung, Konsolidierung, Kooperation, Mord – alles war genau durchdacht und geplant. Der Mord an Billy war Business mit anderen Mitteln; Turgenev schmunzelte über seine Umformulierung des Clausewitz-Zitats.

Und dieser Lock ... Er war nicht mehr als eine Wespe, die von außen vors Fenster bummerte, ein harmloses Ärgernis.

Turgenev strich mit der Hand Zigarrenasche von den Textvorlagen. Beths Tod war unumgänglich gewesen; schließlich hatte der Anschlag nach einem Raubüberfall aussehen müssen. Zu dumm für sie, daß ihr Mann so stur gewesen war, wegen der Drogen plötzlich Gewissensbisse zu bekommen und sich geweigert hatte, seine, Turgenevs Pläne in Zentralasien zu unterstützen. Es kam nun darauf an, Grainger Technologies unter Kontrolle zu haben, bevor die Delegation eintraf. Denn der wollte er ein Leistungspaket vorlegen, mit dem kein Konkurrent würde mithalten können.

Zur finanziellen Absicherung seines Imperiums hätte er Heroin bald nicht mehr nötig. Verzichtbar wäre dann auch der Schmuggel von Atomphysikern in den Iran oder Irak. Soweit war es allerdings noch nicht. Noch brauchte er diesen Hebel, um die vom Westen geschmähten Märkte des Nahen und Mittleren Ostens für sich zu gewinnen.

Er schaute auf die Uhr. Kurz vor Mitternacht. Die Frau war schon am späten Abend eingetroffen und wartete auf ihn wie eine Haremsdame. Er grinste. Zeit, ins Bett zu gehen ... Sich bückend hob er das Faxblatt auf, das er auf den Boden hatte fallen lassen. Es war zu einem Zylinder eingerollt und enthielt die Nachricht von Locks geglückter Flucht aus dem Mountain-Park-Krankenhaus. Lock hatte mit Grainger gesprochen. Er wußte jetzt über alles Bescheid. Sei's drum; Turgenev sah es gelassen. Lock würde durchs ganze Land gejagt und endlich gestellt werden, wenn nicht durch die eigenen Leute, so doch bestimmt von der Polizei. Er war ein Sexualverbrecher, hatte sich vergangen an einer Minderjährigen, die, weil süchtig, auf den Strich ging, um ihren Bedarf an Heroin finanzieren zu können. Lock hatte sie umgebracht. Dafür gab es sogar Zeugen. Er war geliefert, so oder so.

Besser und beruhigender wäre es allerdings, er verschwände für immer von der Bildoberfläche. Trans Leute würden schon dafür sorgen, daß Lock nicht lebend aus Arizona herauskam. Sie hatten Kennzeichen und Beschreibung des Fluchtwagens, und es schien, als sei er bereits auf der Interstate 17 gesichtet worden, in Richtung Norden unterwegs. Turgenev pfiff leise vor sich hin und löschte die Lampen im Arbeitszimmer. In den dunklen Raum schimmerte nun das vom Schnee reflektierte Licht der Außenscheinwerfer. Er zog die Tür hinter sich zu, schloß ab und stieg über die breite Treppe nach oben ins Schlafzimmer.

Westlich der Interstate 17, die er bei Rock Springs verlassen hatte, erreichte Lock ein Kaff namens Bumble Bee, bestehend aus wenigen Holzhäusern, Geschäften und einem Hotel. Ein leichter Wind fegte Wüstenstaub über die Straße. Ausgedörrt und welk wirkte selbst das Abbild von Colonel Sanders über dem Kentucky Fried Chicken Restaurant. Daran grenzten eine Autowerkstatt, eine Tankstelle und ein flaches Gebäude, das sich als Gemischtwarenladen ausgab. Auf einem Schild stand zu lesen, daß hier auch Jeeps zum Verleih angeboten wurden. Genau danach hatte Lock gesucht.

Auf der Straße war nur wenig los: zwei Pick-ups und ein verstaubtes Oldsmobile. Ein paar Gestalten in Jeans und breitkrempigen Strohhüten trugen das übrige zum Eindruck zeitloser Langeweile bei. Dieser Ort schien seit Jahren von der Außenwelt abgeschnitten zu sein. Im Westen und Süden ragten Berge auf wie bröckelnde Zähne in einem Gaumen aus rotem Sand. Die Hänge im Norden waren grün; dort wuchsen die allgegenwärtigen Saguaro-Kakteen und Yuccapalmen, sogar Fichten und Eichen.

Lock zitterte vor Erleichterung, als er aus dem Wagen ausstieg. Wie der Luftschwall aus einem Hochofen schlug ihm heißer Wind entgegen, doch der Anblick einer Fernsehantenne reichte aus, um ihn zum Frösteln zu bringen. So abgeschieden war es hier nun auch wieder nicht. Die Fahndungsmeldung würde selbst diesen Ort erreichen. Den Nissan hatte er neben ein abgewracktes Wohnmobil hinter der Autowerkstatt geparkt. Dort würde der Wagen für eine Weile unentdeckt bleiben. Er nahm die Sporttasche vom Rücksitz und schloß die Tür ab. Dann ließ er die Schlüssel in den Staub fallen und trat sie unter den Wagen.

Mit einer aufgesetzten Nonchalance, die selbst ihm suspekt vorkam, näherte er sich dem Laden und nickte einem alten Mann zu, der auf einem Holzstuhl unter dem Vordach hockte. Die Verandadielen knarrten unter seinen Schuhen – Halbschuhe aus feinem Leder. Auffällig auch der Anzug, den er trug. Er räusperte sich und betrat den etwas kühleren, muffig riechenden Verkaufsraum. Es war kurz vor Mittag; er fühlte sich müde und ausgelaugt.

»Guten Tag.«

Der Ladenbesitzer musterte ihn. »Wieso stellen Sie Ihren Wagen dort drüben ab?« Er trug Jeans und ein Hemd mit breitgefächerten Karos, die der dicke Bauch darunter zu Rauten auseinanderzog.

»Nun … hm, um niemandem im Weg zu stehen.« Auf die Schnelle fiel ihm nichts besseres ein. »Ich hätte gern einen Jeep gemietet. Für einen kleinen Ausflug durch die Wüste.«

»Können Sie haben. Sie kommen aus Phoenix?«

»Nein. Da bin ich nur zu Besuch. Meine Frau liegt im Krankenhaus. Blindarmentzündung. Und weil ich nicht ständig am Bett rumhocken kann, wollte ich mich ein bißchen in der Gegend …«

»Ich bin doch nicht Ihr Vater«, unterbrach der Dicke. »Sie brauchen mir nicht Rechenschaft abzulegen. Sie wollen 'nen Jeep, ich kann Ihnen einen vermieten. Brauchen Sie auch Sachen für die Wüste? Stiefel?« Daß er Lock vom Scheitel bis zur Sohle taxierte, war reine Neugier. Dazu kam ein Schuß Argwohn, doch den hatte er wahrscheinlich allen Fremden gegenüber. »Was Sie auch wünschen, ich habe alles hier«, sagte er in der Hoffnung, ein gutes Geschäft machen zu können; dabei strich er sich über den ergrauten Bart, als probierte er, ihn zu melken. Lock war froh, nur als Kunde Aufmerksamkeit zu erregen, an dem sich was verdienen ließ.

»Sie müßten dann eine Versicherung abschließen. Die Formulare habe ich dahinten.« Lock ließ sich an eine Theke neben dem Fenster führen. Zum Verkauf standen hier auch Jagdgewehre, Handfeuerwaffen, Wüstenstiefel, Jeans, Wollhemden und Messer. Lock kam sich vor wie in Aladins Höhle. »Hätten Sie auch gern 'ne Jagdlizenz, junger Mann?«

»Tja, warum eigentlich nicht?«

»Sie sollten allerdings mit Waffen umgehen können. Nicht, daß Sie sich oder anderen da draußen weh tun.« Lock nickte. Der Verkäufer legte die Unterlagen für den Mietvertrag, die Versicherung und die Jagdlizenz auf die Theke. Lock zückte seinen Paß, worauf der Dicke überrascht aufblickte. »Sie wollten doch wohl nicht mit meinen Sachen über die Staatsgrenze?«

»Ach was. Aber brauchen Sie denn keinen Ausweis von mir?« fragte Lock. Er spürte Anspannung im Nacken.

»Stadtjungs«, gluckste der Dicke. »Na schön, suchen Sie sich was aus. Ich mach derweil den Schreibkram hier.« Er setzte sich eine Drahtbrille auf die Nase und studierte den Paß, der auffallend wenig abgegriffen war. Ausgestellt auf den Namen James Laurence, wohnhaft in Baltimore. »Machen Sie hier Urlaub?«

»Die Eltern meiner Frau leben in Phoenix. Haben sich dort ihren Alterssitz eingerichtet.«

»Aha.«

Lock suchte sich zwei Hemden und eine Jeans aus, probierte ein Paar Stiefel an und begutachtete dann die Auslage einer Glasvitrine, die unter anderem eine 459er Smith & Wesson enthielt. Die gleiche Waffe hatte er schon damals als Agent getragen. Die Gewehre standen in einem Regal auf der anderen Seite des Fensters.

»Hier steht nur Ihre Adresse in Baltimore«, sagte der Verkäufer. »Können wir nicht die Ihrer Schwiegereltern aus Phoenix eintragen?«

Lock ließ sich eine fiktive Hausnummer an der Camelback Road einfallen und diktierte. Von den Gewehren hätte er am liebsten die M-16 genommen, aber einem Hobbyjäger, für den er sich ausgab, stand wohl eine einfache Flinte besser zu Gesicht. Er nahm die Waffen der Reihe nach in die Hand und inspizierte sie so gründlich, als wolle er sie kaufen und sich nicht übers Ohr hauen lassen.

Da war ein einschüssiger Ruger-Karabiner, der, ausgefallen wie er war, so richtig ins Bild von Bumble Bee paßte, aber durchaus tauglich zu sein schien. Auf kurze Entfernung. Er wählte eine andere Ruger aus, die Mini-14, auf die sich ein Zielfernrohr montieren ließ. Das Magazin faßte insgesamt dreißig Patronen.

»Na, haben Sie sich entschieden, junger Mann?«

»Ja.«

Lock deutete auf die Ruger und verlangte ein passendes

Zielfernrohr. Dann die Smith & Wesson aus dem Glaskasten. Und ein Messer. Dazu packte er schließlich Hemden, Jeans und Stiefel.

»Das soll aber 'ne zünftige Jagd werden«, meinte der Dicke. Seinen Gewinn hatte er schon überschlagen, denn er schmunzelte vergnügt vor sich ihn. Es fehlte nur noch, daß er sich die Hände rieb. Lock zuckte zusammen, als draußen ein Lieferwagen vorfuhr, und dann fiel polternd ein Stoß Zeitungen auf die Holzdielen unterm Vordach. »Zeitung gefällig?«

»Nein.«

»Aber Proviant. Das kriegen Sie da drüben, junger Freund. Nicht bei Colonel Sanders, aber in dem Café gleich nebenan. Ach, übrigens, Sie brauchen doch noch eine Campingausrüstung, oder?« Der Verkäufer schien mittlerweile einen Narren an Lock gefressen zu haben.

Es dauerte eine weitere Viertelstunde, bis er endlich nach draußen geführt wurde, um den Leihjeep in Augenschein nehmen zu können. Neben dem alten Mann, der dösend auf seinem Stuhl hockte, lag der abgelieferte Zeitungsstapel. Auf Anhieb sah Lock sein Foto auf der mittig gefalteten Titelseite. Ihn fröstelte wieder. Sein Anzug steckte jetzt in der Sporttasche. In einer dunklen Ecke des Ladens hatte er sich hinter einem provisorisch angebrachten Vorhang umgezogen. Dennoch war er sofort wiederzuerkennen als der Mann auf dem Foto. Das mußte auch dem Verkäufer auffallen, sobald er die Paketkordel durchschnitt und eins der Zeitungsexemplare zur Hand nahm. Und dann würde er sofort die Polizei in Phoenix benachrichtigen. Die Entschlossenheit, mit der Lock aufgebrochen war, sank allmählich wieder auf Null. Er sah kaum mehr eine Chance für sich. Der Verkäufer reichte ihm eine Landkarte und gab ihm ein paar Ratschläge und Ermahnungen mit auf den Weg, doch Lock hörte nur halb zu. Der Dicke musterte ihn, zuckte dann mit den Schultern. Sein Blick sagte: Der Jeep ist versichert, die Ausrüstung bezahlt; von mir aus kannst du da draußen verschütt gehen.

Lock startete den Jeep. Mit Proviant werde er sich später

eindecken, sagte er und fuhr davon. Er hatte es eilig, aus Bumble Bee rauszukommen. Unwillkürlich steuerte er nach Norden in Richtung Interstate 17.

Ihm war flau im Magen, die Schultern hingen durch. So krampfhaft hielt er das Lenkrad umklammert, daß die Handknöchel weiß hervortraten.

Zünftige Jagd …

Revolver und Gewehr waren ein Scherz, nicht mehr als Attrappen einer Charade. Nördlich von Cordes Junction verließ Lock die Schnellstraße und bog in eine Schotterpiste ein, die sich auf steilem, spärlich bewachsenem Hang in die Berge hochschlängelte. Unter einem dürren Baum hielt er an und scheuchte eine Wildtaube auf. Er sah zu, wie sie flatternd ein paar Runden kreiste und dann auf denselben Ast zurückkehrte. Nein, es hatte keinen Sinn, einfach drauflos zu fahren. Er stellte den Motor ab, und es war mit einem Mal so still, daß er den Eindruck hatte, Wassermassen drängten auf ihn ein.

Das durchdringende Pfeifen eines Vogels löste den Druck der Stille, nicht aber den seiner grübelnden Gedanken. Es gab keinen Ausweg. Das tote Mädchen in seiner Wohnung war ein unausweichliches Faktum. Dafür gab es stichhaltige Beweise, Zeugenberichte. Über alle Staatsgrenzen hinweg wurde nach ihm gefahndet. Er schaute den Hang hinauf, sah Kakteen und Dornengewächse, spürte im Wind den feinen Staub, der mit dem Schweiß auf seiner Stirn verklebte.

Eigentlich hatte er Hunger, aber ein anhaltendes Ekelgefühl hinderte ihn daran, zu essen, was er an einer Raststätte bei Cordes Junction gekauft hatte. Auch dort würde man sich an ihn erinnern, wenn die Polizei nach ihm fragte. Es war zum Verzweifeln.

Pete Turgenev war in sicherer Entfernung, über zehntausend Kilometer weit weg, während ihm, Lock, nicht nur die Polizei, sondern auch noch Trans Leute im Nacken saßen, unaufhaltbar wie der Wüstenwind, der ihn einholte, sobald er den Fuß vom Gaspedal nahm. Früher oder später würden sie ihn zur Strecke bringen, und Pete Turgenev konnte sich derweil in Sicherheit wiegen. Ohnmächtige, blinde Wut – mehr blieb ihm nicht. Wahrscheinlich stand sein Fahndungsfoto mittlerweile in Dutzenden von Zeitungen landein, landaus. Daran führte kein Weg vorbei.

Der Vogel zwitscherte sein seltsames Lied im Leerlauf der Zeit. Lock hatte dafür keinen Sinn. Er sah die Gesichter von Beth, Kauffman, Billy, Vaughn und dem toten Mädchen im Geiste vor sich; vor allem aber das von Pete Turgenev. Die Bilder zogen langsam wie ferne Kometen dahin, allzu weit weg, um von Bedeutung zu sein; so auch die Geräusche: das Vogellied, das Rascheln im Baum, der Wind, das Schwirren von Rotoren, anschwellend, Wind und Vogelstimme übertönend … Erschrocken blickte er auf. Der Hubschrauber flog dicht über ihn hinweg, maskiert von aufgewirbeltem Staub. Die Blätter des Baums rasselten wie dünnes Blech, als sich der Rotorenlärm verzog. Und dann schwenkte das schwarze Insekt am Himmel um, kehrte zielstrebig zurück.

Ein Jetranger, kein Polizeihubschrauber. Das waren Trans Leute oder die von Turgenev, darauf aus, ihn umzubringen. Er langte zum Zündschloß, startete den Motor, dessen Knattern im dröhnenden Lärm der Flugmaschine unterging. Deren Schatten huschte über ihn hinweg, als er, von Staub umhüllt, den Jeep in Schwung brachte. Die kleine Bell drehte auf der Stelle und pirschte sich wie ein Spürhund durch eine dichte Staubwolke erneut heran.

Der Jeep schlingerte mit durchdrehenden Rädern über die Schotterpiste. Aus der offenen Luke des Hubschraubers schob sich ein Oberkörper hervor – und dann ein Gewehrlauf. Der erste Schuß durchschlug den Kotflügel. Lock riß das Steuer herum, lenkte den Jeep runter von der Piste an Sträuchern vorbei, die mit ihren Zweigen die Windschutzscheibe peitschten und nach ihm zu greifen schienen.

Der Schatten der Angreifer war über ihm, als er einem Saguaro-Kaktus auswich, der mit erhobenen, abgewinkelten Nadelarmen zum Anhalten aufforderte. Der Schatten verschwand, doch nur für kurze Zeit. Der Rückspiegel war zugestaubt. Lock warf einen Blick über die Schulter und sah jenseits der Staubfahne, die er hinter sich herzog, ein Fahrzeug folgen. Im Abstand von knapp hundert Metern.

Ihm brach der kalte Schweiß aus. Auf holprigem Kurs drohte das Lenkrad seinen glitschigen Händen zu entgleiten. Zweimal krachte es unmittelbar nacheinander. Die Haube schepperte. Der Abwind der Rotorblätter und die Räder des Jeeps rührten einen Sandsturm auf, der genaues Zielen unmöglich machte. Es gab nur diesen einen Schutz. Er mußte in Bewegung bleiben. Der Jeep zerrte durch Gesträuch, überrollte kleinere Kakteen, schleuderte an größeren vorbei. Die Windschutzscheibe zersplitterte in scharfkantige Scherben. Bluttropfen mischten sich auf den Handrücken mit rotem Staub.

Wieder und wieder riß er das Lenkrad herum, kurvte im Zickzack durch Schikanen aus Gehölz, Fels und Kakteen. Am Rand eines ausgetrockneten Wasserbetts setzte der Wagen auf; die Antriebswelle kreischte, bis die Räder wieder Haftung fanden. Der Staub versperrte ihm die Sicht; zu spät sah er die steile Böschung jenseits der Senke. Der Jeep bockte, bäumte sich vorn auf und kippte wie ein großes, betäubtes Tier seitlich weg.

Wieder kreischte die Welle auf. Die rotierenden Räder griffen ins Leere, und er schaltete die Zündung aus. Am Rand der trockenen Wasserrinne kam der Jeep zur Ruhe, so allmählich, daß kein Stoß, keine Erschütterung zu spüren war. Für einen Moment lang drehte sich alles vor seinen Augen, doch bald sah er wieder klar. Er kletterte aus dem Fahrersitz, nahm die Mini-14, die von der Rückbank auf die Seitenwand gefallen war, steckte die Smith & Wesson in den Hosenbund und watete durch schwebenden Staub in den Schatten eines Riesenkaktus. Geschosse zerdellten den Jeep und spritzten in den Sand ringsum. Über den lärmenden Rotor hinweg hörte er das Fahrzeug näherkommen. Hinter den wulstigen Auswüchsen des Kaktus konnte er die Männer im Jetranger erkennen. Sie waren zu dritt.

Zwischen dem Piloten und dem Schützen hockte Tran. Dann verschwanden sie wieder hinter einem Schleier aus rotem Staub. Mit dem Rücken zur Böschung kauerte Lock am Boden. Der Wagen näherte sich. Er hörte den Motor, das rumpelnde Fahrwerk. Ein Allrad. Mit zwei Männern, dreien …? Er preßte die Wange an den Gewehrschaft, als wollte er sie daran kühlen.

Der Wagen hielt an. Er hörte unverständliche Stimmen, die sich anscheinend per Funk verständigten. Die Hitze war unerträglich, benahm ihm den Atem. Er wähnte sich wie in einer Zwangsjacke gefangen, ohnmächtig darauf wartend, von seinen Verfolgern gestellt zu werden. Eine Wagentür fiel ins Schloß. Der Hubschrauber stieg höher auf, als wollte er diskret Abstand nehmen von dem, was nun zu erwarten war.

Lock legte sich auf den Bauch und schoß mit der Ruger, als ein Mann in grauem Anzug auf der anderen Seite über den Rand der Böschung sprang. Noch in der Luft zuckte er merklich zusammen und ging wie ein Sack zu Boden, eine M-16 in der ausgestreckten Hand. Lock schnellte hoch und rannte los. Im Hintergrund wurden aufgeregte Stimmen laut, und unter scheinbar wütendem Gedröhn schwirrte der Jetranger herbei, schwebte dann über ihm, zur Seite gekrängt, um dem Schützen an Bord eine bessere Schußposition zu bieten. Lock sah, wie sich dessen Mund zu einem breiten Schlitz auseinanderzog. Ein Kaukasier, wie auch der Pilot. In ihrer Mitte wirkte Tran wie ein kleiner Junge. Lock riß das Gewehr hoch und feuerte, einmal, zweimal … vier-, sechs-, siebenmal … Der Schütze hing schlaff im Gurtgeschirr. Durch die Glaskuppel zogen sich spinnennetzartig weiße Risse. Die Gesichter dahinter waren nicht mehr zu erkennen, nur das des Schützen, der immer noch zu grinsen schien. Die Arme baumelten leblos herab.

Langsam sackte die Maschine weg. Es schien, als sei ihr das Luftpolster weggezogen worden. Sie kippte nach vorn, lehnte sich an die Staubwolke, die sie aufgewirbelt hatte.

Lock starrte nach oben und war wie gebannt vom Anblick der langsam sterbenden Maschine. Sie schwebte auf ihn zu, hatte aber alles Bedrohliche verloren. Die lichtverquirlenden Rotorblätter machten ihn schwindeln …

… und brachten ihn wieder zur Besinnung. Auf bleischweren Beinen floh er vor dem Hubschrauber, der auf ihn herabzustürzten drohte, warf sich der Länge nach zu Boden.

Der Rotor kratzte an der Böschung, bewarf ihn mit Steinen und Dreck. Dann bebte der Boden, und das Kreischen abreißenden Metalls fuhr ihm durch Mark und Bein. Allmählich ebbte der Geräuschpegel ab, bis es endlich still wurde. Erst dann wagte er es, die Hände von den Ohren zu nehmen. Er griff nach der Ruger, rollte auf den Rücken und richtete sich auf.

Eines der Rotorblätter ragte gekrümmt über den Rand der Böschung hinaus; das andere lag geknickt unterm Rumpf der Maschine, die mit Staub, dunkler Erde und fleischigen Kaktusresten zugedeckt war. Vorsichtig stand Lock auf und ging auf das Wrack zu.

Den Schützen hatte der Rotor erwischt. Der Schmer um ihn herum bestand nicht nur aus dem Saft des zerschredderten Kaktus. Der Kopf war abgehackt, und der Rumpf hing noch so im Geschirr wie vor wenigen Minuten, als er auf Lock angelegt hatte.

Lock überkam trotz der sengenden Sonne ein Kälteschauer. Die Pilotentür stand offen. Von den Gurten im Sitz gehalten, starrte der Pilot auf die zerschossene Scheibe. Lock beugte sich über ihn und sah die Einschüsse in Brust und Schläfe. Trans schmächtiger Körper lag mit gebrochenem Hals an der Spantwand. Kein Zweifel, der Vietnamese war tot.

Lock schreckte auf, als er hinter der Böschung eine Tür schlagen hörte. Dann sprang ein Motor an. Die Männer im Jeep nahmen Reißaus und ließen eine Staubwolke zurück, die wie Rauch über den Böschungsrand waberte.

Einer von ihnen war tot. Dafür reichte ihr Lohn nicht, daß sie sich um ihre abgestürzten Kumpane kümmerten. Das Fußvolk suchte lieber das Weite.

Lock setzte sich in den Schatten einer der stehengebliebenen Riesenkakteen, legte das Gewehr über die Knie und ließ vor Erschöpfung den Kopf hängen. Er schloß die Augen und sah im Geist die ersten Fliegen um die Leichen im Hubschrauber herumschwirren.

Die Sonne senkte sich bereits, als er durch das Geräusch eines einmotorigen Flugzeugs geweckt wurde. Im Nu stand er auf den Beinen. Die Maschine schwebte im Abstand von drei bis vier Meilen vom blauen Himmel herab, anscheinend mit Kurs auf eine Landepiste in der Wüste, die Lock von seiner Warte aus nicht erkennen konnte. Sie schien jedenfalls nicht an der Suche nach ihm beteiligt zu sein. Er kletterte aus der Senke und sah das Flugzeug im Westen aufsetzen. Die Schotterpiste, von der er abgebogen war, schien auf ein Rollfeld hinzuführen.

Er schaute sich nach dem umgekippten Jeep um und schüttelte den Kopf. Den wieder auf die Räder zu hieven war ihm allein nicht möglich. Er mußte sich zu Fuß durchschlagen. Es war wieder still geworden, so still, daß er einen Vogel zwitschern und Insekten sirren hörte.

Er dachte daran, Faulkner in Washington anzurufen. Doch das war zwecklos. Er hatte an der Raststätte eine Zeitung zu Gesicht bekommen, in der zu lesen stand, daß er, John Lock, eine drogensüchtige Stricherin in seine Wohnung abgeschleppt, mißbraucht und ermordet habe. Turgenev hatte gewonnen.

Ihm blieb keine Chance. Daß er den Anschlag von Tran abgewehrt hatte, zögerte das Ende nur ein wenig hinaus, vielleicht um ein paar Stunden, und davon war bereits ein Teil verschlafen.

Wasser, dachte er. Er brauchte Wasser und etwas zu essen. Wenn er sich beeilte, wäre das Flugfeld vielleicht noch vor Anbruch der Dämmerung zu erreichen.

Igor Trechikov, der Polizeipräsident von Novyj Urengoj, zeigte sich bekümmert, als er auf Vorontsyev hinabschaute, der, von dicken Kissen abgestützt, im Krankenbett lag – mit eingegipstem Arm, mullumwickeltem Schädel und bandagiertem Brustkorb. Blutergüsse und Brandwunden verunstalteten Kiefer und Wangen.

Befangen trat Trechikov von einem Bein aufs andere. Um

das Bett herum standen Vorontsyevs engste Mitarbeiter: Dmitri Gorov, Marfa, die selbst gerade aus dem Krankenhaus entlassen worden war, und Goludin.

Vorontsyev blickte aus trüben Augen zu ihm auf und spiegelte die Wut, die er, Trechikov, in Reaktion auf Bakunins anmaßende Einmischung empfand. Immerhin half diese Wut ein wenig, Würde und Autorität zu bewahren, denn es galt nun, Vorontsyev zurechtzuweisen.

»Es … es tut mir sehr leid für Sie, Alexei.« Mehr wußte der Polizeipräsident auf Anhieb nicht zu sagen. Marfa verzog das Gesicht. Vorontsyev zwinkerte nur kurz mit den Augen. Die Ärzte hatten keine gravierenden Verletzungen feststellen können. Von der Gehirnerschütterung, so hieß es, würde er sich bald wieder erholt haben. »Tja, ehm …« Bis zu Bakunins Anruf war Trechikov davon ausgegangen, daß der Anschlag auf Vorontsyev von Terroristen verübt worden war; in einer groß angelegten Aktion hatte er Hausdurchsuchungen, Verhaftungen und Verhöre vornehmen lassen, um die Zelle der mutmaßlichen Täter auszuheben. Doch daran dachte er nicht mehr, seit Bakunin angerufen und ohne ein einziges Wort der Erklärung verlangt hatte, Vorontsyev und sein Team zu beurlauben.

Langsam wie eine Austernschale öffnete sich Vorontsyevs Mund.

»Vera Silkova und ihr Baby sind tot«, hauchte er mit matter Stimme.

Es dauerte eine Weile, bis Trechikov schaltete und sich an die beiden Todesopfer der Explosion erinnerte. Eine junge Frau und deren Säugling. Aus Vorontsyevs Nachbarwohnung. Der Sprengsatz war hinter dem Fernsehapparat versteckt gewesen und mit einem Funksignal gezündet worden. Eine Nachbarin hatte Vorontsyev im Flur kurz aufgehalten und ihm mitgeteilt, daß Leute von den Stadtwerken in seiner Wohnung gewesen seien. Anscheinend hatten sich die Täter verkalkuliert oder nicht länger warten wollen. Auf jeden Fall war die Bombe zehn Sekunden zu früh hochgegangen – nicht für die junge Frau, die nebenan und nur durch eine Wand von der Bombe getrennt am Küchentisch gesessen hatte. Sie und ihr Kind waren auf der Stelle getötet worden.

»Schreckliche Geschichte ...«, sagte Trechikov und scharrte nervös mit dem Fuß, in Gedanken bei Bakunins Anruf. »Ich ...« Wieder geriet er ins Stocken.

»Sie bedauern es, ich weiß. Aber die Frau war ja nicht *wichtig.*«

Der mitleidige Tonfall kaschierte den zynischen Wortlaut. Dmitri Gorov blickte verlegen zu Boden. Goludin und Marfa zogen sich in eine Ecke des geräumigen Einzelzimmers zurück. Immerhin hatte der Präsident erreichen können, daß dem Patienten eine Sonderbehandlung zuteil wurde.

Trechikov wies Dmitri mit einer klar verständlichen Geste nach draußen und setzte sich auf den von Goludin freigemachten Stuhl. Zögernd warf Dmitri einen Blick auf Vorontsyev, dann nickte er den jüngeren Kollegen zu und verließ mit ihnen das Zimmer. Trechikov schaute ihnen erleichtert nach, doch dann wurde ihm wieder mulmig, als er sich von Vorontsyev fixiert sah. Es war sehr warm im Zimmer, doch Trechikov verzichtete darauf, den dicken Mantel abzulegen; es schien, als versuchte er, sich darin zu verschanzen. Vorontsyev betrachtete ihn wie einen Penner, der nach Wodka und Dreck stank.

»Nächste Woche werden Sie wieder auf den Beinen ...«, hob er an. Doch Vorontsyev fiel ihm ins Wort und packte gleichzeitig sein Handgelenk.

»Hören Sie zu, Igor Vassilyevich«, zischte Vorontsyev und richtete sich mühsam aus den Kissen auf. »Sie machen mir nichts vor. So wie Ihre Frau das Parfüm einer anderen an Ihnen wittern würde, kann ich riechen, mit wem Sie sich abgeben. Ich weiß, weshalb Sie gekommen sind. Sie wollen mir den Fall entziehen, mich auf Eis legen. Geben Sie's zu.«

»Nein, Alexei ... Ich wollte sehen, wie's Ihnen geht. Hatte bislang nicht Zeit für einen Besuch. Schauen Sie, es ist nötig, daß Sie eine Weile Urlaub nehmen. Der GRU leitet die Ermittlungen. Wie dem auch sei, ich bin gekommen, um mich davon zu überzeugen, daß es Ihnen soweit gut geht.«

So etwas darf nicht nochmal passieren, ließ seine nervöse Stimme unmißverständlich anklingen.

»Vera Silkova ist tot, Igor. Haben Sie das kapiert? Fast hätte es Marfa draußen auf dem Förderfeld erwischt. Statt dessen mußte eine Frau dran glauben, die nichts mit alledem zu tun hatte.« Er flüsterte, hielt aber Trechikovs Handgelenk gepackt, der glaubte, in einer Schraubzwinge zu stecken. »Diesen Typen war ganz egal, daß noch andere Leute bei mir im Haus wohnen. Um mich auszuschalten, haben sie den Tod von Vera Silkova und ihrem Säugling in Kauf genommen.« Er schluckte und fuhr mit der Zunge über die geschwollenen Lippen. »Rawls, der Iraner oder all die anderen, die diesen Typen im Weg standen, kümmern mich nicht. Aber das war zuviel, und sagen Sie jetzt bloß nicht: Ist ja alles nochmal gutgegangen.«

Vorontsyev löste den Griff und ließ sich in die Kissen zurückfallen. Trechikov massierte das Handgelenk wie eine entzündete Stelle.

»Wie käme ich dazu, Alexei? Ich wünschte nur, Sie hätten auf mich gehört und sich da rausgehalten. Dann wäre es nicht dazu gekommen.«

»Vielleicht«, murrte Vorontsyev. Und dann: »Was wissen Sie, Igor?«

»Nichts«, beeilte sich Trechikov zu sagen. »Glauben Sie mir!«

»Wer hat Sie beauftragt hierherzukommen und mit mir zu reden?«

Trechikov schüttelte den Kopf. »Ich bin gekommen, um Ihnen mitzuteilen, daß Sie vorübergehend beurlaubt sind, Major.« Sein förmlicher Amtston wirkte geradezu lächerlich.

Vorontsyevs Mund zog sich grinsend in die Breite. Die Augen blieben hart wie Feuerstein. »Bakunin?« Trechikov konnte sich nicht verstellen. »Dachte ich mir. Und von wem bezieht der seine Befehle?«

»Woher soll ich das wissen?« platzte es aus Trechikov heraus.

»Sie haben doch vielleicht eine Vermutung.«

»Nein, ich weiß nichts.«

»Beruhigen Sie sich, Igor. Schonen Sie Ihr schwaches Herz.«

»Machen Sie sich nicht lustig über mich«, protestierte Trechikov. »Ich habe in der Tat Probleme damit.«

»Und eine Pension, eine Datscha, eine verschwenderische Frau. Ich weiß, Igor.«

»So was sagt sich leicht ...«

»Und Sie machen es sich leicht, Igor.« Vorontsyev seufzte. Er hatte Schmerzen und ließ deutlich durchblicken, daß er Trechikov zum Teufel wünschte.

Der wurde zunehmend hektisch, weil er sich in seiner Vorgesetztenrolle nicht ernstgenommen sah. »Alexei, ich verlange von Ihnen, daß Sie sich aus dieser Sache raushalten!«

»Zu spät, Igor«, antwortete Vorontsyev. »Es ist zuviel geschehen. So etwas läßt sich nicht einfach zu den Akten legen.«

»Ich verstehe Sie ja, Alexei, wirklich. Aber ich will nicht ...«

»... daß es auch mich erwischt? Damit ist zu rechnen.«

»Und?«

»Mir bleibt keine andere Wahl. Ich habe einiges in Erfahrung gebracht, über das sich nicht mehr hinwegblicken läßt.«

Trechikov fuhr merklich zusammen. Daß er Angst hatte, war unverkennbar. Vorontsyev kannte die Schwächen seines Vorgesetzten, dessen Selbstmitleid, dessen krampfhafte Versuche, eine wohlanständige Fassade aufrechtzuerhalten.

»Ich kann Sie also nicht ...?« Vorontsyev schüttelte den Kopf. Trechikov wischte den Schweiß von der Stirn und beugte sich vor. »Sie sind suspendiert. Ihre Mannschaft wird mit anderen Aufgaben betraut.«

»Ab wann?«

»Ab sofort. Ich bin für die Sicherheit der Leute verantwortlich, Alexei. Und als deren Vorgesetzter sollten auch Sie ein bißchen mehr Rücksicht zeigen, egal, wofür Sie sich entscheiden.«

»Ich will's versuchen.«

»Seien Sie vorsichtig, sehr vorsichtig, Alexei.«

»Ja«, antwortete Vorontsyev müde. Bedauern klang in seiner Stimme an; es schien, als fühlte er sich gezwungen, auf eigene Faust weiterzumachen.

Trechikov würde Vorontsyev in wenigen Minuten einen unverbesserlich sturen Bock schimpfen. Aber noch überwogen Angst und Sorge. Er stand auf, nickte zum Abschied brüsk mit dem Kopf und ging zur Tür. Als er sich ein letztes Mal umblickte, machte Vorontsyev die Augen zu. Trechikov trat in den Flur hinaus. Zu Vorontsyevs Leuten hatte sich ein viertes Mitglied hinzugesellt, in dem er Lubin wiedererkannte. Die vier machten kein Hehl aus ihrer ablehnenden Haltung und wichen zur Seite, als fürchteten sie, von einer ansteckenden Krankheit infiziert zu werden. Dummköpfe, dachte Trechikov.

Vorontsyev öffnete die Augen, als er hörte, daß die Tür wieder geöffnet wurde. Dmitri, Marfa, Goludin und Lubin drängten ins Zimmer, verschüchtert und neugierig zugleich. Dmitri nahm auf dem Stuhl Platz; Marfa setzte sich auf die Bettkante, während die beiden jungen Männer an der Tür zurückblieben, als müßten sie Wache schieben.

»Was wollte der Alte? Einen Schreckschuß abgeben?«

»Ja, so kann man's sagen, Dmitri. Er sorgt sich um mich. Und um euch. Deshalb hat er uns den Fall entzogen. Ihr bekommt andere Aufgaben zugeteilt.«

»Nein ...«

»Vielleicht ist es gut so, Dmitri ... bitte, hör mir zu. Trechikov hat Angst. Bakunin sitzt ihm im Nacken. Und Bakunin handelt selbst nur auf Befehl. Der ist für die Nummer, die hier abgezogen wird, viel zu beschränkt. Versteht ihr mich?« Er schaute in die Runde. Marfa und die anderen nickten wie schmollende Kinder. »Die Sache stinkt zum Himmel, und wir stehen ohne Rückendeckung da. Wir sind raus aus dem Fall. Das hat mir Trechikov klipp und klar zu verstehen gegeben. Ich bin ab sofort auf mich allein gestellt.«

Er sah sich jeden einzelnen seiner Leute genau an: Goludin zeigte sich irritiert, Marfa war empört, und Lubin versuchte, eine ernste Miene aufzusetzen. Dmitri blieb sich treu. Er würde sich nicht abwimmeln lassen.

»Hört zu«, fuhr Vorontsyev fort. »Mir ist vollauf bewußt, daß das, was ich nun zu unternehmen gedenke, so sinnlos ist wie der Versuch, eine Krebsgeschwulst mit einem Wundpflaster zu therapieren. Es hilft alles nichts. Aber ich stecke nun mal drin in der Sache. Ihr dagegen könnt euch getrost raushalten.« Dmitri wich seinem Blick aus und rieb sich die fahlen, stoppeligen Wangen. »Es lohnt nicht, daß auch ihr euren Kopf hinhaltet. Verstehen wir uns?«

Vorontsyev machte sich nichts vor. Er ahnte, wie seine Worte bei den anderen ankamen, nämlich genau so, wie er sie gemeint hatte: als nachdrückliche Bitte um Hilfe.

»Behaltet eure Antworten für euch und geht jetzt«, sagte er.

Marfa konnte nicht ruhig bleiben. »Von wegen Wundpflaster. Da haben wir doch einiges mehr zu bieten. Das Heroin ... Auf den Kartons, in denen das Zeug gekommen ist, steht der Absender: Grainger Stiftung, Phoenix, Arizona. Das Krankenhaus dient als Umschlagplatz, und wer dafür verantwortlich ist, dürfte mittlerweile klar sein ...« Ihre Zuversicht hielt sich offenbar in Grenzen. »Oder etwa nicht?« fügte sie kleinlaut hinzu.

Goludin fühlte sich merklich unwohl in seiner Haut. Lubin grinste verlegen.

»Und wer sollte das eurer Meinung nach sein?« fragte Vorontsyev betont beiläufig.

Es blieb eine Weile still. Dann meldete sich Dmitri zu Wort. »Turgenev. Wer sonst? Grainger-Turgenev bietet sich als Schiene geradezu an. Deren Leute fliegen ein und aus; und wer sonst hätte soviel Schmiergeld und Druckmittel parat ...«

»... Bakunin und unseren Chef an die Leine zu nehmen«, führte Vorontsyev aus. »Ich hätte wohl doch lieber den ganzen Mist vor Bakunins Tür abkippen sollen. Was meint ihr?«

»Wie gesagt, Bakunin hat weder genügend Grips noch Einfluß. Darum kommt nur Turgenev in Frage.«

»Und jetzt versteht ihr wohl auch, weshalb ich euch auffordern muß, Abstand zu nehmen«, sagte Vorontsyev mit Blick auf Dmitri, der kaum merklich den Kopf schüttelte.

»Paß mal auf, Alexei«, entgegnete Dmitri. »Wir sind Freunde, und außerdem habe ich noch eine Rechnung zu begleichen. Lubin und Goludin, diese beiden Spinner, sind Feuer und Flamme, können sie doch endlich die Helden spielen. Und was Marfa betrifft, die folgt dir wie ein treues Hündchen, wohin du auch gehst.« Die Kollegin schnappte nach Luft und wurde puterrot. »Fühlt sich jemand falsch dargestellt? Nein? Gut. Die nächste Frage lautet: Wie gehen wir weiter vor?«

»So einfach ist das nicht«, widersprach Vorontsyev.

»Sei einfach still, Alexei, und es läuft alles wie von selbst.«

Vorontsyev war perplex, aber auch erleichtert, nicht allein zu sein. »Ihr wollt also wirklich dranbleiben?« fragte er leise und blickte in die Runde. Sie alle nickten eifrig. »Na schön«, seufzte er. »Und danke.«

Dann wurde es laut; jeder rückte mit Vorschlägen raus.

»Wir sollten schnellstens die untergetauchten Forscher aufstöbern.«

»Ob es möglich wäre, an das Logbuch von Turgenevs Privatjet ranzukommen?

»Diesem Schneider muß Druck gemacht werden; er weiß doch, wer …«

»Man sollte Panshin rund um die Uhr beschatten …«

Vorontsyev winkte mit der Hand ab und sorgte schließlich für Ruhe.

»Turgenev hat die ganze Stadt unter Kontrolle wie eine Spinne ihr Netz. Egal, wo du hintrittst, er weiß sofort Bescheid. Wenn er denn tatsächlich der eigentliche Drahtzieher ist …«

Daran bestand kein Zweifel mehr. Es gab nur einen, der gleiche Immunität besaß und sich, weil er keine Konsequenzen fürchten mußte, sogar erdreisten konnte, die Wohnung eines hochrangigen Kriminalbeamten in die Luft jagen zu lassen. Nur Turgenev hatte die Macht, den Polizeiapparat,

Bakunin und den GRU, das amerikanische Krankenhaus und die Manager von Grainger-Turgenev zu kontrollieren. Mordaufträge erteilen, ohne dafür zur Rechenschaft gezogen zu werden, konnte nur er.

Dieser Gedanke hatte Vorontsyev während der vergangenen Nächte um den Schlaf gebracht, und der Verdacht gegen ihn war allmählich zur Gewißheit geworden. Seit vierundzwanzig Stunden war er absolut davon überzeugt: Alle Wege führten zum Jagdschloß in die Tundra.

»Also gut«, sagte er und räusperte sich. »Laßt uns an die Arbeit gehen. Besorgt noch ein paar Stühle, Kaffee und was zu essen.« Er musterte den eingegipsten Arm. »Und vergeßt nicht: Unterläuft uns ein einziger kleiner Fehler, können wir einpacken.«

John Lock saß in der KLM-Lounge des internationalen Flughafens von Toronto und wartete auf den Flug nach Amsterdam. Das Ticket hatte er mit seiner Kreditkarte gekauft und somit eine letzte Spur gelegt. Er war mit den Nerven am Ende und schreckte immer wieder grundlos auf. Sooft er nach dem Drink langte, der auf dem kleinen Tisch vor ihm stand, fing seine Hand zu zittern an. Für die Mitreisenden oder die Frau, die die Drinks servierte, fehlte ihm der Sinn. Er war verschwitzt und ungewaschen, hatte sich nur flüchtig rasiert, mit Aftershave eingerieben, Hemd und Jackett gewechselt. Die Jeans waren wieder halbwegs sauber. In der Sporttasche zwischen seinen Füßen steckten zwei Taschenbücher, ein weiteres Hemd und Unterwäsche, mehr nicht.

Er warf einen Blick auf die Uhr. In einer Stunde erst würde es losgehen.

Vier Meilen von dem ausgetrockneten Wasserlauf entfernt war er – gestern oder heute? – auf das Flugfeld gestoßen. Die einmotorige Cessna, die er dort hatte landen sehen, wurde für die Zustellung von Post und Lebensmitteln benutzt, gelegentlich auch zur Beförderung von Passagieren. Es war nicht billig gewesen, den Piloten dazu zu bringen, ihn nach Reno zu fliegen. Ursprünglich hatte er von dort aus nach Mexiko weiterreisen wollen, sich dann aber eines besseren besonnen. Alle Yankees auf der Flucht zog es nach Mexiko, als hätten sie nie von einer anderen Grenze gehört.

Darum war er, unbehelligt von Polizei oder FBI, nach Norden geflogen, zuerst von Reno nach Sacramento, dann weiter nach Vancouver und schließlich mit der Air Canada nach Toronto. In Vancouver hatte er in einem Hotel am Flughafen übernachtet. Er erinnerte sich: Es mußte also gestern gewesen sein, daß er Tran getötet hatte. Das Zeitgefühl war ihm völlig durcheinandergeraten.

Auch alles andere erschien ihm verzerrt und irreal. Wie die Mädchenleiche in seiner Wohnung. Orientierung fand er nur im Hinblick auf den Anfang seines Wegs – den Mord an Beth – und dessen Ende: Turgenev. Beth und Turgenev. Was er begonnen hatte, würde er zum Abschluß bringen.

Darauf war er fixiert und davon konnte ihn nichts ablenken.

2

Brandstiftung

Am Moskauer Flughafen Cheremetievo hatte sich John Lock fellgefütterte Stiefel, eine Pelzmütze und einen warmen Mantel gekauft. Trotzdem bibberte er vor Kälte, als er jetzt im sibirischen Schneegestöber vor den Trümmern des Hauses stand. Auf der Straße hinter ihm rollten Autos über festgefahrenen Schnee. Bremslichter glühten hektisch auf.

Die Reise von Toronto nach Novyj Urengoj hatte zwei Tage gedauert, und endlich angekommen, mußte er feststellen, daß es die Adresse, die er hatte aufsuchen wollen, nicht mehr gab. Zerrissene Vorhänge flappten vor zersprungenen Fensterscheiben, Anstrich und Stuck waren rußgeschwärzt, vom Dach war nur die Hälfte übriggeblieben. Nirgends brannte ein Licht. Der Hausverwalter des neugebauten Wohnblocks gegenüber hatte gesagt, daß hier ein terroristischer Anschlag auf einen Polizeibeamten verübt worden sei. Lock kannte diesen Beamten: Es war Vorontsyev, der *ehrliche Bulle*, von dem er Beth am Vorabend ihres Todes berichtet hatte. Er erinnerte sich an dessen Wohnung im ersten Stock, war von ihm nach dem Zwischenfall im Hotel zum Abendessen dorthin eingeladen worden. Sie hatten Jazzplatten gehört und sich angefreundet. Jetzt starrte Lock auf die klaffenden Fensterhöhlen. Der Eingang war von der Polizei versiegelt worden, dennoch huschten Schatten in der Ruine umher; einer schleppte eine angekokelte Mikrowelle davon, zwei andere hievten eine Waschmaschine auf eine Schubkarre und verschwanden im Schneetreiben.

Turgenev … Lock zitterte. Die Kälte kroch ihm bis ins Mark. Er ahnte: auch dieser Anschlag ging auf Turgenevs Kappe. Nicht einmal der Hausverwalter hatte die Terroristengeschichte geglaubt und spöttisch mit den Schultern gezuckt, als er darauf Bezug nahm. Eine junge Frau und deren

Kind waren ums Leben gekommen; eine andere Frau war von einstürzenden Mauerteilen schwer verletzt worden. Lock schüttelte den Kopf. Er kannte die Stadt gut genug, um zu wissen: Hier gab es keine Terroristen – nur Gangster, sogenannte Geschäftsleute: die russische Mafia. Und er wußte, daß sich Vorontsyev mit Drogenkriminalität beschäftigte; das hatte er ihm an jenem Abend in der schmucken, einsamen Wohnung anvertraut. Bei Heroin sah der Beamte rot. War nicht davon die Rede gewesen, daß sich die Tochter seines Kollegen zu Tode gespritzt hatte? Es erschien hoffnungslos, ja, sogar lächerlich, aber Lock war gekommen, um Vorontsyev um Hilfe zu bitten. Er brauchte dessen Unterstützung. Er war der einzige Mann in Novyj Urengoj, dem man vertrauen konnte.

Turgenev würde nicht im Alleingang zur Strecke zu bringen sein. Lock war auf Hilfe angewiesen, und sei es auf die Hilfe eines Mannes, den er kaum kannte.

Lächerlich.

Aber es gab keine Alternative.

Drogen, Vorontsyev, versuchter Mord ... Turgenev. Umsichtig, wie er war, würde er auch auf Lock vorbereitet sein. Wenig wahrscheinlich, aber möglich, daß er bereits über seine Ankunft in Novyj Urengoj informiert war. Es konnte allerdings wohl nur Zufall sein, daß unmittelbar vorher Vorontsyev in sein Fadenkreuz geraten war. Trotzdem rieselte Lock erneut ein kalter Schauer über den Rücken. Er war bloß eine weitere Figur auf dem Schachbrett.

Verdrossen näherte er sich der Ruine, trat mit der Stiefelspitze gegen ein verkohltes Dielenbrett, scharrte in Asche und Mörtelresten. Längst hatte sich wieder eine Schneeschicht darüber gebildet.

Der Polizist sei *in das amerikanische Krankenhaus* gebracht worden, hatte der Hausverwalter von nebenan gesagt. Konnte er, Lock, es wagen, dorthin zu gehen, in das Krankenhaus der Grainger Stiftung? Das mit Sicherheit irgendeine Rolle beim Drogenschmuggel spielte; dazu war es geradezu prädestiniert. Und Vorontsyev würde gewiß unter Beobachtung stehen. Unter Bewachung?

Was blieb Lock anderes zu tun übrig? Wieder zurückfliegen? Unsinn, dachte er; der Flughafen hatte bei diesem Schneetreiben wahrscheinlich ohnehin den Betrieb eingestellt. Er mußte wohl oder übel hierbleiben, sich irgendwo ein warmes Fleckchen suchen.

Ihm war klar, daß er eigentlich keinen Plan hatte – außer dem, daß er Vorontsyev sprechen und ihn um Hilfe bitten wollte. Als er mit ihm vor wenigen Wochen in dessen Wohnung Jazz gehört und Wodka getrunken hatte, war deutlich geworden, daß Vorontsyev im Grunde zutiefst resigniert war, weil er kaum eine Möglichkeit sah, gegen Korruption und Gewalt anzukommen. Lock war voller Hoffnung gewesen, den Polizisten wieder heißmachen zu können, indem er ihm Turgenev und dessen Leute quasi auf dem Tablett servierte.

»Den hat's schlimm erwischt«, hatte der Hausverwalter gesagt oder vielmehr ausgespuckt, weil er anscheinend für alles und jeden nur Verachtung kannte.

Wie sollte ihm ein schwerverletzter Vorontsyev von Nutzen sein? Tatsache blieb – er war aller Voraussicht nach auf sich allein gestellt ... in dieser verdammten Kälte.

»Sehr gut. Nein, lassen Sie ihn nicht aus den Augen. Sie haben doch jemanden auf ihn angesetzt? Gut. Halten Sie mich auf dem laufenden.«

Turgenev legte den Hörer auf und strich mit dem Zeigefinger der linken Hand über die Oberlippe, als wähnte er dort immer noch den Schnauzbart, den er schon vor langer Zeit abrasiert hatte. Unglaublich, dieser Lock ... Vor drei Tagen war er dem Vietnamesen und dessen Leuten in der Wüste von Arizona entwischt. Man hätte meinen sollen, daß er sich mit dem Mord an Tran zufriedengeben würde, doch wie's schien, war seine Rachgier noch nicht gestillt. Er hatte sich über Reno, Sacramento und Vancouver nach Toronto abgesetzt. Dort war die Spur abgerissen. Offenbar hatte er seinen Weg unter falschem Namen fortgesetzt.

Und jetzt befand er sich in Novyj Urengoj. Bakunins Leute hatten ihn vor zwei Stunden die vorerst letzte Linienmaschine aus Moskau verlassen sehen. Seit drei Tagen wütete der erste schwere Schneesturm dieses Winters. So bald würde niemand aus der Stadt herauskommen, gewiß nicht Lock. Er steckte in der Falle von Novyj Urengoj.

Turgenev war zufrieden, nicht zuletzt auch über das Ergebnis seiner Währungsspekulationen, das ihm soeben per Fax gemeldet worden war. Gegen die möglichen Renditen aus schnellen Devisengeschäften nahmen sich die Gewinne aus dem Drogenhandel wie Peanuts aus. Schmunzelnd zupfte er an der Oberlippe und legte die Lesebrille ab.

Durch die Übernahme von Grainger Technologies und weiterer amerikanischer Unternehmen würde sich seine Macht und sein Vermögen auf enorme Weise mehren. Jene zweitausend und mehr russischen Immigranten, die in den Staaten mit organisierter Kriminalität ihr Glück versuchten, waren kleine Krauter im Vergleich zu ihm. Er hatte es wirklich geschafft, und darauf konnte er stolz sein.

Mit leicht nostalgischem Bedauern kehrten seine Gedanken zu Lock zurück. Daß der ausgerechnet nach Novyj Urengoj gekommen war, in *seine* Stadt ... Ein gefundenes Fressen für Bakunin. In Amerika wurde nach ihm gefahndet, hier war er aufgeschmissen, weil ohne jeden Kontakt. Kein Hahn würde nach ihm krähen, wenn er auf Nimmerwiedersehen verschwand. Irgendwie traurig. Er war so ein netter Kerl. Sei's drum, er mußte weg.

»Ja?«

Es war Schneider, der amerikanische Arzt. Bakunin verzog das Gesicht, als hätte er in eine faule Zwiebel gebissen.

»Ich will Ihnen nur kurz Bescheid geben«, hörte er Schneider in ärgerlichem Tonfall sagen. »Vorontsyev hatte Besuch von dem dickbäuchigen Kollegen und dem Mädchen. Sie sind nicht lange geblieben.«

»Und wer bewacht ihn zur Zeit?« Trechikov, der Polizeipräsident, hatte sich geweigert, den Posten vor Vorontsyevs Krankenzimmer abzuziehen, und Bakunin konnte es sich nicht erlauben, offen zu intervenieren. Vorontsyev war in

Sicherheit, es sei denn, Schneider würde ihm eine tödliche Dosis spritzen oder unters Essen mischen.

»Ich glaube, er heißt Goludin. Scheint mir ein naiver Tropf zu sein.« Und dann fügte Schneider eilig hinzu: »Warum muß ich eigentlich immer Bericht erstatten? Das kann doch auch einer Ihrer Leute tun.«

»Seien Sie getrost, wir sind bestens unterrichtet«, antwortete Bakunin. »Auf Wiederhören, Herr Doktor.«

Er brach die Verbindung ab und rieb sich das Ohr, das am Hörer zu schwitzen und zu jucken angefangen hatte. Dann nahm er die Zigarette aus dem Aschenbecher und blies eine blaue Wolke unter die Bürodecke. Schneider bekam es offenbar mit der Angst zu tun, war aber nach wie vor gefügig. Immerhin stand einiges für ihn auf dem Spiel, und bestimmt war ihm klar: Wenn er nicht spurte, würde es ihm wie seinem Freund Rawls ergehen. Bakunin grinste, verschluckte sich vor Vergnügen am Zigarettenqualm und mußte husten.

Vorontsyev ...? Was den betraf, schien Turgenev ungewöhnlich zurückhaltend zu sein, geradezu zögerlich. Wartete er auf dessen Entlassung? Vorläufig begnügte er sich damit, den Polizisten und dessen Team beschatten zu lassen – die Frau, den dicken Gorov, Goludin und Lubin, den Mann von der Spurensicherung. Dabei waren sie alle zurückgepfiffen und mit alltäglichen Vorgängen beschäftigt worden – Vergewaltigung, Erpressung, hier ein Drogenopfer, da eine Messerstecherei –, mit den üblichen Bagatellen an der Oberfläche des kriminellen Sumpfes. Es deutete nichts darauf hin, daß sie weiterhin für ihren Chef tätig waren.

Bakunin rieb sich das Kinn mit der Hand, die die Zigarette hielt. Der Qualm stieg ihm in die Augen, und er blinzelte.

Daß sie nach dem, was ihrem Chef passiert war, noch den Nerv hatten, ihre Ermittlungen fortzusetzen, war kaum anzunehmen. Der Karren war gegen eine Ziegelwand gerollt, das Zugtier halb tot und die Mannschaft benommen. Dennoch, ihm, Bakunin, wäre wohler zumute, wenn er die ganze Riege endgültig ausgeschaltet wüßte, einen nach dem anderen oder alle auf einmal. Und davon ließ sich ausgehen: Niemand hätte die Stirn, den Tod der Leute zu hinterfragen. Er mußte unbedingt mit Turgenev darüber reden. Das Problem war einstweilen entschärft, aber noch lange nicht gelöst.

Doch zur Zeit schien sich Turgenev ausschließlich um diesen Amerikaner namens Lock Gedanken zu machen. Bakunin warf einen Blick auf die Akte, die ihm einer von Turgenevs Männern in Amerika zugefaxt hatte. Lock war Mitarbeiter im Außenministerium und anscheinend schon häufiger zu Besuch in Novyj Urengoj gewesen. Doch Bakunin sah ihn nun zum erstenmal auf dem mitgeschickten Foto, das ein durchschnittliches, harmloses Gesicht abbildete. Harmlos auch die Akte: Lock machte einen ganz und gar ungefährlichen Eindruck. Doch Turgenev war vom Gegenteil überzeugt und räumte der Beseitigung dieses jungen Mannes allererste Priorität ein.

Na schön, wenn er's denn so will. Bakunin grinste in sich hinein. Prinz Turgenev hat das Sagen. Wenn er diesen Lock zum Teufel wünscht … dann soll er dorthin gehen.

Daß er auf russisch nur radebrechen konnte, war kein Problem. Schließlich wies ihn sein Paß als Amerikaner aus, und als solcher paßte er gut ins Bild eines Krankenhauses, das von einer amerikanischen Stiftung finanziert wurde. Die diensthabende Krankenschwester nahm ihn kaum zur Notiz und erklärte knapp, wo das Krankenzimmer von Vorontsyev zu finden wäre.

Er zögerte einen Moment lang, als er die Tür erreicht und die Hand auf die Klinke gelegt hatte. Es widerstrebte ihm, einzutreten, fürchtete er doch, einen entstellten, hilflosen Menschen vorzufinden. Das Verlangen nach Rache hatte ihn aufgeputscht und bis hierher geführt, schien aber nun aufgezehrt zu sein. Statt dessen machten sich Erschöpfung und Frustration breit. Was konnte von einem russischen Polizisten an Hilfe zu erwarten sein, der ans Krankenbett gefesselt war? Und welche Hilfe durfte er ihm, den er kaum kannte, überhaupt wagen anzubieten.

Er öffnete die Tür. Der eine Arm des Mannes war in Gips verpackt; der andere steckte unter der Bettdecke. Den Schädel umspannte ein Mullverband. Er sah jämmerlich aus, aber die Augen leuchteten ungewöhnlich hell. Lock machte die Tür hinter sich zu und hob die Hand wie zur Abwehr.

»Ich … ehm, mir ist erlaubt worden, Sie zu besuchen«, stammelte er. Sein englischer Akzent machte den Patienten hellhörig.

»Wer sind Sie?« fragte Vorontsyev irritiert und kniff die Brauen zusammen. »Amerikaner?«

Lock nickte. »Wir kennen uns.«

Vorontsyev machte aus seinem Argwohn kein Hehl. »Jetzt erinnere ich mich. Sie sind Lock.« Seine Hand bewegte sich unter der Decke. »Vom amerikanischen Außenministerium.« Anscheinend hielt er eine Pistole gepackt. War da nicht das Klicken des Sicherungshebels zu hören gewesen?

»Ja«, antwortete Lock. Die Reaktionen des Polizisten enttäuschten ihn restlos. Unaufgefordert setzte er sich auf den Stuhl, stemmte die Ellbogen auf die Knie und legte das Gesicht in die Hände. Er war hundemüde; die Droge Rache schien den Körper nicht länger stimulieren zu können.

»Was wollen Sie hier?«

»Der Name Grainger … ist Ihnen doch ein Begriff, oder? Meine Schwester hat in diese Familie reingeheiratet … Jetzt ist sie tot.« Der Russe schien durch Locks Gestammel verunsichert zu sein.

Vorontsyev glaubte, einen entmutigten kleinen Gauner beim Verhör vor sich zu haben. Mit hängenden Schultern, unrasiertem Gesicht und dicken Rändern unter den Augen gab sein Gegenüber ein armseliges Bild ab. Er war tatsächlich kaum wiederzuerkennen als der Mann, den er in seine Wohnung eingeladen, nach wenigen Tagen aber schon wieder vergessen hatte, zumal er offenbar zu jener Sorte Mensch gehörte, die kein Aufhebens von sich machte und darum kaum einen bleibenden Eindruck hinterließ. »Aber warum sind Sie hierher gekommen, Mr. Lock?«

Lock ließ mit der Antwort auf sich warten. Es fehlte nicht

viel, und er wäre im Sitzen eingeschlafen. Dann sagte er: »Ich vertraue Ihnen. Habe sogar meiner Schwester von Ihnen erzählt.« Er lächelte matt. »Meine Schwester ist ermordet worden.«

»In Amerika?«

»Ja.«

»Aber nicht von einem Amerikaner?«

»Nein, jedenfalls nicht im Auftrag eines solchen.«

Vorontsyev richtete sich auf und legte, wie es schien, die Waffe in den Schoß. »Könnte es sein«, sagte er und räusperte sich den Hals frei, »daß wir gemeinsame Ziele haben?«

»Mag sein.«

Vorontsyev wußte auf Anhieb nicht weiter. Die Miene des anderen verriet nicht, was in ihm vorging. Doch dieser Amerikaner kannte Turgenev, hatte ihm sogar recht nahegestanden. Vorontsyev erinnerte sich. Unter anderem war von dieser Beziehung die Rede gewesen, als er mit Lock zusammengesessen, ein Fertigmenü aus dem neuen chinesischen Restaurant gegessen und importiertes Bier getrunken hatte.

Das war erst wenige Wochen her, ein netter Abend; sie hatten sich gut verstanden. »Einer muß den Anfang machen«, sagte er. »Wie wär's mit Ihnen?« Nach einer Pause fügte er hinzu: »Vielleicht kann ich was für Sie tun?«

»Wären Sie denn dazu in der Lage?« entgegnete Lock. Es war ihm anzusehen, daß ihm der Zustand des Patienten nicht in den Kram paßte.

»Sie möchten also, daß ich Ihnen helfe«, sagte Vorontsyev leise.

»Wenn's möglich ist.«

»Und das, obwohl wir uns nur einmal gesehen haben?«

»Ich kenne hier niemand sonst.«

Lock schaute sich um und blickte zum doppelverglasten Fenster hinaus. Schnee wirbelte im gelben Licht der Parkplatzlaternen. Fernab auf einem der Gasfelder loderte eine einzelne Flamme. Was zögerte er noch? Er war gekommen, um Vorontsyev ins Vertrauen zu ziehen.

Ganz genau erinnerte er sich an dessen Hinweise auf das

Drogenproblem in Novyj Urengoj, an seine Besorgnis und Wut – auch daran, daß die Tochter eines seiner Mitarbeiter an einer Überdosis gestorben war.

»Es ist wegen dieser Drogengeschichten«, sagte er schließlich. Verwundert riß Vorontsyev die Augen auf. »Ich habe mittlerweile eine Menge darüber in Erfahrung gebracht. Als wir vor kurzem miteinander sprachen, hatte ich noch keine Ahnung. Es interessierte mich auch nicht, betraf mich nicht … Doch das ist jetzt anders.« Seine Stimme wurde brüchig; er räusperte sich. Vorontsyev blickte drein, als hörte er einer entsetzlichen Schauergeschichte zu. »Grainger-Turgenev ist nichts weiter als ein verdammter Umschlagbahnhof für Drogen.«

»Halten Sie mal für einen Augenblick die Luft an«, unterbrach Vorontsyev. Lock musterte ihn mit argwöhnischem Blick. »Jetzt sag *ich* Ihnen was. Hier, in diesem Krankenhaus lagert das ganze Zeug, versandfertig verpackt.«

»Himmel, die haben sich hier gut eingerichtet, nicht wahr?«

»Wer sind ›die‹?«

»Pete Turgenev … mein toter Schwager und dessen Vater.« Lock lehnte sich zurück und fuhr mit den Händen übers Gesicht, als versuchte er, den gröbsten Dreck wegzureiben.

»Wie umfangreich ist das Geschäft?«

»Es geht um Dollarbeträge in vielfacher Millionenhöhe. Aus diesen Gewinnen ist Grainger-Turgenev aufgebaut worden.« Beide schreckten auf, als es an der Tür klopfte. Unmittelbar darauf öffnete sie sich.

»Dmitri.«

»Du hast Besuch, Alexei?« Dmitri Gorov hielt ein eingepacktes Butterbrot für Vorontsyev in der Hand; unter dem Arm klemmten zwei Flaschen Bier.

»Er ist Amerikaner. Ein Freund. Jemand, der einen guten Grund dafür hat, hierzusein. Dieselben Drogen, an denen deine Tochter gestorben ist, scheinen auch Ursache für den Tod seiner Schwester zu sein. Nicht ganz so direkt, aber ebenso zwingend.«

Dmitris Miene verfinsterte sich schlagartig. »Ist er etwa der amerikanische Diplomat, den du vor einiger Zeit zu dir nach Hause eingeladen hast?«

»Ja.«

»Was will er?«

»Ich glaube, er will Turgenev zur Strecke bringen.«

Es wurde still. Für eine Weile war nur Gorovs rasselndes Atmen zu hören. Lock hatte sich wieder hineingefunden in die russische Sprache. Noch am Moskauer Flughafen war er über die einfachsten Phrasen gestolpert. Jetzt, da er alle Brücken hinter sich abgerissen hatte, machte sich eine eigentümliche Wandlung in ihm bemerkbar. Es war, als habe er tatsächlich seine Identität gewechselt, als sei er Landsmann der beiden Polizisten geworden. Schließlich sagte Vorontsyev: »Er will, daß wir ihm dabei helfen. Turgenev ist offenbar wirklich der, für den wir ihn halten – nämlich der eigentliche Kopf hinter allem.« Dmitri runzelte die Stirn und nickte. Das Butterbrot, das er dem Freund auf ausgestreckter Hand anbot, blieb unbeachtet. »Aber die Sache ist größer, als wir dachten ...«

»Was ist los mit dir, Alexei?« sagte Dmitri. »Da kommt ein fremder Ami ins Zimmer spaziert, und du glaubst ihm alles?«

»Hören Sie zu ...«, hob Lock an, doch Vorontsyev fiel ihm ins Wort.

»Dmitri, es ist zu spät für langes Zaudern. Uns bleibt nicht mehr viel Zeit.«

Die Tür ging auf; alle drei fuhren mit dem Kopf herum. Lock war sichtlich verwundert.

»Dave ... Dave Schneider!« rief er und stand auf.

»John, was machen Sie denn hier?«

Daß hier etwas nicht stimmte, spürte Lock sofort. Die beiden Russen zeigten sich unverhohlen argwöhnisch, und Schneider schien entsetzt darüber zu sein, Lock im Zimmer Vorontsyevs anzutreffen.

Lock und Schneider gaben sich die Hand. Vorontsyev hielt die Waffe unter der Decke fest im Griff. Kein Zweifel, er würde notfalls auf Schneider schießen – wenn Lock nicht im Weg stünde. Da tönte ein Signal. Schneider zog seinen Piepser aus der Kitteltasche und schaltete ihn aus.

»Bin gleich wieder da, John. Dann können Sie mir erklären, was Sie hierher verschlagen hat.«

Er machte die Tür hinter sich zu.

»Schnell, Dmitri. Lock muß weg. Bring ihn zu dir nach Hause.«

»Wieso das?« Lock war perplex.

»Schneider gehört dazu. Sie müssen verschwinden. Dmitri, wer ist bei dir im Wagen?«

»Goludin. Warum?«

»Er soll auch mit. Und rührt euch vorläufig nicht von der Stelle. Ich muß mir etwas einfallen lassen, wie wir aus diesem Schlamassel wieder rauskommen. Sorg bitte dafür, daß entweder Marfa oder Lubin hier vor der Tür Wache schieben. So, und jetzt haut endlich ab!«

»Was soll das alles?« fragte Lock.

»Ich will, daß Sie am Leben bleiben.« Dmitri war schon an der Tür und spähte in den Flur hinaus. »Schneider weiß jetzt, daß Sie in der Stadt sind, und es wird keine zehn Minuten dauern, dann sind auch der GRU und Turgenev informiert. Und die werden nichts Eiligeres zu tun haben, als Sie beiseite zu schaffen.«

»Also los«, sagte Dmitri und schaute sich kopfschüttelnd nach Lock um. »Was hat Sie bloß geritten, daß Sie hierher gekommen sind?«

Lock stand da wie vom Donner gerührt. Er starrte Vorontsyev an, der hilflos in seinem Bett lag, und sagte: »Na schön, aber was ist mit Ihnen?« Vorontsyev nahm die Frage mit Erleichterung zur Kenntnis. Der Amerikaner meinte es ehrlich.

»Um mich machen Sie sich mal keine Sorgen.«

Dmitri packte Lock beim Arm und zerrte ihn durch die Tür. Er ließ es sich gefallen, weil er ohnehin nicht weiter wußte. Es war zum Verzweifeln: ein verletzter Mann im Bett, und ein Dickwanst, der ihm nicht über den Weg traute. Ansonsten waren da noch drei weitere Namen gefallen …

Er folgte Gorov, der mit fliegendem Mantel vorauseilte, unbewaffnet, wie es schien.

»Nein, Schneider hat soeben angerufen. Er hat den Amerikaner bei Vorontsyev im Zimmer angetroffen. Das ist keine zehn Minuten her.«

»Aber wahrscheinlich schon zu lang«, antwortete Turgenev. Bakunin verzog das Gesicht und legte den Hörer ans andere Ohr. »Welche Maßnahmen haben Sie ergriffen?« Die betont sachliche Formulierung sollte Gelassenheit vortäuschen.

»Maßnahmen?« schnaubte Bakunin. »Wir brauchen eine endgültige Lösung.« Er nahm den letzten Schluck Kaffee aus der Tasse.

»Na schön. Dann bringen Sie die Sache zum Abschluß.« Turgenev war anscheinend nicht allein.

»Ist das Ihr Ernst?«

»Ja.«

»Sie wollen, daß der Amerikaner eliminiert wird?«

»Ja.«

»Und was ist mit den anderen?«

»Zu gegebener Zeit.« Es war jemand bei ihm.

»Vorontsyev?«

»Später. Und vielen Dank für Ihren Anruf. Ich verlasse mich auf Sie.«

Turgenev legte den Hörer auf und trat hinter seinen Schreibtisch, als suchte er Deckung. Draußen nahm der Sturm an Heftigkeit zu und bewarf das große Fenster im Arbeitszimmer mit Schneemassen. Turgenev setzte sich in den Sessel und schenkte dem Gast ein entschuldigendes Lächeln. Der hatte von dem Anruf keine Notiz genommen.

»Verzeihen Sie die Unterbrechung, Hamid. Wo sind wir stehengeblieben?«

Der Iraner rückte die getönte Designerbrille auf der Nase zurecht. Er war dunkelhäutig und wirkte kompakt wie eine eingerollte Schlange, hatte einen Dreitagebart und trug einen grauen Seidenanzug. Das Hemd war bis zum Kragen zugeknöpft, aber ohne Krawatte.

»Mein Freund, ich sagte soeben, daß Teheran langsam ungeduldig wird. Die avisierte Lieferung ist überfällig.« Er schmunzelte und legte die Fingerspitzen aneinander. Daß er ein Agent des Komitees zum Schutz der islamischen Revolution war, sah man ihm beileibe nicht an. Eher machte er den Eindruck eines weltfremden Mullahs. Doch der Schein trog. Hamid – wie auch sein Vorgänger Vahaji – konnte sich durchaus messen lassen mit den beschlagensten Leuten vom KGB. Mehr noch: Im Unterschied zu hiesigen Kollegen hatte er nicht den geringsten Zweifel an der Richtigkeit dessen, wofür er sich einsetzte. Sein Glaube sanktionierte auch extremste Mittel.

Das machte es um so schwerer, mit ihm und seinesgleichen zu verhandeln. Turgenev dachte wieder an das Bild von der eingerollten Schlange. Diese Leute zu enttäuschen war ebenso riskant wie der Versuch, mit der Hand in einen Sack voll Kobras zu langen.

»Für diese Ungeduld habe ich vollstes Verständnis. Deshalb will ich nicht lange drumherum reden. Grund der Verzögerung war die Herzattacke eines unserer Männer, nicht zuletzt aber auch die insdiskrete Art Ihres leider verstorbenen Kollegen, die uns genötigt hat, noch mehr Vorsicht walten zu lassen, was natürlich auf Kosten der Zeit ging.« Er breitete die Arme aus und hob die Schultern. »Es ist mir zwischenzeitlich allerdings gelungen, unser kleines Team aufzustocken. Ich kann Ihnen nunmehr insgesamt sechs Spitzenkräfte zur Verfügung stellen.«

»Die ich hier in Novyj Urengoj in Empfang nehme?« fragte Hamid begierig.

Turgenev schüttelte den Kopf. »Nicht hier. Die Männer sind woanders, an einem sicheren Ort.«

»Ich möchte, daß die Auslieferung unverzüglich vorgenommen wird, wenn es sich denn tatsächlich um Spitzenkräfte handelt.«

»Darauf gebe ich Ihnen mein Wort. In weniger als einem Jahr wird Ihr Aufrüstungsprogramm erhebliche Fortschritte erzielt haben.« Turgenev setzte ein entwaffnendes Lächeln auf, obwohl ihm klar war: Mit Charme war nichts zu holen; es zählten nur die Resultate. Nur wenn die zur Zufriedenheit der Iraner ausfielen, durfte er sich Hoffnungen darauf machen, in der islamischen Welt und darüber hinaus an Einfluß zu gewinnen. Es irritierte ihn wie ein Wespenstich, daß er an diese Bedingung gebunden war. Hamids Augen glitzerten. Er rieb sich die Stoppeln am Kinn. Draußen heulte der Wind wie ein gequältes Tier. »Ich halte mein Versprechen ein, Hamid. Wie gewohnt.«

»Gut. Was hält uns dann noch auf?«

»Werfen Sie doch mal einen Blick nach draußen. Wo wollen Sie mit den Männern denn hin bei diesem Wetter?«

Der Iraner war sichtlich ungehalten. »Ich lasse mich nicht länger hinhalten und pfeife auf Ihre Probleme, egal, ob sie durch Vahajis Tod verschuldet sind oder nicht. Mir scheint, Sie bekommen kalte Füße. Die Polizei ist Ihnen auf den Fersen, stimmt's?« Turgenev verzog keine Miene. Hamid war offenbar besser informiert als angenommen. »Ein Grund mehr, daß ich die Männer so schnell wie möglich nach Teheran bringe. Bevor sie hier noch von der Fahndung aufgegriffen werden.«

Turgenev hob beschwichtigend die Hände, legte sie dann auf die Schreibtischplatte und spreizte die Finger.

»Wie wollen Sie weg, mein Freund, wenn kein Flugzeug startet?«

»Es muß eins starten. Schnellstens.« Mit düsterem Blick schaute Hamid zum Fenster hinaus.

»Dafür kann ich nicht garantieren.«

»Das sollten Sie aber. Es gibt klare Vereinbarungen. Und Sie, mein Freund, sind in Verzug.«

Turgenev mußte an sich halten, so schwer ihm das auch fiel. Er war auf gute Beziehungen zum Iran und zu Pakistan angewiesen, mehr denn je, denn die Konkurrenz aus China machte sich bereits in Islamabad bemerkbar und streckte ihre Fühler nun auch nach Teheran aus. Um jeden Preis mußte er seine Position in beiden Ländern behaupten, denn er brauchte die Drogen, um seine Expansionsvorhaben in Amerika finanzieren zu können. Als Mittel zum Zweck mochte Heroin noch so gefährlich sein, es war jedenfalls das effektivste. Und darum mußte er sich von Teheran und Leuten wie Hamid manches gefallen lassen.

»Mal sehen, was sich machen läßt. Ich werde Satelliteninformationen über die Wetterentwicklung einholen und dafür sorgen, daß Sie möglichst bald zurückfliegen können.«

»Na also.« Hamid grinste. Turgenev konnte sich nicht helfen: Er sah in seinem Gegenüber auch jetzt wieder eine Schlange, die von einem Moment auf den anderen zuzustoßen drohte. Daß er vor diesem Typen klein beigeben mußte, ging ihm verdammt gegen den Strich. Er kam sich vor wie ein Diener dieser iranischen Herrschaften, wie eine Hure, die ihren Kunden gefällig zu sein hatte. Aber es blieb ihm nichts anderes übrig; er mußte sich mit ihnen arrangieren. Teheran zu verärgern, würde all seine Pläne den Bach runtergehen lassen. Plötzlich beugte sich Hamid vor und fragte mit gedämpfter Stimme: »Ist die Frau, um die ich gebeten habe, hier im Haus?«

»Aber natürlich, mein Freund. Ich glaube, sie erwartet Sie in Ihrem Zimmer.«

Der Iraner stand auf. Er war kaum größer als einsfünfzig und schlank. Seine Hand fühlte sich kalt und trocken an – wie die Schuppen einer ... Turgenev rief sich im stillen zur Räson und schüttelte ihm die Hand.

»Dann möchte ich Ihnen jetzt eine gute Nacht wünschen. Sie erkundigen sich nach dem Wetter? Ich verlasse mich darauf.«

»Das können Sie auch. Angenehme Ruhe.«

Kaum hatte Hamid das Zimmer verlassen, ging Turgenev ans Sideboard, um sich einen doppelten Wodka einzuschenken. Der erste Schluck brannte wohlig in der Kehle und spülte den Frust über die Demütigung weg, die er durch den Iraner hatte erdulden müssen. Mit neu aufgefülltem Glas trat er ans Fenster.

Verfluchter Schneesturm – verfluchter Hamid.

Und Lock.

Bakunin durfte keinesfalls einen Fehler machen.

Der Wagen parkte da, wo ihn der Schneesturm hingetrieben hatte: seitlich zum Holzzaun vor Dmitris Datscha, die langsam, aber sicher zuschneite. Der Ölofen glühte, und in der Feuerstelle brannten ein paar Holzscheite, doch es wollte einfach nicht warm werden. Die nassen Fußstapfen auf den Holzdielen waren immer noch nicht getrocknet.

Lock fror. Er hatte den Eindruck, als sei die Kälte weniger ein meteorologisches Phänomen, sondern vielmehr ein solches, das dem Haus und seiner Geschichte eigen war. Zu dritt saßen sie im Wohnraum am Tisch und aßen: gebackene Bohnen, Bratwürste und Kartoffeln. Lock langte gierig zu, ausgehungert wie er war. Goludin, der junge Mann, der den Wagen vom Krankenhaus hierher gefahren hatte, wirkte nervös und befangen, warf immer wieder verstohlene Blicke auf den amerikanischen Gast. Dmitri machte aus seiner schlechten Laune kein Hehl. »Sie kommen mit Informationen zu uns, von denen wir gar nichts wissen wollen. Wen interessiert's, was Turgenev in Amerika treibt? Bringt uns das jetzt weiter? Wohl kaum.«

Lock schüttelte den Kopf. »Ich brauche Ihre Hilfe. Glauben Sie, ich würde darum bitten, wenn ich allein zurecht käme?« entgegnete er. »Aber es scheint, ich bin an die falsche Adresse geraten. Sie sehen mir nicht gerade nach Verstärkung aus.«

»Auch noch frech werden, wie?« platzte es Dmitri heraus, wobei ihm Kartoffelreste über die Unterlippe rutschten.

Das Schweigen zog sich in die Länge und wurde zunehmend peinlicher.

»Wir haben immerhin ein und dasselbe Problem«, murmelte Lock. »Und dagegen sollten wir was unternehmen, gemeinsam. Haben Sie einen Vorschlag, wie wir die Sache angehen könnten?«

»Darüber befindet Alexei ... Major Vorontsyev. Ich will Ihnen aber folgendes sagen: Wir stecken knietief in der Patsche. Die Gegenseite weiß, daß Sie hier sind, bei uns, und es ist nur eine Frage der Zeit, bis ...«

»Dann sollten wir ihnen zuvorkommen und selbst das Heft in die Hand nehmen.«

Goludin schnaufte. »Ha! An Turgenev rankommen? Unmöglich.«

»Da hören Sie's.« Dmitri nickte eifrig.

»Sie wollen also warten, bis Ihr lädierter Chef wieder in die Gänge kommt?« ereiferte sich Lock. »Womöglich ist es dann zu spät!« Er stockte. Dmitri Gorov war zwar wenig gesprächig, aber was er über den Schmuggel von Wissenschaftlern erwähnt hatte, machte auch Lock angst und bange. Für Heroin zahlte Turgenev mit Männern und Frauen, die für das sowjetische Kernwaffenprogramm geforscht hatten. Er kontrollierte ganz Novyj Urengoj, und zwar mit willfähriger Hilfe durch den GRU. Die hiesige Gegend beherrschte er wie ein Zar; bestimmt wußte er sich zu schützen vor der Aufdeckung eines Verbrechens, das im gesamten Westen, nicht zuletzt auch in Moskau, einen Aufschrei der Empörung hervorrufen würde. »Na schön, dann sagen Sie mir, was zu tun ist«, endete er kleinlaut.

Goludin schob seinen Teller beiseite und stand auf. Die Stiefel quietschten auf den gewachsten Dielen, als er ans Fenster ging. Dmitri pulte mit einem Streichholz zwischen den Zähnen. Lock starrte auf seine Hände, die wie zum Gebet gefaltet waren.

»Es muß doch Möglichkeiten geben«, meinte er. »Handfeste Indizien und Beweise, die eine Festnahme rechtfertigen ...«

»Haben Sie welche?«

Lock schüttelte den Kopf. »Nichts, worauf ich jetzt noch Zugriff hätte.«

»Sie stehen mit leeren Händen da und können nicht mehr nach Hause zurück, wenn es denn wahr ist, was Sie uns erzählt haben.«

»Es ist wahr.«

»Und trotzdem hängen Sie der Illusion nach, daß wir etwas unternehmen könnten?«

Im Schein der tiefhängenden Lampe warf Goludin einen übergroßen Schatten an die Wand, der Kraft und Autorität suggerierte. Doch dieser Eindruck wurde ins Lächerliche verkehrt, als Lock den jungen Mann sagen hörte: »Soll ich das Kaninchen füttern, Dmitri?«

»Was? Ja, wenn du willst. Das Futter liegt in der …«

Plötzlich ein Geräusch, das Lock nicht auf Anhieb zu identifizieren vermochte. Goludins Schatten blähte sich noch weiter auf. War das bloß ein Lichtspiel oder …?

Lock schaute sich um, als Dmitri vom Stuhl aufsprang. Mit ausgestreckten Armen torkelte Goludin rückwärts, stolperte über den Teppich und schlug der Länge nach zu Boden. Das Geschoß war in der Wand über dem Ofen steckengeblieben. Goludin lag vor Dmitris Füßen und regte sich nicht. Eine der Fensterscheiben war geplatzt; jetzt zersplitterten auch die anderen im Kugelhagel. Eisige Luft flutete über Lock hinweg, als er sich auf den Boden warf.

Dmitri kniete neben Goludin und packte ihn beim Kragen; es schien, als versuchte er, ihn wieder aufzurichten. »Machen Sie die Lampen aus!« brüllte er. »Ich lösche das Feuer.«

Lock kroch über die polierten Dielen, spürte Glassplitter in die Handflächen schneiden, zog den Stecker einer Lampe und fummelte bei der zweiten am ungewohnten Schalter. Zischend verrauchte das Holzfeuer unter einem Schwall von Wasser. Es war stockdunkel. Schneeflocken wehten ins Zimmer. Der Wind rauschte und fuhr in die Vorhänge. Wie ein arthritischer alter Hund wuchtete sich Dmitri auf allen vieren näher.

»Haben Sie eine Waffe?« keuchte er heiser. Lock schüttelte den Kopf. »Was sind Sie bloß für ein unnützes Stück?« zischte er wütend. Dann kroch er weg, kramte in irgendeiner Ecke herum, und als er zurückkehrte, schob er Lock einen kalten, metallischen Gegenstand in die Hand.

»Eine Makarov, neun Millimeter«, flüsterte er. »Acht Schuß. Hier … ein zweites Magazin. Können Sie damit umgehen?«

»Ja.«

»Die sind schwer bewaffnet. Die Kugel, die Goludin traf, stammt aus einem Sturmgewehr. Armes Schwein.«

»Ob sie das Haus umstellt haben?«

»Das werde ich gleich wissen. Sie behalten die Eingangstür im Auge. Zum Wagen schaffen wir's wohl nicht.« Er eilte davon, offenbar ins Nebenzimmer. Pieptöne unterschiedlicher Frequenz verrieten, daß er mit einem Handy zu telefonieren versuchte.

»Alexei! Du mußt sofort weg. Egal wie. Was? Marfa ist bei dir? Gut. Macht, daß ihr Land gewinnt. Wo? Ja ...«

Lock hob den Kopf und spähte über den Fensterrand nach draußen. Nebenan stieß Dmitri an irgendein Möbelstück. Das dichte Schneetreiben versperrte die Sicht. Zu hören war nur der Wind. Lock zitterte vor Kälte. Vor dem diffusen Licht der Stadt zeichnete sich der Wulst des zugeschneiten Autos ab. Daneben standen weitere Fahrzeuge. Personen waren keine auszumachen.

Dmitri kam zurück. »Ich kann da draußen nichts entdekken«, sagte er. »Sie vielleicht?« Lock schüttelte den Kopf. »Jedenfalls haben wir's nicht bloß mit einem oder zweien zu tun. Die sind mit 'nem kompletten Trupp angerückt.« Dmitri war anscheinend jemand, der schwatzend seine Angst auf Abstand zu halten versuchte. »Nachtübung, die ganze Kaserne im Einsatz, und dieses Schwein von Bakunin vorne weg. Alles nur wegen Ihnen.«

»Seien Sie endlich still«, fauchte Lock. »Lassen Sie uns lieber überlegen, wie wir hier rauskommen.«

Dmitri schnaufte wütend. »Und? Haben Sie 'ne Idee?«

Auf eine Bewegung aufmerksam geworden, richtete Lock sich hastig auf und schoß. Ein langgestrecktes weißes Bündel knickte in der Mitte ein und sackte hinterm Gartenzaun in den Schnee. Gewehrfeuer flackerte wie eine Reihe von Kerzen auf. Lock und Dmitri lagen flach am Boden, als die Geschosse hinter ihnen in Holzwand und Tür einschlugen.

Dann war es wieder still; nur der Wind heulte. »Sie blöder Hund!« wetterte Dmitri.

»Wie Sie meinen. Ich habe sechs Schützenpositionen gezählt. Und Sie?«

»Fünf.«

»Sechs. Und ich wette, hinterm Haus sind noch mal so

viele. Das wären also insgesamt zwölf. Dieser Bakunin … der macht wohl keine Gefangenen, oder?« Dmitri schüttelte den Kopf. »Wie dem auch sei, sie haben sich gezeigt und werden jetzt andere Positionen einnehmen. Gehen Sie ans andere Fenster, Dmitri.«

Lock hob den Kopf. Ein Blitz, der Einschlag einer Kugel in der Wand. Er zielte auf das Mündungsfeuer, drückte zweimal ab und duckte sich wieder. Die Antwort folgte prompt. Dmitri feuerte und fluchte über einen Fehlschuß, der mit einer Salve quittiert wurde. Er kauerte unter dem Fensterbrett wie ein Katatoniker in geschlossener Abteilung.

»Sind Sie in Ordnung?«

»Ja. Und Sie?«

»Es geht.« Zwei verirrte Tiere, die einander zuriefen. »Solange sie nicht zum Sturmangriff blasen.«

»Tja, das wär's dann.«

»Wie kommen wir hier raus?«

»Weiß der Himmel.«

Lock lag auf dem Bauch. Die Dielen rochen nach Wachs, Rauch und feuchtem Staub.

»Ich sollte mal besser die Rückseite sichern«, sagte Dmitri zögernd.

»Tun Sie das.«

»Von den Kollegen kann ich niemanden rufen. Die würden ins offene Messer laufen.«

»Ja. Gehen Sie nach nebenan.«

Klirrend ging eine Scheibe zu Bruch und ein harter Gegenstand tropfte vorm Kamin auf den Boden, explodierte in gleißendem Licht und spuckte Feuer. Dmitri stand aufrecht da wie auf hell ausgeleuchteter Bühne.

»Brandbombe …!« hörte er Dmitri rufen. Flammen griffen um sich. Goludins Kleider rauchten; der Teppich schwelte. Die Gardinen brannten lichterloh.

»Wir müssen raus!« schrie Lock. »Zur Hintertür! Wo führt die hin?«

»In den Garten, zum Schuppen. Dahinter ist ein Zaun. Da kommen wir leicht rüber.«

»Also los. Uns bleibt keine andere Wahl.«

Der halbe Wohnraum stand in Flammen. Zwei Schüsse krachten wie zum Start; sie sollten endlich loslaufen. Geradewegs in den Hinterhalt …

Lock schluckte; der Mund war staubtrocken. Geduckt rannten sie in die Küche. »Gleich rechts ist der Schuppen.«

»Okay. Passen Sie auf sich auf.«

Hinter ihnen fauchten die Flammen, angefacht vom pfeifenden Wind.

»Verdammt, das Kaninchen!« heulte Dmitri. Lock stutzte und ahnte dann: Es war das Tier seiner Tochter, und sooft er es fütterte, hielt er trauernde Andacht. Lock brachte es nicht fertig zu sagen: *Pfeif auf das Vieh*. Dmitri schleuderte ihm den Mantel zu, beeilte sich, in den eigenen Mantel zu schlüpfen und hob den Kaninchenstall aus dem Regal an der Wand.

Gespenstisch fackelte das Feuer durch die offene Wohnzimmertür. Rauchschwaden raubten die Atemluft. Dmitri starrte auf die Hintertür. »Die Kirche in der Altstadt. Finden Sie die?«

»Ja …«

»Das ist der Treffpunkt, wenn wir uns aus den Augen verlieren. Alexei wird auch da sein.« Das Kaninchen kauerte zitternd in der Ecke seines Käfigs.

Zögernd schob Lock den Riegel beiseite, riß dann wildentschlossen die Tür auf, hechtete hinaus und wälzte sich nach rechts über die verschneite Veranda. Geschosse krachten ins Holz der Außenwand, wühlten Schnee auf. *Ein Kaninchen* – sein einziger zusammenhängender Gedanke –, *ein verfluchtes Kaninchen: nicht zu fassen!*

Er rollte von der Veranda herunter. Den Mantel tarnte eine Panade aus Schnee. Er blickte auf, suchte nach dem Schuppen. Die Fenster der Datscha glühten im Feuerschein; es rauchte aus allen Ritzen. Lock richtete sich auf, hastete watend durch tiefen Schnee. Schüsse. Er spürte nichts. Betäubt von Kälte und Schock, hätte er einen Treffer ohnehin nicht gemerkt.

Es verschlug ihm den Atem, als er mit Wucht gegen die Schuppenwand prallte. Schnee rutschte vom Dach auf Kopf und Schultern. Er preßte die Wange ans rauhe Holz und schnappte keuchend nach Luft.

Auf der anderen Seite der Datscha krachten weitere Schüsse. Dmitri und *das verfluchte Kaninchen der Tochter* – sinnlos. Wohl auch ohne Kaninchen. Die Lungen sträubten sich, die eisige Luft einzuatmen. Im Sturmwind gefroren die geschmolzenen Flocken auf seinem Gesicht zu Eis. Die Datscha stand nun in hellen Flammen. Gelbrot leuchtete der Schnee ringsum.

Die Kirche in der Altstadt. Er kannte sie, war schon einmal dort gewesen – vor einer Ewigkeit, wie es schien. Kuppeltürme, vernachlässigt, rußgeschwärzt. Es krachte wieder, diesmal auf der anderen Seite des Gartens. Pistolenschüsse. Vielleicht hatte Dmitri …

Lock kniete sich in den Schnee, um den verräterischen Schatten zu verkleinern, den er auf die Schuppenwand warf. Trübe schimmerten in der Ferne die Lichter der Stadt. *Wohin?*

Er kroch unter einen Busch, dessen Zweige von der Schneelast zu Boden gedrückt wurden, robbte weiter durch stacheliges Gesträuch auf den windschiefen Zaun zu …

… wirbelte, von einem Geräusch aufgeschreckt, herum und schoß auf die Gestalt in weißem Tarnanzug, die ihn mit angelegtem Gewehr noch im Sturz zu attackieren schien, dann tot zusammenbrach und bäuchlings im Schnee versackte.

Der Zaun kippte nach außen weg, als er sich dagegenwarf und darüber hinwegrollte. »Hier lang!« hörte er jemand rufen. »Über den Weg und in den Wald!« Daß man ihn in eine Falle zu locken versuchte, kam ihm gar nicht erst in den Sinn. Der da gerufen hatte, konnte nur Dmitri gewesen sein. Er pflügte durch eine Schneewächte, die sich am Wegrand aufgeschichtet hatte. Nach vier, fünf mühsamen Schritten fanden die Füße wieder festen Halt auf dünnerer Schneeschicht unter hoch aufragenden Fichten.

Er sah die Hand vor Augen nicht.

»Dmitri?« rief er.

»Schon hier!« Kein Zweifel, er war's.

Dann erwischte er ihn beim Ärmel, hielt sich an ihm fest wie an seinem Lebensretter, hörte ihn keuchen, und als sich die Augen an die Dunkelheit gewöhnt hatten, sah er den Käfig voller Schnee und das Kaninchen darin, wie in Watte gepackt.

Es war still zwischen den Bäumen, die selbst den Wind abhielten.

»Wie haben Sie's geschafft?« fragte er.

»Ich kenne mich hier schließlich gut aus. Wahrscheinlich wußten die nichts von dem Weg. Kommen Sie, wir dürfen keine Zeit verlieren.«

Vorontsyev schaltete das Handy aus und starrte fassungslos vor sich hin. Marfa hatte den Wortlaut nicht verstanden, nur Dmitris aufgeregte Stimme gehört.

»Was ist los?« fragte sie verstört und rückte näher ans Bett heran. »Dmitri war ja ganz außer sich.«

»Ja«, sagte er und warf die Bettdecke beiseite. Das Krankenhemd war bis zu den Schenkeln hochgerutscht und entblößte käsig bleiche Beine. »Sieh mal nach, ob jemand im Flur ist. Wir müssen weg.«

»Sofort?«

»Ja, sofort!« blaffte er. Marfa schien ihren Ohren nicht zu trauen. »Beeilung, sieh nach, und dann bring mir meine Sachen.«

Marfa wandte sich mit mürrischer Miene ab, ging zur Tür und warf einen Blick nach draußen. Niemand war zu sehen, nicht einmal eine der Stationsschwestern oder ein anderer Patient. Vorontsyev hatte ihr den Rücken zugekehrt und langte nach hinten, um die Schleifen zu lösen, mit denen das Hemd zusammengehalten wurde. Der Gipsarm wippte auf und ab bei den Verrenkungen, die er machte, was so komisch aussah, daß Marfa prustete vor Lachen. Sein Hals verfärbte sich scharlachrot.

»Gib mir meine Klamotten!«

»Erst wenn du mir sagst, was passiert ist«, entgegnete sie bockig.

»Es scheint, sie sind schon unterwegs, um uns fertigzumachen«, knurrte er. Der Schweiß trat ihm auf die Stirn. Mit der linken Hand allein schaffte er es nicht, sich vom Hemd zu befreien. »Verfluchter Mist …«

»Was fummelst du dann noch lange rum?« Sie mußte an sich halten, um nicht in Panik zu geraten. »Zieh einfach den Mantel drüber und steig in die Schuhe.«

»Nein, ich will meine Sachen anziehen«, schnauzte er sie an.

»Dann laß mich mal machen«, sagte sie und holte seine Kleider aus dem Schrank. »Setz dich aufs Bett.« Die Szene erinnerte an einen absurden Ehekrach.

Er griff nach der Pistole, als wollte er sich gegen sie zur Wehr setzen, doch die Mündung war auf die Tür gerichtet. Sie ging in die Hocke und streifte ihm die Socken über die Füße, griff dann hinter ihn und zupfte die Schleifen auf. Über seine dämliche Miene zu lachen, fiel ihr nicht mehr ein; die Angst saß ihr im Nacken. »Und jetzt zieh das Ding aus.« Sie wandte sich von ihm ab, nicht aus Schamhaftigkeit, sondern um selbst die Tür im Auge zu behalten. »Ist Dmitri in Gefahr?«

»Ja«, flüsterte er. »Und jetzt still. Ich will hören, was im Korridor vor sich geht.«

Er zerrte die lange Unterhose über Beine und Hüften. Ihr war der Sinn für die Situationskomik inzwischen gänzlich abhanden gekommen. »Die Hose!« forderte er ungeduldig.

Er stand auf und ließ sich von ihr in die Hose helfen. Während sie den Reißverschluß zuzog und den Gürtel festschnallte, riß er den rechten Ärmel vom Hemd und streifte es über den Gipsarm.

»Los jetzt!« drängte er und trat in die Schuhe.

»Sobald ich die Schnürriemen zugebunden habe.«

»Und dann steck noch die Schmerztabletten ein«, sagte er und deutete mit der Pistole auf die Konsole.

Auf dem Weg zur Tür setzte sie ihm die Pelzkappe auf und warf ihm den Mantel über die Schultern. Er plierte durch den Spalt nach draußen. Niemand zu sehen. Gut. »Wir nehmen den großen Fahrstuhl, den, wo die Betten reinkommen. Schnell …«

Marfa folgte ihm dichtauf, jederzeit darauf gefaßt, bewaffneten Killern zu begegnen. Vorontsyev hatte sichtlich Mühe, sich schnell zu bewegen. Sein Zustand ließ Marfa vor allem um ihre eigene Sicherheit fürchten, was sie beschämte. Er war zu geschwächt, um ihr Schutz bieten zu können.

Erinnerungen an die entsetzlichen Erlebnisse auf dem Förderfeld drängten sich ihr auf – an den Hinterhalt, den Gestank von Abfall, den Schlund des Müllwagens, dem sie hilflos entgegengerutscht war ... Ihre Nerven spielten nicht mehr mit, und sie merkte kaum, daß sie, von Angst gelähmt, stehengeblieben war und an der Flurwand lehnte. Vorontsyev eilte zu ihr zurück und schüttelte sie an den Schultern.

»Weiter!« flüsterte er. »Keine Angst, wir schaffen's schon.«

Er ahnte, was in ihr vorging. Sie hatte den Anschlag auf ihr Leben noch lange nicht verwunden. Den Arm um sie gelegt, schob er sie sanft in Richtung Fahrstuhl. Nur keine Zeit verlieren ...

3

Einfache Büros

Zwei Männer liefen im Korridor hinter ihm her; es schien, als jagten sie ihn, so eilig hatte er es, Vorontsyevs Zimmer zu erreichen. Doch am Ziel angelangt, scheute er davor zurück, die Tür zu öffnen. Einer von Bakunins Leuten, der im Ledermantel, stieß ihn zur Seite und riß die Tür auf.

Die Bettdecke war zurückgeschlagen. Ein Trinkglas lag umgekippt in einer Wasserpfütze am Boden. Der Kleiderschrank stand offen. David Schneider fiel eine Zentnerlast von den Schultern. Doch das Gefühl der Erleichterung währte nicht lange. Die Blicke der GRU-Männer machten ihm angst.

»Wo sind sie? *Sie* hatten die Verantwortung für die beiden übernommen!« herrschte ihn der eine an. Der andere drohte mit seiner Pistole.

»Wer hat sie gewarnt, Schneider? *Wer?*«

»Ich war's nicht. Und überhaupt, wenn einer Schuld hat, dann Sie. Sie hatten doch die Aufgabe, auf Vorontsyev aufzupassen. Vor wenigen Minuten war er jedenfalls noch hier.« Es sprudelte nur so aus ihm heraus.

»Zum Fahrstuhl!« keifte der im Ledermantel. »Sie können noch nicht weit sein. Der Bulle ist verletzt.«

Die beiden stürmten an Schneider vorbei. »Wehe, wenn sie schon das Haus verlassen haben.«

»Ruf Verstärkung!« brüllte der andere und rannte voraus Richtung Fahrstuhl. Doch der war belegt.

»Treppe runter ...!« hörte Schneider, und sie hasteten durch den Korridor zum Treppenhaus.

Schneider stolperte, prallte gegen die Wand und wischte mit dem Handrücken über feuchte, aufgeplatzte Lippen. Himmel ...

»Wo hast du den Wagen?« keuchte Vorontsyev. Sein Gesicht war schmerzverzerrt.

»Auf dem Parkplatz, gleich hinterm Haupteingang.«

»Also los.«

»Wohin?«

»Teplovs Bordell. Wir haben zwar Kirche gesagt, aber Dmitri wird wissen, was ich damit meine. Auf Teplov ist Verlaß.« Der Versuch zu grinsen, verunglückte. »Diese verdammten Rippen!« stöhnte er.

Der Fahrstuhl hielt an, die Tür ging auf, und eiskalte Luft strömte ihnen entgegen. »Komm«, sagte sie, griff nach seinem Arm und stützte ihn.

Wie eine Höhle aus Beton öffnete sich im Souterrain vor ihnen ein breiter Gang. Er führte auf die Zulieferrampe hinaus, vor der wütend der Sturm heulte. Vornübergebeugt hastete Vorontsyev dem Ausgang entgegen; es war, als stemmte er sich schon vorsorglich gegen den Wind, der ihn draußen erwartete. In Wirklichkeit versuchte er, Arm und Brustkorb zu schonen. Marfa folgte wie eine besorgte Krankenschwester. Der Pförtner im beschlagenen Glasverhau am Ausgang nahm von ihnen keine Notiz, als sie auf die Rampe hinauseilten …

… wo es ihnen im Sturm und Schnee den Atem verschlug. Das gelbe Licht der Außenlampen konnte sich kaum durchsetzen im dichtem Flockengewirbel.

»Hier lang!« schrie sie ihm zu.

Durch knöcheltiefen Schnee stapfte sie voraus, dem Parkplatz entgegen. Nicht genug, daß ihr der Frost bis ins Mark drang; zusätzlich frieren ließ sie der Gedanke an ein zugeeistes Auto, das sich womöglich weigerte, anzuspringen. Sie nahm Vorontsyev bei der Hand, und es sah so aus, als irrte ein blindes Paar über eine konturlos weiße Fläche. Immer wieder mußte sie zurückblicken, um sich an den diffusen Lichtern des Krankenhauses neu zu orientieren. Das Heulen des Windes übertönte jeden anderen Laut, zu sehen war nichts als fließendes Weiß, aus dem sich hier und da die wulstigen Umrisse zugeschneiter Fahrzeuge vage abzeichneten.

Endlich hatte sie ihren Wagen gefunden und machte sich in hektischer Eile daran, mit behandschuhter Hand die Windschutzscheibe freizufegen. Vorontsyev versuchte, das Türschloß zu enteisen, doch der Wind löschte die kleine Flamme des Feuerzeugs.

»Es muß auch so gehen«, sagte er.

Der Schlüssel drohte abzubrechen, doch dann löste sich der Riegel aus eisiger Umklammerung. Marfa zerrte die Tür auf, schwang sich hinters Lenkrad und ließ Vorontsyev auf der anderen Seite einsteigen. Erschöpft sackte er in den Beifahrersitz und machte die Tür zu. Das dünne Blech hatte dem Sturm nicht viel entgegenzusetzen; durch die Lüftungsschlitze war feiner Schnee ins Innere geweht. Die Scheiben beschlugen. Marfa drehte den Zündschlüssel. Der Starter orgelte schwerfällig, doch nach dem dritten Versuch sprang der Motor keuchend an. Vorsichtig tippte sie aufs Gaspedal. Auf durchdrehenden Rädern schnellte das Heck hin und her wie das Hinterteil einer zum Sprung ansetzenden Katze. Bockend und schlingernd bewegte sich der Wagen auf die Ausfahrt zu.

Straßenlaternen wiesen den Weg. Die Scheinwerfer durchbohrten flimmerndes Weiß. Im Schrittempo gelangten sie auf die Spur einer halbwegs freigeräumten Fahrbahn. Auf der Gegenspur zog mit erschreckender Gewalt ein Schneepflug vorbei. Vorontsyev stöhnte und winselte vor Schmerzen. Marfa ließ sich nicht davon beirren und steuerte stur entlang der Schneise aus Laternen, dann an beleuchteten Schaufensterzeilen vorbei, bis schließlich nach gut einer Stunde die Altstadt erreicht war. Düster ragten die Kuppeln der Kirche auf. Marfa fuhr nahe an den morschen Zaun heran und parkte hinter einem anderen Wagen. Ein Kunde? Bei diesem Wetter? Lustmolch, dachte sie und grinste unwillkürlich.

Vorontsyev war weggedöst. Sie stieß ihn an.

»Sind wir … da?«

»Ja«, seufzte sie und nahm die Hände vom Lenkrad, widerstrebend; es schien fast, als wollte sie daran festhalten wie an einem wohlverdienten Siegespokal. »Da vorn ist das

Bordell. Bist du sicher, daß es dafür nicht noch zu früh für dich ist?« Und als er sie entgeistert angaffte, konnte sie vor Lachen kaum an sich halten.

»Hast du dich endlich beruhigt?« fragte er schließlich.

Sie schnappte nach Luft. »Kommst du allein raus oder soll ich helfen?«

»Hilf mir, bitte.«

Sie stieg aus, eilte zur anderen Seite und hievte ihn aus dem Sitz. Er stützte sich am Wagendach ab, während sie die Tür verriegelte, legte dann den gesunden Arm um ihre Schulter und ließ sich am Friedhof vorbei auf Teplovs Bordell zuführen. Der Sturm fegte um das alte Haus; die Außenwände waren weiß bestäubt. Die Lampe überm Eingang funzelte schütter auf beschneite Stufen. Marfa drückte den Klingelknopf.

Dmitri machte auf. Er sah aus, als sei er aus dem Bett gescheucht worden, zeigte sich aber höchst erleichtert und schüttelte dann den Kopf mit Blick auf Vorontsyev, der ein erbärmliches Bild abgab.

»Willst du uns nicht endlich reinlassen?« knurrte Vorontsyev.

Dmitri schloß hinter ihnen ab. Als Vorontsyev den Kopf hob, sah er sich mit Sonyas Leibesfülle konfrontiert. In ihrem roten Trainingsanzug glich sie einem liederlich ausgestopften Teddybär. Auf dem Gesicht bröckelte dicke Schminke. Teplov trug dunkle Hosen und ein Jackett, das zwei Nummern zu groß war. Er blickte ängstlich drein und schien hinter Sonya Deckung zu suchen. Vorontsyev prustete vor Lachen, das in ein schmerzvolles Würgen umschlug.

»Was wünschen Sie, Major Vorontsyev? Gruppenermäßigung? Aber das sag ich gleich: Für Ihr Frollein haben wir nichts Passendes.«

Sonya und Marfa wechselten kritische Blicke.

»Warum … warum nur?« jammerte Teplov händeringend.

»Weil wir woanders nicht …«

Dmitri fiel ihm ins Wort. »Wie schon gesagt: Sie stehen unter Beobachtung.«

Vorontsyev schüttelte den Kopf. »Das kauft uns Misha nicht ab. Nicht wahr, Misha?« Etwas anderes als die faule Ausrede Dmitris schien Teplov jedoch nicht wahrhaben zu wollen. »Es ist wegen Turgenev, Misha. Er und Bakunin sind hinter uns her.« Furcht, Durchtriebenheit und Resignation belebten Teplovs fahles Gesicht. Vorontsyev zuckte mit den Schultern. »Siehst du, Dmitri. Misha weiß um die Gefahr und wird dichthalten. Sonst geht's ihm auch noch ans Leder.«

»Sie Mistkerl!« blökte Sonya Vorontsyev an, der zurückschreckte und mit Dmitri zusammenprallte. »Schafft ihn nach oben. Er gehört ins Bett.« Und an Marfa gewandt: »Los, du blöde Tucke, pack mit an!«

Die beiden Frauen nahmen Vorontsyev in die Mitte und bugsierten ihn die Treppe hinauf. Oben auf dem Absatz standen drei von Teplovs Mädchen und amüsierten sich.

Vorontsyev warf einen Blick über die Schulter auf Dmitri und rief: »Wo ist Lock?«

»Zweite Tür links. Hübsches Zimmer. Lubin ist bei ihm.«

Sonya pochte an die Tür. Gleich darauf schaute Lubin in den Korridor hinaus und legte die Stirn in Falten, als er Vorontsyev sah. Hinter Lubins Schulter tauchte das Gesicht von Lock auf; auch er zeigte sich entsetzt.

»Glotzen Sie nicht so«, brummte Vorontsyev. »Ich brauche bloß ein bißchen Ruhe … die Tabletten«, flüsterte er Marfa zu.

Sonya stieß ihn mit Nachdruck aufs Bett, zog ihm die Schuhe aus und deckte ihn zu. Das Kissen duftete, war sauber und weich, ein Ruheplatz für den traktierten Körper, der darin versank, endlich zur Ruhe gekommen …

… und schon wieder aufschreckte.

»Was …?« Die Schmerzen hielten ihn in Schach. »Oh, verflucht!« winselte er.

»Du bist eingeschlafen, Alexei«, sagte Dmitri. »Sonya hat Kaffee gebracht. Und Butterbrote.«

Sie halfen ihm beim Aufrichten.

Das Zimmer hätte sich gut gemacht als Kabinett eines Bordellmuseums, Abteilung achtzehntes Jahrhundert. Im großen goldumrahmten Spiegel an der Wand sah sich Vorontsyev auf einem breiten Himmelbett liegen. Die Luft war warm und parfümiert. Den Boden bedeckten Perserimitate. An den Wänden – natürlich eine purpurrote Samttapete. Auf einer klobigen Kommode mit geflammter Maserung stand ein Käfig. Darin hockte das Kaninchen von Dmitris Tochter und kaute Grünzeug. Vorontsyev glaubte zu träumen.

Er schaute in die Runde.

»Wo ist Goludin?«

»Tot, Alexei … deshalb habe ich angerufen und dich gewarnt.«

»O mein Gott … Wie ist das passiert?«

»Ja, halten Sie sich bereit. Es geht los, wenn ich das Kommando gebe«, wiederholte Turgenev und schnitt eine Grimasse in den Schlafzimmerspiegel. Er hatte nur Ekel und Abscheu für diesen schmierigen Panshin übrig. »Natürlich, stellen Sie fest, ob Sie und Ihr Laden observiert werden. Von der Polizei ist kein Ärger zu erwarten, aber es wäre dumm, wenn Sie sich allzu erleichtert zeigen.« Nach kurzem Zögern brach er die Verbindung ab und nahm den Anruf entgegen, der sich auf der zweiten Leitung angemeldet hatte. »Ja?«

Er ließ sich ins Kissen zurückfallen und starrte zur Decke hoch.

»Ich bin's, Bakunin …«

»Und? Wie ist es gelaufen?«

»Gorov und der Amerikaner sind … uns entwischt«, meldete Bakunin kleinlaut.

»Ich höre wohl nicht richtig.« Turgenev hatte Mühe, die Stimme unter Kontrolle zu halten. Seine Hand verkrallte sich in der Tagesdecke. »Wie konnte es dazu kommen?« Er hörte zu. »Finden Sie sie! Und Vorontsyev …? *Wie bitte?*« Ihm brach der Schweiß aus. Er konnte nicht glauben, daß sich die Vorkommnisse in Novyj Urengoj seiner Kontrolle entzogen, daß seine Autorität untergraben wurde. »Ja?« Er zitterte vor Erregung. »Dann sind sie jetzt zusammen und halten sich irgendwo versteckt. Finden Sie sie! Und wehe, Sie versagen ein weiteres Mal.«

Er legte den Hörer auf und massierte die Schläfen. Jenseits der Doppelverglasung heulte der Sturm. Vor rasender Wut dröhnte ihm der Kopf. Daß sich eine Handvoll elender Wichte erdreistete, ihm die Stirn zu bieten, war ihm ein unerträglicher Gedanke. Schlimmer noch: Sie trotzten ihm erfolgreich mit jeder Stunde, die sie länger am Leben blieben. Er inspizierte seine Finger, als habe er in Dreck gelangt. Mit was für armseligen Typen mußte er sich da bloß herumschlagen – Panshin, Bakunin, Vorontsyev und dessen Truppe. Ihm war, als klebte Hundekot unter seinen Schuhen, der sich nun auf seinen kostbaren Teppichen verschmierte.

Wütend sprang er aus dem Bett und eilte ins Badezimmer auf der Suche nach Aspirin.

»Ich weiß, Lock, wir sind zu fünft. Aber was soll's?« widersprach Vorontsyev mit brüchiger Stimme. »Ich kenne Turgenev ebenso gut wie Sie und weiß, daß er uns im Handumdrehen fertigmachen kann.« Er legte sich zurück und schloß die Augen, doch Lock gab keine Ruhe.

»Aber wir müssen es doch irgendwie fertigbringen, ihm auf die Füße zu treten! Sie kennen sich in der Stadt aus, wissen, mit wem wir's zu tun haben. Was unternehmen wir jetzt? Wir können nicht ewig hierbleiben.«

Vorontsyev winkte matt mit der gesunden Hand ab. Die Schmerztabletten hatten ihn müde und benommen gemacht. Klar nachzudenken fiel ihm schwer. »Sie wollen sich rächen, Lock, ich weiß. Aber darum geht es hier nicht. Es geht vielmehr um die Frage, wie wir mit heiler Haut davonkommen.« Er stockte. Locks Gesichtsausdruck verunsicherte ihn, denn der verriet, daß ihm das eigene Überleben völlig gleichgültig war und daß er nicht daran dachte, vor Turgenev Reißaus zu nehmen. Im Gegenteil, er war entschlossen, sich ihm zu stellen und mit ihm abzurechnen. »Was Sie vorhaben, ist aussichtslos«, sagte Vorontsyev. »An Turgenev kommen Sie nicht ran. Und rechnen Sie nicht mit unserer Hilfe.«

Lock musterte ihn mit düsterer Miene. »Dann muß ich auf eigene Faust weitermachen. Trotzdem, vielen Dank.« Er warf einen vielsagenden Blick auf Dmitri und stand auf.

»Setzen Sie sich, Lock. Ich wüßte da vielleicht eine Möglichkeit. Aber die wird nicht darauf hinauslaufen, daß Sie Turgenev um Punkt zwölf Uhr Mittag auf der Hauptstraße zum Duell fordern. Die Vorstellung können Sie sich abschminken.« Vorontsyev grinste. »Das mit den Drogen sollten wir fürs erste vergessen.« Dmitri krauste die Stirn. »Konzentrieren wir uns lieber auf die Wissenschaftler.«

»Was soll das bringen?« fragte Lock geradeheraus.

Vorontsyev nickte in Richtung Lubin und Marfa, die auf dem Boden knieten und einen dicken Stapel von Akten und Papieren zu ordnen versuchten. Lubin hatte sie auf Dmitris Geheiß hin aus dem Büro mitgebracht.

»In diesen Unterlagen steht alles, was wir über den Heroinhandel zusammengetragen haben. Und das sind nichts als Mutmaßungen und anfechtbare Indizien. Es gibt keinen einzigen konkreten Beweis, und es wird wahrscheinlich auch nie einen geben. Wer auszupacken droht, kriegt von Turgenev das Maul gestopft.« Er hustete. »Sie waren doch beim CIA, das behaupten Sie jedenfalls. Wie auch immer, vielleicht wissen Sie, daß der CIA hierzulande an etlichen Orten präsent ist. In Georgien zum Beispiel, um Schewardnadse zu schützen, in Moskau rund um Jelzin. Das FBI berät die Milizen von Moskau und Sankt Petersburg, sammelt Material über die hiesige Mafia, um zu verhindern, daß sie auf die Vereinigten Staaten übergreift ...«

»Sie sagen mir nichts Neues«, fiel ihm Lock ins Wort.

»Dann nutzen Sie Ihr Wissen«, knurrte Vorontsyev. »Und hören Sie auf, so zu tun, als würden wir hier einen Wildwest-Streifen abdrehen! Strengen Sie lieber mal Ihren Grips an!« Wieder mußte er husten. Daß sich Marfa mit beschwichtigender Geste einzumischen versuchte, verärgerte ihn zusätzlich. »Wenn es uns gelingt, ein paar handfeste Beweise beizubringen, die belegen, daß Turgenev hochrangige Atomphysiker und Techniker an den Iran oder andere moslemische Länder verhökert, werden CIA und FBI in

Scharen über Novyj Urengoj hereinbrechen. Ich hoffe, Sie verstehen, was ich damit meine, Lock. Mit Alleingängen à la Rambo kommen Sie keinen Schritt weiter. Wir müssen einen dieser feilgebotenen Wissenschaftler ausfindig machen und von hier wegbringen!«

»Nach Moskau?« fragte Dmitri verwundert.

»Egal wohin. Lock kann uns dabei helfen. Er spricht Englisch und arbeitet fürs amerikanische Außenministerium.«

»Ich werde als Mörder gesucht«, sagte Lock leise.

»Kinkerlitzchen. Lassen Sie den Schmuggel auffliegen, und Turgenev ist geliefert. Obendrein bekommen Sie dafür noch einen Orden und einen Händedruck von Ihrem Präsidenten. Und es würde mich nicht wundern, wenn Sie's bis auf die Titelseite der *Time* schaffen.«

Vorontsyev langte mit der Hand an die Brust. Er hatte sichtlich mit Schmerzen zu kämpfen und kniff die Augen zu.

Lock betrachtete sein Gesicht und mußte ihm im stillen recht geben. Wider Erwarten meldete sich in der Magengegend der Wunsch, zu überleben. Turgenev war unerreichbar und im Fall einer direkten Konfrontation ihm und der kleinen Gruppe um Vorontsyev allemal überlegen.

Die beiden jüngeren Kollegen knieten nach wie vor am Boden und raschelten mit Papier. Dmitri kratzte sich im Nacken. Vorontsyev atmete schwer. Die antike Uhr auf dem marmornen Kaminsims tickte …

»Also gut«, sagte Lock schließlich. »Ich schließe mich Ihrer Einschätzung an. Washington wird alle Hebel in Bewegung setzen, um zu verhindern, daß der Iran mit Hilfe russischer Wissenschaftler aufrüstet. Drogen« – er schluckte seinen Ärger runter – »Drogen sind passé, ein Problem von gestern. Das lockt keinen mehr hinterm Ofen hervor.«

Dmitri zupfte an den Hautfalten, die lose über den Kieferknochen schlabberten. Er wirkte müde, fast wie betrunken, stand auf und schenkte sich Kaffee ein, den Sonya in einer Thermoskanne bereitgestellt hatte.

Lock schaute auf die Uhr. Es war kurz nach eins. Der Sturm rüttelte an den Fensterläden. Obwohl es ihn nach wie vor drängte, aktiv zu werden, war er doch sehr viel ruhiger geworden, fast so träge wie das Kaninchen im Käfig.

»Wieviel Zeit bleibt uns?« fragte Lock, an Vorontsyev gewandt.

Dmitri antwortete: »Die Frage ist – wie lange können wir uns versteckt halten?«

Der GRU würde die ganze Stadt auf den Kopf stellen, um sie zu finden. »Sie machen mir Mut«, entgegnete Lock. »Also, Major Vorontsyev, wie soll's jetzt weitergehen?«

Vorontsyev öffnete die grauen Augen, drehte den Kopf in Richtung Lubin und fragte: »Seid ihr endlich fündig geworden?«

»Es ist zum Verzweifeln. Wir wühlen das Zeug hier zum xten Mal durch, aber es gibt einfach nichts her.«

»Die werden doch hoffentlich nicht schon verschwunden sein?«

»Glaube ich nicht«, entgegnete Vorontsyev. »Turgenev hält sie irgendwo in der Stadt versteckt. Die Hotels können wir ausklammern. Im Gogol sind wir ihnen ja zufällig über den Weg gelaufen. Er wird sie auch nicht draußen bei sich verwahren. Ich wette, sie sind ganz in der Nähe. Und streng bewacht.«

»In Panshins Laden vielleicht. Oder bei ihm zu Hause?« fragte Dmitri.

»Wer ist Panshin?«

»Der Inhaber des Jazz-Clubs.« Lock nickte. »Er mischt seit kurzem im Drogengeschäft mit. Da sind wir uns jedenfalls sicher. Mag sein, daß er mehr oder weniger dazu gezwungen wurde.«

»Jedenfalls werden die Typen, die wir suchen, genauso festsitzen wie wir. Kaum anzunehmen, daß sie bei dem Wetter rauskommen. Den Meldungen nach hält der Sturm noch zwei Tage an. Wir haben also rund 48 Stunden Zeit«, rechnete Dmitri und verzog das Gesicht.

Nachdenklich schüttelte Vorontsyev den Kopf. Lubins Miene verriet Angst, und Marfa rieb sich die Oberarme, als sei ihr kalt geworden.

»Sehen Sie, Lock? Wir sind ebenso ratlos wie Sie«, murmelte Vorontsyev. »Nun gut, zum einen wäre da Panshin. Wo könnten sie sonst noch sein?«

»Turgenev unterhält überall in der Stadt kleinere Büros«, sagte Marfa. Lubin nickte zustimmend und durchblätterte einen Stoß Papier. »Dutzende von Lagerhallen. Er hat sogar einen eigenen Hangar am Flughafen. Dann sind da noch etliche Firmen, an denen er beteiligt ist, Geschäfte, Industrieanlagen …«

Vorontsyev schnaubte lachend. »Was sagen Sie dazu, Lock? Ein tüchtiger Kapitalist, unser Turgenev, nicht wahr? Hat ganz klein angefangen mit Importwaren, vor allem mit Lebensmitteln und Spirituosen. War er nicht auch mal kurzzeitig in der Modebranche, Dmitri?« Gorov nickte. »Import – Export. Er ist sich treu geblieben, hat immer mehr dazugewonnen.« Nachdenklich starrte er zur Zimmerdecke hoch. »Tja, da können wir lange suchen. Aber was bleibt uns anderes übrig? Lubin, geben Sie ihm die Liste. Soll Mister Lock entscheiden, in welcher Reihenfolge vorzugehen ist.«

»Aber wir können uns doch jetzt nicht raustrauen«, protestierte Lubin.

»Tut mir leid. Das müssen wir, wohl oder übel.«

Lock nahm den handgeschriebenen Zettel entgegen, der Turgenevs diverse Unternehmungen und Beteiligungen aufzählte. »All diese Firmen, die dienen doch bloß zur Tarnung seiner eigentlichen Geschäfte, oder?«

»Anzunehmen. Es geht ihm hauptsächlich um Speditionsverbindungen und Umschlagmöglichkeiten auf dem Flughafen.«

»Dann werden vermutlich einige der hier aufgelisteten Geschäfte nicht durchgängig betrieben, sondern nur im Bedarfsfall geöffnet sein.« Lock reichte den Zettel an Marfa zurück. »Finden Sie raus, in welchen Läden zur Zeit nicht gearbeitet wird. Da könnten wir die Kerle aufstöbern.«

Marfa schaute sich fragend nach ihrem Chef um.

Vorontsyev nickte. »Tu ihm den Gefallen, Marfa«, sagte er, darauf bedacht, sich seine Erregung nicht anmerken zu lassen.

Das ehemalige Textilgeschäft lag in der Neunten Straße, drei Blocks entfernt von den eleganten, teuren Läden an der K-Straße. Die mit Drahtgittern gesicherten Schaufenster waren ausgeräumt und dunkel so wie bei einigen der benachbarten Geschäfte auch: kleine, schäbige Kaufhäuser, die sich gegen die aufkommende Konkurrenz nicht hatten halten können und nun umgebaut worden waren zu Wohnheimen für Arbeiter, Arbeitslose und Senioren. Der Wagen, der auf der gegenüberliegenden Straßenseite parkte, war weit und breit das einzige Fahrzeug. Umwirbelt von Schnee, gaben die wenigen Laternen kaum Licht her.

Hinter der dunklen, von Frost überzogenen Schaufensterscheibe glaubte Vorontsyev den flackernden Schein einer Taschenlampe erkennen zu können. Das Heizungsgebläse dröhnte; Lubin hockte versonnen und stumm hinterm Lenkrad. Lock hatte darauf gedrungen, sich aber nicht durchsetzen können mit der Forderung, daß er, Vorontsyev, im Bett zurückbliebe. Statt dessen hielt Marfa den Posten im Hause Teplovs, um zu verhindern, daß Sonya, der nicht zu trauen war, ans Telefon ging und ausplauderte, wer sich bei ihr versteckte. Dmitri und Lock waren in das Geschäft eingestiegen, das sich – wie auch das unbewohnte Apartment darüber – schon seit Jahren in Turgenevs Besitz befand. Obwohl hier in dieser heruntergekommenen Gegend kein Geld mehr zu verdienen war, hielt er an der ungenutzten Immobilie fest, verzichtete offenbar sogar darauf, sie anderweitig zu vermieten. Eben dieser Umstand hatte Lock aufmerken lassen.

Vorontsyev sah nun das Licht der Taschenlampe in einem der Fenster der ersten Etage; es schimmerte durch den zugezogenen Vorhang. Er steckte sich eine Zigarette an und lauschte auf den Sturm. Lubin war nicht ansprechbar; er hatte mit den Nerven zu kämpfen.

Zehn Minuten später tauchten Dmitri und Lock in der Einfahrt auf, die zum Hinterhof führte. Seit Stunden war die Straße nicht geräumt worden, entsprechend hoch der Schnee, durch den die beiden nun näher stapften.

Schnee wirbelte in den Wagen, als Dmitri die Seitentür

öffnete und sich auf den Beifahrersitz fallen ließ. Auch Lock kam mit einem Schneeschauer eingestiegen und setzte sich neben Vorontsyev auf die Rückbank. Er grinste übers ganze Gesicht.

»Die Wohnung da oben ist auf Besuch vorbereitet«, sagte er. »Dmitri, erzählen Sie's ihm!«

»Was gibt's da zu erzählen?« Dmitri warf einen Blick über die Schulter. Vorontsyev sah sich auf die Folter gespannt. »Fest steht, die Bude ist lange nicht benutzt worden. Überall liegt fingerdick der Staub. Seltsam nur, daß da einiges an Lebensmitteln und Getränken zu finden ist. Sogar Heizlüfter. Strom und Gas sind angeschlossen. Und unten im Laden stehen mehrere Feldbetten bereit.«

Vorontsyev packte Lock beim Arm.

»Sie hören richtig, Major Vorontsyev«, bestätigte Lock. »Vorräte und Anzahl der Betten lassen vermuten, daß hier demnächst vier bis fünf Personen einquartiert werden. Warten wir's ab.«

»Wo sind sie wohl jetzt?«

»Alexei, das ist doch egal. Sie werden hierher kommen«, entgegnete Dmitri. »Wie Lock schon sagte, wir werden hier warten und sie in Empfang nehmen.«

»Du meinst wohl Bakunin und seine Mannschaft, was? Willst du denen am hellichten Tag in die Arme laufen, Dmitri?«

»Vielleicht kommen sie schon heute nacht«, gab Lock zu bedenken. »Womöglich kreuzen sie jeden Moment auf. Wer weiß?«

Über das, was sie entdeckt hatten, waren Dmitri und der Amerikaner schier aus dem Häuschen geraten. Vorontsyev kam sich fast vor wie einer, der ihnen den Spaß an einem Spiel zu verderben versuchte. Er schüttelte den Kopf und sagte schließlich: »Also gut. Eine Stunde. Länger auf keinen Fall. Lubin, fahren Sie den Wagen vor zur Straßenecke.«

Knatternd sprang der Motor an, und auf Schneeketten holperte der ZiL bis zur Kreuzung. Die L-Straße zeigte sich ein wenig belebter. Ab und zu fuhr ein Lastwagen oder

Auto vorbei. Das Café schräg gegenüber auf der anderen Straßenseite hatte die ganze Nacht geöffnet.

»Hier können Sie anhalten«, sagte Vorontsyev.

Lubin zog die Handbremse an und schaltete den Motor aus. Ungehindert pfiff der Sturm über die Fahrbahn und trieb den Schnee in dichten Wolken vor sich her. Dagegen war es in der Neunten Straße fast windstill, der Blick auf das observierte Geschäftshaus ungetrübt.

»Also, meine Herren, ich sagte: eine Stunde. Und dabei bleibt's.« Er schaute auf die Uhr. »Um spätestens drei ziehen wir ab.«

Alle vier schreckten auf, als das Handy trillerte. Vorontsyev kramte es aus der Manteltasche und schaltete ein.

Dramatisch und heiser tönte es aus dem Hörer. Lock, der nur Stimmfarbe und Intonation mitbekam, dachte an eine schlechte Schauspielerin.

»Sie sind hier, Alexei. GRU. Sie durchsuchen das Haus vom Keller bis zum Dachboden ...« Da war eine zweite Frauenstimme, noch barscher, die Marfa drängte zu verschwinden. »Sie sind hier ...«

»Verdammt, Sonya, halten Sie den Mund«, zischte Marfa. Sie stand der dickleibigen Frau vor der Schlafzimmertür dicht gegenüber. Deren Hand hielt den Porzellanknauf umklammert. Das Gesicht war vor Angst verzerrt. Speichel troff über karmesinrote Lippen.

»Verschwinde! Laß uns in Frieden!« wiederholte Sonya. »Sie dürfen dich hier nicht finden.«

»Wie komme ich raus?« fragte Marfa und hielt das Handy wie eine Eispackung an die Wange gepreßt. Vorontsyev versuchte gerade, sie zu beruhigen. »Nur ja nicht!« fauchte sie. »Bleibt weg von hier. Das Haus scheint umstellt zu sein. Ich komme schon irgendwie raus. Wo seid ihr? Neunte Ecke L... Ja, ich werd's finden.« Sie brach die Verbindung ab, stopfte Dmitris Handy in die Tasche und wickelte den Schal ums Gesicht.

Mit ihrer Beherrschung war es nun vorbei. Sie spürte Panik heiß ins Gesicht aufsteigen wie Schamesröte. Sonya zeigte Verachtung, dann wieder schiere Angst. Nur das Kaninchen knabberte unbeeindruckt am Grünzeug. Marfa schlich ans Fenster und spähte durch einen Spalt im verstaubten Samtvorhang nach draußen. Scheinwerfer durchstießen das Schneegestöber. Sie hörte kommandierende Stimmen und das Knirschen von Sohlen im Schnee. Sonya beeilte sich, die Kaffeetassen wegzuräumen. Marfa hockte sich hin, raffte die Papiere zusammen und sah sich hektisch um. Wo ließen sich die Unterlagen verstecken? Himmel ...

Sonya starrte sie an, doch ihre Aufmerksamkeit galt den Geräuschen hinter der Tür. Lauschend hielt sie den Kopf zur Seite geneigt. Marfa öffnete den wuchtigen Kleiderschrank, um den Papierstoß darin verschwinden zu lassen; zwischen schrillen Negligés, Dessous, hochhackigen Stiefeln und Miedern aus Lederriemchen, Rüschen und Pailletten. Dann trat Sonya hinter sie, legte ihr die Hände auf die Schultern und flüsterte ihr ins Ohr.

»Zieh dich aus, schnell! Die Papiere ins Bett!«

Sie zerrte an Schal und Mantel. Marfa wehrte sich und versuchte, die alte Vettel von sich zu stoßen. Doch die hielt sie gepackt und schlug ihr mit der Hand ins Gesicht, daß die Brille von der Nase flog.

»Lassen Sie mich los!«

»Du ziehst jetzt deine Sachen aus und den Morgenmantel an. Den hier ... Hoffen wir, daß Teplov die Jungs da draußen nicht einlädt, sich zu bedienen.«

Marfa legte den Mantel ab und zog Pullover und Jeans aus, die Sonya zusammenknäulte und in den Kleiderschrank warf. »Geh nicht ins Bett. Das wäre zu auffällig. Herrje, warum kann sich euereins nicht ein bißchen zurechtmachen mit Schminke und so?«

Sie stieß Marfa auf den Bettrand, die in dem dünnen, knielangen Negligé fröstelte, das nach billigem Parfüm roch. Sonya war nicht weniger fahrig und aufgeregt als in dem Augenblick, da sie gekommen war, um Marfa zu warnen.

»Kannst du 'ne Zigarette rauchen, ohne zu husten?« fragte sie. Marfa nickte verstört. »Hier!« Sie gab ihr eine Zigarette. »Und hör auf zu zittern.«

Sonya setzte sich in einen der samtüberzogenen Sessel, markierte divenhafte Gelassenheit und steckte sich selbst eine Zigarette an, als im Korridor Schritte zu hören waren. Dann wurde die Tür aufgestoßen, und zwei GRU-Soldaten betraten das Zimmer. Sie trugen dicke Mäntel, auf denen Schneeflocken tauten. Der eine grinste idiotischer als der andere.

»Hat euch eure Mama nicht beigebracht, daß man vorher anklopft?« keifte Sonya. »Was wollt ihr überhaupt? Uns wieder mal Ärger machen?«

»Immer mit der Ruhe, Oma«, entgegnete der mit dem Pickelgesicht. Der andere kicherte und stieß seinem Kumpan den Ellbogen in die Seite. »Hier wird wählen wirklich zur Qual. Was meinst du?«

»Mutter Fettwanst und ihr Töchterchen, Fräulein Spillerig. Verdammt, ihr mutet euren Kunden wirklich einiges zu.«

Aus dem Hintergrund tönte eine scharfe, gebieterische Stimme. Die beiden Soldaten reagierten prompt und setzten sich in Bewegung. Der eine warf einen Blick unters Bett, der andere öffnete den Kleiderschrank.

»Erwartet ihr, den älteren Bruder hier zu finden?« fragte Sonya und blies theatralische Rauch zur Decke.

Die jungen Männer sahen sich mit verkniffener Miene um. Einer von ihnen – er stank nach Zwiebeln – rückte Marfa auf die Pelle und starrte ihr ins Gesicht. Es gelang ihr, sich unter Kontrolle zu halten. Sie zuckte nicht einmal mit den Wimpern.

Daß er keinen Eindruck schinden konnte, schien das Pickelgesicht zu frustrieren. Abrupt wandte er sich von Marfa ab. »Komm«, sagte er zu seinem Kumpan. »Laß uns verduften, bevor wir uns hier was einfangen.«

»Und das wär nicht bloß 'ne Grippe, ihr Rotznasen!« rief Sonya ihnen nach, als sie die Tür hinter sich zugeworfen hatten.

Auf clownesque Weise entgleisten Sonyas Gesichtszüge. »Und jetzt zieh dich an«, sagte sie mit brüchiger Stimme. »Du verschwindest, sobald die Kerle abmarschiert sind.«

Die stampfenden Schritte entfernten sich. Marfa kauerte auf der Bettkante und fing zu zittern an. Der nach Zwiebeln stinkende Atem des Pickligen hing ihr noch in der Nase. »Los jetzt. Die kommen bestimmt nicht zurück, werden melden, daß hier bloß zwei Nutten sind. Dein Glück, daß sie uns Knilche aufs Zimmer geschickt haben. Einem älteren Kerl hättest du nichts vormachen können«, schnaubte sie erleichtert. »Zieh Leine und komm nie wieder!«

Vorontsyev hatte das Handy immer noch am Ohr und lauschte in die tote Leitung. Plötzlich rumste es an der Seitentür. Erschrocken fuhren alle vier mit dem Kopf herum und sahen einen Betrunkenen in Richtung Kneipe davonwanken. An der nächsten Kreuzung zog mit blinkendem Warnlicht ein Schneepflug vorbei.

»Was wollte Marfa?« fragte Dmitri.

»Der GRU ist angerückt.«

»Teplov?«

»Ob er sie gerufen hat? Glaube ich nicht. War wohl bloß ein dummer Zufall.«

»Und was ist jetzt mit Marfa?« erregte sich Lubin und startete den Motor.

»Abstellen! Sie sagt, wir sollen uns raushalten«, entgegnete Vorontsyev.

Wortlos schaute Lock dem Betrunkenen nach, der sich gegen den Wind stemmte und die Straße überquerte. Daß der jungen Polizistin Unheil drohte, kümmerte ihn nur am Rande. Gefangengenommen, würde sie dem Druck nicht standhalten und auspacken. Aber es gab nicht viel zu verraten. Nur die Auskunft darüber, wo sich der ZiL zur Zeit befand.

Lubin und Vorontsyev starrten einander an, bis sich der junge Mann schließlich verärgert von ihm abwandte. Dmitri tätschelte ihm von hinten die Schulter.

»Bleiben wir?« fragte Lock.

Vorontsyev nickte. »Bis drei, wie besprochen.«

»Heh, was ist das denn?« Dmitri blickte an Vorontsyev vorbei nach draußen. Dann öffnete er die Tür und stieg aus.

»Da steht ein Auto ... in der Neunten. Das werde ich mir mal von nahem ansehen.« Bevor jemand widersprechen konnte, hatte er die Tür zugeschlagen.

Der Wind drang ihm durch die dicke Kleidung. Im dichten Schneegestöber sah er nichts, bis er, blindlings vorwärtstappend, um die Straßenecke gebogen war. Er hörte seine Zähne klappern, zog den Schal über Mund und Nase und pflügte durch Wächten angewehten Schnees entlang der Zeile aus kleinen Lebensmittelläden mit Schildern in arabischer, türkischer und kyrillischer Schrift. Trotz der Eiseskälte war der Duft exotischer Gewürze wahrzunehmen.

Dmitri tat es dem Betrunkenen gleich, torkelte weiter und prallte vor den Wagen, einen BMW. Auf der Haube liegend warf er einen Blick durch die Windschutzscheibe und sah, daß er einen Fehler gemacht hatte. In dem kantigen, bleichen Gesicht hinterm Steuer erkannte er auf Anhieb Dom Kasyan wieder, Val Panshins Mann fürs Grobe, geschniegelt wie immer, im dunklen Mantel und schwarzen Lederhandschuhen. Auch der wußte den vermeintlichen Zecher sofort einzuordnen. Langsam öffnete sich die Wagentür. Dmitri wich zurück, wie von einem Magnetfeld abgestoßen, und stieß rücklings vor ein drahtgitterverhangenes Schaufenster. Kasyan ließ ihn nicht aus den Augen, als er das Mundstück des Autotelefons an die Lippen führte.

Dmitri zerrte an der Knopfleiste seines Mantels und langte nach der Pistole im Halfter. Kasyan hängte das Mundstück zurück und zog die Tür zu. Gleichzeitig heulte der Motor auf. Beschleunigend schlidderte der BMW auf die Straßenmitte hinaus und stob davon. Vor Dmitris ausgestrecktem Arm wackelte die Pistole hin und her, wie von einer fremden Hand geführt.

»Verfluchter Mist!« brüllte er, machte dann kehrt und lief, gescheucht vom Wind im Rücken, zum ZiL zurück. Als er sich, dort angelangt, umdrehte, sah er den BMW am anderen Ende der Straße um die Ecke biegen. »Was ist?« rief Lock.

Schwer keuchend lehnte sich Dmitri an den Wagen. »Kasyan … dieser Hundesohn!« fluchte er. »Er hat mich erkannt. Oh, verdammt, Alexei, ich hab's verkorkst.«

»Was ist passiert?« verlangte Lock zu wissen.

Vorontsyev gab ihm unwirsch Bescheid. »Panshins rechte Hand. Jetzt ist jedenfalls klar: Die Wissenschaftler sind bei Panshin. Kasyan wurde vorgeschickt, um die Lage zu peilen.«

»Dann sollten wir uns besser verdrücken«, sagte Lock. »Sie wissen jetzt, wo wir sind.« Und an Vorontsyev gewandt: »Wie weit ist es von hier bis zu Panshins Laden?«

»Wie bitte?«

»Leute, wir müssen uns beeilen. Hat dieser Typ ein Telefon im Auto?« Dmitri nickte und schlug die Tür zu. »Dann weiß Panshin inzwischen, was Sache ist; er wird sich jetzt mit Turgenev in Verbindung setzen. Sie müssen sich über eine neue Bleibe für die Wissenschaftler verständigen. Also sind die noch bei Panshin. Jazz-Club, habe ich richtig verstanden?« Vorontsyev nickte. »Dann nichts wie hin, bevor sie die Männer da rausholen. Jetzt oder nie.«

»Wie soll das gehen? Wir sind nur zu viert«, meinte Dmitri.

»Und was ist mit Marfa?« fragte Lubin. »Sie wird hierherkommen.« Daran, daß sie möglicherweise von Bakunins Leuten geschnappt worden war, wollte er gar nicht erst denken.

Lock schüttelte den Kopf. »Entweder wir schlagen sofort zu, oder wir vergessen die ganze Sache«, beharrte Lock. Seine Hände lagen, zu Fäusten geballt, auf den Schenkeln. Mach hin, Vorontsyev, drängte er im stillen und blickte den Major herausfordernd an. »Es würde schon reichen, wenn wir nur einen der Kerle erwischen. Es war Ihre Idee. Wir brauchen bloß einen einzigen. Den schaffen wir dann nach Moskau und schlagen Alarm.«

»Lubin«, sagte Vorontsyev, »bring uns zu Panshin.« Grinsend lehnte er sich zurück, um Rippen und Arm zu entlasten. »Ich habe Lust auf Jazz.«

»Was ist mit Marfa?«

»Bei der können wir jetzt nicht anklingeln. Wäre zu gefährlich«, entgegnete Vorontsyev.

Mit Wucht fiel hinter ihr die Hoftür ins Schloß. Zitternd vor Angst und Kälte stand sie im Wind. Der Schal flatterte ihr übers Gesicht. Noch hing ihr die billige Duftnote an, die das Negligé verströmt hatte.

Marfa warf einen Blick auf die Armbanduhr. Kurz vor halb zwei. Schneesturm und Dunkelheit drängten auf sie ein. So glimpflich davongekommen zu sein, ließ sie an Goludin denken, den es kalt erwischt hatte. Sie sah sein ernstes, aufmerksames Gesicht vor sich, und der Schmerz über den Verlust überkam sie wieder einmal.

Schluchzend holte sie das Handy aus der Tasche, wählte Vorontsyevs Nummer und wartete. Ihr Blick reichte nur bis zur Kirche, die dunkel durch den wirbelnden Vorhang aus Schnee schimmerte. Geh endlich ran, murmelte sie in Gedanken und stampfte von einem Fuß auf den anderen.

»Alexei ... mir geht's gut. Ich hab' mich durchmogeln können«, plapperte sie drauflos.

»Was war denn eigentlich los?« Vorontsyevs nüchterner Ton enttäuschte sie.

Stammelnd erstattete sie Bericht und schloß mit den Worten: »Sie sind nicht auf mich abgefahren.« Dabei kicherte sie nervös.

»Wo bist du jetzt.«

»Vorm Bordell. Und wo seid ihr?«

»Wir ...« Sein Stocken ließ darauf schließen, daß er sich mit den anderen beriet. Dann: »Wir sind auf dem Weg zu Panshin. Vermutlich hält er die Wissenschaftler bei sich im Club versteckt.«

»Bin in 'ner Viertelstunde zur Stelle«, antwortete sie, schaltete das Handy aus und steckte es in die Tasche zurück. In der anderen hielt sie die Pistole umfaßt. Die Ermittlungsprotokolle klemmten unterm Arm.

Sie trat auf den Weg hinaus, wo ihr der Wind mit Gewalt entgegenblies und Schnee in die Augen schleuderte. Vom Zaun am Rand des Friedhofs war nur noch die Hälfte zu sehen. Wie durch tiefen Sumpf watete Marfa auf den Parkplatz zu, darauf gefaßt, daß ihr Wagen womöglich unter Beobachtung stand. Er hatte eine Polizeinummer, doch zum Glück waren die Schilder überkrustet mit Schnee. Die tiefen Spuren des GRU-Mannschaftsbusses wehten allmählich zu. Hoffentlich hatten Bakunins Männer das kleine Auto nicht weiter zur Kenntnis genommen.

Weit und breit war kein anderes Fahrzeug zu sehen. Am Wagen angelangt, hielt sie ihr angeknipstes Feuerzeug an den vereisten Türgriff und drehte dann den Schlüssel im Schloß. Das Blech klebte an der Gummidichtung, doch ein Ruck genügte, um die Tür zu öffnen. Erleichtert nahm sie hinterm Steuer Platz. Im Innern des Wagens rauschte der Sturm kaum weniger laut. Ihr Atem beschlug an der Windschutzscheibe.

Sie wollte gerade den Motor starten, als sich von hinten ein Arm um ihren Hals legte und den Kopf zurückhebelte. Dicht neben ihrem Ohr schnappte jemand nach Luft. Es roch nach feuchter Wolle und altem Schweiß. Der Würgegriff nahm ihr den Atem, zerrte sie mit unwiderstehlicher Kraft weiter zurück. Die Halswirbel drohten zu knacken.

Sie bekam keine Luft, weder durch Mund noch Nase. Speichel und Entsetzen verstopften die Kehle. Die Scheibe war blind; das Licht nahm ab …

Und der Körper schien sich von ihr zu trennen. Ihr wurde schwarz vor Augen. Durchs Gesichtsfeld wirbelten grüne und rote Funken. Zuckend und scheinbar ohne ihr Zutun hob sich langsam ihr Arm …

Der Schuß krachte so laut, daß sie, davon betäubt, den Schrei kaum hören konnte, kaum spürte, wie der Griff sich lockerte, der Arm über die Sitzlehne nach hinten wegglitt. Sie schaute sich um und sah eine weiße Hand, die nicht zu ihr zu gehören schien, und doch war es ihre Hand, ihr Finger, der ein zweitesmal den Abzug drückte. Die Pistole krachte, Mündungsfeuer warf grelles Licht auf ein erstarrtes, blutüberströmtes Gesicht.

Am ganzen Körper zitternd, wandte sie sich von dem Toten ab, in Gedanken dem Vorwurf ausgesetzt, den geschmolzenen Schnee an der Tür nicht beachtet zu haben. *Das hätte doch auffallen müssen …*

Dann packte sie die Angst vor einem weiteren Hinterhalt. Sie startete den Motor, und der Wagen schlingerte über die Straße, hin- und hergeworfen zwischen vereisten Spurrinnen und Schneewehen. Aus den Lungen des Toten blubberte ein letzter Luftschwall. Ihr wurde schlecht, so kotzübel, daß sie anhalten mußte …

Sie stieß die Tür auf und erbrach sich in den Schnee.

Das Zittern wollte nicht aufhören. Ihr war eisig kalt. Sie wischte sich mit dem Handschuh übers Kinn, umklammerte das Lenkrad, um die Arme zur Ruhe zu bringen, und gab dann langsam und vorsichtig Gas. Der Wagen kam ihr riesig und unkontrollierbar vor. Es war ihr, als biege er ferngesteuert in die Straße ein, die zur Stadt führte. Krampfhaft hielt sie das Lenkrad gepackt.

Sie hatten nur einen Mann zurückgelassen. Wahrscheinlich waren sie sich nicht im klaren darüber gewesen, wessen Auto da noch stand, und hatten nur für alle Fälle einen Posten zur Beobachtung abgestellt. Statt in der Kälte auszuharren, hatte der es vorgezogen, im Inneren des Wagens zu warten. Marfa wollte nicht länger über ihn nachdenken. Sie konnte sein Blut riechen, brachte es aber nicht über sich, anzuhalten und die Leiche in den Schnee zu werfen.

Bei laufendem Motor und mit surrendem Heizgebläse hockten sie im Wagen am Rand der K-Straße, zwei Häuser entfernt vom Eingang zu Panshins Club. Das Café Americain hatte dichtgemacht. Alle Lichter waren gelöscht. Im Hof, den Lubin im Auge behielt, parkten Panshins Wagen, der BMW, den Kasyan gesteuert hatte, und zwei weitere, kleine Autos russischen Fabrikats – aber kein Fahrzeug, mit dem sich ein Dutzend Leute transportieren ließ.

»Ob die da noch drin sind?« fragte Vorontsyev.

»Kann sein. Panshin ist jedenfalls da. Vielleicht sollten wir ihn fragen. Wie viele Schläger hat er jetzt wohl noch um sich?«

»Drei oder vier. Die letzten Gäste werden vor gut einer

Stunde gegangen sein, falls der Laden bei diesem Wetter überhaupt geöffnet hatte.« Vorontsyev zuckte mit den Schultern. »Wenn die Leute, die wir suchen, tatsächlich im Haus sind, werden allerdings wohl ein paar mehr Aufpasser zugegen sein. Lock, wir können da nicht einfach reinspazieren.«

»Und ob wir das können.« Locks Miene war undurchsichtig, der Blick nach innen gekehrt. Allmählich wurde er für sich selbst und für alle anderen in seiner Nähe eine Gefahr, wie Vorontsyev befand. »Wir müssen zuschlagen. Es bleibt uns nichts anderes übrig, und das wissen Sie.«

Dmitri seufzte, ließ aber erkennen, daß er derselben Meinung war.

»Wir brauchen Marfa. Sie könnte uns den Rücken freihalten.«

»Solange können wir nicht warten«, sagte Lock. Er erinnerte Vorontsyev zum wiederholten Mal an einen fehlbesetzten Schauspieler bei der Probe; Stimme und Gestik paßten einfach nicht zu seiner Rolle. »Kasyan ist seit rund zwanzig Minuten zurück. Sie werden um Verstärkung nachgefragt haben. Und wenn die erst anrückt, haben wir überhaupt keine Chance mehr. Wir müssen also jetzt zuschlagen.«

»Aber Marfa muß gewarnt werden. Sonst läuft sie womöglich ins offene Messer.«

»Dann rufen Sie sie doch an!«

Vorontsyev gab Dmitri das Handy, und der wählte seine eigene Nummer.

»Ja?« meldete sich Marfa, aus weiter Ferne, wie es schien.

»Alles in Ordnung?«

»Dmitri …«, schluchzte sie.

»Was ist?«

»Nichts«, preßte sie hervor. »Rein gar nichts.«

»Wir gehen jetzt zu Panshin rein. Wenn du hier ankommst, bleib draußen und halt dich bereit. Es könnte sein, daß wir's sehr eilig haben. Bis dann.« Dmitri schaltete das Gerät aus.

»Gut so?«

Vorontsyev nickte. Wie als Signal zum unwiderruflichen Aufbruch rastete klickend das Magazin in Locks Makarov ein. Dmitri holte tief Luft.

»Also los.«

Lock öffnete die Tür, stieg aus und machte leise hinter sich zu. Vorontsyev warf einen warnenden Blick auf Dmitri und murmelte: »Sieh dich bloß vor, alter Freund. Und denk daran: Er kann uns egal sein. Aber wir müssen zusammenhalten. Verstanden?«

Dmitri nickte zögerlich.

»Dieser Lock ist mir nicht geheuer«, zischte Vorontsyev. »Er könnte uns allen verdammt gefährlich werden. Weil er nur eines will: Turgenevs Tod. Und uns versucht er als nützliche Deppen einzuspannen. Laß dich nicht verschaukeln. Ich rate dir gut.«

4

Mitglieder und Außenseiter

»Jawohl, Hamid ... jawohl.« Der höfliche Tonfall konnte nicht darüber hinwegtäuschen, daß ihm der Kragen zu platzen drohte. »Ich werde den Abflug *meiner* Maschine persönlich überwachen.« Sich den Forderungen des anderen fügen zu müssen, ging ihm entschieden gegen den Strich.

Es ist nur dieses eine Mal, rief er sich ins Bewußtsein; ein taktischer Schachzug, nichts weiter. Er war es leid, mit diesem kleinen, adretten, gewieften Iraner verhandeln zu müssen. Ein Ärgernis wie der anhaltende Schneesturm. Doch damit ist bald Schluß, wiederholte er im stillen sein tröstliches Mantra.

»Gut, gut, mein Freund«, antwortete Hamid achselzukkend. »Ich habe Verständnis für Ihre Situation und bitte um Verzeihung, falls ich Ihre Geduld strapaziert habe. Aber ich handele im Auftrag und bin an Termine gebunden. Wie dem auch sei, ich danke Ihnen für Ihre Unterstützung.«

Turgenev grinste und fuhr mit der Hand durchs dichte, helle Haar. Die Entschuldigung des Iraners besänftigte ihn wie die schmeichelnde Hand einer Frau.

»Sei's drum.« Turgenev hob beide Hände. »Mein lieber Hamid, wir brauchen einander, und darum ist es sinnvoll, wir arbeiten eng zusammen.« Auch wenn demnächst andere, sehr viel wichtigere Dinge anstehen, fügte er im stillen hinzu. Die Verwirklichung seiner einträglichen Pläne war so greifbar nahe wie die Gegenstände auf dem Schreibtisch. Vorläufig aber war er gezwungen, ein halbes Dutzend Atomphysiker und Techniker an Bord seines Privatjets zu geleiten. Es fehlte nur noch, daß er sie wie ein lausiger Steward zu ihren Plätzen führen mußte. »Das Wetteramt verspricht auflockernde Bewölkung gegen acht Uhr, kurz vor Sonnenaufgang. Ob die Wetterberuhigung zwanzig Minuten andauert oder zwei Stunden, läßt sich allerdings nicht voraussagen.« Die Miene des Iraners verdüsterte sich. »Tut mir leid.«

»Verstehe«, brummte Hamid.

»Gut.«

»Das Team steht bereit?«

»Ja, ja.« Turgenev nickte. »An sicherem Ort. Die Leute sind über alles informiert und wissen, was auf sie zukommt.« Zwei von ihnen hatten einen Rückzieher zu machen versucht, waren aber wieder zurechtgestaucht worden. »Bei uns hat sich einiges geändert, Hamid. Von Moskau werden sie inzwischen wie Dreck behandelt. Sie sind froh, für Ihr Land arbeiten zu können.« Er lachte.

»Wann brechen wir auf?«

»Um Punkt sechs.« Der Sturm schien an Heftigkeit wieder zugenommen zu haben. Irgendwo klapperte ein Fenster. Der Schnee war bis auf Fensterhöhe angeweht worden. Lächelnd prostete Turgenev dem strengen Moslem zu und kippte den letzten Schluck Whisky. Trotz der Gegenwart des Iraners fühlte er sich wohl. Doch plötzlich kam ihm Bakunin in den Sinn; Lock und Vorontsyev.

Es war nun allmählich eine Erfolgsmeldung fällig, und zwar noch vor der Fahrt zum Flughafen.

»Stimmt was nicht?« fragte Hamid.

»Wie kommen Sie darauf?« entgegnete Turgenev gelassen.

Es war still auf dem Parkplatz im Hinterhof des Café Americain. Vorontsyev reckte den Hals und lauschte. Daß sich Dmitri auf der anderen Seite des Hauses an der Eingangstür zu schaffen machte, war nicht zu hören. Frierend und ungeduldig stampfte Lock mit den Füßen auf. Lubin stand mit verkniffenem Gesicht da, die Pelzkappe bis auf die Brauen heruntergezogen. Es war ihm anzusehen, daß er sich lieber verziehen würde.

Vielleicht stand der Wind gerade günstig, jedenfalls waren jetzt Dmitris Rufe am Vordereingang deutlich zu hören.

Vorontsyev nickte den beiden an seiner Seite zu. Lock

zog die Pistole und setzte sich in Bewegung. Vorontsyev hielt seine Waffe in der linken Hand. Er hatte sich von Dmitri neu bandagieren lassen – mit der Maßgabe: *aber schön stramm* und dem Ergebnis, daß er nun kaum Luft bekam. Außerdem war er benommen von den Schmerztabletten, die er geschluckt hatte.

Er geriet ins Stolpern. Lubin sprang herbei und packte ihn beim Arm. Dann waren sie unterm Vordach und trampelten durch angewehten Schnee. Lock hämmerte mit der Faust vor die Hintertür, den Eingang für Clubmitglieder.

»Aufmachen ... GRU!« brüllte Lock auf russisch. »Wird's bald, ihr lahmen Säcke? Der Oberst ist hier und will mit Panshin sprechen. Jetzt aber dalli!«

Lubin staunte nicht schlecht über die Frechheit des Amerikaners und grinste noch, als die Tür von jemand geöffnet wurde, den Vorontsyev als einen der Schläger Panshins wiedererkannte. Der musterte sie und wollte gerade zum Protest anheben.

»Du hältst deinen Schnabel, ja?«

Lock wischte ihm den Lauf der Makarov über die Nase und stieß mit voller Wucht die Tür auf. Schreiend flog der Mann in den Korridor zurück und kippte rücklings zu Boden. Lock beugte sich über ihn und riß ihm die Pistole aus dem Hosenbund. Seine Bewegungen waren ruckartig, adrenalingetrieben, kaum zu bremsen. Die Augen standen sperrangelweit offen wie bei einer Katze, die im Dunkeln auf Beute lauert.

»Wohin?« fragte er.

»Da lang«, antwortete Vorontsyev und zeigte geradeaus. Auf dem Weg ins Büro würden sie den Clubraum durchqueren müssen. Durch den Korridor zog kalter Zigarettenrauch und Toilettengestank. Dmitri hatte offenbar jemanden an die Vordertür locken können. Er mimte auf betrunken und krakeelte, verlangte Einlaß und Schnaps. »Beeilung! Das hält Dmitri nicht lange durch.«

Sie stürmten durch den Saal, an Tischen und hochgestellten Stühlen vorbei auf den Samtvorhang zu, der die Tür zu Panshins Büro abschirmte und den Gang zur Treppe, die in die Wohnung nach oben führte. Vom ersten Schuß wurden sie überrascht. Die Kugel schlug unmittelbar neben Lubin in einen der Stühle ein und hinterließ darin eine Narbe, die in der spärlichen Beleuchtung bleich wie Knochen schimmerte. Lock ging hinter einem Tisch in Deckung und feuerte zweimal auf den Vorhang. Vom Mündungsfeuer geblendet, konnte Vorontsyev nichts erkennen. Es war auch kein Schrei zu hören.

Er kauerte neben Lock, der ihm zuflüsterte: »Es war einer in Uniform. Wie viele von denen werden wohl hier sein?«

»Keine Ahnung. So viele, wie Bakunin entbehren kann …«

»Alexei!« brüllte Dmitri und kam aus dem Garderobengang gerannt. Durch einen Schlitz im Samtvorhang krachte es zweimal. Dmitri ging auf Tauchstation, als Lock das Feuer erwiderte.

»Dmitri?« rief Vorontsyev.

»Nichts passiert«, antwortete der.

»Lubin?«

»Hier.«

»Haltet die Bühne im Auge!« forderte Lock und wieselte auf allen vieren unter den Tischen weg. Sooft sie ein Wort sagten, krachte es prompt. Vorontsyev zuckte bei jedem Schuß zusammen, was die lädierten Rippen mit Schmerzen quittierten. »Da …!« hörte er Lock rufen und sah den Feuerstrahl aus dessen Waffe zucken.

Wie nach mißglücktem Auftritt verschwand polternd ein Schatten am Seitenrand der Bühne. Im gesamten Raum machte sich der Gestank von Schießpulver breit. Er sah Lock über die Rampe auf die Bühne springen und geduckt zum Seitenausgang hasten.

Es beunruhigte Vorontsyev zunehmend, daß nirgendwo im Haus Rufe laut wurden, Kommandos oder Geräusche hastiger Aufbruchbewegung. Hatte Kasyan nach seiner Begegnung mit Dmitri noch vom Auto aus Panshin oder jemand anders angerufen und gewarnt? War Zeit genug geblieben, die Wissenschaftler wegzuschaffen?

Prustend wie ein gestrandeter Wal rückte Dmitri an seine Seite. »Du hattest recht«, schnaufte er. »Wenn der Ami so weitermacht, kommen wir hier nicht lebend raus. Ob die Kerle, die wir suchen, überhaupt da sind?«

»Das bezweifle ich inzwischen auch«, flüsterte er.

»Verdammt ...«

Zwei Kugeln, auf sie abgefeuert, pfiffen über ihre Köpfe hinweg. Dmitri und Lubin schossen zurück. Dann hörte Vorontsyev, wie Lubin wegrobbte, um eine andere Position einzunehmen. Weiter vorn krachten zwei weitere Schüsse, worauf sich der Vorhang teilte und eine uniformierte Gestalt mit weißem Gesicht zum Vorschein kam und der Länge nach auf den Boden schlug. Dahinter tauchte Lock auf und winkte sie zu sich.

»Ich hab' mit mehr GRU-Typen gerechnet«, knurrte er und wirkte enttäuscht, als habe er gehofft, im Dutzend töten zu können. »Die anderen sind wohl alle weg.« Er schaute in ihre Gesichter und registrierte, daß sie zu demselben Schluß gekommen waren. »Wo könnte Panshin stecken?«

»Vielleicht oben oder in einem seiner ...«

Vorontsyev feuerte zweimal über Locks Schulter hinweg; es schien fast, als diente diese ihm als Auflage. Lock wirbelte herum, doch Kasyan hatte sich bereits in den Seitengang zurückgezogen, aus dem er gekommen war. Nicht weniger als der Pulverrauch ätzte die nervöse Anspannung.

»Panshin!« brüllte Lock. »Komm raus, Mann! Ich bin hier, um dich zu holen!« Und an seine Mitstreiter gewandt: »Dmitri, sichern Sie den Korridor, während wir oben sind. Sie, Major, bleiben bei ihm. Mir nach, Lubin.«

Lubin folgte ihm auf der engen Stiege nach oben zur Wohnung und den Umkleideräumen über dem Club. Auf dem Treppenabsatz angelangt, bedeutete er Lubin, stehenzubleiben und spähte vorsichtig um die Mauerkante in einen dunklen Flur. Lackierte Türen, Zigarrendunst und der Duft teuren, in Mengen verwendeten Rasierwassers. Er grinste.

»Kommen Sie mir nicht in die Quere. Bleiben Sie immer schön hinter mir. Okay?«

Lubin nickte.

Wie viele hielten sich hier oben verschanzt? Bestimmt

hatte Turgenev die Wissenschaftler woanders hinbringen lassen, und mit ihnen würde die Mehrzahl der GRU-Männer abgezogen sein. Doch Panshin und Turgenev waren darauf gefaßt, daß er und Vorontsyev hier aufkreuzten und hatten mit Sicherheit ein Empfangskomitee für sie abgestellt. Es war mucksmäuschenstill. Kasyan wartete ab. Er ging offenbar kein Risiko ein, was darauf schließen ließ, daß er nur wenig Unterstützung hatte. Wie viele also waren hier oben einschließlich des Mannes, der Rasierwasser- und Zigarrengestank verbreitete?

»Wie sieht Panshin aus?«

»Klein, rund, graues Stoppelhaar. Jede Menge Ringe und Kettchen ...«

»Okay, suchen wir ihn.«

Turgenev zog die Fäden. Hatte er sie hier bloß in eine Falle locken wollen? Mit einem Fußtritt stieß Lock eine der dünnen Türen auf und ging neben dem Rahmen in Dekkung. Das Zimmer war dunkel; es roch nach Bratenfett und Zigaretten. Er langte mit ausgestreckter Hand nach dem Schalter und machte Licht. Auf einem Tisch standen vier Teller mit Essensresten, Besteck, Gläser, ein Aschenbecher. Seine Enttäuschung lag schwer wie ein Stein im Magen.

Die zweite Tür ging ebenso leicht auf wie die erste.

»Panshin, komm raus!« blökte er.

»Vorsicht ...!« schrie Lubin – weiter kam er nicht.

Lock ließ sich auf die Knie fallen, riß die Pistole hoch und drückte dreimal ab. Getroffen taumelte ein Soldat zurück und leerte das Magazin seiner Kalaschnikow über Wand und Decke des Korridors, bevor er zu Boden sackte. Mörtelstaub und Pulverrauch verpesteten die Luft. Lock schaute sich nach Lubin um.

Der junge Mann hockte mit dem Rücken zur Wand und gaffte mit verwundert aufgesperrten Augen auf die Fingerkuppen, nachdem er sich an die Schläfe gelangt hatte. Die Hand fing zu zittern an. Dann sah er Lock, grinste dämlich und zeigte ihm die Hand. Ein Kratzer am Kopf.

Lock nickte. Schwere, eilige Schritte auf der Treppe. Lubin fuhr herum und hob die Pistole, als Dmitri auftauchte.

»Alles in Ordnung?« keuchte er. Feiner Staub legte sich auf seine feuchten Schultern. Gekrümmt und nach Luft schnappend erreichte Vorontsyev den oberen Treppenabsatz. »Wo ist Panshin?«

Lock deutete mit der Pistole auf die Tür, durch die der Soldat gekommen war. Mit einem Satz sprang er daran vorbei, ging neben dem Toten in die Hocke und warf einen Blick durch den Türspalt ins Zimmer. Im Licht einer Stehlampe saß Panshin hinter einem Schreibtisch. Er nahm sich aus wie die Karikatur eines Gangsterbosses. Seine plumpen, beringten Hände lagen sichtbar auf der ledernen Schreibunterlage. Sein Blick schien ohne jeden Ausdruck.

Der Amerikaner richtete sich auf und trat mit Wucht die Tür auf. Kasyan stand nicht direkt dahinter, sondern einen Schritt weiter weg. Aus der Hüfte feuerte Lock zweimal mit der Makarov, und Kasyan prallte rücklings vor die Wand und rutschte daran herab, bis er auf dem Boden saß. Staunen, aber auch Verschlagenheit blieben auf seinem Gesicht zurück. Es gab eine zweite Tür zu diesem Zimmer; dahinter führte anscheinend eine Treppe nach unten, über die er wohl hier heraufgekommen war.

Panshin schien nur über ein begrenztes mimisches Repertoire zu verfügen. Auch jetzt noch stand ihm die Arroganz ins runde Gesicht geschrieben. Allerdings deutete sich nun auch so etwas wie der Ausdruck von Furcht an. Der Blick schweifte kurz zur Tür, wo die anderen zum Vorschein kamen, richtete sich dann aber wieder auf den Amerikaner, die fremde Bedrohung. Lock ging um den Schreibtisch herum und trat vor ihn hin.

Nach vorn gebeugt näherte er sein Gesicht dem des Russen.

»Wie ich gehört habe, sind Sie 'ne ganz große Nummer, Panshin«, sagte er. »Machen viel Geld mit Heroin und Menschenhandel.« Er hielt die Makarov hinter sich im Rücken. »Wollen Sie mir nicht was davon abgeben?« fügte er spöttisch hinzu.

In Locks Kopf hatte eine Uhr zu ticken begonnen. Im selben Taktmaß ging sein Atem. Panshin wurde nervös, geriet aber nicht außer Fassung. Er schaute hinüber zu Kasyan, der wie ein ausgezehrter Penner am Boden hockte. Panshins Zuversicht hatte einen Dämpfer bekommen, ja, doch geschlagen gab er sich nie. Und die vertrauten Gesichter von Vorontsyev und den anderen Armleuchtern minderten die Bedrohung, die von Lock ausging. Der GRU würde ihm schon wieder aus der momentanen Klemme helfen.

»Sie sind Amerikaner, nicht wahr?« fragte Panshin im Konversationston und warf einen flüchtigen Blick auf die Schreibtischuhr.

Lock wischte sie mit einem Handstreich zu Boden. Panshin zuckte zusammen.

»Nehmen wir ihn mit, Lock«, schlug Vorontsyev vor, der nach wie vor in der Türöffnung stand.

»Zu viel Extragepäck«, entgegnete Lock. »Nun, dicker Mann, wie sieht's aus? Wo hat man Ihre Gäste hingebracht?«

»Ich weiß gar nicht, wovon Sie …« Ehe er den Satz beenden konnte, hatte Lock mit dem Pistolenlauf zugeschlagen. Lubin schnappte vor Schreck nach Luft.

Lock packte Panshin bei der Krawatte und drückte ihm die Waffe an die Wange. Blut sickerte aus einer Platzwunde an der Schläfe über die Pausbacken und tropfte auf den weißen Hemdkragen.

»So, und nun mein Vorschlag, Panshin. Was Sie betrifft, könnte ich unter Umständen ein Auge zudrücken. Für mich sind Sie bloß der Türöffner zu Turgenev. Ich will wissen, wohin er die Kerle hat verfrachtet lassen, die bei Ihnen zu Besuch waren. Fünf, sechs Atomphysiker, Techniker … weiß der Henker. Wo stecken sie jetzt und wann sollen sie ausgeflogen werden?«

»Ich … ich weiß nicht.«

»Ach was? Versuchen Sie's noch mal.«

»Ich weiß wirklich nicht.«

Ihre Schatten verschmolzen miteinander an der Wand. Lock hatte Panshin den Blick auf die anderen verstellt, doch auch für ihn war zu hören, daß Vorontsyev die beiden Kollegen im Flüsterton anwies, nach unten zu gehen. Zwei

Zeugen weniger. Panshin schien zu ahnen, was das für ihn bedeutete. Lock gestattete ihm einen Blick auf Kasyan, verwehrte aber die nervenberuhigende Aussicht auf den verletzten, erschöpften Polizeibeamten.

Panshin zuckte mit den Schultern, was ihn offenbar einige Mühe kostete.

»Ich weiß nicht, was man jetzt vorhat. Der GRU war hier und hat ein paar Leute abgeholt, um die ich mich für einige Tage kümmern sollte. Was ich auch getan habe, ohne groß Fragen zu stellen.«

»Na, na ... Ein so kluger Mann wie Sie will doch durchschauen können, auf was er sich einläßt. Ihre Fettpolster sind ein sinnfälliger Beweis dafür, daß Sie vorzubauen wissen.« Er grinste. »Also nochmal: Wo und wann? Wenn Sie's ausspucken, laß ich Sie laufen.«

Panshin schüttelte den Kopf, doch schon beim zweiten Schlenker traf ihn erneut der Pistolenlauf. Vor Schmerzen schrie er auf, fummelte ein seidenes Tuch aus der Tasche und preßte es an die Wange. Aus seinen feuchten Augen blitzte ohnmächtiger Haß. Lock setzte eine gleichmütige Miene auf, wozu er sich nicht überwinden mußte, wie ihm auffiel.

Leise sagte er: »Pete Turgenev hat meine Schwester umgebracht, Panshin. Sie verstehen, daß mir ziemlich egal ist, was mit Ihnen oder Ihrem Laden hier passiert.« Er hob die Pistole. Abwehrend wedelte Panshin mit den Armen.

»Nein ...«

Vorontsyev, bislang gefangen von Faszination und Abscheu, befreite sich aus seiner Apathie und eilte herbei. Daß Panshin ein Verbrecher war, tat seinem Mitgefühl für dessen Qual keinen Abruch. Der war sichtlich erleichtert, als er Vorontsyev erblickte.

»Zurück!« knurrte Lock.

»Sehen Sie sich vor, Yank.« Vorontsyev schlug mit der Faust auf den Tisch. »Val«, flüsterte er eindringlich, »das Spiel ist aus. Ich weiß nicht, wie ich diesen Amerikaner hier davon abhalten kann, Sie zu töten. Jedenfalls wär's gut, Sie rückten raus mit dem, was Sie wissen.«

»Vorontsyev, was fällt Ihnen ein, mit so einem Kerl gemeinsame Sache zu machen?« erregte sich Panshin. »Das geht doch nicht.«

Die Bemerkung war lächerlich. Vorontsyev kam sich vor, als hätte er Panshin eine billige Lebensversicherung aufzuschwatzen versucht.

»Kapieren Sie doch, Val. Der hat einfach ganz andere Methoden drauf.«

Panshin schmollte. Mit seiner Selbstsicherheit war es endgültig vorbei.

»Tja, Val«, sagte Lock, »die Regeln haben sich geändert. Typen wie der da« – er nickte in Richtung Vorontsyev – »haben nicht den richtigen Biß und keinen hinreichenden Grund, Turgenev auf die Füße zu treten. Darum heißt es auch immer so nett: *Sei's drum, was kümmert's mich? Hauptsache, die eigenen Schäfchen sind im trockenen; Verlierer sind doof.* Das kenne ich allzugut, Val. In meinem Land wurde diese Spielart erfunden.« Er rückte näher heran. »Aber mit Kungelei ist Schluß, Val; das zieht jetzt nicht mehr. Die Frage lautet: Soll ich Sie am Leben lassen oder nicht? Verstehen wir uns?«

Er wollte gerade die Pistole ansetzen, doch das war nicht mehr nötig. Panshin hatte begriffen.

»Ich weiß nicht, wo sie jetzt sind. Ehrenwort. Auf jeden Fall soll's heute noch losgehen. Am frühen Morgen. Vom Flughafen aus. Mit seiner Maschine. Wenn das Wetter mitspielt.«

Die Luft war raus. Panshin sackte in sich zusammen, verschränkte die Arme auf dem Schreibtisch und ließ den Kopf darauf fallen. Seine graue Bürste schimmerte im Licht der Stehlampe.

Lock starrte auf ihn herab.

»Das reicht«, sagte Vorontsyev. »Wir wissen genug und sollten jetzt von hier verschwinden.«

»Und was machen wir mit dem?«

Vorontsyev packte Panshin beim Ohr und zwang ihn, dem Amerikaner ins Gesicht zu schauen. »Schwören Sie ihm, daß Sie Turgenev nicht anrufen werden. Ihnen ist klar, daß Sie Ihr Todesurteil besiegeln, sobald sie den Hörer in die Hand nehmen.« Er zerrte Panshins Kopf hin und her. »Bestätigen Sie das!«

»Ja, das ist mir klar«, antwortete Panshin kleinlaut. Er zweifelte keinen Augenblick an der angedrohten Konsequenz.

Kaum daß Vorontsyev sein Ohr losgelassen hatte, sackte Panshins Kopf zurück auf die Arme. Lock löste sich vom Schreibtisch und folgte Vorontsyev gehorsam nach draußen.

Das Handy trillerte in dessen Tasche.

»Ja?«

»Ein guter Freund aus dem Präsidium hat mir Ihre Nummer gegeben.« Bakunins Stimme. »Ich weiß, wo Sie sind, und rufe unten von der Straßenecke aus an. Durch mein Nachtglas sehe ich eine junge Polizeibeamtin in ihrem Wagen sitzen. Einer meiner Scharfschützen hat sie ebenfalls im Visier. Kommen Sie freiwillig runter, oder soll ich Feuerbefehl geben?«

Den Telefonhörer am Ohr, fuhr Turgenev herum und sah den Iraner ins Arbeitszimmer spazieren, ohne vorher angeklopft zu haben. Turgenev ließ sich seinen Triumph nicht anmerken.

»Ja«, sagte er. »Einverstanden. Und erledigen Sie das sofort, wenn ich bitten darf.« Er brach die Verbindung mit Bakunin ab und legte den Hörer auf. »Hamid … Tut mir leid, aber ich bin sehr beschäftigt.«

»Natürlich, mein Freund. Ich bin nur gekommen, um die Personalakten unserer Passagiere einzusammeln. Das geht doch in Ordnung, oder?«

»Die liegen hier auf dem Schreibtisch bereit.« Er reichte ihm einen Stapel Akten, der mit einer roten Kordel verschnürt war.

»Danke sehr.«

Und jetzt verdufte, dachte Turgenev. Er war müde, fühlte sich geschlaucht wie nach einer Zechtour. Mit Bakunins Lagebericht hatte sich die Anspannung der vergangenen

Tage mit einem Schlag gelöst. Vorontsyev und Lock steckten in Panshins Club in der Falle. Damit wäre unter dieses Kapitel ein Schlußstrich gezogen. Jetzt hatte er den Kopf wieder frei für wichtigere Dinge wie zum Beispiel die Übernahme von Grainger Technologies und die Wahrnehmung seiner übrigen Interessen in Amerika. Was ihn jetzt noch störte, war nur die Anwesenheit eines mediokren Agenten des iranischen Geheimdienstes.

»Wenn Sie mich jetzt bitte entschuldigen, Hamid. Ich habe zu tun«, sagte er und drängte den kleinen Iraner zur Tür hinaus.«

Endlich hatte er Ruhe, jedenfalls für den Moment.

Eine Reihe von Faxmitteilungen in der einen Hand und ein Glas Whisky in der anderen ging er zum Schreibtisch, legte beides darauf ab, setzte die Lesebrille auf und nahm im Ledersessel Platz. Es waren ein gutes Dutzend dringender Telefonate zu führen, Briefe aufzusetzen …

Über den Rand der Brille hinweg schaute er zum Fenster hinüber, gegen das unaufhörlich der Schnee wehte, horizontal herbeigeschleudert im harten Licht der Außenscheinwerfer. Wetterberuhigung gegen acht Uhr, so die Prognose.

Wird schon stimmen, dachte er. Und wenn nicht, halb so schlimm. Das eigentliche Risiko war im Griff; dafür sorgte Bakunin. Lock, dieses unscheinbare, beflissen gefällige Bürschchen, würde bald in Frieden ruhen. Turgenev lächelte melancholisch, in Erinnerungen schwelgend. Billy Grainger hatte Lock beschrieben als *die beste und zugleich dümmste Art Amerikaner zu sein: Peace Corps-Vertreter mit Pistole*. Turgenev konnte sich lebhaft erinnern, wie er mit Billy in einer Hütte in den afghanischen Bergen gesessen, Wodka getrunken, Kaviar gelöffelt und über den Jungen die Nase gerümpft hatte, der draußen Patrouille ging. *»Von seiner Sorte gehen die meisten vor die Hunde. Die bieten sich geradezu an, geopfert zu werden«*, hatte Billy hinzugefügt.

Turgenev schüttelte den Kopf. So ein Jammer …

Er rückte die Brille zurecht und ging die Faxmeldungen

durch. Das Angebot von Murdoch war akzeptabel. Kurzentschlossen entschied sich Turgenev für den Verkauf seiner Anteile am Satellitensender ›Ostasien-TV‹. Soviel Pfund Sterling konnte er zur Zeit nicht ausschlagen. Die Kuwaiti hatten vor, Quellen auf den Ölfeldern der Asiatischen Republiken anzuzapfen. Doch ... da würde er mitmachen ...

»Fackeln Sie den Laden hier ab, bevor die es tun«, blaffte Lock.

Sie standen im Veranstaltungsraum zwischen den Tischen wie eine ungeduldige Besuchergruppe, die immer noch nicht begriffen hatte, daß das Konzert, auf das sie warteten, ersatzlos gestrichen war. Dmitri hielt die Hand über das Handy-Mikrofon. Er hatte Marfa in der Leitung und wollte nicht, daß sie nervös wurde oder gar in Panik geriet und unbesonnen reagierte. Vorontsyev brachte den Amerikaner mit wütendem Blick zum Schweigen.

Dmitri nahm das Gespräch mit der Kollegin wieder auf. »Nein, das hat nichts zu bedeuten. Paß auf! Rutsch ganz langsam im Sitz nach unten oder tue so, als würdest du was am Boden suchen. Und dann versuch, unbemerkt aus dem Wagen zu kriechen.« Wieso hatte sie die Bande nicht anrükken sehen? fragte er sich im stillen. Er schwitzte aus allen Poren, weniger aus Angst um sich, sondern ihretwillen. »Verstanden? Warte auf mein Zeichen ... Was?« Marfa war schlecht zu verstehen. Sie flüsterte und hielt, wie von ihr verlangt, den Hörer unterhalb des Armaturenbretts versteckt, damit von außen nicht zu erkennen war, daß sie telefonierte.

»Ja. Du mußt zusehen, daß du aus dem Auto rauskommst. Nein, aus welcher Richtung sie dir auflauern, weiß ich nicht. Vermutlich von vorn. Und denk daran, auch wenn sie Nachtsichtgeräte haben, bei dem Schnee sehen sie nicht viel. So, es kann jetzt losgehen. Langsam, laß dir Zeit ...«

Das Blut war schon verkrustet, aber dennoch betupfte Lubin immer noch die Schläfe, nervös, weil er wegen Marfa besorgt war. Dmitri nickte Vorontsyev zu.

»Sind Sie sicher, Lock, daß sie das Haus anstecken werden? Sie könnten doch auch im Sturmangriff über uns herfallen oder einfach darauf drängen, daß wir uns ergeben.«

»Was würden Sie tun, Vorontsyev? Nicht als Bulle, sondern als Gangster? Sie würden sich einen Spaß daraus machen, Feuer zu legen, um damit die Ratten aus ihren Löchern zu treiben. So ist es doch, oder?«

Vorontsyev nickte zögerlich. »Vielleicht.«

»Gut.«

»Und was dann?«

»Na was schon? Haben wir etwa eine Wahl? Zum Flughafen natürlich.«

»Wie kommen wir dahin?« fragte Vorontsyev. »Unsereins ist Weltmeister in Sachen Straßenblockade. Glauben Sie mir, Bakunin wird von jetzt auf gleich überall Kontrollposten aufgestellt haben. Mich hat man auf Anhieb identifiziert.«

»Mag ja sein. Ich käme jedenfalls durch mit meinem falschen Paß. Als Manager einer Erdgasgesellschaft. Vielleicht könnten Sie sich im Kofferraum oder auf der Ladefläche eines Lastwagens verstecken. Wie auch immer, wir müssen endlich raus.« Er fuchtelte aufgeregt mit den Armen in der Luft herum wie in Abwehr eines Mückenschwarms.

»Verschiedene Ausgänge?« fragte Vorontsyev. Lock nickte. Dmitri zuckte mit den Schultern und starrte auf das Mobiltelefon in der Hand.

»Wenn die Bande gut organisiert ist, hat sie das Haus umstellt«, vermutete Lock. »Der Schneesturm ist unsere einzige Chance.«

Das Handy trillerte.

»Ja?« rief Dmitri.

»Ist sie ...«, hob Vorontsyev an, doch Dmitri winkte ab, hörte gespannt zu und nickte dann wie eine überdrehte Aufziehpuppe; er wackelte mit dem ganzen Körper hin und her. Marfa war in Sicherheit.

»Schon gut. Bleib dran ... Sie sagt, daß nichts zu sehen ist. Nur ein Lastwagen auf der Straße. Wahrscheinlich stekken sie in den Häusern ringsum.«

Lock riß ihm das Telefon aus der Hand und gab Lubin das Zeichen dafür, die Möbel mit Benzin zu übergießen. Der hatte im Keller gleich neben den Weinregalen einen vollen Kanister gefunden.

»Hören Sie, Marfa«, sagte er. »Helfen Sie uns oder lassen Sie's bleiben. Die Entscheidung liegt bei Ihnen ... nein, hören Sie zu ... Okay, schon besser. Und jetzt beschreiben Sie, wie's da draußen aussieht. Straßenlaternen, Deckungsmöglichkeiten, alles ...«

»Augenblick!« rief Vorontsyev und deutete auf Panshin, der in einem der Clubsessel kauerte und das seidene Taschentuch auf die Platzwunde gepreßt hielt. »Sein BMW steht draußen. Haben Sie die Schlüssel, Val?« Locks zynische Art war irgendwie ansteckend.

»Nicht alle auf einmal«, warnte Lock. »Wir müssen uns aufteilen. Zusammen wären wir allzuleicht auszumachen. Marfa ... dranbleiben.« Er betrachtete Panshin mit nachdenklicher Miene, sagte dann: »Lubin, werfen Sie mal vorsichtig einen Blick durch die Hintertür nach draußen. Ist die Luft rein, nehmen Sie und Dmitri Ihren Chef in die Mitte und machen sich mit dem BMW davon.«

Lubin setzte den Kanister ab und verschwand eilig. Lock wirkte für einen Moment lang ratlos. Er musterte Vorontsyev und Dmitri wie ein Arzt, dem die unangenehme Aufgabe zufällt, eine schlimme Befürchtung bestätigen zu müssen.

»Was glotzen Sie so?« murmelte Vorontsyev. »Wir sind's, die ganze Armee.«

»Ich weiß. Marfa ...«

»Ja?«

»Rührt sich da was?«

»Nnnnein«, antwortete sie zähneklappernd.

»Okay. Bis dann. Ich komme später auf sie zurück. Es sei denn, wir wechseln die Stellung.« Er grinste, doch Marfa schien seine Zote nicht verstanden zu haben.

Lubin kam zurück, aufgeregt wie ein Kind.

»Nichts zu sehen, weder Fußspuren noch Reifenabdrükke ...«

»Das will nichts heißen. Sie werden schon irgendwo da draußen sein.«

»Lock, wir verplempern unsere Zeit!« rief Dmitri. »Wenn wir jetzt nicht gehen, kommen wir nie mehr raus.«

»Also gut. Los jetzt. Helfen Sie dem Major ins Auto.«

»Und Marfa?«

»Um die kümmere ich mich«, antwortete Lock kurz angebunden.

»Was haben Sie vor? Ich will nicht, daß Marfa noch mehr in Gefahr gerät.«

»Jedenfalls fährt sie nicht mit. Aber Sie können mich beim Wort nehmen: Ich kümmere mich um sie.«

Vorontsyev nickte widerwillig. Lubin wollte zum Protest anheben, doch Lock fuhr ihn an: »Feuer legen!«

»Und der da?« fragte Dmitri mit Blick auf Panshin. Dann hatte er verstanden. »Das ist doch nicht Ihr Ernst«, raunte er heiser. »Er wird kopflos zur Tür rausrennen und ...«

»... von uns ablenken«, vervollständigte Lock. »Hoffen wir's.« Und an Lubin gewandt: »Machen Sie schon!«

Lubin steckte ein Papiertaschentuch an und warf es vor den mit Benzin getränkten Samtvorhang. Flammen schlugen empor. Panshin heulte entsetzt auf.

»Ab durch die Mitte!« knurrte Lock und drängte sie in Richtung Hinterausgang. Dmitri hatte sich von Panshin die Autoschlüssel geben lassen. Der dicke Clubinhaber hockte wie gelähmt in seinem Sessel, würde sich aber nach Locks Rechnung wohl gleich in Bewegung setzen und ihm zum Haupteingang folgen.

Fauchend griffen die Flammen um sich. Dicker Rauch benahm den Atem.

Vorontsyev nickte Lock zu und eilte, von Dmitri gestützt, in den Korridor, der zum Hof hinausführte. Zu ängstlichen Spekulationen über die Chancen der anderen oder die eigenen blieb keine Zeit. Lock machte sich auf den Weg zur Vordertür, lauschte, gefaßt darauf, Schüsse zu hören, und gewahrte, daß Panshin winselnd und mit schweren Schritten herbeigewankt kam.

Durch eine dunkel abgetönte Glasscheibe spähte Lock

nach draußen. Zu erkennen waren nur Straßenlaternen, Neonlichter und Schneegestöber. Die Sicht reichte nicht einmal bis zur gegenüberliegenden Straßenseite.

Es wurde höchste Zeit. Panshin? Er schaute sich um, sah ihn vor flackerndem Feuerschein, von Rauch umhüllt, und plötzlich überkamen ihn Skrupel. Ihn vor die Tür zu stoßen oder als Schutzschild zu mißbrauchen, brachte er nicht fertig. »Sie sind auf sich allein gestellt«, sagte er und warf die Tür auf. »Leben Sie wohl.«

Dann war Lock draußen unter der Markise, kam schon beim ersten Schritt auf vereisten, freigewehten Stufen ins Rutschen und wich zur Seite aus, schmierte mit der Hand über die Glasfront und hörte, wie aus tosendem Sturm ein Schuß krachte. Es durchschlug die Scheibe dicht neben der Hand. Die Gegenseite konnte gewiß nicht mehr erkennen als schemenhafte, bewegte Schatten, und doch hatte der Schuß nur um Haaresbreite das Ziel verfehlt. Geduckt sprang er an den Rand der Hofausfahrt, hörte einen Motor aufheulen, sah hoch oben wie aus wirbelnden Schneemassen heraus Mündungsfeuer aufblitzen. Scharfschützen in Fenstern mit Blick auf den Hof. Der BMW schlidderte an ihm vorbei; Bremslichter zuckten auf, dann bog der Wagen in die Straße ein und war kurz darauf verschwunden.

Weitere Schüsse, ganz in der Nähe splitterte Glas. Er lief an der Einfahrt vorbei und tauchte hinter Marfas geparktem Wagen ab. Weit und breit kein anderes Fahrzeug, das ihm hätte Deckung bieten können. Ein Geschoß traf auf die Windschutzscheibe. Glassplitter und Schnee rieselten auf ihn nieder. Er sah Marfa in einem Ladeneingang stehen und mit dem Handschuh winken. Er winkte zurück und gab ihr zu verstehen, daß sie sich weiter zurückziehen solle. Doch sie schüttelte den Kopf und wies auf die gegenüberliegende Straßenseite. Offenbar wußte sie, von wo aus geschossen wurde.

Das Handgelenk in pantomimischer Gebärde verdrehend, wollte er von Marfa wissen, wo sich der Zündschlüssel befand. Sie zeigte auf den Wagen, worauf er den Daumen nach oben streckte. Plötzlich wurden Hilferufe laut.

Durch die offene Tür und die zerbrochenen Fenster des Clubs loderten Flammen, vom Wind zerrissen und angefacht. In seiner Leibesfülle deutlich erkennbar, stand Panshin im Lichtschein der nächsten Laterne und ruderte hektisch mit den Armen.

Lock öffnete die Beifahrertür, kroch hinters Lenkrad und löste die Handbremse. Mit erhobenen Armen hüpfte Panshin auf und ab, das Jackett voller Schnee. Lock tastete nach dem Zündschloß; der Schlüssel steckte. Hoffentlich ist das Ding hier besser als russischer Durchschnitt, dachte er. Viel besser.

Kurz bevor der Motor ansprang, krachten zwei Schüsse. Er sah Panshin in den Schnee fallen, halb darin versinken, und ihm war klar: Gerade hatte eine Exekution stattgefunden. Sie wußten genau, auf wen sie da angelegt hatten. Panshin mußte sterben, weil es keine Zeugen geben sollte. Lock legte den Rückwärtsgang ein und löste die Kupplung. Der Wagen schlingerte nach hinten weg.

Zwei Geschosse spritzten über die schneebedeckte Kühlerhaube. Durch die geborstene Windschutzscheibe fegten nadelspitze Flocken und nahmen ihm die Sicht. Er spürte, wie sich die Scherben auf dem Sitz in Schenkel und Gesäß bohrten. Kugeln durchschlugen das Türblech, zerfetzten die Innenverkleidung. Der Wagen brach zur Seite hin aus. Fiebrig schwitzend, glitschten die Hände in den Handschuhen. Die Heckscheibe splitterte.

Das Auto würde ihm nur noch wenige Sekunden Schutz bieten. Er trat aufs Gaspedal, doch die Hinterräder drehten heulend auf der Stelle durch; die Spurrinne war vereist. Mit hektischen Gesten forderte er Marfa auf, Abstand zu halten. Er brüllte: »Hinterm Auto bleiben! In Deckung!«

Hektisch warf er den zweiten Gang ein, beschleunigte, hielt an, schaltete in den Rückwärtsgang zurück. Der Wagen bockte, blieb wieder stecken. Scherben klirrten. Mit dumpfem Schlag trafen Geschosse die gepolsterte Lehne der Rückbank.

Ein runder kleiner Bär tanzte, von einem Gummiband gehalten, vor der Heckscheibe. Er fuhr wieder ein Stück vor, um Schwung zu holen. Wie ein scheuendes Pferd, das mit der Hinterhand austritt, setzte der Wagen über den Eiswulst hinweg und schlingerte über die Straße den Häusern entgegen, in denen sich die Scharfschützen versteckt hielten.

Marfa, seitlich neben ihm, kam nicht mit. Er mußte abbremsen, rollte im Vorwärtsgang an den Gehweg heran, um ihr Deckung zu geben, und deutete auf die dunkle Einfahrt neben einer Kneipe, die sich per Neonschriftzug als *Cowboys' Bar* ausgab. Der Beschuß dauerte an. Er sah Marfa gestikulieren und mußte einsehen: Zu Fuß standen die Chancen erheblich besser.

Mit der einen Hand zog er die Handbremse an und stieß mit der anderen die Beifahrertür auf, kroch dann auf allen vieren nach draußen, schnellte wie vom Startblock hoch und rannte in die Einfahrt, wo er mit Marfa zusammenprallte und sie zu Boden riß.

Nach Luft ringend, raffte er sich auf, packte sie beim Mantelkragen und schleifte sie tiefer in die Einfahrt hinein. Marfa schlug mit den Armen um sich. Er ließ sie los und lehnte sich erschöpft an die Mauer. Als er wieder frei durchatmen konnte, keuchte er: »Hoch mit Ihnen, wir müssen weiter. Ich möchte einen Wagen haben, einen richtig tollen teuren Schlitten, verstehen Sie?« Auch Marfa hatte sich inzwischen von ihrem Schock halbwegs erholt und warf ihm einen verächtlichen Blick zu. »Keine Sorge, den Schaden an Ihrem Karren können Sie meiner Versicherung melden.« Er grinste. »Also los jetzt.«

Bakunin stand vor Valery Panshins Leiche, über die der Schnee hinwegwehte. Schnee schmolz im Gesicht Bakunins, bedeckte die Schulterstücke des Mantels und die Pelzkappe. Ohne lange nachzudenken hatte er den Befehl zur Liquidierung des Clubinhabers gegeben. Erst jetzt ließ er sich das Für und Wider durch den Kopf gehen und kam zu dem Schluß: saubere Lösung.

Turgenev hatte ihn über den Amerikaner im unklaren gelassen und mit keinem Wort erwähnt, daß dieser Kerl jede Menge wußte und ziemlich einflußreich war. Sei's drum. Er hatte zwar den Scharfschützen fürs erste entkommen können, aber seine Männer waren bereits unterwegs, kämmten die ganze Gegend ab und würden ihn schon sehr bald zur Strecke gebracht haben; genau wie Vorontsyev und dessen mickrige Konsorten. Der brennende Jazz-Club strahlte wohlige Wärme aus. Nein, es war nicht hinzunehmen, daß Turgenev mit wichtigen Informationen hinterm Berg hielt. Wollte der ihn am Ende womöglich auflaufen lassen? Panshin, dieser kretinöse Gierschlund, hatte wahrscheinlich gesungen. Vielleicht auch nicht. So oder so, sein Abschuß ging in Ordnung: als Bestrafung oder vorbeugende Maßnahme.

Er tippte den Toten mit der Stiefelspitze an und blickte auf.

»Beeilung!« blökte er seinen Leutnant an. »Sie dürfen uns nicht durch die Lappen gehen. Straßensperren verstärken! Und warnen Sie unsere Leute am Flughafen. Verstanden?« Der Leutnant schlug die Hacken zusammen. »Kann sein, daß Panshin nicht dichtgehalten hat. Aber vermutlich haben Vorontsyev und die anderen im Augenblick nichts anderes im Sinn, als ihre Haut zu retten. Trotzdem, nur nicht nachlässig werden, Leutnant.«

Bakunin wandte sich ab und stiefelte auf den Mannschaftsbus zu.

»Alexei, um Himmels willen, worauf wartest du noch?« Dmitri Gorov war mit seiner Kraft und Geduld am Ende. In treibendem Schnee stand Vorontsyev stumm und unbeweglich da und starrte in den geöffneten Kofferraum des alten Wagens. Lubin war mit dem BMW weitergefahren, um ihn auf einer Baustelle zu verstecken, bei der sich, solange das Unwetter anhielt, niemand blicken lassen würde. Dmitri und Vorontsyev befanden sich in einer kleinen, spärlich beleuchteten Gasse zwischen tristen Wohnblocks, drei Straßen entfernt vom Apartmenthaus, in dem der Bombenanschlag auf den Drogenkurier Hussain verübt worden war.

»Überleg doch mal«, entgegnete Vorontsyev. »Wir können nicht einfach drauflos fahren. Der Flughafen wird bewacht sein.«

»Na klar. Und Turgenev ist bestimmt auch da«, antwortete Dmitri herausfordernd. Ein Geräusch im Hintergrund ließ ihn herumfahren. Lubin tauchte auf, markierte grinsend mit erhobenen Händen Ergebung und trat aus dem Licht der Laterne ins Dunkle.

»Das ist nur eine Vermutung, Dmitri, weiter nichts. Ist der Wagen gut versteckt, Lubin?«

Lubin nickte und klapperte mit den Zähnen. Seine Stiefel waren bedeckt von dreckigem Schnee.

»Papperlapapp«, sagte Dmitri. »Sie fliegen mit seiner Maschine, und er wird schon persönlich dafür sorgen müssen, daß der Pilot bei diesem Wetter startet. Außerdem muß die Startbahn geräumt und enteist werden. Ohne ihn läuft da gar nichts.«

»Hast recht. Mir bleibt also wohl nichts anderes übrig, als mich da reinzuquetschen.« Allein die Vorstellung, im Kofferraum liegen zu müssen, ließ ihn in Atemnot geraten.

Bislang konnten sie von Glück reden. Als sie mit dem BMW durchgestartet waren, hatte sich ihnen bloß ein einziger Wagen in den Weg gestellt. Dem auszuweichen war kein Problem gewesen, und dank des dichten Schneetreibens hatten sie die Verfolger in den verwinkelten, engen Straßen der Altstadt ohne weiteres abschütteln können.

Was jetzt zu tun anstand, kam einem Himmelfahrtskommando gleich. Sie mußten Straßenblokaden zu überwinden versuchen und geradewegs auf das zusteuern, was einer aufgestellten Falle gleichkam. Dmitris Vermutung bezüglich Turgenev war wahrscheinlich Quatsch, aber motivierend – für den Kollegen. Er, Vorontsyev, hatte anderes im Sinn. Es galt, wenigstens einen der Wissenschaftler zu greifen, bevor diese die Maschine bestiegen. Und mit dem ließe sich Alarm schlagen mit dem Ergebnis, daß dann ein Schwarm von Sicherheitsagenten über die Stadt herfiele; die UN stünde Kopf, und Jelzin würde, um seine Glaubwürdigkeit dem Westen gegenüber unter Beweis zu stellen, Turgenev den Garaus machen …

»Dmitri, falls wir es nicht schaffen … kauf dir wenigstens irgendein Souvenir in einem der Läden am Flughafen.« Er musterte Gorov mit festem Blick. Der verstand und nickte.

»Wir holen da schon was raus, Alexei. Irgendwas.«

»Na klar. Also dann. Lubin, Sie behaupten, die Karre hier kurzschließen zu können. Dann los jetzt. Und noch was, Lubin, Sie haben vorhin Ihre Sache sehr gut gemacht.«

»Danke für das Kompliment, Major.«

Diese Jugend …, dachte Vorontsyev. Er hatte geglaubt, selbst längst aus dem Alter raus zu sein, in dem man sich noch für einen Fall, eine vermeintlich richtige Sache begeistern konnte. Doch es schien, als habe Lensky, der Pathologe, recht mit der Behauptung, er, Vorontsyev, entwickle sich mit zunehmendem Alter zu einem idealistischen Schwärmer. Dabei spürte er vor allem und allzu deutlich Schwäche und Verwundbarkeit. Der Arm, betäubt von Schmerzmitteln, war sinnfälliger Ausdruck dieser Empfindung. Und vom Leben wußte er, daß es sehr schnell damit zu Ende sein konnte, auch ohne zusätzliche Risiken. Sei's drum, dachte er und zuckte mit den Schultern.

»Was ist, Alexei?«

»Ach, mir läuft nur gerade 'ne Laus über die Leber«, antwortete er und fügte schnell hinzu: »Bringen wir's hinter uns. Helft mir rein. Ich schaff's nicht allein.«

Es war ein schwarzer Cadillac. Ausgerechnet auf ein solches Gefährt zu stoßen, amüsierte Lock. Der Wagen stand in der verschneiten Einfahrt zu einer großen Datscha, die hier völlig fehl am Platz zu sein schien zwischen all den hochaufragenden Wohnblocks am Rand der Altstadt.

»Ziemlich auffällig, der Wagen«, sagte er. »Wissen Sie, wem er gehört?«

Sie kauerten im Windschatten eines der zahlreichen Bauwagen, die wie hingewürfelt über das Neubaugebiet verteilt waren. Im Schneetreiben ragten dunkel hohe Fassaden auf. Es war halb sechs in der Früh; vereinzelt brannte Licht.

Marfa antwortete heiser: »Einem stadtbekannten Ganoven, der aber inzwischen von der Konkurrenz ausgebootet worden ist. Das Haus da ist sein Alterssitz. Er war früher Zuhälter, so ungefähr auf Teplovs Niveau. Damals durften seine Mädchen noch auf der Straße anschaffen. Das hat offenbar ganz schön was eingebracht, aber ansonsten war er eine eher kleine Nummer.«

»Nicht so wie Pete Turgenev, he?«

»Ganz und gar nicht«, antwortete sie.

»Okay, den Wagen krieg ich zum laufen. Und einem Manager wie mir steht der doch gut zu Gesicht, nicht wahr? Den leihen wir uns aus. Ohne Kaution und Vorauszahlung. Hat der Kerl einen Hund?«

»Nicht, daß ich wüßte. Es wohnt eine alte Frau bei ihm, von der er sich versorgen läßt. Sein Ehegespons ist an Aids gestorben. Sie war sein bestes Pferd im Stall, hat sich über all die Jahre nie mehr eingefangen als die üblichen Geschichten, bis dann …«

»Bis dann die Amerikaner kamen und ihre Krankheiten mitbrachten«, fuhr Lock dazwischen. »Also los, schnappen wir uns den Wagen.«

Als sie hinter dem Bauwagen hervortraten, schlug ihnen der Wind mit unverminderter Wucht entgegen. Von einer Wetterberuhigung war nichts zu spüren. Was ihm recht sein konnte. Er hoffte, daß der Flughafen den ganzen Tag über geschlossen bleiben würde. Vornübergebeugt stemmte er sich gegen den Sturm und stapfte durch den tiefen Schnee wie ein Kind, das mit übertriebener Gebärde eine neue Gangart ausprobiert. Marfa folgte dichtauf, um von seinem Windschatten zu profitieren.

Die Auffahrt stieg ein wenig an. Der Cadillac stand vor geschlossener Garage und sah aus wie eine schwarzweißgescheckte Kuh. Lock kniete sich vor die Beifahrertür und zog ein kurzes Stück Draht aus der Manteltasche, das er um den Türgriff wand. Mit einem kurzen, heftigen Ruck war das Schloß aufgebrochen. Die Tür ging auf.

Und die Alarmsicherung heulte los …

»Jetzt reiß dich nur ja zusammen!« warnte Dmitri. Die Scheinwerfer eines GRU-Fahrzeugs strahlten ihnen durch die Schneewirbel entgegen, versperrten den Weg. »Fahr rechts ran.«

Der Räumdienst war überfällig. Über Nacht hatte sich wieder eine dicke Schneedecke auf die Straße gelegt, und Lubin fuhr im Schneckentempo an die Sperre heran. Er atmete hörbar nervös.

»Ruhig Blut«, sagte Dmitri. »Und wenn denen unsere Gesichter nicht passen, sieh zu, daß wir irgendwie wegkommen.« Ihn fröstelte bei dem Gedanken an Vorontsyev im Kofferraum.

Ein UAZ-Jeep rollte auf sie zu. Das Verdeck war weiß von Schnee; die Scheibenwischer schlugen fuchtig hin und her. Hinter der Windschutzscheibe war ein Gesicht zu sehen. Es schien für einen Moment, als zöge der Wagen an ihnen vorbei, doch dann blieb er stehen, und Dmitri hörte, wie die Handbremse ratschend angezogen wurde. Sein Herz legte einen Takt zu.

»Wie gesagt, wir gehören zum Flughafenpersonal. Sicherheitsdienst«, erinnerte Dmitri.

»Ja, ja«, entgegnete Lubin ungehalten.

Dmitri kurbelte die Seitenscheibe herunter. Der alte Mercedes taugte nur noch zum Ausschlachten. Hoffentlich war er nicht zwischenzeitlich als gestohlen gemeldet worden. »Gibt's irgendwelche Probleme?« fragte er den Soldaten, der seinen Kopf zum Fenster rausstreckte.

»Wir kontrollieren den Flughafenverkehr.«

»Dann sind wir ja sozusagen Kollegen«, meinte Dmitri und zückte eine Plastikkarte mit Lichtbild, die ihn als Mitarbeiter der Flugsicherung auswies. Er führte das Ding schon seit Jahren mit sich, um in Sachen Drogenschmuggel auf dem Flughafen verdeckt ermitteln zu können. »In Ordnung?« fragte er. »Wir sind spät dran.«

Der Soldat verlangte, den Ausweis noch einmal zu sehen. Die Schulterklappen auf seinem Mantel kennzeichneten ihn als Korporal. Sein Wort würde genügen, um ihnen den Weg freizumachen. *Nun mach endlich,* flehte Dmitri im stillen.

»An eurer Stelle wär ich bei diesem Sauwetter einfach im

Bett liegengeblieben«, murrte der Korporal und reichte die Karte zurück.

»Das wären wir auch lieber. Aber man hat uns zu einer Sonderschicht gerufen«, entgegnete Dmitri. »Danke. Und haltet die Ohren steif.«

Langsam, ganz langsam setzte Lubin den Wagen in Bewegung und starrte in den Rückspiegel. Nach wenigen Metern war der UAZ vom Schneetreiben verschluckt. Lubins Atem ließ trotz Gebläse die Windschutzscheibe beschlagen. Dmitri beugte sich vor und wischte sie mit der Hand frei. Statt, wie angekündigt, abzuflauen, hatte der Sturm an Heftigkeit zugelegt.

»Wir sind durch, Junge.« Und aus vollem Hals, um sich Vorontsyev verständlich zu machen: »Wir haben's geschafft, Alexei!«

Der letzte Wohnblock verschwand hinter ihnen im Schneesturm. Wie abgeworfene Kisten lagen links und rechts der Fahrbahn ein paar Datschas. Und schon gelangten sie an die erwartete Straßensperre. Auf quergestellten Barrieren rotierten rotweiße Lichter. Zur Schikane war sogar eine Art Wohnwagen aufgefahren worden. Marfa wirkte nervös wie eine Katze und zuckte zusammen, als er ihr den Arm um die Schultern legte.

»Lassen Sie sich nicht verrückt machen«, sagte Lock, offensichtlich ohne jede Gemütsregung.

Innerhalb von Sekunden hatte er die heulende Alarmanlage des Cadillacs zum Schweigen gebracht und die Zündung kurzgeschlossen. Die Eingangstür zum Bungalow wurde gerade vorsichtig geöffnet, als Marfa aufs Gaspedal trat und den Wagen mit durchdrehenden Rädern über die Ausfahrt beschleunigte. Der Lärm hatte ihr anscheinend mehr zugesetzt als die Schießerei auf der K-Straße. Wahrscheinlich war sie mit den Nerven restlos am Ende. Wie auch immer, darauf konnte Lock jetzt keine Rücksicht nehmen.

Am Wohnwagen – einem Armeefahrzeug, wie an der Tarnfarbe erkennbar – ging eine Tür auf; aus dem Inneren sickerte Licht nach draußen. Marfa fing zu zittern an. Daß auch Lock nervös wurde, verriet die Hand, mit der er ihre Schulter umklammert hielt.

Zwei Wachposten, bewaffnet mit Maschinenpistolen. Den Uniformen nach zu urteilen ein Korporal und ein einfacher Soldat. Widerwillig, aber dienstfertig traten sie hinaus in den Schnee.

Marfa drehte die Seitenscheibe herunter. Der Korporal beugte sich herab.

»Ihre Papiere! Wohin so früh?« Der Mann blickte an Marfa vorbei auf den Beifahrer. »Na, wollen Sie mir nicht antworten?«

Marfa sagte: »Ich bringe den Herrn hier zum Flughafen. Er ist Amerikaner und vertritt eine der hiesigen Erdgasgesellschaften.« Sie formulierte ihr Worte so sorgfältig und stockend, als übte sie sich in einer fremden Sprache.

»Und wie heißt der Herr?«

Lock hatte ihr gesagt, auf welchen Namen der Paß ausgestellt war, den er bei sich trug. *Paul Evans*. Marfa druckste; sie schien ihn vergessen zu haben. Um ihr aus der Verlegenheit zu helfen, beugte er sich über sie und rief in breitem texanischem Akzent: »What's the hold up, fella?« Und an Marfa gerichtet: »Let's get going, uh?« Mit wegwerfender Handbewegung versuchte er die Soldaten abzuwimmeln. »Zum Teufel mit diesen Pappkameraden!« fügte er hinzu und machte mit seinem Tonfall auch denen, die vermutlich kein Englisch verstanden, unmißverständlich klar, was er von uniformierten Soldaten hielt.

»Wie halten Sie das bloß aus, so einen Blödmann in der Gegend rumzukutschieren?« knurrte der Korporal.

»Was will er, Honey?« fragte Lock.

Der Korporal verzog das Gesicht und spuckte in den Schnee. »Okay, Yankee, you get out now!« Sein Englisch war gut verständlich, auch wenn es mit der Aussprache haperte.

Lock markierte auf wütend. »Soweit kommt's noch, daß ich mich rumkommandieren lasse. Wenn Sie meine Papiere sehen wollen – na schön. Aber alles weitere können Sie sich von der Backe schmieren.«

Lässig hob der Korporal den Lauf der Maschinenpistole

in den Fensterausschnitt und hielt den Schaft an die Hüfte gepreßt. Immerhin war es Lock gelungen, seine Aufmerksamkeit von Marfa abzulenken. Der Mann hatte nur noch eins im Sinn: dem Yankee eins auszuwischen.

»Raus, Mr. America«, fauchte der Korporal und stocherte mit dem Lauf nach. »Na, wird's bald?«

Lock schnaubte verächtlich und stieg aus. Ein dritter Soldat stand vorm Wohnwagen und sah der Szene neugierig zu.

»Was ist eigentlich los, Kamerad? Probleme mit der Verdauung, oder was?« Lock knickte ein über dem Lauf, als ihm dieser in den Bauch gerammt wurde. »Jetzt reicht's aber wirklich«, prustete er. »Was glauben Sie, wen Sie vor sich haben?«

»Rein da!«

Der Korporal stieß ihn mit der Waffe zu dem Wohnwagen hinüber. Lock winkte Marfa beruhigend zu und stieg durch die Luke in den hell beleuchteten, stickig warmen Innenraum.

Hinter einem ausgeklappten Brett, das offenbar als Schreibtisch diente, saß ein GRU-Feldwebel. Er und der Soldat, der vor dem Wohnwagen gestanden hatte, taxierten ihn wie Lüstlinge eine junge Frau. Lock machte kein Hehl aus seiner Verärgerung.

»Sind Sie der Boß?« knurrte er wütend. »Dann können Sie mir sicher sagen, was das Ganze hier soll! Werden so ausländische Gäste behandelt? Für solche Sperenzchen habe ich keine Zeit.«

»Setzen Sie sich!« Der Soldat schob ihm einen Klapphokker in die Kniekehlen. Widerwillig nahm Lock darauf Platz.

»Was liegt an, Meister? Warum werde ich aufgehalten. So was ist mir hier noch nie passiert?«

»Wir fahnden nach einem Amerikaner«, antwortete der Feldwebel und war sichtlich stolz auf sein fließendes Englisch.

»Da sind Sie jedenfalls bei mir an der falschen Adresse.«

»Das wird sich noch rausstellen.« Der Offizier bot ihm eine Zigarette an, eine Marlboro. Lock verzichtete.

»Also gut, bringen wir's hinter uns. Ich kann mich ausweisen.« Er reichte ihm den Paß. »Überzeugen Sie sich selbst.«

Der Feldwebel legte die Stirn in Falten. »Wer ist Paul Evans?«

»Ich natürlich.«

»Und wer sind Sie?«

»Wie bitte?« Mit seiner gespielten Empörung war es nicht mehr weit her. Das kleine Wasserloch, aus dem er Mut schöpfte, drohte auszutrocknen. »Ach so, verstehe. Ich bin Mitarbeiter bei SibQuest und verantwortlich für Materialeinkäufe.« SibQuest war eine relativ kleine Erdgasgesellschaft aus Katar, die in Sibirien Fuß zu fassen versuchte.

Der Feldwebel öffnete die Plastikdeckel eines Aktenordners, der eine Liste von Namen enthielt. Sein Finger strich über die Oberlippe, langsam und gleichmäßig wie der Schlitten einer Schreibmaschine. War es möglich, daß er Locks Angaben auf die Schnelle überprüfen konnte? Er schaute auf.

»Sie erwarten Luftfracht bei diesem Wetter?«

Lock zuckte mit den Schultern.

»Nein. Aber ich komme erst jetzt dazu, die Lieferung zu überprüfen, die schon vor Tagen eingetroffen ist.«

»Ist es dazu nicht ein bißchen früh am Tag?« wunderte sich der Feldwebel und warf einen Blick nach draußen. Im abgerundeten Fensterausschnitt sah Lock die dunklen Umrisse Marfas hinterm Steuer. Die beiden GRU-Soldaten lehnten am Wagen. Er hoffte inständig, daß deren Interesse an ihr lediglich sexuell motiviert war. Und daß Marfa die Nerven behielt.

»Tja, wem sagen Sie das?« antwortete er, breitete die Arme aus und tat verschämt. »Aber die Geschäftsführung macht Druck. Ich muß mich verdammt sputen, sonst könnte es Ärger geben. Mein Job steht auf dem Spiel.«

Der Miene des Feldwebels war deutlich abzulesen, daß er für die Querelen des zivilen Alltags nur Verachtung übrig hatte, und wer sich, wie Lock es vorgab, einem solchen Hickhack aussetzte, war für ihn ein Schlappschwanz.

»Kann ich jetzt gehen?« fragte Lock vorsichtig.

Der Feldwebel befingerte den Paß und blätterte darin hin und her. Was wußte er? Anscheinend hatte er noch keine Beschreibung von ihm; möglicherweise war ihm bislang bloß gemeldet worden, daß es sich bei dem Gesuchten um einen amerikanischen Staatsbürger handelte. Die warme Luft war verbraucht und stickig. Von außen rüttelte der Sturm am Wohnwagen. Für Lock zog sich die Zeit in die Länge; die Sekunden verrannen wie Tropfen aus einem kaputten Wasserhahn.

Plötzlich warf der Feldwebel den Paß auf die Schreibplatte. »Na schön, Mr. Evans. Alles o. k. Sergeant, bringen Sie den Herrn nach draußen.«

»Besten Dank.«

Lock stand auf. Der Sergeant schlüpfte in eine Parka, zog die Kapuze über den Kopf und folgte ihm durch die Tür. Die beiden Soldaten am Wagen hoben die Köpfe.

»Sie ist Ihre Fahrerin?« fragte der Sergeant.

»Ja.«

Sie standen neben dem Cadillac. Marfas Gesicht war durchfroren und voller Anspannung.

»Und Sie haben es eilig?«

»Ja ...«

Der Sergeant inspizierte den Wagen, ging vor dem Hinterrad in die Hocke und nahm das Ventil zwischen die Finger. Grinsend blickte er auf. Es war klar, worauf er hinauswollte.

»Also gut, wie viel?« fragte Lock. Doch dann besann er sich und fand, daß es wohl klüger wäre, an der Rolle des empörten Ausländers festzuhalten. »Weiß Ihr Chef eigentlich von Ihren krummen Nebenverdiensten?«

»Wollen Sie's ihm verraten?«

»Ihr seid alle korrupt!« murrte er.

»Durch und durch«, fügte der andere einsichtsvoll hinzu.

Lock kramte seine Brieftasche hervor und entnahm ihr zwei Zehndollarnoten. Der Sergeant schüttelte den Kopf. Erst als Lock einen dritten Schein drauflegte, stand er auf, langte zu und ließ die Scheine in der Tasche verschwinden.

»Unsere Begegnung wird mir in guter Erinnerung bleiben«, grinste der Soldat und hielt ihm wie ein Hotelpage die Tür auf.

Lock ließ sich auf den Rücksitz fallen. Die Tür wurde zugeschlagen, und sofort beschlug die Scheibe. Er spürte sein Herz hämmern und sagte: »Fahren Sie los, aber langsam.« Auf ein Zeichen des Sergeanten wurde die Barriere beiseite geschoben. Die Antriebsräder drehten durch. »Langsam, verdammt!« zischte Lock unbeherrscht.

Der Wagen passierte die Sperre. Er drehte sich um und sah die rotierenden Lichter im Schnee versinken.

»Entschuldigung«, murmelte er. »Tut mir leid.«

Marfa sagte nichts. Erleichterung wollte sich nicht einstellen. Statt dessen machten sich Erschöpfung und Müdigkeit bemerkbar. Dazu kam eine unheimliche Vorahnung.

5

Erinnerung an blaue Berge

Selbst während der heftigsten Winterstürme hatte sich in Afghanistan hinter dem Schnee aus tiefen Wolken wenigstens manchmal die vertraute Kulisse der Berge gezeigt. Hier war das nicht so, fand Lock. Es gab keine Landschaft zu sehen, nicht einmal die schattige Kontur eines Baumes. Flach und leer erstreckte sich die Tundra bis an die Bucht des Ob und die Kara-See.

Lock fröstelte auf der Rückbank des alten Cadillac. Die Heizung war nicht viel mehr als ein hilfloser Protest gegen die Eiseskälte, die sie im Griff hielt. Marfa saß hinterm Steuer und blies in die wollenen Handschuhe. Lock hielt Dmitris Handy – oder war es das von Vorontsyev? – an die Wange gepreßt und ließ die Bartstoppeln über das Kunststoffgehäuse kratzen. Marfa hatte den Wagen vor dem Zaun abgestellt, der den Flughafen umgab; die Flugzeuge dahinter sahen aus wie Möwen, die auf Packeis den Sturm aussitzen.

»Halten Sie das für sinnvoll?« fragte Lock irritiert. Vielleicht hatte ihm die GRU-Kontrolle doch mehr zugesetzt, als er sich einzugestehen bereit war. Jedenfalls erschien ihm Vorontsyevs Plan allzu riskant. »Wie sollen wir da wieder rauskommen?«

»Wir haben keine andere Möglichkeit«, erklärte Vorontsyev geduldig. »Oder würden Sie lieber gegen Bakunins Truppe antreten? Lubin hat sich umgesehen und drei Panzerwagen gezählt, außerdem ein halbes Dutzend Jeeps; es ist sogar ein mittelschweres Artilleriegeschütz aufgefahren worden. Insgesamt stehen mindestens 50 GRU-Männer Gewehr bei Fuß. Ich schlage vor, wir machen um das Flughafengebäude einen großen Bogen.«

»Einverstanden«, antwortete Lock gereizt. »Ich sage nur, daß wir, einmal drin, nicht mehr rauskommen.«

»Das hängt von Turgenev ab. Wenn er mit von der Partie ist, könnte es klappen. Es sei denn, das Wetter spielt nicht mit, und die Maschine kann nicht starten.«

»Und Sie glauben, Bakunin würde uns fliegen lassen?«

»Der bezieht sein Geld, seine Macht und seine Befehle von Turgenev. Wenn es uns gelingt, Turgenev festzusetzen, haben wir gewonnen. Vorausgesetzt, Sie, Lock, vergreifen sich nicht an ihm. Um es in aller Deutlichkeit zu sagen: Dmitri, Lubin, Marfa« – als sie ihren Namen hörte, schnellte ihr Kopf in die Höhe – »und meine Person, wir alle müssen uns darauf verlassen können, daß Sie nicht querschießen. Wir setzen unser Leben dafür ein. Verstehen wir uns, Lock?«

Die Gleichung war simpel, aber sie gefiel ihm nicht. Wenn er nicht darauf verzichtete, sich an Turgenev zu rächen, würden sie alle vor die Hunde gehen. Er ballte die freie Hand zur Faust und preßte die Knöchel in den Oberschenkel. Nein, das paßte ihm ganz und gar nicht – Turgenev als Geisel schonen zu müssen und nach Moskau auszufliegen, wo er womöglich dank seiner Verbindungen und seines Geldes den Kopf würde aus der Schlinge ziehen können … Dann bliebe der Mord an Beth ungesühnt.

»Lock? Wie lautet Ihre Antwort?«

»So kommt er dann doch ungeschoren davon«, protestierte er in einem schrillen Ton, der Marfa erschreckt herumfahren ließ.

»Vielleicht. Vielleicht auch nicht. Jedenfalls wird ihm das Handwerk gelegt. Und das wollen Sie doch, oder?«

»Ich will ihn tot«, sagte Lock.

»Und wir gehen alle mit drauf«, entgegnete Vorontsyev düster; es schien fast, als hätte er sich abgefunden mit Locks unnachgiebigem Haß.

Der Wagen, aus dem Vorontsyev anrief, stand innerhalb der Umzäunung nahe der Hangars. Aber soweit hätte Lock nicht einmal mit einem Nachtglas sehen können. Er konnte im Dunkeln und im fliegenden Schnee nur ein paar trübe Positionslichter ausmachen sowie ein paar Meter Zaun in beiden Richtungen.

»Also gut«, sagte Lock schließlich leise und zögernd. Dann etwas kräftiger: »Einverstanden. Es gibt wohl keine Alternative.«

»Gut.« Obwohl durch Funk verzerrt, war in Vorontsyevs Stimme deutlich Erleichterung herauszuhören. »Sie können jetzt herkommen.« Das klang nach vorbehaltlicher Einladung eines Außenstehenden.

»Ob man mir am Tor nochmal dieselbe Geschichte abkauft?« fragte Lock. »Soll ich's wirklich riskieren?«

»Die Posten machen einen entspannten Eindruck«, berichtete Vorontsyev. »Aber sicherer wär's, Sie reißen eine Lücke in den Zaun und kommen zu Fuß ...« Er stockte und schien mit Dmitri oder Lubin ein paar Worte zu wechseln. Lock hörte bloß ein unverständliches Gemurmel. Dann: »Ja, kommen Sie zu Fuß. Marfa kennt sich auf dem Gelände aus. Wir stehen hinter dem Frachthangar von Russair. Und lassen Sie uns nicht lange warten.«

Lock schaltete das Gerät ab und tippte Marfa auf die Schulter. »Alles okay?« fragte er freundlich, obwohl ihm sauer aufstieß, wozu er sich einverstanden erklärt hatte.

»Ja!« blaffte sie ihn an.

»Nicht so heftig, Lady. Ich wollte bloß wissen, ob Sie sich zutrauen, was jetzt von uns verlangt wird.«

»Keine Sorge.« Sie drehte sich zu ihm um. »Ich halte durch.«

»Klar«, antwortete er ohne jede Ironie. »Machen wir uns auf den Weg.«

»Und der Wagen?«

»Kann bleiben, wo er ist. Der fällt hier nicht auf.«

Er öffnete die Tür und stieg aus. Es stürmte unvermindert. Noch ließ die Dämmerung auf sich warten. Die Flughafenbeleuchtung schimmerte matt. Den Mantelkragen hochschlagend, stopfte er die behandschuhten Hände in die Taschen und stapfte am Zaun entlang auf der Suche nach einer Lücke im Maschendraht. Es mußte irgendwo einen Durchlaß geben, Stellen, die kleine Zigaretten- und Haschischschmuggler aufgerissen hatten.

Sein Nachgeben kam ihm vor wie Verrat an der eigenen

Sache. Sollte Beths Mörder ungestraft davonkommen? Verdammt, fluchte er im stillen.

Seine innere, in Richtung Zukunft vor ihm liegende Landschaft war so trist und konturlos wie die Tundra, die sich vor ihm auftat.

Wie ein Chauffeur stand Hamid wartend neben dem grauen Mercedes, doch dieser Vergleich kam Turgenev nicht in den Sinn, als er sich von einem der Bediensteten in den Mantel helfen ließ. Er hörte statt dessen die besorgte Stimme seiner Mutter. *»Pjotr, so beeil dich doch! Alles wartet auf dich …«*

Als Junge war er täglich zu so früher Stunde und im Winter bei ähnlich dichtem Schneetreiben vor die Haustür in Moskau getreten, meist spät dran, weil er die Zeit verbummelte. Der Fahrer des klapprigen Schulbusses und seine Mitschüler hatten allzu häufig auf ihn warten müssen. *So beeil dich doch* – die allmorgendliche Litanei seiner Mutter, Ausdruck ihrer Gefügigkeit dem Mann, der Partei und all denjenigen gegenüber, die über sie und die Familie bestimmten.

Er stülpte die Pelzkappe über den Kopf und blickte zum Himmel auf. Heller als das Dämmern im Osten waren die Flammen abfackelnden Gases und die schimmernden Lichter der Stadt am Horizont zu sehen. Statt wie bisher mit stetiger Gewalt fegte der Sturm nun in wilden, launisch anmutenden Böen daher und würde sicherlich bald nachlassen, wie auch der Schneefall. Das Wetter würde sich beruhigen und Hamid Gelegenheit geben, mit den Wissenschaftlern auszufliegen.

Jetzt wurde ihm bewußt, was die Erinnerung an seine Kindheit ausgelöst hatte. Es war nicht der Iraner, der ungeduldig am Wagen auf ihn wartete, sondern der Anblick des Kleinbusses dahinter, in dem die Wissenschaftler saßen, alle sechs. Er krauste die Stirn. All die Jahre hatten die Erinnerungen an sein enges, devotes Zuhause nicht schönen können. Sie blieben unangenehm und voll von bitterem Nachgeschmack. Er dachte zurück an seinen Vater Leonid, an dessen armseliges Glück, von der Partei aufgenommen zu werden mit dem Ergebnis, daß es ihm um einen winzigen Deut besser ging, und wie er sich seinem einzigen Sohn mit unduldsamer Strenge als Vorbild aufdrängte und nicht akzeptieren konnte, daß er, Pjotr, *aus der Art schlug*, nur Fußball im Kopf hatte, keine Disziplin an den Tag legte und schlechte Zensuren mit nach Hause brachte. Prügel, Strafpredigten und ein ständig schlechtes Gewissen waren die Quittung gewesen. Zufrieden, ja, geradezu stolz hatte sich der Alte erst gezeigt, als sein Sohn an der Rekrutenschule des KGB zum Ausbildungsoffizier aufgestiegen war.

Er hatte den Vater gehaßt und die Mutter nie ernst nehmen können. Beide waren seit Jahren tot. Versonnen schmunzelnd ging er auf den Mercedes zu. Vielleicht, so dachte er, wäre es am Ende doch allzu simpel, seine Karriere zurückzuführen auf das Motiv der Rebellion gegen das freudlose, von Verzicht und Linientreue geprägte Elternhaus.

Plötzlich schlug er Hamid auf die Schulter und überraschte den Mann.

»In zwei Stunden, mein Freund, sind Sie hoch über den Wolken und unterwegs nach Teheran. Schauen Sie nicht so griesgrämig drein!« lachte er. Mit seiner vorsichtigen, taktischen Zurückhaltung dem Iraner gegenüber war es vorbei.

Die Erinnerungen an seinen Vater hatten stets eine solche Wendung zur Folge. Sie wirkten immer noch wie eine Injektionsnadel, die ihm Lust an Macht, Autorität und Reichtum einimpfte. Wie sehr hätte ihn sein Vater heute verachtet! Zu dumm, daß der alte Sack nicht sehen konnte, was aus seinem Sohn geworden war.

»Kommen Sie, Hamid. Auf geht's!« rief er gutgelaunt und stieg in den Mercedes.

Lock kaute an einem Brötchen, belegt mit vertrocknetem Käse und einer matschigen Tomatenscheibe. Mit jedem Bissen wurde sein Hunger größer. Vorontsyev betrachtete ihn mit ausdrucksloser Miene. Seinem grauen Gesicht war deutlich anzusehen, daß er Schmerzen hatte und unter

Hochspannung stand. Allmählich sickerte Dämmerlicht durch die dichte Wolkendecke, aus denen nunmehr feiner Schneestaub herabrieselte. Der Blick öffnete sich auf ein zugeschneites Flugzeug, den Tower, das Terminal, die Schneepflüge, Tanklastzüge, einen Panzerwagen, ein Geschütz.

Kein Anzeichen für gesteigerte oder gar hektische Betriebsamkeit. Trotzdem zweifelte Lock nicht an Vorontsyevs Schätzung, wonach sich an die fünfzig Soldaten auf dem Flughafengelände verteilten. Noch war keiner von denen auf sie aufmerksam geworden. Der alte Wagen, in dem sie hockten, stank nach Öl, dreckigen Plastikbezügen und Körperausdünstungen.

»Nein, das ist viel zu riskant«, sagte Lock schließlich, nachdem er den letzten Happen geschluckt hatte. Sein Mantel war voller Krümel. »Wir würden ins offene Messer laufen.«

»Lock, ich bin's leid. Stellen Sie sich nicht ständig quer.« Vorontsyev rutschte in eine andere Sitzposition und prustete vor Schmerzen. »Uns bleibt nichts anderes übrig. Wir stehen mit dem Rücken zur Wand. Das Flugzeug ist unser einziger Ausweg. Begreifen Sie das nicht?«

Lubin hielt sich, mit Besen und Overall als Gebäudereiniger getarnt, im Terminal auf. Dmitri war aufs Dach gestiegen, um die Zufahrtstraße unter Beobachtung zu nehmen. Über sie würden die Wissenschaftler hergefahren werden, falls sie denn tatsächlich kämen. Marfa schlich um den Hangar, in dem Turgenevs Learjet parkte, und versuchte, die Stellungen der GRU-Männer auszukundschaften. In regelmäßigen Abständen meldeten sich die drei über Funk, und was sie zu berichten hatten, bestätigte Lock in seiner Auffassung, daß ihre Aktionen völlig sinnlos waren. Ganz und gar aberwitzig erschien ihm Vorontsyevs Plan, Turgenevs Maschine zu kapern und damit aus Novyj Urengoj zu flüchten.

Aber gab es eine Alternative?

»Und?« fragte Vorontsyev. »Wie lautet Ihre Antwort?«

»Daß es so nicht funktionieren wird.«

»Wie denn?«

Wie streitende Katzen belauerten sie sich gegenseitig; es fehlt nur noch, daß sich ihnen die Haare sträubten. Lock nahm einen Schluck Kaffee aus dem Plastikbecher. Wohltuend rann ihm der warme, süße Sud durch die Kehle.

»Ob Turgenev tatsächlich mitkommt, ist mehr als fraglich«, sagte er leise.

»Was wollen Sie eigentlich?« Vorontsyev packte Lock beim Ärmel. »Mir scheint fast, Ihnen ist egal, ob Sie lebend aus der Sache rauskommen oder nicht. Vielleicht geht's mir in der Hinsicht sogar ähnlich, aber ich trage Verantwortung für die anderen drei. Nicht zuletzt auch für Lubins Frau und Kind. Schlimm genug, daß ich ihn nicht davon abhalten konnte, daß er hier mitmacht. Ich will, daß meine Leute mit heiler Haut davonkommen. Ist das klar?« Seine Lippen zitterten vor Erregung. »Ich lasse nicht zu, daß sie zusätzlich in Gefahr gebracht werden. Und wenn ich daran erinnern darf: Sie, Lock, verdanken Dmitri, daß Sie überhaupt noch am Leben sind.«

Lock löste den feuchten Schal vom Hals.

»Zugegeben«, fuhr Vorontsyev fort. »Vielleicht ist mein Plan verrückt, aber immerhin sicherer als alles andere.«

»Und wenn Turgenev zu Hause bleibt, wird man uns mitsamt der Maschine in die Luft jagen. Haben Sie daran nicht gedacht?«

»Und haben Sie daran gedacht, was passiert, wenn Sie sich eigenmächtig über Turgenev hermachen? Ich gehe davon aus, daß er hier aufkreuzt.«

»Und wenn nicht?«

»Dann muß es auch so gelingen, die Maschine zu kapern und nach Moskau zu fliegen.« Vorontsyev senkte den Blick, verschämt, als fühlte er sich bei einer Lüge ertappt.

»Wenn Turgenev nicht kommt, bleibe auch ich zurück.«

»Ich weiß.« Und nach einer längeren Pause: »Mag sein, daß ich es selbst nicht schaffe.« Er starrte an sich herab, auf den vergipsten Arm, der hinter der Knopfleiste des Mantels zum Vorschein kam. »Ich rate Ihnen gut, Lock: Fliegen Sie mit. Das ist Ihre einzige Chance, jemals wieder nach Hause zurückzukommen. Sehen Sie das nicht auch so?«

»Doch.«

»Na also. Wie spät ist es?«

»Kurz nach acht. Es wird langsam hell.«

Vorontsyev langte nach dem Funkgerät, das zwischen ihnen auf der zerfledderten Rückbank lag.

»Dmitri? Schon was zu sehen?«

Durch das Windrauschen tönte Dmitris dünne Stimme. »Nichts, Alexei.«

Vorontsyev warf einen Blick durch die Heckscheibe nach draußen auf die Startbahn. Der alte Wagen, inzwischen längst überschneit, fiel zwischen den übrigen Autos der Angestellten des Flughafens überhaupt nicht auf. Schneepflüge standen am Rand der Piste in Bereitschaft. Vor rund einer Stunde waren sie das letztemal in Aktion gewesen.

Panshin war tot. Das hatte Lock berichtet. Turgenev konnte nicht wissen, daß sie über den bevorstehenden Flug nach Teheran unterrichtet waren.

»Bleib auf dem Posten, alter Freund. Lubin?«

Der junge Mann meldete sich im Flüsterton. »Hier rührt sich noch nichts ... Faule Bande«, fügte er hinzu, um seine Nerven zu beruhigen.

»Verstanden. Marfa?«

Das Windrauschen über Funk war so stark, daß auch Lock es hören konnte; wie zur Abwehr der Kälte rieb er instinktiv die Hände aneinander.

»Es ziehen hier nach wie vor Patrouillen vorbei. Die Maschine ist durchgecheckt, aber noch nicht aufgetankt worden.« Vorontsyev verspürte ein flaues Krampfen in der Magengegend. »Von den Piloten hat sich noch niemand blikken lassen.« Auch Marfa flüsterte.

»Wo bist du jetzt?«

»Im Hangar. Hinter einer Reihe von Kisten versteckt.«

»Hat man schon Verpflegung an Bord gebracht?«

»Ich glaube ja.«

»Und das Bordpersonal?«

»Bislang nur ein Steward ... Nein, zwei. Ein Mann und eine Frau. Sie sind in der Maschine; ich kann sie im Augenblick nicht sehen ... *Moment mal!*« Lock merkte auf und beugte sich zu Vorontsyev, um mitzuhören. Marfas Flüsterstimme war kaum mehr zu verstehen. »Da ist gerade ein Auto in den Hangar gerollt. Zwei Männer steigen aus. Uniformiert, mit Schirmmützen.« Und dann, nach Sekunden angespannter Stille: »Sie gehen an Bord. Haben kleine Aktenkoffer dabei. Pilot und Copilot?«

»Wahrscheinlich. Beweg dich nicht vom Fleck und bleib auf Empfang. Gleiches gilt für dich, Dmitri. Lubin, Sie kommen jetzt zurück.« Triumphierend wandte sich Vorontsyev an Lock. »Sie werden kommen. Soviel steht fest.« Vor Aufregung fing er zu husten an und langte mit der Hand an die schmerzenden Rippen. »Turgenev reicht uns die Schlinge, an der wir ihn aufknüpfen.«

Lock fuhr herum, als im Hintergrund ein dumpfes Knattern laut wurde. Einer der Schneepflüge setzte sich in Bewegung. »Vielleicht könnten wir die Wissenschaftler irgendwie in den Hangar schleusen.«

»Und wo soll aufgetankt werden?«

»An Ort und Stelle oder ...« Auch der zweite Schneepflug schwenkte auf die Rollbahn ein. Der frische Schneebelag wurde in riesigen Wellen zur Seite geschleudert. »Oder doch im Freien; ist wohl sicherer. Also, was meinen Sie, Vorontsyev? Wo schlagen wir zu? Und wie?«

»Alexei ...«, meldete sich Dmitri. »Da kommen zwei Fahrzeuge. Ein Mercedes und ein Kleinbus. Abgetönte Glasscheiben. Turgenevs Wagen?«

»Behalt Sie im Auge!« antwortete Vorontsyev atemlos.

Und Marfa berichtete: »Gerade ist ein gepanzerter Mannschaftswagen vorgefahren. Soldaten steigen aus. »Acht, *zehn* Mann. Sie verteilen sich vor dem Hangar.«

»Verdammt!« fluchte Lock. »Wo und wie? Was schlagen Sie vor, Vorontsyev?«

»Ja, Bakunin. Wir steuern geradewegs auf den Hangar zu. Wo sind Sie?«

Über das Autotelefon nahm sich Bakunins Stimme auffallend kleinlaut aus. »Knapp einen Kilometer vorm Flughafen.«

»Und unsere Freunde? Was ist mit denen?«

»Wieder mal entwischt. Halten sich irgendwo versteckt. Aber meine Männer sind dran, und es kann nicht mehr lange dauern, bis ...«

»Panshin?«

»Ist tot.«

»Hat er denen was gesteckt?«

»Wohl kaum, jedenfalls nichts, womit sie was anfangen könnten. Er wußte, daß wir das Haus umstellt haben. Kann mir nicht vorstellen, daß er zu plaudern gewagt hat.«

»Na schön.« Turgenev strich mit Daumen und Zeigefinger über den Nasenkamm. Ärgerlich, aber nicht weiter beunruhigend, daß Lock immer noch auf freiem Fuß war. »Ich will, daß Sie den gesamten Sicherheitsapparat noch mal abklopfen, und geben Sie mir Bescheid, wenn Sie damit fertig sind. Es geht im Fahrplan erst weiter, wenn das geklärt ist.« Er lächelte Hamid zu. »Und vergeuden Sie keine Zeit.«

»Der Hangar ist abgeriegelt. Ihr Plan geht nicht auf, Vorontsyev.«

Sie standen draußen vor dem Wagen. Der Sturm hatte sich tatsächlich gelegt, und aus den tiefhängenden Wolken rieselten nur noch vereinzelt Flocken herab. Die Schneepflüge hatten die ersten hundert Meter Startbahn freigeschoben. Lubin lehnte auf der anderen Seite des Wagens wie ein Junge, der seinen streitenden Eltern keine Beachtung schenkt. Lock sah Dmitri herbeieilen; er bewegte sich wie ein fliehender Krebs.

»Geben Sie Ruhe. Ich muß nachdenken«, sagte Vorontsyev und biß die Zähne aufeinander.

»Alexei ...«, keuchte Dmitri. Sein Gesicht war dunkelrot.

Vorontsyev wandte sich ihm zu. »Halt den Mund!« warnte er. Ihm war bewußt: Er hatte sich geirrt. Auf womöglich fatale Weise. Mit stampfenden Schritten entfernte er sich von den anderen.

»Marfa?« flüsterte er ins Funkgerät.

»Ja. Die GRU-Männer haben vor dem Hangar Stellung bezogen. Da kommt ihr nicht durch.« Vorontsyev runzelte die Stirn. »Es stehen ein Tanklastzug und eines dieser Schleppfahrzeuge bereit. Ach, und ein Feuerwehrwagen.«

»Die Piloten?«

»Sind im Cockpit. Ich kann sie sehen.«

»Sonst noch was?«

»Nein.«

»Bleib am Ball. Und sag Bescheid, wenn Turgenev mit den Passagieren ankommt.«

Er schaute sich um. Lock redete auf die Kollegen ein und fuchtelte mit den Armen. Vorontsyev war es leid, sich mit dem Amerikaner auseinandersetzen zu müssen. Sinnlos, diese Streiterei. Wie alles andere auch. Turgenev war hier, frech und selbstherrlich, gekommen, um Atomphysiker an Bord seiner Maschine zu bringen und sie wer weiß wohin zu verabschieden. Auf dem Rückflug würde wahrscheinlich eine weitere Fuhre Heroin in die Stadt gebracht. Und er, der Oberbulle, stand da wie ein spätes Mädchen, bestellt und nicht abgeholt.

»Der Mercedes ist angekommen. Zusammen mit einem kleinen Bus. Sind sie da drin?«

»Ja!« fauchte Vorontsyev. »Wo genau sind sie jetzt?«

»Draußen. Sie warten. Die Maschine wird gerade rausgeschleppt. Am Tanklastzug machen sich jetzt einige Männer zu schaffen. Die Feuerwehrleute stehen in Bereitschaft.« Turgenev hatte verdammt leichtes Spiel. Es war zum Verzweifeln. Wenige hundert Meter weit entfernt, und doch war an diesen Kerl nicht ranzukommen. »Die Maschine ist draußen, bleibt stehen. Direkt neben dem Tankwagen.« Wie lange dauerte es, bis ein Learjet aufgetankt war? Um seine volle Reichweite von vielleicht dreitausend Meilen ausnutzen zu können ... Verflucht! Vorontsyev tobte innerlich. »Es scheint, sie haben mit dem Tanken begonnen«, hörte er Marfa sagen.

»Sei vorsichtig.«

»Turgenev ... ich kann ihn sehen. Gleich neben ihm steht ein kleiner Mann mit dunkler Haut. Jetzt steigen Leute aus dem Bus.«

»Wie viele?«

»Vier, fünf … insgesamt sechs. Augenblick. Ich schleich mich woanders hin, um besser beobachten zu können.«

Er wartete voller Ungeduld und wütete, weil er nicht eingreifen konnte; wie durch eine bruchsichere Glaswand fühlte er sich ausgesperrt.

»So, schon besser«, flüsterte Marfa. »Ich bin jetzt neben dem Hangartor. In der Halle ist niemand mehr. Ich habe sechs GRU-Männer im Blick. Die Leute aus dem Bus steigen jetzt an Bord. Wann schlagen wir zu, Alexei?« Sie fragte nicht, sie drängte. »Turgenev …« Marfa stockte. »Er und der Dunkelhäutige gehen auch an Bord.«

Turgenev hatte doch wohl nicht vor, mit außer Landes zu fliegen? Nein, ganz bestimmt nicht. Trotzdem befand er sich an Bord. Sie waren jetzt alle zusammen, genau so, wie erhofft. Aber geschützt von zehn bewaffneten Soldaten. Und fünfzig weitere standen auf Hörweite in Bereitschaft.

Lock hastete herbei. Er flatterte vor Nervosität. »Was ist los?«

Dann hörte er Marfa über Funk: »Kein Zweifel, sie sind alle an Bord.«

»Und da stehen wir hier noch rum?« zischte Lock. Er zog die Makarov und rammte ein volles Magazin in den Griff. »Sie können mich mal, Vorontsyev. Wenn Sie nichts unternehmen … Ich warte nicht länger.«

»Kommt ihr endlich?« hörten sie Marfa fragen.

»Ich komme, Lady.« Und dann fügte Lock noch hinzu: »Ihr Chef hat anscheinend weiche Knie gekriegt.« Er schnaubte verächtlich.

»Warten Sie!« rief Vorontsyev.

»Worauf, Mann? Daß die Hölle zufriert?«

»Die Turbinen sind eingeschaltet«, berichtete Marfa. »Die GRU-Meute schwärmt aus.« Sie hatte anscheinend bemerkt, daß Lock und Vorontsyev uneins miteinander waren und fragte: »Was sollen wir jetzt tun, Alexei?«

»Wir kommen!« antwortete er unwirsch. »Alle zusammen. Zwei Minuten …« Er packte Lock beim Ärmel. Im Laufschritt erreichten sie Dmitri und Lubin. »Zum Hangar, los, bewegt euch!« Er hielt sich an Lock fest, um zu verhindern, daß der allein drauflos sprintete oder mit der Pistole zu schießen begann. »Wir müssen versuchen, die Maschine aufzuhalten.«

»Wie denn?«

»Über den Tower vielleicht.«

Lock schüttelte den Kopf. Sie eilten durch tiefen, ungespurten Schnee an Lagerhallen vorbei mit kyrillischen und englischen Schriftzeichen. Im Abstand von gut hundert Metern kreuzte ein Panzerwagen ihren Weg. »Um ihn zu stoppen, müssen wir den Flieger wohl oder übel rammen«, keuchte er kurzatmig.

Sie gelangten an den ersten der dicht nebeneinanderstehenden Hangars. Das Licht hatte zugenommen. Die Wolken zeigten ein helleres Grau. Es schneite überhaupt nicht mehr.

»Die Maschine beginnt zu rollen«, meldete Marfa, merklich aufgebracht. »Wo bleibt ihr? Nun kommt endlich!«

Lock spähte um die Mauerecke des Hangars und forderte die anderen mit winkender Hand auf, hinter ihm in Dekkung zu gehen. Die Soldaten waren von hier aus nicht zu sehen. Fünfzig Schritt weit entfernt stand der Panzerwagen, anscheinend verlassen. Daneben parkten Turgenevs Mercedes und der Kleinbus … und ins Blickfeld glitt, elegant wie ein Schwan, der Learjet.

Wo war Turgenev? Die Maschine war außer Reichweite, aber …

»Wo ist Turgenev?« zischte er in Vorontsyevs Funkgerät.

»Immer noch an Bord.«

»O Mann …«, stöhnte Lock mit Blick auf die Wolken.

Das Flugzeug entfernte sich vom Hangar, legte allmählich an Tempo zu. Ihm folgte eine motorisierte Gangway zur Startbahn hinaus. Der Tanklastzug verschwand hinter einer riesigen Abgaswolke. Panzerwagen, Bus, Mercedes … daneben der Chauffeur, rauchend …

Puzzleteile: Mercedes, Chauffeur, Learjet, Turgenev, Mercedes, der Fahrer; er paffte immer noch vor sich hin, ganz ruhig und gelassen. Worauf wartete er?

»Der Wagen, Turgenevs Wagen! Den müssen wir uns

schnappen. Turgenev bleibt bis zum Start an Bord und läßt sich dann durch den Chauffeur von der Rollbahn abholen!«

Und schon rannte Lock los. Der Fahrer hatte ihm den Rücken zugekehrt. Lock spürte das Herz pochen, das Blut in den Ohren sausen. Ob ihm die anderen folgten, interessierte ihn nicht länger. Er sah den Learjet wegrollen, das Logo von Grainger-Turgenev auf der Flanke prangen. Der Hals war ausgetrocknet; er konnte nicht schlucken, kaum atmen. *Grainger-Turgenev.* Als wolle er ihn verhöhnen, so kam Lock dieser Schriftzug vor.

Rasende Wut, Verzweiflung, Zwanghaftigkeit – all das legte sich in den Schwung seines Arms, als er den Chauffeur mit dem Griff der Makarov von den Beinen holte.

Sekunden später spürte er sich von Händen ins Wageninnere gestoßen. Ächzend ließ sich jemand neben ihm auf den ledernen Rücksitz fallen. Ein anderer sprang hinters Lenkrad – er trug die Mütze des Chauffeurs. Dmitri war der erste, den Lock erkannte; er nahm auf dem Beifahrersitz Platz. Marfa quetschte sich neben Vorontsyev, der vor Schmerzen aufjaulte. Sein Gesicht war aschgrau.

»Langsam!« brüllte Vorontsyev und faßte sich an die Rippen.

Lubin hatte den Mercedes in Gang gebracht. Lock blickte durch die Heckscheibe zurück. Bewußtlos lag der Fahrer zwischen den beiden Hangars im Schnee. Sie passierten GRU-Soldaten, die sich um einen olivfarbenen Transporter gruppiert hatten und Kaffee oder Wodka tranken, ohne Notiz von dem Wagen zu nehmen, der an ihnen vorbeifuhr. Lubin folgte den Spuren, die der Learjet und die motorisierte Gangway in den Schnee gewalzt hatten. Turgenev würde auf der Rollpiste die Maschine verlassen und in seinen bereitstehenden Wagen umsteigen.

Der Learjet schwenkte auf die Startbahn ein und ging in Position. Im hinteren Teil der Kabine öffnete sich die Einstiegluke. Lock schnappte nach Luft.

»Langsam!« beharrte Vorontsyev.

Das Flugzeug blieb stehen. Die Gangway rollte herbei. In der Lukenöffnung tauchte eine Gestalt mit Pelzkappe und dunklem, taillierten Mantel auf. Turgenev. Der Name machte seinen Mund wäßrig wie die Aussicht auf einen Appetithappen. Von einem Mitarbeiter des Bodenpersonals gesteuert, legte die Gangway vor der Luke an. Jede Bewegung wirkte wie verzögert, entrückt. Vielleicht täuschte der Blick durch die getönten Scheiben des Mercedes; vielleicht war es die eigene Ungeduld. Er bemerkte, daß ihn Vorontsyev mit kritischer Miene beobachtete. Der Wagen blieb vor den Stufen der Gangway stehen.

»Laß mich vor«, sagte Lock. »Wenn er halbwegs unten ist. Nicht eher ...«

»Sie werden ihn nicht abknallen, Lock.«

Lock gab keine Antwort; seine Hand lag am Türgriff. Alle vier hatten ihren Blick auf ihn gerichtet. Turgenev winkte den Passagieren in der Kabine zu und trat auf die Gangway hinaus.

»Seht mal!« hauchte Marfa und deutete auf die Hangars im Hintergrund. »Sie haben den Chauffeur entdeckt.«

Zwischen den beiden Hallen war ein Trupp von Soldaten zusammengelaufen wie Käfer um eine tote Fliege. Im kurzen Abstand daneben stand ein Militärjeep. Lock schaute auf die Stufen zurück und sah, daß Turgenev stehengeblieben war, die Hand am metallenen Handlauf, den Blick auf die Szene zwischen den Hangars gerichtet. Alarmiert schien er nicht zu sein, bloß neugierig.

Der Iraner würde gewiß bewaffnet sein, Turgenev wahrscheinlich nicht ...

... jetzt.

Lock riß die Tür auf und sprang auf die Gangway. Turgenev hatte ihn auf den ersten Blick erkannt und machte nach einer Schrecksekunde kehrt, um in die Kabine zurückzufliehen. Lock hastete die Stufen hinauf. Polternde Schritte folgten ihm auf den Fuß. Der Russe erreichte die Luke und drehte sich um, langte mit der Hand in den Mantelausschnitt.

Zu groß der Abstand, zuwenig Zeit, die Beine träger als die vorauseilende Rachsucht. Lock stürzte sich auf den Russen, dieses rote Tuch, das vor ihm wegwischte wie eine Muleta. Er prallte vor den Spind hinter der Luke und sah den Russen durch den Vorhang in die Kabine schlüpfen. Lubin und Dmitri stürmten herbei, dicht gefolgt von Marfa.

Lock deutete nach vorn und riß den Vorhang beiseite. Ihm zugewandt, stand Turgenev inmitten der kleinen Kabine. Gehetzt, alarmiert – und wie abwesend. Auf der rechten Seite sprang der Iraner von seinem Sitz auf und hob eine Pistole, beidhändig gehalten, die Arme ausgestreckt, professionell.

Lock drückte zweimal ab. Vom Kopf des Iraners spritzte Blut, und ihm, Lock, riß es fast den Arm aus der Schulter unter dem Schlag des Geschosses, das der andere noch abzufeuern Zeit gehabt hatte. Er wankte nach vorn und sank auf die Armlehne eines Sitzes. Aus dicken Brillengläsern starrte ein Mann mittleren Alters entsetzt zu ihm auf.

»Haltet ihn!« ächzte Lock.

Turgenev zog die Tür zum Cockpit hinter sich zu. Er würde sich nicht zur Geisel nehmen lassen und mit allen Mitteln zu verhindern suchen, daß die Maschine …

»Verdammt noch mal, tut was!« brüllte Lock.

Dmitri rannte los und hatte schon den Türknauf in der Hand, als der erste Schuß zu hören war. Er riß die Tür auf, und es krachte ein zweiter Schuß. Jemand wimmerte. Durch die geöffnete Tür sah Lock, daß Turgenev in der Kanzel stand. Pilot und Copilot hingen leblos in ihren Sitzen. Er hatte sie umgebracht. Sie würden nirgendwo hinfliegen.

Dann schaltete Turgenev die Turbinen ab. Dmitri schien in Rage zu geraten und schlug mit seiner Waffe zu. Turgenevs Pistole fiel klappernd zu Boden, doch verzog er kaum eine Miene, zuckte mit den Schultern und hob die Hände, als wäre es für ihn ein Witz, sich zu ergeben. Er trat in die Kabine zurück. Dmitri schlug die Cockpittür hinter ihm zu.

Jemand fing wie eine Sirene gellend zu schreien an. Vorontsyev drehte sich um und sah, wie Marfa der Stewardeß ins Gesicht schlug und sie an sich zerrte. Die Schultern der Frau hoben sich keuchend; über ihr Gesicht fielen Marfas dunkle Haare.

Lock starrte auf den Arm, der schlaff auf seinem Schoß

lag. Aus dem Ärmel strömte Blut in die Hand, doch empfand er seltsamerweise keine Schmerzen. Der neben ihm sitzende Mann mit Brille zitterte vor Angst. Lock achtete nicht auf ihn. Der Pulverrauch reizt ihn zum Husten. Blut rann über die Lippen. Vorsichtig öffnete er den Mantel. Auf der Brust des Hemdes breitete sich ein dunkelroter Fleck aus. Er spürte ein dumpfes Entsetzen, den Kupfergeschmack von Blut auf der Zunge. Das Geschoß des Iraners war, vom Schulterblatt abgelenkt, in den Lungenflügel gedrungen.

Turgenev sagte: »Es scheint, meine Herren, daß unser Flug auf unbestimmte Zeit verschoben werden muß.«

Vorontsyev hob die Pistole mit der linken Hand, um zuzuschlagen. Doch er bremste sich, sah hinter den Bullaugen die Gangway wegrollen und wußte: Der Einsatz war gescheitert.

»Dumm gelaufen, nicht wahr, Major Vorontsyev?« Turgenev grinste. »Hier kommen Sie nicht mehr raus.« Seine Augen waren auf Lock gerichtet, sein Blick voller Haß und Genugtuung. Was er für sich zu erwarten hatte, schien ihn kaum zu kümmern, geschweige denn das Los der anderen.

»Ihr Freund Bakunin wird uns einen Ersatzpiloten besorgen«, antwortete Vorontsyev. »Im Austausch gegen Sie.« Doch er spürte, daß seine Worte so vergeblich waren wie der Versuch kleiner, weicher Hände, eine fiel zu schwere Tür aufzustoßen. Turgenev schüttelte den Kopf.

»Das glaube ich nicht. Und überhaupt – wär's jetzt nicht erst einmal Zeit, daß die Hijacker mit der Geisel verhandeln?« Gelassen zupfte er die Lederhandschuhe von den Fingern und setzte sich geziert wie eine affektierte Frau auf einen freien Sitz.

»Lubin, Dmitri ... durchsucht den hinteren Teil der Kabine und macht die Luke dicht«, verlangte Vorontsyev.

Dmitri warf ihm einen verärgerten Blick zu und folgte dann Lubin durch den Vorhang nach hinten. Es war zu hören, wie sie die Luke zuzogen und verriegelten. Marfa steckte ihre Pistole weg und trat vor Lock hin, der vornübergebeugt auf der Armlehne hockte. Angesichts seiner Verletzung hatte sie sichtlich Mühe, Fassung zu bewahren. Er knurrte widerwillig, ließ es dann aber doch zu, daß sie das Hemd aufknöpfte und die Wunde freilegte.

Vorontsyev konnte nicht hinsehen. Er wandte sich an Turgenev, der wie versonnen dastand und den Amerikaner musterte. Marfa eilte zu den Einbauschränken und klapperte mit den Türen, bis sie endlich den Erste-Hilfe-Koffer gefunden hatte. Dann fixierte sie einen der Wissenschaftler mit wütendem Blick. Es dauerte nicht lange, und er stand auf, nervös wie ein Schaf, und half ihr, Lock auf seinen Platz zu hieven. Das Gesicht des Amerikaners war kreidebleich. Er brauchte dringend ärztliche Hilfe; würde er nicht bald operiert und mit Blutkonserven versorgt, gab es kaum Hoffnung für ihn. Turgenev hatte den Spieß umgedreht: Nicht er war hier die Geisel, sondern Lock. Vorontsyev knirschte in ohnmächtiger Wut mit den Zähnen.

Überraschenderweise trat nun Turgenev an Marfas Seite. Es schien fast, als wolle er ihr bei der Versorgung Locks assistieren.

Als Dmitri in die Kabine zurückkehrte, sagte Vorontsyev: »Bring die beiden hier nach hinten. Wenn's nicht anders geht, müssen sie sich einen Platz teilen. Lubin soll auf sie aufpassen.«

»Ich werde mir mal die Herren der Reihe nach vorknöpfen und rauszufinden versuchen, wer und was sie im einzelnen sind«, sagte Dmitri. Wahrscheinlich ging es ihm vor allem darum, sich abzulenken, um zumindest für ein paar Augenblicke die Wirklichkeit auf Abstand zu halten.

Vorontsyev hob die Aktentasche auf, die vom Sitz des Iraners heruntergerutscht war. Der Tote lehnte hockend an der Seitenwand wie eine abgelegte Puppe. Vorontsyev warf Dmitri die Tasche zu. »Da wird alles drin sein. Verträge, Personalakten, das ganze Elend schwarz auf weiß.« Sein Versuch zu lächeln scheiterte kläglich. Dmitri nickte bloß, tippte zwei Passagieren auf die Schulter und trieb sie vor sich her durch den Vorhang in den rückwärtigen Teil der Kabine.

Marfa hatte inzwischen Locks Schulter und Brust bandagiert. Feixend schüttelte Turgenev den Kopf. »Der müßte ins Krankenhaus, und zwar schnellstens. Wenn's denn überhaupt noch einen Zweck haben soll, was ich bezweifle.« Marfa zitterte vor Wut, doch Turgenev hatte wohl recht mit der Diagnose, auch wenn sie von Zynismus geprägt war. Vielleicht gab es für Lock ohnehin keine Rettung mehr, doch sicher war, daß seine Überlebenschancen von Minute zu Minute geringer wurden.

Und genauso sicher war, daß sie alle würden dran glauben müssen, wenn sie sich seinetwegen geschlagen gäben. Das einzige Pfand für Locks Leben war Turgenev selbst. Die Wissenschaftler, so bedeutend und wertvoll sie auch sein mochten, kamen für einen Austausch nicht in Frage. Für Turgenev bedeuteten sie nur eine Ware, die sich leicht ersetzen ließ. Er war Geisel und Geiselnehmer in einer Person.

Aus dem Cockpit drangen Geräusche. Die Stewardeß schrie hysterisch auf und starrte zur Tür. Vorontsyev blickte von Lock auf und fuhr die Frau an: »Geben Sie ihm einen Brandy, dalli!«

Die Stewardeß eilte davon. Vorontsyev öffnete die Cockpittür. Trotz der Kälte roch man das Blut in der Kanzel. Über Funk meldete sich blechern die Stimme Bakunins.

Turgenev war ihm gefolgt und hob erneut spöttisch die Hände, als Vorontsyev ihn mit der Waffe bedrohte und dann aufforderte, das Mikrofon herüberzureichen und eine Verbindung herzustellen. Er fügte sich grinsend und trat gehorsam in den Türausschnitt zurück. »Ja, Bakunin, was wollen Sie?« knurrte Vorontsyev, gerade so, als sei er in einer wichtigen Angelegenheit unterbrochen worden.

»Vorontsyev, was zum Teufel soll der Quatsch!« blökte Bakunin. »Sie bilden sich doch wohl nicht ein, damit durchzukommen?«

Draußen war ein Hubschrauber aufgetaucht und schwebte knatternd vor dem Learjet.

»Hören Sie zu, Bakunin. Ihr Genosse Pjotr ist hier bei uns.« Turgenev gluckste amüsiert. »Er spekuliert darauf, sich irgendwie rauswinden zu können. Aber das schafft er nicht, es sei denn, auch uns geschieht nichts. Kapiert?«

Nach einer kurzen Pause sagte Bakunin: »Und warum

sind Sie nicht längst in der Luft? Warten Sie etwa auf meine Genehmigung?«

Der Hubschrauber schwenkte vor dem Cockpitfenster hin und her. Die schwarze Piste lief auf den Fluchtpunkt am Horizont zu, auf den dunkelgraue Wolken herabdrückten.

Turgenev beugte sich zu Vorontsyev vor. »Bakunin«, sagte er, »mir geht's gut. Aber wir haben leider akuten Pilotenmangel.« Bakunin kicherte. »Sie verstehen? Unser Freund hier scheint nicht zu wissen, was er nun tun soll« – Vorontsyev hörte geduldig zu –, »aber ich fürchte, das macht ihn doppelt gefährlich. Wir bleiben in Verbindung.« Er schaltete das Radio aus.

Vorontsyev fackelte nicht lange und schaltete es wieder ein. »Bakunin, wenn Sie Ihren Goldesel behalten wollen, sollten Sie uns jetzt schnellstens einen Piloten an Bord schikken.«

Achselzuckend meinte Turgenev: »Jetzt haben Sie ihn wissen lassen, worauf der Schwachkopf womöglich selbst nicht gekommen wäre, nämlich, daß wir ihm total ausgeliefert sind ...«

Vorontsyev drückte ihm den Pistolenlauf in den Bauch und stieß ihn zurück in die Kabine. »Und was wird er Ihrer Meinung nach unternehmen?«

»Das, wozu er gezwungen ist. Wenn die Maschine starten würde, wäre er erledigt. Denn er hat sich nicht abgesichert, der Gute.« Turgenev lachte. »Statt sein Geld, das er mir verdankt, auf Konten im Ausland zu transferieren, hat er es, wie ich ihn kenne, unter die Matratze gelegt. Tja«, fügte er hinzu, »dumm für ihn, dumm für Sie und Ihre Leute.«

Er nahm Platz und grinste unverwandt vor sich hin. Draußen hatte es wieder zu schneien begonnen. Dicke Flokken tanzten vor den Fenstern. Verzweifelt schloß Vorontsyev die Augen. Als er sie wieder öffnete, sah er Dmitri durch die Öffnung zum rückwärtigen Kabinenabteil kommen. Vor dem zurückfallenden Vorhang stand er da wie ein Schauspieler, der angetreten war, den Epilog zu sprechen. Marfa schaute sich hilfesuchend nach Vorontsyev um, der einen Blick auf die Digitaluhr über der Cockpittür warf. Seit knapp zehn Minuten waren sie an Bord der Maschine …

Mit flatternden Lidern blickte der Amerikaner auf, als er sich zu ihm hinabbeugte. Vorontsyev registrierte entsetzt, wie schnell es mit ihm bergab ging. Er berührte seine Hand.

»Verdammt, es tut weh«, stammelte Lock. »Ich glaube …« Blut schwappte über die Lippen; er zog seine Hand unter der von Vorontsyev weg und wischte sich mit einem verschmierten Taschentuch über den Mund. Es war nur noch wenig von ihm übriggeblieben, abgesehen von den fiebrig brennenden Augen, die Mühe hatten, den Blick zu halten. Er war gekommen, um Turgenev zu töten. Vorontsyev registrierte, daß keine Pistole griffbereit in der Nähe lag; er tätschelte Locks Hand und stand auf. Es fiel ihm nicht schwer, die eigenen Schmerzen in Brustkorb und Arm zu ignorieren.

»Es sind allesamt Spitzenleute«, flüsterte Dmitri, an Vorontsyev gewandt, und fächerte die Akten auf. »Zwei aus Semipalatinsk, einer aus dem neuen Institut südlich von Moskau und drei Techniker. Bomben zu bauen ist für die kein Problem, Alexei.« Vorontsyev warf einen flüchtigen Blick auf die Akten. Es fiel ihm auf, daß zwei der angehefteten Lichtbilder Köpfe mit Militärmützen zeigten.

»Nur die besten«, kommentierte Turgenev. Er zog ein Zigarrenetui und ein Feuerzeug aus der Tasche. »Ich darf doch, oder? Wir starten ja nicht.« Genüßlich paffte er an seiner Havanna.

Von den Außenscheiben perlten geschmolzene Schneeflocken. Plötzlich fing das Telefon in der Armlehne von Turgenevs Sitz zu piepen an. Turgenev blickte fragend auf. Vorontsyev nickte.

»Ja? Ah, Bakunin …« Er lächelte Vorontsyev zu, als wollte er sich für die Unterbrechung entschuldigen. »Nein, ich denke nicht, daß das nötig ist. Mir scheint, unsere Freunde sind sich ohnehin über den Ernst der Lage im klaren.« Ein heftiges, röchelndes Husten ließ ihn aufmerken. Er wandte den Kopf und sah Lock, der mit schwankender Hand die Makarov auf ihn gerichtet hielt. »Augenblick, bleiben Sie dran …«

Locks Ringen um Luft verursachte häßlich gurgelnde Laute, als sich der Hustenanfall gelegt hatte. »Pete ...«, stöhnte er. »Sag ihm, daß ich sterbe. Bis es soweit ist, bin ich der Joker ... und bleibe unberechenbar.« Er stockte, hechelte. »Sag ihm, es bleibt nicht mehr viel Zeit. Und wenn ich ... ich zum Teufel gehe, gehst du mit. Verstanden?«

Erschöpft sackte er in die Lehne zurück. Turgenev richtete sich auf, war plötzlich sprungbereit, wie es schien. Mit weit aufgerissenen Augen blickte er zu Vorontsyev auf ...

Der grinste. Turgenev hatte sich sofort wieder unter Kontrolle, denn er glaubte zu wissen: daß Lock ihn tötete, würde Vorontsyev nicht zulassen können, wenn er nicht seine letzte Hoffnung auf freies Geleit begraben wollte.

»Moment noch, Bakunin ... was? Nein, nichts weiter.«

Der Mund war blutverschmiert, aber Lock lächelte. Den Ellbogen auf die Armlehne gestützt, hielt er die Makarov auf Turgenev gerichtet.

»Und?«

»Was und?« fragte Turgenev gereizt.

»Bekommen wir einen Piloten?«

»Warten wir's ab. Wie lange hältst du noch durch? Zehn Minuten, zwanzig ... dann ist es aus mit dir.« Und an Vorontsyev gewandt, fügte er hinzu: »Um was sollte ich mir Sorgen machen?«

»Um mich, Pete«, antwortete Lock; er wirkte völlig entspannt, beinahe heiter. »Laß einen Piloten kommen. Und mach dir keine falschen Hoffnungen. Vorontsyev wird mich nicht hindern, dich zu erschießen.«

Vorontsyev fixierte Turgenev mit steinerner Miene. Dann zuckte er mit den Schultern und sagte wie beiläufig: »Er hat recht. Es liegt bei Ihnen.«

Der Schneefall nahm an Heftigkeit zu. Kaum merklich rüttelte der auffrischende Wind an der Maschine. Das Zittern schien sich auf Turgenevs Körper zu übertragen.

»Der hält nicht mehr lange durch«, zischte er.

»Auch für Sie läuft die Zeit. Er hat nichts zu verlieren.«

»Sie können es nicht zulassen, daß er mich umbringt, Vorontsyev. Denn sonst gingen Sie mit drauf.« Turgenevs

Stimme war ein heiseres Flüstern. Schreckhaft zuckte er zusammen, als Lock die Hand hob, um das Blut vom Kinn zu wischen. Marfa wollte ihm Beistand leisten, doch er wies sie ab. Es schien, als folgte er dem Gespräch zwischen Vorontsyev und Turgenev, indem er von deren Lippen ablas. Er wirkte, als wäre er schon sehr weit entrückt. »Also warten wir«, fuhr Turgenev fort. »Bakunin wird keinen Piloten schicken, und verhandeln können Sie nur über mich.« Damit lehnte er sich zurück, doch war diesmal klar, daß seine vermeintliche Selbstsicherheit nicht mehr war als Gehabe, einstudiert vor einem großen Spiegel.

Tatsächlich überlegte Turgenev, ob sich Vorontsyev und seine Leute womöglich schmieren ließen. Fast schmunzelte er bei dem Gedanken. Nein, er brauchte sie bloß hinzuhalten, bis Lock sein Leben ausgehustet hätte. Bakunin war viel zu gierig und würde nicht einmal ansatzweise in Erwägung ziehen, ihn, Turgenev, in die Pfanne zu hauen.

Zu fürchten war nur dieser Lock …

… und der Umstand, daß sich Vorontsyev und die anderen anscheinend seinem Willen beugten. Sie machten fast den Eindruck unbeteiligter Zuschauer.

Und das war in der Tat beunruhigend. Womöglich zögerten sie zu lange. Es stand zu fürchten, daß Lock abdrückte, bevor sich bei denen die Sorge um das eigene Leben zurückmeldete.

Bakunin hatte den Tower mit Beschlag belegt. Er stierte durch die getönten Scheiben nach draußen ins Schneetreiben. Neben ihm stand sein erster Offizier; er war größer, schlanker, jünger – ein Idiot, hatte er doch vorgeschlagen, die Maschine von einer Spezialeinheit stürmen zu lassen. Das kam für Bakunin überhaupt nicht Frage. *Wir erledigen das selbst*. Der Offizier hatte die Entscheidung akzeptiert, willfährig und wahrscheinlich ohne einen Moment lang darüber nachzudenken, was für ihn zusätzlich dabei heraussprang, wenn er wieder einmal beide Augen zudrückte und sich Turgenevs Affären einen Dreck angehen ließ.

Doch Bakunin hatte nachgedacht. Eine Spezialeinheit anrücken zu lassen würde bedeuten, anderen das Kommando zu übertragen und außerdem erklären zu müssen, um was es hier eigentlich ging, was es mit dem Amerikaner, mit der hiesigen Polizei und Turgenev auf sich hatte. Nein, eine Spezialeinheit einzuschalten war viel zu heikel.

Allerdings stand zu befürchten, daß die eigenen Leute mit der Situation womöglich nicht zurande kamen, obwohl die Aufgabenstellung im Grunde ziemlich simpel war: Mit Ausnahme von Turgenev durfte niemand das Flugzeug lebend verlassen.

Vorontsyev, dieser blöde Bulle, hatte sich auf seine alten Tage noch einmal richtig in etwas verbissen, ausgerechnet in den Fall Turgenev, und der verdammte Amerikaner spielte hier den Racheengel. Damit mußte Schluß sein, ein für allemal.

»Wie weit ist die Sicht, was schätzt du?« fragte er seinen ersten Offizier.

»Um die fünfzig Meter.« Georgischer Akzent. Bakunin mißtraute Georgiern, doch dieser Mann war auf seine leicht beschränkte Art sehr tauglich.

»Na gut. Veranlasse, daß im Abstand von vierzig Metern ein Kordon um die Maschine gezogen wird. Und da darf niemand durchkommen. Verstehen wir uns, Josef? Diese Leute müssen unschädlich gemacht werden, und zwar ohne daß Turgenev etwas zustößt.«

»Wie willst du sie da rausholen? Mit Versprechungen?«

Um den achteckigen Turm wirbelte der Schnee so dicht wie Rauch. Bakunin schüttelte den Kopf.

»Dafür sorgt Turgenev. Ich will mich da nicht einmischen.« Er zuckte mit den Schultern. »Der Mann weiß sich zu helfen.«

»Wie im Fall der Piloten?« Der Offizier zeigte sich beeindruckt. »Er hat sie tatsächlich eigenhändig umgelegt?«

»Erstaunlich entschlossen dieser Mann, he?« Bakunin lachte. »Vorontsyev und seine Leute ahnen wahrscheinlich nicht, mit wem sie sich da anlegen.«

»Sollen wir … willst du ihn nochmal anrufen?«

Bakunin dachte kurz nach und sagte dann: »In zehn Minuten. Wenn er etwas will, wird er sich melden. Und die anderen haben nichts zu melden. Er bestimmt, wohin der Hase läuft.« Daß Bewunderung für Turgenev so deutlich in seiner Stimme anklang, gefiel ihm nicht. »So, und jetzt sieh zu, daß die Maschine umstellt wird. Nicht, daß vorher einer auf die Idee kommt, auszubüchsen.«

Der Offizier salutierte und ging. Bakunin starrte wieder nach draußen. Der ganze Turm bebte, so heftig wütete der Sturm.

Teuflisch clever, die Piloten umgelegt zu haben.

Was hatte Turgenev jetzt vor? Ob er sie zu bestechen versuchte? Oder würde er einfach darauf warten, daß man die Maschine stürmte?

Oder würde er womöglich mit den Bullen kungeln und ihnen einen Trostpreis anbieten – seinen, Bakunins Kopf?

Der Argwohn juckte wie ein Wespenstich.

Lock konnte seinen Blick kaum noch fokussieren. Immer häufiger wurde es trübe vor seinen Augen. Bisher waren seine Wahrnehmungen und Gedanken von einer geradezu euphorischen Klarheit gewesen. Er hatte sich einbilden können, Herr der Lage zu sein, über den Dingen zu stehen. Aber jetzt spürte er, wie ihn rasend schnell die Kräfte verließen.

Nur ungern duldete er Marfas Bemühungen als Krankenschwester. Statt ihn aufzubauen, erinnerte sie bloß daran, daß es bald mit ihm zu Ende ging. Ebenso entmutigend wirkte Vorontsyev, der selbst an Schmerzen litt und ein erbärmliches Bild abgab.

Er hustete, spukte Blut und spürte es in der Lunge brodeln. Marfa hatte ihm Kissen in Rücken und Nacken gestopft und eine Wolldecke umgelegt, weil ihm zunehmend kalt wurde. Zu sprechen war ihm kaum mehr möglich, aber er mußte noch ein paar Dinge klarstellen, zuerst vor Vorontsyev – und dann, erst dann vor Turgenev

Mit der Pistole winkend gab er zu verstehen, daß er Turgenev außer Hörweite haben wollte. Vorontsyev nickte Dmitri zu, der Turgenev ins hintere Abteil brachte. Für

Lock war klar: Die Wissenschaftler zählten nicht mehr, jedenfalls nicht als Trümpfe im Poker um das Überleben der Leute, mit deren Hilfe er sein Ziel fast erreicht hatte: Turgenev zu töten. Und niemand dufte ihn jetzt daran hindern.

Vorontsyev hatte auf dem Nebensitz Platz genommen und beugte sich zu ihm hin. Marfa flößte ihm lauwarmes Wasser ein. Er mußte sich verständlich machen, kurz und bündig, haushalten mit den letzten Reserven.

»Verschwinden Sie«, sagte er und zeigte auf die Akten. »Da steht alles drin, was Sie brauch…« Der Husten schüttelte ihn durch, aber noch unerträglicher war ihm das Mitgefühl der Frau, die ihm Schweiß und Blut vom Gesicht wischte. Er wünschte, genügend Kraft zu haben, um sie wegzustoßen.

Vorontsyev schüttelte den Kopf.

»Doch«, stöhnte Lock. »Sie müssen verschwinden. Nehmen Sie den Wagen.« Wie ein Ertrinkender schnappte er nach Luft.

Wieder schüttelte Vorontsyev den Kopf. »Wenn wir gehen, kommen Sie mit. Ins Krankenhaus.«

»Hat keinen Zweck.«

»Wenn dem so ist, brauchen wir Turgenev, um uns freizukaufen.«

»Nein.« Lock sah wieder klarer. Dmitri war zurückgekommen. Marfa kauerte neben ihm, und Vorontsyev saß da mit Trauermiene. Lock durchschaute die Situation seiner Freunde in aller Deutlichkeit. »Nur eine Chance … Sie verschwinden sofort.«

Vorontsyevs Plan konnte nicht aufgehen. Turgenev hatte das Heft in der Hand. Es würde kein Pilot kommen und auch kein Sturmangriff auf die Maschine zu erwarten sein. Vielmehr würde Turgenev zum Schein auf den Kuhhandel eingehen, den Vorontsyev vorgeschlagen hatte: freier Abzug, wenn sie ihn vor Lock in Schutz nahmen. Dabei mußte doch allen klar sein, daß Turgenev am Ende kurzen Prozeß mit ihnen machte. Er hatte Macht, Einfluß und Möglichkeiten genug, seine Gegner zur Strecke zu bringen. Keinesfalls würde er zulassen, daß sie mit dem Leben davonkamen.

»Nehmt die Akten«, sagte er. »Bei dem Schnee könnt ihr unerkannt entkommen. Wartet nicht.«

Vorontsyev gab ihm insgeheim recht. Verläßliche Rükkendeckung bot ganz allein der Sturm. Falls der sich wieder legte, würden sie auffallen wie Krebsgeschwülste auf Röntgenfilm und entsprechend wegoperiert.

Lock weigerte sich also, mitzukommen. Statt dessen bot er ihnen die Chance, das eigene Leben zu retten, gleichsam als Geschenk dafür, daß sie ihn Turgenev töten ließen. Und diese Chance war nur gegeben, solange er bei Bewußtsein blieb. Daran würde er bis zum Schluß mit aller Kraft festzuhalten versuchen. Sein allerletzter Augenblick sollte der Exekution seines Feindes vorbehalten bleiben.

Vorontsyev starrte auf die Akten. Wenn sie es schafften, rauszukommen und die Beweise nach Moskau oder in irgendeine andere größere Stadt zu bringen, wäre einiges gewonnen. Schöne Vorstellung.

Lock verzerrte den Mund zu einem Grinsen; er sah wohl, daß sich Vorontsyev in seinem Sinn entschieden hatte.

»Verstanden?« sagte er. »Sie müssen ...«

Ein entsetzlicher Hustenanfall packte ihn. Schäumend schwappte Blut über Lippen und Kinn; der Körper bebte. Allmählich löste sich der Krampf, und er sank in sich zusammen, ließ es geschehen, daß Marfa ihm das Gesicht abwischte. Vorontsyev wußte: Es konnte sich nur noch um wenige Minuten handeln. Er stand auf und trat ans Fenster.

Auf den Mercedes hatte sich bereits eine dicke Schneeschicht gelegt. Viel weiter reichte der Blick nicht. Ob die Maschine bereits umstellt war, ließ sich nicht erkennen. Aber es konnte kein Zweifel daran bestehen, daß Bakunins Leute über kurz oder lang aufmarschieren würden. Ihm wurde eng in der Kabine.

Er wandte sich Lock zu.

»Ja«, sagte er und nahm die Akten. »Was wir brauchen, ist da drin.« Er schaute Dmitri und Marfa an.

»Was ist mit den anderen?« fragte Dmitri. »Mit dem Bordpersonal, den sechs ...«

»Die werden machen, daß sie wegkommen. So wie wir«,

fügte er mit bitterem Lächeln hinzu. »Lubin soll Turgenev wieder herbringen. Und sprich mit dem Steward. Sag ihm, daß sie sich alle aus dem Staub machen können, sobald wir die Maschine verlassen haben.« Dmitri nickte und ging durch den Vorhang nach hinten.

Turgenev kehrte zurück und blickte argwöhnisch drein, ahnte er doch, daß eine Entscheidung gefallen war. Aber Lock baute merklich ab, und das schien ihm zu gefallen.

»Hi, Pete«, grüßte Lock; es gelang ihm, seine Erschöpfung als Lässigkeit zu verkaufen. Turgenev reagierte jedenfalls verunsichert.

»Na?« feixte er. »Auf welche verrückte Lösung habt ihr euch verständigt?«

»Sie alle gehen … du bleibst.« Lock schluckte geräuschvoll.

Turgenev wandte sich an Vorontsyev: »Sie werden nicht weit kommen. Da kann es noch so viel schneien.«

»Wir werden sehen«, antwortete Vorontsyev. »Lubin, Sie fahren. Dmitri, mach die Tür auf.« Mit der gesunden Hand hielt er den gebrochenen Arm gestützt im Hinblick auf das, was ihm bevorstand. Da die Gangway weggerollt worden war, mußte er wohl oder übel springen. Er schaute Lock an. »Wollen Sie, daß ich ihn an den Sitz fessle?« Lock schüttelte langsam den Kopf. »Also dann … Marfa, bist du soweit?« Sie nickte.

Der Sturm brüllte durch die geöffnete Luke, brachte den Vorhang zum Flattern und übertönte alle anderen Geräusche. Vorontsyev stieß Turgenev in den Sitz und blieb eine Weile zögernd neben Lock stehen, der ihm bloß zulächelte, völlig sorglos zu sein schien. Er hörte Lubin springen und sah Marfa im Türausschnitt verschwinden. Dmitri blickte sich noch einmal um und folgte den beiden. Dann trat auch Vorontsyev vor die Luke. Der Schnee wirbelte ihm ins Gesicht, und er sah nicht, wohin er sprang, spürte nur den heißen Schmerz, als ihm beim Aufprall die Beine wegknickten.

Die Kollegen halfen ihm auf. Schon standen der Steward und die Stewardeß in der Luke, zogen sich aber wieder zurück, als Vorontsyev mit der Pistole drohte. Er hörte den

Mercedes starten. Dmitri wischte mit dem Arm Schnee von der Windschutzscheibe. Lubin ließ den Motor aufheulen.

»Steig endlich ein!« drängte Vorontsyev mit Blick auf Dmitri, der immer noch damit beschäftigt war, die Scheibe freizufegen. Und an Lubin gewandt: »Wir fahren die Piste entlang und dann mit Karacho durch den Zaun. Verstanden?«

Plötzlich war es, als würde der Wagen mit Steinen beworfen; aus der Ferne tönten platzende Geräusche, scheinbar harmlos wie Knallerbsen. Dmitri fiel mit dem Gesicht vors Glas und rutschte daran herab.

»*Dmitri!*« schrie Vorontsyev, riß die Tür auf und sah den Kollegen mit gebrochenen Augen am Boden liegen. Zwei Geschosse pfiffen über seinen Kopf hinweg und zerschlugen die Scheibe auf der Beifahrerseite.

»Fahr, fahr!« rief Marfa Lubin zu.

»Nein!« brüllte Vorontsyev, doch der Wagen schnellte vor und ließ Dmitris leblosen Körper im Schnee zurück. Maschinengewehrfeuer setzte ein …

Lock hörte das Knattern und den mit durchdrehenden Reifen davonrasenden Wagen zuerst ganz deutlich, dann gedämpft, nachdem der Steward die Luke zugezogen hatte. In der hinteren Kabine wurden hysterische Stimmen laut. Er blendete alle Eindrücke um sich herum aus und richtete, was er an Konzentration noch aufzubringen vermochte, auf Turgenev.

Der lehnte sich in seinem Sitz zurück. Lock hatte nur noch wenig Zeit. Es fiel ihm schwer, die Augen aufzuhalten. Das Gesicht war wächsern; immer mehr Blut rann ihm aus dem Mund. Das Ringen um Luft war vorbei. Der Atem ging flach und unregelmäßig. Turgenev wußte, er brauchte nur zu warten …

Mit warnenden Blicken versuchte er sich mit dem Steward zu verständigen, der neben Lock aufgetaucht war. Der Mann nickte und zog sich hinter den Vorhang zurück.

»Daraus wird nichts«, flüsterte Lock.

Im Abteil nebenan wurde es wieder still. Bald würden sie die Tür öffnen und ihre Namen hinausbrüllen in der

Hoffnung, verschont zu bleiben. Oder sie würden Bakunin über Funk mitteilen, daß er sich bloß noch um einen zu kümmern bräuchte, der aber schon so gut wie tot wäre.

»Du wirst niemals erfahren, ob sie's geschafft haben«, sagte Turgenev.

»Du auch nicht, Pete.« Ihn schwindelte. Der Atem stockte. Bald war es soweit. »Beth … Warum?«

»Was? Ach, das ist dumm gelaufen, John. Hätte nicht passieren dürfen.«

»Aber es ist passiert.«

»Tja. Hör zu, John, noch ist Zeit. Ich könnte dafür sorgen, daß du ins Krankenhaus kommst.«

»Daß ich nicht lache.« Lock hörte den Steward zurückschleichen und drohte, so laut er konnte: »Lassen Sie's bleiben!« Halb unbewußt nahm er zur Kenntnis, daß der Mann wieder abzog. Es war jetzt ganz still geworden, wie im Theater vor einem Publikum, das vor Spannung den Atem anhält.

»John, das ist doch verrückt. Du bist verrückt. Rache bringt überhaupt nichts.« Turgenevs Tonfall war nicht unfreundlich, fast väterlich sogar. »Du bist ein Romantiker und willst nicht wahrhaben, daß die Welt ein großer Scheißhaufen ist und nichts weiter. Du hast wohl auch in Afghanistan geglaubt, dich für eine gute Sache einzusetzen …

Turgenev beugte sich näher heran, als wollte er Lock ein Geheimnis anvertrauen.

»… Aber von wegen, dieser Krieg war so schlecht wie jeder andere und im verkleinerten Maßstab genau das, was sich überall auf der Welt abspielt. Komm, John, laß dir helfen.«

Lock zwinkerte. Er glaubte zu schweben und hörte wie von ferne, daß das Telefon in der Armlehne von Turgenevs Sitz zu trällern anfing.

Turgenev langte nach dem Hörer. Lock mühte sich in eine aufrechtere Haltung, worauf er wieder würgend husten mußte, Blut erbrach und durchgeschüttelt wurde. Und dann sah er, wie eine Hand auf seine Pistole zuschnellte, zuzupacken versuchte in dem Augenblick, da er zweimal abdrückte, das Krachen noch hörte, dann aber nichts mehr – ihm war schwarz vor Augen geworden.

Der Steward griff nach dem Hörer. Turgenev war zur Seite und in den schmalen Gang gekippt. Über die Lehne nach unten gerutscht, starrte Lock mit toten Augen zu dem Steward auf. Der geöffnete Mund war voller Blut.

»Ja, ja, beide tot. Nein, *beide!* Uns ist nichts passiert, ja, Oberst, wir sind in Sicherheit.«

Erleichtert legte der Steward den Hörer auf, stieg über Turgenevs Leiche hinweg, ging zur Tür und öffnete sie.

Sekunden nachdem die Granate eingeschlagen war, stand die ganze Maschine in Flammen.

Nachtrag

Die gnadenlos ausgespielte Überheblichkeit der Reichen liefert sie zwangsläufig der Vergeltung aus.

– WILLIAM GODWIN,
Eine Untersuchung über politische Gerechtigkeit

Vorontsyev raffte den Mantel zusammen und lehnte sich vor der Arsenal-Fassade an eine der Kanonen, die noch aus Napoleons Heer stammten. Er blickte hinauf zu den Fenstern der Kongreßhalle. Zwischen Türmen und Kuppeln des Kreml rieselte leichter Schnee herab.

Lubin scherzte mit seiner kleinen Tochter, die Katja, seine Frau, wie ein Bündel Wäsche im Arm hielt. Ein paar Schritte abseits stand Marfa stumm und versonnen da, die Hände tief in die Manteltaschen vergraben und den langen Schal mehrfach um Hals und Schultern gewickelt.

»Was hat er gesagt?« fragte sie schließlich, und als wollten sie sich lustig machen, krächzten wie zur Antwort Krähen von den hohen Dachrinnen.

»Er sagt, der Innenminister und die gesamte Föderation seien uns zu großem Dank verpflichtet«, erwiderte Vorontsyev achselzuckend und grinste spöttisch. »Mich hat er zum Oberst befördert. Du und Lubin, ihr dürft euch jetzt Leutnant schimpfen. Die Urkunden werden uns mit der Post zugestellt.«

Er blickte auf. Die jungen Kollegen zeigten sich unbeeindruckt von der Neuigkeit. Nur Katya wirkte halbwegs zufrieden.

Vorontsyev war vor einer Woche aus dem Krankenhaus entlassen worden. Während der sieben Tage, die er dort zubringen mußte, hatte er ständig irgendwelchen Geheimdienstlern Rede und Antwort stehen müssen. Inzwischen kam er sich vor wie ein armseliger Straßenhändler, der nichts weiter als religiöse Schriften feilzubieten hat. Turgenev war tot, die Leiche des Amerikaners, das heißt der verkohlte Rest von ihm, war nach den USA überführt worden, und Bakunin würde offiziell gerüffelt werden dafür, daß er *unverhältnismäßig* reagiert und das Flugzeug hatte stürmen lassen. *Es entlaste ihn jedoch die begründete Annahme, daß eine Bombe an Bord versteckt gewesen sei …* Vorontsyev hatte an sich halten müssen, um nicht laut loszulachen.

Die Aufdeckung von Turgenevs kriminellen Aktivitäten hatte bei den Sicherheitsdiensten helle Empörung ausgelöst, aber auch betretene Verlegenheit. Dem Schmuggel von Atomphysikern müsse ein für allemal ein Riegel vorgeschoben werden, hieß es einstimmig. Für die anderen Verbrechen Turgenevs interessierte sich kaum jemand.

Vorontsyev zuckte mit den Schultern.

»Reine Zeitverschwendung«, murmelte er, und es schien, als richtete er die Worte nicht an die Kollegen, sondern an das Loch, das er in die kalte Luft starrte. »Die Reise hierher war umsonst.«

Die Flucht hatte sich leichter gestaltet als erwartet. Von Novyj Urengoj waren sie über den Nadym nach Salechard gefahren. Der Sturm hatte sich ausgetobt, als sie nach Workuta weiterfliegen konnten und von dort nonstop nach Moskau. Falls es eine organisierte Verfolgung gegeben hatte, war davon nichts zu bemerken gewesen.

Es tut mir leid, John Lock, dachte er; *sehr leid.*

Der Tod von Dmitri lastete auf ihm wie ein Felsblock. Nur Lock hatte sein Ziel erreicht: Genugtuung.

»Der Ami war der einzige, dem die ganze Sache was gebracht hat«, sagte er laut.

Marfa schnaubte verärgert.

»Du tust dir nur selbst leid, *Oberst*!« antwortete sie. »Das Miststück Turgenev ist tot; wir haben verhindert, daß mörderisches Know-how in falsche Hände gerät und können uns obendrein noch was drauf einbilden, die Zufuhr von Heroin zumindest für Monate, wenn nicht noch länger, abgeschnitten zu haben. Das ist doch nicht wenig, oder?«

»Finde ich auch«, pflichtete Lubin bei und rieb sich die Hände wie über wärmendem Feuer. Seine Frau schien es eilig zu haben, ins Hotel zurückzukommen. »Wir haben was erreicht.«

»Allerdings«, betonte Marfa.

Vorontsyev rückte von der Kanone ab und zupfte die Armbinde zurecht. »Davon seid ihr also wirklich überzeugt«, sagte er grinsend. »Na schön, wir haben einem Mistkerl das Handwerk gelegt, sogar einem der ganz großen …« Er deutete auf den Kreml. »Aber davon gibt's Hunderte, Tausende. Politbonzen, alte Apparatschiks, Mafiosi und sogenannte Geschäftsleute. Das ganze Land ist durch und durch korrupt …«

»Wir sind es nicht«, blaffte Marfa. »Und wir haben gewonnen.«

Er legte den gesunden Arm um ihre Schulter, und sie gingen auf das nächste Tor in der hohen Kremlmauer zu. Lubin trottete mit Frau und Kind hinterdrein.

»Bevor wir zu einer weiteren Kreuzfahrt aufbrechen, schlage ich vor, daß wir unsere Beförderung feiern und richtig gut essen gehen«, sagte Vorontsyev. »Ich lade euch ein.«

Wohl war ihm nicht zumute. Dmitri und Lock gingen ihm nicht aus dem Sinn. Aber Marfa hatte recht. Turgenev war tot. Es gab zwar jede Menge anderer Gangster ringsum, doch die ließen sich leichter schnappen und aburteilen. Sehr viel leichter. Ja, sie hatten einiges erreicht – hatten nicht den Krieg, wohl aber eine Schlacht gewonnen.